Timon Schlichenmaier

ASCHENWELT

© 2014 bei Timon Schlichenmaier / Timon Verlag, Hamburg
Coverillustration: Katharina Schlichting

ISBN 978-3-938335-32-1

www.timonverlag.de
www.timonschlichenmaier.de

TIMON
SCHLICHEN
MAIER

ASCHENWELT

ROMAN

für Johanna und Benedikt

Eins

Jo lehnte sich über die Reling ihres Flugschiffes und schaute hinab auf einen bunten Flickenteppich aus Wiesen, Wäldern, Wassern und Städten. Sie winkte und rief etwas hinab, das die Bewohner dieser Welt nicht verstehen konnten, zu weit oben schwebte sie mit ihrem Schiff. Es umkreiste ein kirchturmhohes Windrad, das in der Mitte einer Stadt surrte und die Farben seiner Flügel weit in die Welt hinausstrahlte. Jo blickte hinauf in den Himmel, ein Sonnenstrahl durchbrach gerade eine der Wattewolken und blendete sie. Sie blinzelte und schlug die Augen auf. Sie lag in einem fremden Bett in einem fremden Zimmer.

Die Sonne strahlte hell und warm durch ein nur mit dünnen Gardinen verhängtes Fenster und fiel auf nackte Haut neben Jo. Sie ließ ihren Blick über die Rundung des Pos gleiten, hinab auf den fein gewölbten Bauch und langsam hinauf zu den beiden hellen Brüsten. Dort verweilte sie und erfreute sich über den Anblick. Die Frau an ihrer Seite schlief noch, den Mund leicht geöffnet, ein wenig der weißen Zähne blinkte hervor, der Atem ruhig und gleichmäßig, die Augenlider geschlossen. Mach sie auf. Ich möchte deine Augen sehen, in ihnen versinken. Jo fuhr mit ihren Fingern durch das schwarze lange Haar der Frau, ließ Strähne für Strähne hindurchgleiten, es roch so frisch und klar wie die Morgensonne, die sie beide wärmte. Als ob Schneewittchen aus ihrem Glassarg gestiegen wäre, um dann schnurstracks zu ihr zu laufen. Dieser Gedanke kam Jo schon einige Tage zuvor, als sich Nadeschdas und ihre Blicke zum ersten Mal begegnet waren. Jo hatte sich spontan verliebt – zum ersten Mal seit vielen Jahren wieder. Zum ersten Mal war sie wieder mit jemandem nach Hause gegangen und in ein fremdes Bett gestiegen. Sie hatte Nadeschda auf einer Party kennengelernt.

Jo wollte erst gar nicht hin, wollte zuhause bleiben, malen, Tee trinken, gammeln, in Ruhe gelassen werden. So wie sie es seit Jahren am liebsten hatte.

»Wir gehen jetzt da hin, du faules Stück«, sagte Kevin, der mit ihr zusammen in der kleinen Altbauwohnung lebte und die selbstgesetzte Aufgabe zu haben schien, sie immer wieder mit seiner nie enden wollenden Feierlaune anstecken zu müssen.

»Nenn mich nicht so, du blöder Arsch. Du weißt ganz genau, dass ich keinen Bock auf sowas hab.«

Kevin verdrehte die Augen. Kein Mitgefühl, kein Verständnis. Jo ärgerte sich über ihn. Er von allen musste doch wissen, dass sie keine Partygängerin mehr war, schon lange nicht mehr.

»Komm schon«, unternahm er einen weiteren Versuch. »Wir sind jetzt Studenten, und Studenten gehen feiern. Am besten jeden Tag. Außerdem beginnt jetzt ein neues Leben, und du solltest endlich mal wieder unter Leute. Ehrlich.«

»Und was soll ich da?«

»Was soll man auf einer Party! Spaß haben, Leute kennenlernen. Leben!«

»Ich lebe.« Jo widmete sich wieder ihrem Bild, das sie an ihre Wand pinselte. So viel jungfräuliche Wand, die schrie geradezu danach, bemalt zu werden.

»Nein, tust du nicht.« Kevin nahm ihr den Pinsel aus der Hand und packte sie an den Schultern. Jo warf ihm einen verwirrten Blick zu.

»Hör zu, Jo«, begann er. »Ich bin hier, weil du mich gebeten hast, auf dich aufzupassen. Und das tu ich gerne, das weißt du. Manchmal glaube ich gar, dass ich nur dafür auf der Welt bin. Mag sein. Und wenn, ich beschwere mich nicht, denn ich wollte es ja selbst so.« Er machte eine kleine Pause und schien über irgendetwas nachzudenken, denn er drehte seine Augen schräg nach oben, als suche er an der Decke einen Hinweis, wie seine Rede nun weitergehen könne. Er wurde fündig und ein Grinsen breitete sich auf seinem Gesicht aus. »Ich werde heute Abend da hingehen«, sagte er. »Und du wirst dabei sein, sonst kann ich nämlich nicht auf dich aufpassen.« Sein Grinsen breitete sich noch weiter aus.

»Ich kann auf mich alleine aufpassen, Kevin.«

»Au Mann. Das weiß ich doch auch! Sollte auch bloß ein Witz sein.« Er ließ ihre Schultern wieder los und blickte eine Weile mit ernstem Gesicht auf sie hinab.

»Jetzt komm schon«, unternahm er einen letzten Versuch. »Das wird bestimmt lustig. Lass uns da hingehen, uns über die besoffenen Studenten amüsieren. Ich schau mich nach einer hübschen Studentin um und du auch. Ich geb dir auch einen alkoholfreien Cocktail aus. Ach was, der ganze Abend: Auf meine Rechnung!« Er breitete die Arme aus wie ein freigiebiger Gönner. »Na? Was sagste.«

Jo seufzte. Kevin etwas abzuschlagen war nahezu unmöglich. »Ich hab aber gar nichts zum Anziehen.« Ein halbherziger Versuch.

»Boh!« Kevin fasste sich an den Kopf. »Das ist die älteste und schlechteste Ausrede, die es gibt. Die gilt nicht! Du siehst gut aus, so wie du bist. Du könntest auch in einem Sack gehen, und trotzdem wärst du die Schönste von allen.«

»Depp.« Jo kämpfte sich aus dem Schneidersitz hoch.

»Wer ein Student sein will, muss auch feiern können«, rief ihr Kevin hinterher, als sie im Bad verschwand, um sich etwas frisch zu machen.

»Ja ja.« Jo ärgerte sich, dass sie sich mal wieder zu etwas überreden ließ, das sie nicht wollte.

Lange würde sie nicht bleiben, nahm sie sich vor. Nur so lange, bis Kevin zufrieden war und endlich Ruhe gab. Cocktail trinken, dumm in die Gegend grinsen, ab nach Hause.

Früher, als sie noch zur Schule ging, da hatte sie feiern können – bis der Arzt kam. Aber das war lange vorbei. Das war vor der Klinik, das war vor allem anderen. Für sie war das vor einem Jahrhundert, in einem anderen Leben. Eben vor jener Zeit in der Klinik, wo sie lernen musste, ohne Drogen und ohne Alkohol auszukommen. Bisher war ihr das gut gelungen, auch weil sie in Kevin stets eine große Hilfe hatte. Auch wenn er manchmal nervte und sie ihn am liebsten auf den Mond wünschte, war sie doch froh, dass es ihn gab. Allerdings hatte er sie noch nie gezwungen, mit auf eine der vielen Partys zu gehen, auf denen er sich herumtrieb. Dass sie ohne Drogen leben konnte, verdankte sie auch der Tatsache, dass sie seit ihrem Klinikaufenthalt alles gemieden hatte, wo es dieses Zeug gab und wo jeder zu denken schien, alles mögliche in Rekordzeit vernichten zu müssen, in dem sie es sich in die Kehlen schütteten, in die Nasen schnupften oder in die Lungen sogen. Sie hoffte, dass Kevin wusste, was er da tat.

Jo betrachtete die schlafende Schönheit an ihrer Seite. Nadeschda. An diesem Morgen war sie Kevin dankbar, dass er sie mitgeschleppt hatte.

Kaum auf der Uniparty angekommen, drückte Kevin ihr den versprochenen Cocktail in die Hand, sagte, er müsse kurz nach was sehen, verschwand in der tanzenden und schwitzenden Menge und ließ Jo einfach stehen. Prima.

Sie war noch damit beschäftigt, sich auszudenken, was sie Kevin am besten an den Kopf warf, als sie die schwarzhaarige Frau erblickte, die mitten in der Halle stand, die in Teilen eher einem Palast als einer Uni glich. Die Frau blickte über die Feiernden hinweg und lächelte, als ob sie das alles gar nichts anginge. Ihre Blicke trafen sich und Jo spürte einen Stich, der in sie fuhr, die Hitze, die in ihr aufwallte und ihren Herzschlag, der sich für drei oder vier Schläge beschleunigte. Dieses Gefühl kannte sie. Von früher. Genau so war es, als sie sich das erste Mal verliebt hatte.

Jo senkte schnell ihren Blick und nahm einen großen Schluck

aus ihrem Cocktail, um sich abzukühlen. Sie schielte über das Glas hinweg zu der Frau hinüber. Sie schaute immer noch her. Und lächelte. Jo drehte sich weg und ging eilig auf den Ausgang zu. Flucht war das einzige, was jetzt half. Aber die Frau war schneller, stand mit einem Mal vor ihr und versperrte ihr den Fluchtweg. Sie lächelte noch immer und sagte mit fröhlicher Stimme hallo.

Jos Herz pochte ihr im Hals. Sie sagte nichts, wollte sich vorbeidrängen, aber ihr Blick klebte an den schwarzen Augen der Frau fest. Wahrscheinlich sehe ich jetzt aus wie eine Psychopathin. Starrer Blick, Strohhalm im Mund, obwohl das Glas leer ist. Hoffentlich denkt sie das, dann geht sie vielleicht. Gott, ist die schön. Wie Schneewittchen. Und ich ihre Zwergin … Die Frau lächelte weiter, war nicht davon abzubringen, und strich sich eine Haarsträhne aus dem Gesicht. Jos Knie wurden weich.

»Hey, ich bin Nadeschda«, sagte Schneewittchen. »Ist dir auch so heiß?«

Jo nickte, den Strohhalm im Mund, ihre Augen auf die Schneewittchens geheftet.

»Dann lass uns kurz rausgehen. Lust?«

Jo nickte wortlos und folgte der Frau zur Tür hinaus auf den Hof, wo sie eine frische Brise Nachtluft empfing. Nadeschda breitete ihre Arme aus, warf ihren Kopf in den Nacken und atmete lautstark die Nachtluft ein. Jo beobachtete sie dabei, ohne das Cocktailglas abzustellen oder den Strohhalm aus ihrem Biss zu entlassen. Ihr wurde immer heißer, obwohl die Nachtluft alles dafür tat, sie abzukühlen.

»Jo«, brachte sie schließlich heraus.

Nadeschda blickte sie fragend an.

»Jo«, wiederholte sie, »so heiß ich.«

Nadeschda lachte und sagte: »Sie kann sprechen! Bin ich froh.« Sie legte theatralisch eine Hand auf ihre Brust. Jos Blick folgte ihr und blieb kurz in dem tief ausgeschnittenen Dekolleté hängen. Augenblicklich fing sie zu schwitzen an und riss ihren Blick weg. Sie merkte, wie sie rot anlief.

»Willst du was trinken?« Nadeschda lächelte sie so an, dass Jo noch heißer wurde. Hör auf zu lächeln, sonst zerschmelze ich hier und jetzt.

»A … Apfelsaft«, sagte Jo.

Nadeschda lachte wieder. Ein schöner Name. Russisch oder so. So schön wie ihr Lachen. Sie betrachtete Nadeschda und versuchte, sich diese Szene genau einzuprägen. Hätte sie jetzt eine Kamera dabei, sie hätte sie aufgenommen. Wie Nadeschda leicht ihren Kopf beim Lachen hob und dabei ihren schlanken hellen Hals zeigte, wie ihre Augenlider dabei über ihre dunklen Augen klappten, wie einzelne Strähnen ihrer kohlschwarzen Haare über ihr blasses Gesicht fielen, wie sich die roten Lippen leicht öffneten und die weißen Zähne hervorblinkten. Gott, wie schön manche Menschen doch sein konnten. – *Im Gegensatz zu dir, haha.*

Nadeschda fragte etwas und Jo schreckte aus ihren Gedanken, als Nadeschda versuchte, ihr das Cocktailglas aus der Hand zu nehmen. Ich hab bestimmt wieder gestarrt. Ein Grund mehr für Nadeschda zu denken, es mit einer Irren zu tun zu haben.

»Was?«, fragte Jo.

Nadeschda lachte abermals. »Gib mir dein Glas, ich hol uns was.«

»Ach so.« Jo ließ ihr Glas los und Nadeschda wandte sich zum Eingang, drehte sich aber noch einmal um und fragte: »Mit was drin oder pur?«

»Sprudel«, sagte Jo.

»Ich dachte eigentlich an etwas Spritzigeres.« Nadeschda leckte sich über die Lippen.

»Ich trinke keinen Alkohol«, sagte Jo.

Nadeschda hob daraufhin eine Augenbraue. Und Jo wusste nicht einzuschätzen, ob dies nun bewundernd oder verwundert gemeint war. Normalerweise war ihr das egal. Aber jetzt gerade seltsamerweise nicht.

»Ich war ein Junkie«, erklärte sie, »monatelang in der Klinik, bin clean, und will das auch bleiben.« Jo erschrak über sich selbst. So direkt hatte sie das noch niemandem auf die Nase gebunden, schon gar niemandem Fremden.

»Cool«, sagte Nadeschda. »Ich hol dir ein Apfelschorle. Ja? Und du wartest schön hier. Nicht weglaufen!«

Cool. Jo nickte und blickte Nadeschdas Apfelpo hinterher, der gerade in der Tür verschwand. Jetzt wäre ein guter Zeitpunkt, die Flucht zu ergreifen. Abhauen, weit weg, am besten sogar die Uni wechseln. Aber Jo blieb stehen und wartete, bis Nadeschda wieder zurückkehrte.

»Zwei Apfelschorle.« Sie drückte Jo ein Glas in die Hand. Die bedankte sich artig und sie stießen an.

»Was studierst du?«, wollte Nadeschda wissen und Jo war froh, dass sie nicht selbst das Gespräch in Gang bringen musste. Ihr wäre außer Starren und Apfelschorle trinken nichts eingefallen.

»Psychologie. Und du?«

»Germanistik und Slawistik.« Nadeschda nahm einen Schluck aus ihrem Getränk.

»Bist du Russin?«, fragte Jo.

»Wegen meines Namens?« Nadeschda lachte. »Nein. Den hab ich meinen Eltern zu verdanken. Die hatten damals so einen Russlandfimmel. Ich bin keine Russin, mag aber das Land. Deswegen studier ich das auch. Vielleicht wandere ich ja auch mal aus. Und warum studierst du Psychologie?«

»Um mich selbst zu therapieren«, sagte Jo.

Nadeschda stutzte, und Jo fügte erklärend hinzu: »Ich war in den letzten Jahren in so vielen Therapien, und keine davon war wirklich gut, darum dachte ich, das jetzt selbst in die Hand nehmen zu müssen.«

»Und, schon bereut?«

»Keine Ahnung. Ich langweile mich zu Tode.«

»Ich war auch mal in Therapie«, sagte Nadeschda.

»Warum?« Jo konnte sich nicht vorstellen, warum eine solche Frau überhaupt eine Therapie nötig hatte. Sie machte auf sie einen starken und selbstbewussten Eindruck.

»Entschuldige«, sagte Jo, nachdem Nadeschda zunächst schwieg. »Geht mich ja nichts an.«

»Nein, nein, schon ok.« Und nach einer Pause fügte sie hinzu: »Erzähl ich dir vielleicht mal. Aber heute wollen wir Spaß haben, oder nicht?«

»So heißt es«, sagte Jo.

Nadeschda blickte sie fragend an.

»Na, die Leute, die auf Partys gehen, die sagen das doch immer, dass sie da hingehen, um Spaß zu haben.«

»Und du?«

Jo zuckte mit den Achseln. »Keine Ahnung. Mein Mitbewohner hat mich hergeschleift. Ich war seit meiner Zeit in der Klinik auf keiner Party mehr.«

Nadeschda nickte. »Muss schwer gewesen sein.«

»Was?«

»Drogenentzug. Oder?«

»Lass uns von was anderem reden«, bat Jo.

»Ok.« Nadeschda sog die Nachtluft ein, und Jo hatte den Eindruck, dass sie erleichtert schien. Aber sie war froh, dass Nadeschda nicht weiter nachbohrte, sie wusste bereits viel zu viel. Sie wunderte sich, warum sie jemandem, den sie gar nicht kannte, so viel von sich erzählte. Aber da war etwas in Nadeschdas Augen, das sie faszinierte und Vertrauen fassen ließ. Ihre Augen versprühten Lebensfreude. Etwas, das Jo schon lange nicht mehr kannte. Aber nicht nur das. In ihnen lag auch eine tiefe Trauer. Jo hatte einen Blick für so etwas, damit kannte sie sich aus.

»Mir wird langsam kalt«, sagte Nadeschda. »Wollen wir wieder reingehen?«

Jo seufzte. Ihr gefiel es hier draußen, nur sie und Nadeschda alleine, ohne die vielen Menschen, die nichts als Spaß haben wollten.

»Wir können auch was anderes machen«, sagte Nadeschda, nachdem Jo keine Anstalten machte, sie zu begleiten. »Da vorne gibt's ne kleine Kneipe, die kenn ich, da ist's gemütlich.«

»Ich würd gern nach Hause«, sagte Jo. »Ich bin müde.«

Bist du doch gar nicht!

Sei still.

»Wo wohnst du?«

»Kiez.«

Nadeschda hob die Augenbrauen. »Und da willst du jetzt alleine hin? Mitten in der Nacht?«

»Ich wohn da. Was soll ich machen.«

»Ich begleite dich.« So wie Nadeschda es sagte, duldete sie keinen Widerspruch.

Jo zögerte. Sie wusste ganz genau, was dann kam. Sie würde sich schwertun, Nadeschda abzuweisen. Sie hatte auch schon daran gedacht, Nadeschda mit zu ihr nach Hause zu nehmen. Aber sie verwarf den Gedanken ebenso schnell wieder, wie er gekommen war. Sie war noch nicht bereit dafür. Jetzt noch nicht. Vielleicht auch nie. Die Signale, die Nadeschda aussandte waren eindeutig, und Jo hatte sich soweit darauf eingelassen wie sie konnte. Aber sie fürchtete sich vor dem nächsten Schritt wie ein Kind, das zum ersten Mal ins Wasser springen muss.

»Ok«, sagte sie dennoch. »Aber nur begleiten. Ich möchte heute alleine in meinem Bett schlafen.«

Nadeschda hob unschuldig die Hände. »Nur begleiten.«

»Ich mein es ernst«, betonte Jo.

»Ich auch«, erwiderte Nadeschda.

Auf dem Nachhauseweg spielte Jo mit dem Gedanken, Nadeschda doch mit zu sich in die Wohnung zu nehmen. Nur einen Kaffee. Aber die Angst, sich dann richtig zu verlieben, war übermächtig und ließ sie kaum mehr atmen. Sie wünschte sich daher nichts sehnlicher, als dass Nadeschda schnell wieder verschwinden möge.

»Also …« Jo stand auf der Stufe vor ihrer Haustür und blickte zu Nadeschda hinab. »War n schöner Abend.«

»Fand ich auch«, sagte Nadeschda. »Sollen wir unsere Telefonnummern austauschen?«

Nein, bitte nicht, dachte Jo und nickte dabei. Sie rieben ihre Telefone aneinander und es machte zweimal pling.

»Ich meld mich bei dir, ja?«, sagte Nadeschda.

Jo nickte noch einmal. Sie wusste nicht, was sie sagen sollte. Komm mit rein!, schrie es in ihr. Nein, geh bitte nach Hause, schnell, jetzt, sagte eine andere Stimme. Zuviele Gedanken und Gefühle schossen gleichzeitig in ihr umher und versuchten, die Oberhand zu gewinnen.

Nadeschda drückte Jo einen Abschiedskuss auf die Wange und wandte sich zum Gehen. Nach nur zwei Schritten drehte sie sich aber noch einmal um und schaute Jo mit einem Lächeln an. »Schön, dich kennengelernt zu haben«, sagte sie mit einer Stimme, die Jo fast schwach werden ließ.

»Dich auch.« Jo schloss schnell die Tür auf und trat halb unter den Türrahmen. »Tschüss«, sagte sie, versuchte ein Lächeln, das hoffentlich nur ein Lächeln war und keine verzerrte Grimasse, die verriet, wie es in ihr gerade aussah, trat ganz in den Hausflur und zog die Tür hinter sich zu. Sie seufzte und schloss die Augen. Nach einigen Atemzügen stürzte sie sich wieder hinaus auf die Straße. Aber Nadeschda war schon gegangen.

Enttäuscht und erleichtert zugleich ging Jo in ihre Wohnung, pfefferte ihre Jacke in die Ecke und setzte sich an den Küchentisch.

Besser so, dachte sie. Ich kann mich nicht verlieben. Ich darf mich nicht verlieben. Nein. Das kann ich Anne nicht antun.

Warum nicht?

Sei still.

»Was meinst du, Anne?«, fragte sie in die leere Luft. »Wir zwei waren etwas Besonderes. Sowas wird es nie wieder geben. Wie schön das war mit uns. Warum kann es nicht wieder so sein! Warum? Anne!« Jo spürte, wie Tränen ihre Augen füllten, heiß über ihre Wangen liefen und auf die Tischplatte tropften. Sie ballte ihre Hände zu Fäusten und haute verkrampft und zitternd auf den Tisch.

»Ich weiß warum.« Jo schrie ihre Verzweiflung in die kleine Küche, deren Fliesen sie wieder zu ihr zurück warfen. Sie sank in sich zusammen und vergrub ihre Hände in ihren Haaren.

Sie hatte sich verliebt. Verdammt. Es war anders als damals mit Anne. Aber es war das gleiche, nicht leugenbare Gefühl. Aber sie durfte es nicht. Anne und sie hatten sich damals geschworen, dass es nie wieder eine andere Frau in ihrem Leben geben würde. Und das galt für Jo immer noch, auch wenn Anne längst nicht mehr bei ihr war.

Die Bilder von damals waren ihr immer noch vor Augen. Als sei alles erst gestern gewesen.

»... neue Mitschülerin ...«, das war das einzige, was Jo von der Ansprache ihrer Lehrerin mitbekam, als sie Anne damals der Klasse vorstellte. Jo hatte nur Augen für dieses märchenhaft schöne Wesen. All ihre Sinne vereinigten sich, um diesen Engel, wie sie ihr erschien, wahrzunehmen. Zu allem Überfluss stand Anne damals auch noch genau in einem Sonnenstrahl, der sie noch leuchtender und unwirklicher erscheinen ließ.

Jo starrte Anne an. Sprachlos und unfähig, ihren offenen Mund wieder zu schließen. Das hielt sogar noch an, als Anne längst von der Lehrerin an den einzig noch freien Platz im Klassenzimmer geführt worden war, und Anne somit ihre neue Nebensitzerin wurde.

Ihr Engel, ihre Nebensitzerin, ihre Freundin und ihre große Liebe. Das alles war kein Zufall gewesen. Da war sich Jo damals sicher. Es konnte kein Zufall sein, es passte alles so gut, es gab nicht die kleinste Kleinigkeit, die sich zwischen Jo und Anne hätte stellen können. Bis zu jenem Tag, als Anne sie verließ und eine Jo zurückließ, die nur noch mit einem Schrotthaufen zu vergleichen war. Drogenabhängig, kaputt und unfähig, ein normales Leben zu führen.

Aber die zwei Jahre, die sie mit Anne verbringen durfte, reichten für ein ganzes Leben. Es gab Tage, da kam ihr die Erinnerung an diese beiden Jahre tatsächlich wie ein ganzes Leben vor. Ein früheres, ein lange vergangenes, aber ein nie vergessenes.

Jos Handy vibrierte schon zum wiederholten Mal. Kevin versuchte, sie zu erreichen und schrieb eine Nachricht nach der anderen, wo sie denn um Gotteswillen sei und ob es ihr gut ginge. Jo ignorierte ihn. Verfluchter Kevin. Ohne ihn würde sie jetzt nicht hier am Küchentisch sitzen und sich die Augen ausheulen.

Es war falsch, alles falsch. Aber warum fühlte es sich dann so gut an? Nur die Triebe. Nur dein Verlangen nach Liebe. Gaukeleien. Nichts sonst. Ohne Anne gab es keine Liebe, konnte es keine geben. Oder doch? Anne und Jo, das war lange her. Viel zu lange. Jo musste ihre Verwirrung hinausschreien. Und im selben Augenblick stürzte Kevin zur Tür herein und wollte atemlos wissen: »Was ist los?«

Jo brauchte eine Weile, bis sie begriff, dass Kevin bei ihr am Küchentisch saß, sie immer wieder ansprach und an ihren Schultern rüttelte. Sie atmete einige Male tief ein und aus und bat Kevin, ihr einen Tee zu machen, was er gerne und eifrig tat. Er machte immer alles, worum Jo ihn bat.

»Ich habe jemanden kennengelernt«, eröffnete sie Kevin und war über sich selbst erstaunt, dass sie das gesagt hatte.

Kevin erstarrte mit dem Tee und dem Teesieb in der Hand und blickte sie mit großen Augen an.

»Kein Scheiß?«, fragte er.

»Kein Scheiß.«

»Ne Frau?«

»Ja, ne Frau, Dummkopf. Mit Brüsten.«

»Entschuldige.« Kevin legte hektisch die Teeutensilien beiseite und setzte sich zurück an den Tisch. Seine immense Körpermasse hinderte ihn daran, dies elegant und grazil zu tun, aber es gelang ihm überraschend schnell. »Erzähl.«

»Erst will ich meinen Tee.«

»Ach so.« Kevin sprang wieder vom Tisch auf und schob ihn dabei mit seinem Bauch so ungeschickt von der Stelle, dass Jo zwischen Tisch und Wand eingequetscht wurde. Jo beschwerte sich nicht. Kevins Ungeschicktheit brachte sie so langsam wieder in die Realität zurück.

Kevin machte in Rekordzeit den Tee fertig, stellte die dampfende Tasse vor Jo auf den Tisch und setzte sich betont vorsichtig auf seinen Platz. Auf seinem runden Gesicht stand ein breites Grinsen.

»Leg los, ich bin ganz Ohr«, sagte er.

Jo bließ durch ihre geschlossenen Lippen und nippte an ihrem Tee, wobei sie sich die Zunge verbrannte.

»Ist sowieso für'n Arsch«, sagte sie. »Ich kann es nicht. Noch nicht. Ich kann das Anne nicht antun.«

Kevin schaute sie jetzt mit ernster Miene an. »Anne ist weg«, sagte er. »Schon lange. Es ist an der Zeit, dass du dich endlich neu verliebst.«

Jo schüttelte den Kopf und spürte schon wieder neue Tränen.

»Wie heißt sie denn?«

»Nadeschda.«

»Russin?«

Jo schüttelte den Kopf.

»Hier aus der Stadt?«

»Ich glaub nicht.«

Kevin nickte. »Ist sie schön?«

»Ja.«

»Nett?«

»Mehr als nett«, sagte Jo. Noch mehr Tränen drückten in ihre Augen.

»Und wo ist dann das Problem?«

»Ich kann es einfach nicht!«, rief Jo. »Ich bin noch nicht soweit.«

»Du wirst nie soweit sein, wenn du es nicht einfach mal versuchst«, sagte Kevin. »Weißt du, ich kann nur auf dich aufpassen, dass dir nicht wieder was passiert. Aber aus dem tiefen Loch, in dem du steckst, kann ich dich nicht holen. Das hab ich schon viel zu oft versucht. Das kann aber vielleicht eine neue Liebe.«

»Studierst jetzt du Psychologie oder ich?«

»Dafür brauch ich das nicht studieren. Das sagt mir der gesunde Menschenverstand.«

»So so.«

»Erzähl mir von ihr«, bat Kevin, ohne auf ihren Spott zu reagieren. »Wie sieht sie aus? Was habt ihr heute Abend gemacht? Was hat sie erzählt?«

Widerwillig berichtete Jo. Und hinterher sagte Kevin: »Diese Frau hat dir der Himmel geschickt.«

»Wie kommst denn auf so einen Stuss?«

»Na, so wie du von ihr schwärmst. Merkst du das nicht?«

»Blöder Arsch.«

»Echt jetzt! Ich kann sie richtig vor mir sehen. Eine Traumfrau! Ruf sie am besten gleich an.«

»Nein«, sagte Jo. »Sie hat gesagt, dass sie sich meldet.«

Kevin kicherte.

»Was ist daran so lustig?«

»Du hättest dich gerade sehen sollen, wie du das gesagt hast: Sie hat gesagt, dass sie sich meldet. Du kannst es kaum erwarten!«

»Ich will nicht, dass sie sich meldet.«

»Doch, willst du.«

»Nein, will ich nicht«, rief Jo.

»Doch, willst du. Ich kenn dich gut genug.«

»Meinst du?«, fragte Jo mit unsicherer Stimme.

Kevin nickte. »Vielleicht ist es auch ganz gut, dass du dich nicht bei ihr meldest, sondern sie bei dir. Dann siehst du, ob sie es mit dir ernst meint.« Er verstummte und schob mit gedämpfter Stimme hinterher: »Ist sie denn überhaupt …«

»Lesbisch?«

Kevin lief rot an.

»Hundertpro. Und brauchst nicht dabei rot zu werden.«

Darauf wurde Kevins Gesichtsfarbe noch ungesunder.

»Dir täte eine Freundin auch mal gut«, sagte Jo. »Dann bräuchte ich mich nicht ständig mit deinen versauten Gedanken herumzuschlagen.«

»Ich hab noch nicht die Richtige gefunden. Und außerdem, solange ich auf dich aufpassen muss …«

Jo hätte ihm am liebsten den heißen Tee ins Gesicht geschüttet. »Dann bin also ich schuld daran, dass du immer noch Single bist?«

»Nein nein!«, wehrte sich Kevin.

»Aber irgendwie schon.«

»Naja. Du bist eben meine große Liebe.«

Jo verdrehte die Augen. »Mit dem Thema sind wir doch durch, dachte ich.«

»Ja, sind wir.« Kevin schaute traurig auf den Tisch, hob seinen Blick jedoch gleich wieder und seine Miene hellte sich schlagartig auf. »Ich sag dir was. Wenn du mit dieser Nadeschda was anfängst, such ich mir auch eine Freundin.« Er grinste.

»Ich will keine Freundin haben«, bekräftigte Jo. »Und jetzt geh ich ins Bett.« Sie ließ Kevin sitzen und schloss sich in ihr Zimmer ein.

In dieser Nacht fand sie keinen Schlaf. Ihre Gedanken fuhren auf einem Dutzend Karussels gleichzeitig, und immer wieder tauchte Nadeschda vor ihr auf, abwechselnd mit Anne. Jo fragte Anne, was sie tun sollte, aber Anne antwortete nicht. Sie stand nur da und lächelte wie eine Porzellanpuppe. Spät in der Nacht ertappte sich Jo dabei, wie sie sich vorstellte, Nadeschda zu küssen. Wie sie wohl nackt aussah? Wie sich ihr Körper anfühlte? Jo warf sich in ihrem Bett herum und versuchte, diese Gedanken wieder zu verscheuchen. Aber sie kamen wieder, wie ein treuer Hund, den man sogar treten konnte, und der doch stets aufs Neue schwanzwedelnd zurückkehrte.

Den nächsten Tag verbrachte Jo damit, sich in ihre Fachbücher zu flüchten. Nicht einmal Malen half ihr heute. Irgendwann wurde ihr bewusst, dass sie ihr Telefon griffbereit auf dem Tisch liegen hatte, und sie immer wieder einen Blick darauf warf, in der stillen Hoffnung, darauf eine Nachricht von Nadeschda zu finden. Sie schaltete es aus, las einen Absatz und schaltete es wieder ein. Aber an diesem Tag kam keine Nachricht. Am zweiten Tag dasselbe Spiel. Kevin ertappte sie dabei, wie sie ihr Telefon in der Hand hielt und anstarrte.

»Und?«, fragte er.

Jo zuckte zusammen und warf ihr Telefon auf den Tisch.

»Hat sie sich gemeldet?«

Jo schüttelte den Kopf und widmete sich wieder ihrem Buch.

»Die wird sich schon melden«, sagte er.

»Ich glaube nicht.« Jo verfluchte sich für ihre sehnsuchtsvolle und brüchige Stimme.

»Was machst du denn da?«, rief Kevin.

»Telefon ausschalten.«

»Warum denn? Und wenn sie sich gerade jetzt melden will?«

»Dann bin ich froh, dass ich es aus habe. Und jetzt lass mich. Ich muss lernen.«

Sobald Kevin maulend aus der Küche verschwunden war, schaltete sie ihr Telefon wieder ein.

»Vor morgen wird sie sich sowieso nicht melden.«

Jo zuckte zusammen, weil sie nicht mitbekommen hatte, dass Kevin immer noch an der Küchentür stand.

»Mann!«, rief sie. »Erschreck mich nicht so!«

Kevin lachte. »Aber gut, dass du dein Telefon wieder an hast. Auch wenn sie garantiert erst morgen ...«

»Was, erst morgen?«

»Na, sie wird sich erst morgen melden, wegen der Drei-Tage-Regel.«

»Die gibt's doch nur bei euch Jungs!«

»Bei euch wohl auch.« Kevin zwinkerte ihr zu und verschwand wieder.

»Drei-Tage-Regel«, brummte Jo. »So ein Blöds...«

Ihr Telefon klingelte.

Nadeschda leuchtete auf dem Display.

Jos Herz blieb für einen Moment stehen und ihr Atem stockte. Ihre Hände waren innerhalb eines Augenblicks schweißnass, wodurch ihr das Telefon aus dem Griff flutschte. Mit zitterndem Finger tippte sie auf »Annehmen«, atmete einmal ein und aus, führte das Gerät an ihr Ohr und krächzte »Hallo?«

»Hey, Nadeschda hier«, ertönte vom anderen Ende eine fröhliche Stimme.

»Hey. Jo hier.« Sie fasste sich sogleich an den Kopf und verzog ihr Gesicht. Nadeschda musste denken, es mit einer Minderbemittelten zu tun zu haben, wenn ihr das nicht schon lange klar war.

»Was treibste?«, fragte Nadeschda.

»Lernen.«

»Ich auch. So ein Mist.«

»Ja.«

»Warum ich anruf ...«

Jetzt kommt's. Hoffentlich sagt sie, dass sie mich doch nicht treffen will. Dann wär alles gut. Oder doch nicht? Gott! Hilf mir!

»Was machst du morgen Abend?«

»Nichts.« Jo zitterte noch stärker. Sie will sich mit mir treffen! *SAG NEIN! JO!*

»Lust, mit mir auf ein Konzert zu gehen? So ne lokale Metalband.«

Sie hört auch noch deine Musik. Perfekte Frau.

Viel zu perfekte Frau. SAG NEIN!

»Ja!« Jo erschrak, weil sie in den Hörer geschrien hatte.

»Cool!«, kam von der anderen Seite. »Ich hol dich ab, ist nämlich gleich bei dir um die Ecke. 7 Uhr. Bis morgen dann! Ciao, Babe!«

»Tschüss.« Babe? Nadeschda hatte schon aufgelegt.

Jo warf das Telefon auf den Tisch und glotzte es wie einen Meteoriten an, der grade vom Himmel herabgestürzt war, geradewegs auf ihren Küchentisch. Sie hatte ja gesagt. Sie würde sich mit Nadeschda treffen. Nein, das ging nicht. Sie nahm das Telefon wieder in die Hand und tippte zu ihrer Kontaktliste. Sie wollte gerade auf Nadeschdas Namen tippen, um ihr doch abzusagen, als jemand laut applaudierte. Kevin stand unter der Tür und klatschte in die Hände. »Ich bin stolz auf dich«, sagte er.

»Ich sag wieder ab.« Jo widmete sich wieder ihrem Telefon.

Überraschend flink war Kevin bei ihr und riss es ihr aus der Hand. »Das lässt du schön bleiben!«

»Gib her, du Arsch!«

»Nö.«

Jo blitzte ihn böse an, fand aber nicht die Kraft, sich mit ihm anzulegen.

»Wann und wo trefft ihr euch?«

»Morgen Abend. Hier.«

»Wow! Das ging aber fix.«

»Nicht hier bei mir. Nadeschda holt mich hier ab und wir gehen dann auf ein Konzert.«

»Klingt gut«, sagte Kevin. »Freust du dich?«

»Ich weiß es nicht.«

»Du freust dich«, sagte Kevin. »Ich seh's dir an.«

»Was du alles siehst.«

»Kann ich dir dein Telefon wieder geben? Bist du wieder zur Vernunft gekommen?«

»Gib her.«

»Aber nicht absagen!«

Jo schüttelte den Kopf. Es war ja nur ein Konzert. Weiter nichts. Mehr musste nicht geschehen. Mehr durfte nicht geschehen!

Der Tag des Konzerts floss zäh wie Zuckersirup dahin. Jo zählte die Minuten bis zum Abend. Sie lief in der Wohnung auf und ab, zog all ihre Klamotten an und wieder aus, um am Ende doch wieder bei den herkömmlichen zu landen, in denen sie sich am wohlsten und vor allem am sichersten fühlte: Kapuzenpulli, weite Arbeiterhose. Alles schwarz.

Und endlich, endlich war es soweit. Es klingelte. Jo stürmte das Treppenhaus hinab, riss die Haustür auf und fiel Nadeschda fast in die Arme.

»Langsam, langsam.« Nadeschda lachte.

»Hey.« Jo versuchte, ganz ruhig zu atmen, was ihr schwer fiel.

Vom Konzert bekam Jo so gut wie nichts mit. Sie konnte ihre Augen nicht von Nadeschda lassen. Sie war noch schöner als in ihrer Erinnerung. Und wie sie tanzte. Nadeschda war das pure Leben. Und Jo fühlte sich plötzlich wieder so jung und energiegeladen wie früher. Es gab keinen Zweifel mehr. Sie hatte sich verliebt. Zum zweiten Mal in ihrem Leben. Eine Weile hörte sie noch die Stimme in ihr, die fortwährend schrie, dass sie abhauen und nicht in ihr Unglück rennen sollte. Aber sie wurde leiser, immer leiser, bis sie schließlich ganz verstummte, übertönt von der Musik und jener anderen Stimme in Jo, die ihr sagte, dass jetzt alles gut werden würde. Jo hatte sich entschieden. Sie allein war Herrin in ihrem Leben. Sie allein entschied, was gut und was schlecht für sie war. Und Nadeschda war gut für sie.

Die Sonne schien aufs Bett und Nadeschda schlief noch immer. Jo schmiegte sich an sie und genoss die doppelte Wärme, die der Sonne und die Nadeschdas. Das hatte Jo die Jahre über am meisten vermisst, die Wärme nackter Haut eines anderen Menschen im morgendlichen Bett.

Nadeschda murmelte etwas Unverständliches.

»Was?«, fragte Jo.

Nadeschda murmelte noch einmal, befreite sich aus Jos Umarmung, sprang aus dem Bett und rannte ins Bad. Jo blickte ihr verwirrt nach, und während sie sich noch fragte, was das nun zu bedeuten hatte, erschien Nadeschda in einem seidenen und spitzenbesetzten Nachthemd und einem Lächeln im Gesicht unter dem Türrahmen.

»Sorry«, meinte sie. »Ich musste schnell Zähneputzen, sonst fällst du in Ohnmacht, wenn ich dich nur anschaue.« Sie sprang wieder zu Jo ins Bett und küsste sie mitten auf den Mund. Jo glitt mit den Fingerkuppen über die Seide von Nadeschdas Nachthemd und spürte die warme Haut darunter und wünschte sich, das den ganzen Tag lang tun zu können.

»Frühstück?«, fragte Nadeschda, auf allen Vieren vor Jo kniend.

»Ich frühstücke eigentlich nie«, erwiderte Jo. »Können wir nicht noch ein bisschen kuscheln?«

»Ich sterbe vor Hunger!«, stöhnte Nadeschda. »Ich mach uns ein Frühstück, das auch du mögen wirst. Okay?«

»Wenn's sein muss.«

»Muss.«

»Na gut.«

Nadeschda befahl ihr, im Bett auf sie zu warten. Jo hüllte sich in die Bettdecke und lauschte dem geschäftigen Klappern in der Küche. Sie stieß einen zufriedenen Seufzer aus und schaute sich in Nadeschdas Zimmer um.

Es war in allen Belangen das genaue Gegenteil ihres eigenen, recht karg eingerichtet, eher pragmatisch als gemütlich. Die Wände waren kahl und nur weiß gestrichen, kein Bild, keine Lampe, ganz anders als Jos Zimmerwände, die komplett mit ihrer Wandmalerei bedeckt waren, und das, obwohl sie noch gar nicht so lange darin wohnte. An der Wand zu ihrer Linken stand ein Schrank, in dem Nadeschda ihre Kleidung verstaute. Jo hatte dafür nur ein aus Betonsteinen und Brettern von einer Baustelle selbst gezimmertes Regal. Der Schrank wurde von zwei Bücherregalen flankiert, in Reih und Glied mit Fachbüchern und Romanen gefüllt, Klassiker zumeist, soweit Jo das beurteilen konnte, sie war auf diesem Gebiet nicht unbedingt eine Expertin. Die einzigen Bücher, die sie zuhause hatte, waren jene Fachbücher, die für ihr Studium zwingend erforderlich waren, und selbst diese Sammlung wies klaffende Lücken auf. Sie brauchte keine Bücher. Ihr Leben war ohnehin so übervoll mit Erlebnissen und Erfahrungen, dass sie diese nicht auch noch in irgendwelchen Geschichten suchen musste. Außerdem wüsste sie nicht, wohin sie die Bücher hätte stellen sollen, um nicht die Flächen, die sie für ihre Wandmalerei benötigte zu verdecken.

Nadeschda klapperte immer noch in der Küche, und Jo ließ ihren Blick weiter durch das Zimmer gleiten. Der Schreibtisch war blitzblank und fast leer, abgesehen von einem Notebook und zwei Büchern, die sie wohl gerade brauchte. Er war ein Spiegelbild von Nadeschdas restlichem Zimmer, alles hatte seinen Platz und war penibel geordnet. Auf dem Nachttisch lag unter einer Designerlampe ein einziges Buch, woraus ein Lesezeichen hervorlugte. Und auf dem Boden konnte Jo nicht ein Kleidungsstück entdecken, außer ihrer eigenen. Nadeschdas Klamotten, die sie gestern auf dem Konzert getragen hatte, hingen sauber gefaltet über der Lehne ihres Schreibtischstuhls. Unter normalen Umständen hätte Jo ein solches Zimmer nie betreten. Der Bewohner musste der größte Langweiler sein. Vielleicht kannte sie Nadeschda noch nicht gut genug.

Nadeschda kam mit einem Tablett, so groß, dass sie es gerade noch halten konnte, ins Zimmer. Das Tablett war vollgeladen mit einem fürstlichen Frühstück. Der Kaffeeduft vermengte sich mit dem frisch aufgebackener Brötchen. Jo setzte sich auf und strich einen Teil der Decke glatt, worauf Nadeschda ächzend ihre Last abstellte.

»Ich hoffe, du hast inzwischen Hunger«, sagte Nadeschda mit einem Zwinkern.

Jo betrachtete staunend das üppige Frühstück. So etwas hatte ihr noch nie jemand serviert.

»Wenn ich das alles seh, krieg ich Hunger«, sagte sie.

Aus zwei übergroßen Bechern dampfte der Kaffee, die Brötchen in der Schale waren noch warm, auf einem Teller lagen sternförmig angeordnet zusammengerollte Käse- und Wurstscheiben, dann gab es noch kleine Schälchen mit verschiedenfarbenen Marmeladen, Nutella und Honig. Jo wusste nicht, wo sie anfangen sollte und schnappte sich erst einmal ihren Kaffeebecher.

»Danke.« Sie blies in ihren Becher.

»Kein Ding«, erwiderte Nadeschda. »Mach ich jeden Morgen so.«

Jo blickte sie über ihren Becher mit einer hochgezogenen Augenbraue an, worauf Nadeschda in Gelächter ausbrach.

»Scherz!«, rief sie. »Normalerweise frühstücke ich gar nicht. Das hier gehört alles meinem Mitbewohner. Aber der ist eh zu fett. Also können wir uns ruhig daran gütlich tun.«

»Meiner ist auch zu fett.«

»Wer jetzt?«

»Mein Mitbewohner«, sagte Jo. »Können wir also gerne auch mal bei mir machen.«

»Sehr gerne.« Nadeschda lächelte, glücklich, wie es schien.

»Nur siehts bei mir nicht so ordentlich aus«, warnte Jo.

»Ich hab gestern aufgeräumt«, sagte Nadeschda. »Ich wusste ja nicht, wie du so drauf bist.«

»Du hast geplant, mich zu dir nach Haus zu nehmen?«

»Geplant nicht. Gehofft. – Schlimm?«

Jo schüttelte den Kopf und trank einen weiteren Schluck Kaffee.

Nadeschda biss mit weit aufgerissenen Augen in eine mit Honig bestrichene Brötchenhälfte. Dabei lief ihr der Honig über ihre Finger und an ihren Mundwinkeln hinab. Sogar das sieht gut aus bei ihr, dachte Jo. Nadeschda griff nach einer Serviette und wischte sich wieder sauber.

»Magst du nichts essen?«, fragte sie.

»Doch doch«, sagte Jo. »Ich weiß nur noch nicht, mit was ich anfangen soll.«

»Darf ich dir was richten?«

Jo zögerte. Ihre Mutter war die Letzte, die ihr je ein Brötchen geschmiert hatte. Und das war eine Ewigkeit her.

»Ja, gerne«, sagte sie mit einem Lächeln.

»Ich hab natürlich keine Ahnung, was du am liebsten magst ...«

»Ich ...«

»Nein, lass mich raten.« Nadeschda schaute Jo lange in die Augen und ließ ihren Blick dann über das Frühstückstablett gleiten. »Ich hab's«, sagte sie.

»Da bin ich mal gespannt!« Jo kicherte.

Nadeschda schnitt ein Brötchen auseinander, indem sie das Messer einmal rundherum führte. Sie klappte es auseinander und zupfte mit spitzen Fingern das mittlere Stück weichen Teig heraus. Sie hielt es in die Höhe und schaute Jo fragend an. Jo war verblüfft und nickte. Genauso hätte sie es auch gemacht. Das Weiche in der Mitte des Brötchens, wohin das Messer nicht ganz gelangte, war ihr liebstes Stück. Nadeschda lachte und führte den weißen Teigfetzen an Jos Mund, die diesen willenlos öffnete. Sie kaute und war gespannt, was Nadeschda nun weiter tun würde. Wenn sie nun die obere Hälfte des Brötchens ... Nadeschda nahm die obere Hälfte und strich, Jo konnte ihren Augen kaum trauen, dick Nutella drauf.

»Gruselig«, sagte Jo.

»Hab ich falsch geraten?«, fragte Nadeschda mit besorgtem Gesicht.

»Nein, genau richtig. Das find ich gruselig.«

Nadeschda lachte und reichte ihr das Nutellabrötchen.

»Kannst du Gedanken lesen?«

»Nein, ich hab deine Mutter gefragt, was du am liebsten zum Frühstück magst.«

Jo blieb vor Schreck ein Bissen im Hals stecken. »Du hast – was?«

Nadeschda brach in schallendes Gelächter aus und hielt sich die Hand vor den Mund, um sich wieder zu beruhigen. »Ich habs erraten. Keine Sorge, ich kenne deine Mutter doch gar nicht.«

»Du hast mir n ganz schönen Schrecken eingejagt, du Miststück«, sagte Jo mit gespieltem Ärger.

»Entschuldige«, bat Nadeschda mit Hundeblick.

»Bitte keine Witze mit meiner Mutter«, sagte Jo in ernstem Ton.

»Okay.« Nadeschda neigte demütig ihren Kopf, worauf beide lachen mussten und Jo dabei fast ihren Kaffee über die Decke schüttete. Es schwappte aber nur ein klein wenig auf ihren Teller. Sie war erleichtert, dass sie nicht gleich am ersten Tag Nadeschdas Bett eingesaut hatte.

Sie aßen weiter, und Nadeschda fragte: »Träumst du eigentlich öfter? Und so – lebendig?«

Jo stockte. »Bitte?«

»Na, du hast heute Nacht im Traum geredet und einmal sogar gelacht. Scheint gut gewesen zu sein, was du da geträumt hast.«

»Entschuldige«, sagte Jo. »Hab ich dich geweckt?«

»Nein, nein. Ich lag eh wach und hab dich angeschaut.«

»Du hast mich beobachtet, während ich geschlafen hab?«

Nadeschda nickte. »Ich hab selten jemanden wie dich im Bett. Da muss ich mir doch ganz genau anschauen, wen ich mir da geangelt habe.«

»Du nimmst also öfter jemanden mit nach Hause?« Jos Stimmung sackte innerhalb einer Sekunde in die Tiefe.

»War ein Scherz!«, lachte Nadeschda. »Ich glaub, ich sollte endlich mal an meinem Humor arbeiten.« Sie räusperte sich.

Jo sagte nichts.

»Passiert mir immer.« Nadeschda leckte sich die von Honig triefenden Finger.

Jo runzelte die Stirn.

»Sorry. Immer wenn ich nervös bin, rede ich zuviel Unsinn und mach blöde Witze.«

»Bist du nervös?«

»Machst du Witze?«, rief Nadeschda. »Ich hab die schönste Frau, die ich seit Jahren, ach was, überhaupt jemals gesehen hab in meinem Bett und frühstücke mir ihr! Klar bin ich nervös!«

»Das war jetzt ein ganz schlechter Witz«, sagte Jo.

»Nein.« Nadeschda schüttelte ernst den Kopf. »Das war kein Witz, das ist die Wahrheit.«

»Mhm.« Jo trank noch einen Schluck.

»Echt wahr!« Dabei stieß Nadeschda ihren Kaffeebecher um und vergoss den kompletten Inhalt auf ihrer Decke. »Scheiße«, sagte sie, blickte entgeistert auf den riesigen braunen Fleck, um dann laut loszuprusten. Jo lachte mit, und plötzlich, ohne dass Jo es recht mitbekam, lagen sie sich in den Armen und küssten sich. Sie fielen übereinander her wie am vergangenen Abend. Jo streifte Nadeschdas Nachthemd über ihren Kopf, warf sich auf sie, wobei sie aus Versehen alles, was auf dem Tablett stand über das ganze Bett verstreute. Doch das störte Jo nicht, genausowenig Nadeschda. Sie lachten und küssten sich und schmierten sich gegenseitig mit Marmelade, Nutella und Honig ein und leckten es wieder ab. Sie liebten sich hemmungslos, so wie es sich Jo seit Jahren ersehnt hatte. Mit Nadeschda war es anders als mit Anne, wilder und schmutziger. Und es brachte Jo fast um den Verstand.

Hinterher sah Nadeschdas Bett wie ein Schlachtfeld aus. Nass, klebrig, bunt. Jo blickte schuldbewusst zu Nadeschda, die aber nur lachen konnte.

»Jetzt ist wenigstens mein Bett unordentlich.« Sie lachte noch mehr.

»Sorry«, sagte Jo.

»Für was? Dass ich gerade den besten Sex meines Lebens hatte? Du bist mir so eine.« Sie nahm etwas Marmelade auf ihre Finger und warf es nach Jo. Die warf zurück, und so ging es hin und her, bis nicht nur das Bett vollständig eingesaut war, sondern auch die weiße Wand drum herum.

»Ich mal dir was drauf, ok?«

»Du kannst malen?«

Jo nickte.

»Geil«, sagte Nadeschda. »Ich weiß auch schon, was.«

»Was?«

»Dich selbst!«, sagte Nadeschda. »Aber nackt.«

»Kann ich nicht.«

»Doch, kannst du.«

»Mal schauen.«

Sie blickten sich einige Zeit in die Augen und Jo fürchtete, dass ihr bald die Mundwinkel ausfransten, weil sie einfach nicht aufhören konnte, zu grinsen. Sie zwang sich immer wieder, ihre Lippen zu einem Strich werden zu lassen, aber sie schnellten gleich wieder nach oben. Sie konnte nicht anders. Sie sprudelte über vor Glück, so sehr, dass ihr bald schon die Tränen kamen.

»Ich bin glücklich«, sagte sie.

»Ich auch«, sagte Nadeschda. »Sehr sogar.«

»Was machen wir jetzt mit deinem Bett?« Jo schniefte und lachte gleichzeitig.

»Waschen«, meinte Nadeschda. »Oder wegwerfen. Oder, nein, noch besser, wir hängen die Bettdecke an meine Wand. Dann erinnern wir uns immer an unser erstes gemeinsames Frühstück.«

»Ha ha, das ist gut!«

»Du, jetzt aber nochmal ernsthaft«, sagte Nadeschda. »Träumst du öfter so lebendig wie heute Nacht?«

Jo schüttelte sich. »Du hast mal ein Tempo drauf, das Thema zu wechseln.«

»Jetzt sag schon.«

Jo war die Frage unangenehm. »Passiert mir sonst nie«, sagte sie daher. »Eigentlich träume ich nie«, obwohl das gelogen war. Aber sie erreichte damit immerhin, dass Nadeschda nicht weiter nachhakte.

Kurz darauf rief Nadeschda plötzlich laut »Mist!« Sie schaute auf die Uhr. »Ich muss dringend in die Vorlesung!«

Jo musste eigentlich auch, aber sie hätte den Tag nur zu gerne mit Nadeschda im Bett verbracht. Aber Nadeschda hatte es mit einem Mal unglaublich eilig und drängte darauf, dass sie sich duschten, anzogen und auf den Weg machten.

»Du hast doch bestimmt auch Vorlesung, oder?«, fragte Nadeschda.

»Ja, schon.« Was ist nur in Nadeschda gefahren, fragte sie sich.

Sie gingen gemeinsam auf den Campus, von dem Nadeschda praktischerweise nicht weit entfernt wohnte. Dort mussten sie sich trennen, Jo in die eine, Nadeschda in die andere Richtung.

Sie standen voreinander, und keine von beiden machte Anstalten, die andere zu umarmen oder gar zu küssen. Jo verkrampfte, eine seltsame Kälte schien sich zwischen sie geschoben zu haben.

Warum nur?

Weil es falsch ist!

Nadeschda räusperte sich. »Werden wir uns nochmal treffen?« Ihre Stimme klang so, als sei sie sich nicht sicher.

»Ist das eine ernsthafte Frage?«

»Ja, schon. Wir hatten echt eine tolle Nacht und einen wunderschönen Morgen. Aber das muss ja nicht heißen, dass wir einfach so damit weiter machen, oder?«

Jo kniff die Augen zusammen. Sie begriff nicht, was Nadeschda ihr sagen wollte. Hatte sie schon nach einer Nacht genug von ihr? Was war dann mit dem Gerede von dem Nacktbild und der Bettdecke an der Wand. Sie verstand ganz und gar nicht, was auf einmal in Nadeschda gefahren war.

Küss sie, dann ist alles gut.

Sie schlang ihre Arme enger um sich und sagte: »Du, ich muss jetzt los. Ich meld mich dann bei dir.«

Damit drehte sie sich um und eilte über den Platz davon zu ihrem Vorlesungsraum. Vor ihrem inneren Auge sah sie noch die bestürzte Miene Nadeschdas, nachdem sie sich so abrupt verabschiedet hatte. *Wenigstens einen Abschiedskuss hättest du ihr noch geben können.* Jo blieb stehen. *Wie dumm du doch bist!* Sie drehte sich wieder um. Aber Nadeschda war schon verschwunden.

An diesem Abend saß Jo an ihrem Schreibtisch und versuchte, ihre Gedanken zu sortieren, was ihr schon den ganzen Tag über schwer gefallen war.

Was ist, wenn es für Nadeschda wirklich nur ein schnelles Abenteuer gewesen ist? Oder meint sie, dass es das für mich war?

Sei froh, dass sie weg ist!

Nein, bin ich nicht!

Jo war es ernst, sehr ernst sogar. War es das auch für Nadeschda? So konnte es nicht weitergehen. Ihre Gedanken machten sie verrückt. Sie nahm ihr Telefon, klickte sich durch die überschaubare Liste ihrer Kontakte, schaute sich Nadeschdas Namen an und legte das Gerät wieder weg. Sie sollte lernen. Aber sie konnte sich nicht konzentrieren. Einen Brief schreiben. Ja, das hatte sie schon einige Zeit nicht mehr getan. Es gab auch nichts zu erzählen. Aber jetzt schon. Vielleicht half ihr das, Klarheit in ihr Gedankenwirrwar zu bringen. Sie kramte ihr Briefpapier aus den Tiefen ihrer Stapel auf dem Schreibtisch hervor und suchte ihren Füller, prüfte die Tintenladung und begann zu schreiben.

Liebe Anne!

Ich hab lange nichts von mir hören lassen. Entschuldige bitte. Es gab einfach nichts, was ich Dir neues berichten konnte. Bis jetzt.

Ich habe jemanden kennengelernt. Nadeschda heißt sie. Eine schöne Frau, nett, lustig, interessant und ziemlich verrückt. Sehr verrückt. Aber das gefällt mir, das weißt Du ja. Bin ja selbst nicht das, was man als normal bezeichnen würde. Ihre Augen sind von einem tiefen Schwarz, kohlschwarz, oder rabenschwarz, aber das trifft es alles nicht. Hab noch nie so schwarze Augen gesehen. Und sie versprühen eine Freude am Leben, wie ich sie lange nicht gespürt habe. Sehr lange. Aber in ihnen liegt auch eine Traurigkeit. Ich sehe das. Wer, wenn nicht ich.

Ich war gestern mit ihr auf einem Konzert und danach die ganze Nacht bei ihr. Morgens hat sie mir Frühstück ans Bett gebracht und mir ein Nutellabrötchen geschmiert, ganz so als kannte sie mich schon mein ganzes Leben. Und genau dieses Gefühl hatte ich übrigens auch, als ich sie zum ersten Mal gesehen habe. Kennst Du bestimmt, dieses dumpfe Gefühl, jemanden schon einmal irgendwo gesehen zu haben, obwohl es nicht sein kann. Ich weiß auch nicht. Ich bin, ja, ich glaube, nein, ich weiß!, ich habe mich verliebt. So richtig. Wie damals. Aber ich hab Angst davor, dass nichts daraus wird. Heute fragte sie mich zum Abschied, ob wir uns nochmal treffen sollen. Und ich weiß jetzt nicht, wie sie das gemeint hat. Will sie mich nochmal treffen? Oder hat sie mich gefragt, ob ich sie überhaupt nochmal treffen will? Sehr seltsam das Ganze.

Aber sie hat ja recht. Ich hab echt Angst davor, mich auf eine Beziehung einzulassen. Vielleicht hat sie das ja bemerkt ... Gott, ich weiß doch gar nicht, ob Nadeschda das überhaupt will!

Ich bin immer noch so sehr mit der Vergangenheit beschäftigt. Jeden Tag. Ich muss mich jeden Tag aufs Neue dafür entscheiden, ob ich den Kampf wieder aufnehmen will. Keine Drogen mehr, nicht mehr in Scheinwelten abdriften, im Hier und Jetzt sein. Das kostet alles so viel Kraft! Aber das weißt Du ja, ich hab Dir das schon so oft erzählt.

Aber diese Kraft fehlt mir dann für eine Beziehung, verstehst Du? Ich hör Dich schon: Jo! Die Liebe gibt dir Kraft, sie kostet keine! Vielleicht hast Du ja Recht. Nicht nur vielleicht, ich weiß, dass es so ist.

Aber das ist es ja nicht nur. Wenn es nur das wäre! Was ist, wenn ich nochmal so etwas erleben muss wie damals? Dass auch Nadeschda einfach geht und nie wieder zurück kommt? Das könnte ich nicht ertragen. Das wäre mein Tod, ganz sicher. Und ich will doch leben! Sonst würde ich nicht jeden Tag aufs Neue kämpfen. Vielleicht sollte ich es gar nicht soweit kommen lassen und Nadeschda einfach vergessen?

Ich weiß, schon lange weiß ich das, dass irgendwann der Tag kommt, an dem ich jemanden kennenlerne. Das hast Du mir immer wieder gesagt, auch wenn ich nicht daran geglaubt habe. Bis jetzt. Und, ja, ewig alleine leben geht nicht, das stimmt schon. Und Kevin ist zwar prima und hilft mir so viel, dass ich ihm gar nicht dankbar genug sein kann. Auch wenn es Tage gibt, wo er mir gehörig auf die Nerven geht.

Nadeschda. Vielleicht ist sie ja doch die Richtige. Vielleicht auch nicht. Ich weiß es einfach nicht. Verrücktes Huhn ist die. Ach, ich weiß nicht.

Ich halte Dich auf dem Laufenden!

Fühl Dich gedrückt und geküsst

Deine Jo

Jo faltete den Brief, ohne ihn vorher auf Rechtschreibfehler geprüft zu haben, steckte ihn in einen Umschlag und legte ihn in ihre Schreibtischschublade, zu all den anderen nie abgeschickten Briefe an Anne.

Sie schloss für einen Moment die Augen und atmete still aus und ein. Dann nahm sie ihr Telefon. Keine Nachricht von Nadeschda. Den ganzen Tag schon nicht. Nur einige Blödsinnsnachrichten von Kevin, die sie getrost unbeantwortet löschen konnte. Warum meldete sich Nadeschda nicht? *Weil du gesagt hast, dass du das tust, Dummkopf.* Stimmt. Was Nadeschda wohl gerade tat? Dachte sie an Jo? So wie Jo an Nadeschda? Am liebsten wäre sie nun bei ihr unter die Decke geschlüpft, um sich an ihre warme Haut zu schmiegen.

Sie entriegelte ihr Telefon, gab jedoch keine Nachricht ein, sondern blickte stumm darauf, so lange bis der Bildschirm wieder schwarz wurde. Sie entriegelte es wieder und starrte wieder, bis es erneut erlösche. Das machte sie so lange, bis ihr fast die Augen zufielen. Kurz, bevor sie ins Bett ging, schrieb sie Nadeschda doch noch eine Nachricht.

Zwei

Nadeschda wartete schon. Als Jo sie sah, ging sie einige Schritte schneller, bis sie schließlich rannte und Nadeschda um den Hals fiel. Etwas zu heftig. Nadeschda verlor fast das Gleichgewicht. Jo drückte sie so fest sie konnte und Nadeschda blieb steif wie ein Brett.

Jo trat einen Schritt zurück. »Es – es tut mir leid«, sagte sie.

Nadeschda schaute sie nur an.

»Ich hätte dich gestern nicht einfach so stehen lassen dürfen«, sagte Jo.

»Das stimmt.«

»Bitte verzeih mir.«

Anstatt etwas zu sagen, hauchte Nadeschda ihr einen Kuss auf den Mund und flüsterte in ihr Ohr: »Wir stehen erst am Anfang, Schnucki. Okay?«

»Schnucki?« Jo drückte sich von Nadeschda weg und schaute sie stirnrunzelnd an.

»Magst du das nicht?«, fragte Nadeschda.

Jo schüttelte den Kopf und verzog dabei angewidert den Mund.

»Jetzt speziell Schnucki oder Kosenamen im allgemeinen?«

»Also, Schnucki ganz speziell nicht. Klingt wie Mausi, oder Zensi. Da kannst du auch gleich Muschi sagen.«

»Oh, Muschi ist gut.« Nadeschda kicherte. »Da fällt mir ein …«

»Ich glaub, ich steh allgemein nicht auf Kosenamen.«

»Gut, dann nenn ich dich einfach Jo. Oder: meine Liebe?«

»Nein, bitte nicht meine Liebe. Einfach Jo, das reicht.«

»Gut. Dann musst du mich Deschda nennen. Und bitte bitte niemals Nadi oder so. In Ordnung?«

»Versprochen«, sagte Jo. »Deschda. Klingt gut.« Sie grinste.

»Dann hätten wir das schon mal geklärt.« Nadeschda stieß ein helles Lachen aus.

»Ist alles gut zwischen uns?«, fragte Jo.

»Klar, warum nicht?«

»Na, irgendwie warst auch du komisch gestern.«

»Ja, stimmt, hast recht«, sagte Nadeschda. »Bitte nicht sauer sein. Ich glaube, ich hatte Angst, dass gestern Nacht nur eine Episode war, nichts Ernstes.«

»Wie kommst du auf so einen Blödsinn?«

»Ich weiß auch nicht«, sagte Nadeschda. »Ich bin ein Angstmensch.« Sie zog eine Grimasse.

»Und, ist es was Ernstes?«, fragte Jo.

»Für mich, ja«, sagte Nadeschda. »Und für dich?«

»Ja, schon, glaube ich.«

Nadeschda küsste sie wieder auf den Mund.

»Und?«, fragte sie dann. »Eine Idee, was wir jetzt machen? Immerhin hast du mich herbestellt.« Sie zwinkerte Jo zu.

»Keine Ahnung.«

»Wollen wir an die Elbe? Ein bisschen spazieren? Ist so herrliches Wetter.«

»Elbe? Ich weiß nicht.« Jo war etwas unschlüssig.

»Jetzt komm schon«, forderte Nadeschda sie auf. »Jedes frisch verliebte Paar in dieser Stadt muss wenigstens einmal gemeinsam an der Elbe gewesen sein.« Sie griff nach Jos Hand und zerrte sie in den gerade angekommenen Bus hinein.

»Ist das überhaupt der richtige?«, fragte Jo.

»Null Ahnung. Hauptsache, er bringt uns in die Nähe.«

Wenig später standen sie auf dem Sand am Ufer des breiten Stroms, der Lebensader der Stadt.

Nadeschda sog gierig die Luft ein. »Ahh! Göttlich! Hier riecht's so frisch und belebend.«

»Abgase vom Hafen und den Schiffen«, bemerkte Jo mit wenig Begeisterung.

»Du bist mir mal ein Miesepeter.« Nadeschda warf ihr einen tadelnden Blick zu. »Siehst du den Baum dort? Der so aussieht, als hätte er sich hingelegt, um aus dem Fluss zu trinken?«

Jo nickte.

»Wer zuerst dort ist!« Nadeschda rannte los, ohne darauf zu warten, was Jo davon halten könnte.

»Und du bist manchmal übelst guter Laune!«, rief Jo ihr nach, rannte aber selbst los und schaffte es, Nadeschda genau am Baum einzuholen.

»Unentschieden«, hechelte sie.

»Bist du Sportlerin oder was?« Nadeschda war völlig außer Atem.

»Nein, ich kann eben …«

Weiter kam sie nicht, weil Nadeschda sich auf sie warf und sie lange und heftig auf den Mund küsste, wobei sie beide in den Sand fielen und sich weiter küssten. Nach Atem ringend ließen sie schließlich voneinander ab und blickten durch die Äste in den Himmel hinauf. Jo beobachtete die Wolken, die hier unten am Fluss viel schneller ihre Bahnen zogen als in der Stadt. Zumindest schien es so.

»Schön hier«, meinte Nadeschda.

Jo nickte nur. Es war schön hier, ohne Zweifel. Aber es gab hier viel zu viel, was sie an Anne erinnerte. Der Sand, auf dem sie damals immer saßen und kleine bunte Windräder um ihren Platz herum steckten, deren leises Surren sich mit dem Brummen des Hafens verband. Das blaue Wasser, das manchmal dem Meer ähnelte, aber nur, wenn ein Schiff vorüberfuhr und Wellen ans Ufer warf. Anne und Jo träumten sich dann fort in fremde Länder, als Piratinnen auf großem Beutezug. Der blaue Himmel darüber mit den geschäftig dahineilenden Wolken. Und Anne und sie.

»Sollen wir Steine springen lassen?«, schlug Nadeschda vor.

»Siehst du hier irgendwo Steine?«

Nadeschda blickte sie an. »Stimmt irgendwas nicht?«

Jo schüttelte den Kopf und kämpfte einige Tränen nieder, die hervorbrechen wollten.

»Irgendwas hast du. Du schaust so traurig drein.«

»Es ist nichts.« Jo schniefte.

»Komm her.« Nadeschda beugte sich zu ihr herüber und nahm sie in den Arm. »Sollen wir woanders hin?«

Jo nickte in Nadeschdas Schulter hinein.

»Na komm.« Nadeschda stand auf, reichte Jo eine Hand und zog sie auf die Beine. Sie ließ ihre Hand nicht los und führte Jo auf dem schnellsten Weg in die Stadt hinein und steuerte das erste Straßencafé an. Dort setzte sie Jo auf einen Stuhl, nahm an ihrer Seite Platz und bestellte zwei Galão.

»Willst du mir erzählen, was dich gerade so traurig gemacht hat?«, fragte sie.

»Sorry, ich hab uns den ganzen Tag versaut«, sagte Jo.

»Hey, jetzt mach dir doch keine Vorwürfe!«

»Es ist so, da unten an der Elbe erinnert mich zu vieles an damals. Und das macht mich fertig. Ich weiß nicht mal, ob es die Erinnerungen sind, die mich so quälen oder die Tatsache, dass ich immer noch so sehr in der Vergangenheit festhänge und einfach nicht loslassen kann. Obwohl ich weiß, dass ich das tun muss. Ich lebe jetzt. Hier und jetzt. Was war ist vorbei. Und jetzt habe ich sogar noch das Glück, dich kennengelernt zu haben. Und es ist so unfair gegenüber dir, was ich da mache.« Sie schluchzte und kämpfte dagegen an, laut loszuheulen, nicht vor all den Leuten hier.

»Was plagt dich denn so? Was ist denn damals geschehen?«, fragte Nadeschda.

»Ich will dich nicht damit belasten«, sagte Jo. »Und«, sie zögerte einen Moment, »ich hab auch Angst davor, dass dann wieder alles hochkommt. Das will ich nicht. Davor habe ich eine Riesenangst.«

»Also, ich studier ja nun nicht Psychologie«, sagte Nadeschda.

»Aber ist es nicht kontraproduktiv, Dinge einfach zu verdrängen?«

»Ich hab nichts verdrängt!« Jo hatte ihre Stimme etwas zu sehr erhoben. »Was glaubst du«, fuhr sie gedämpfter fort, »warum ich in tausend Therapien war?«

Nadeschda hob abwehrend die Hände.

»Entschuldige«, bat Jo. »Ich wollte dich nicht anschreien.«

»Hey, schon gut«, sagte Nadeschda.

»Es ist nur so, dass ich eigentlich alles meide, was mich auch nur im Entferntesten an damals erinnert. Es macht mich fertig. Und manchmal kann ich einfach nicht mehr.« Nun konnte sie ihre Tränen nicht mehr zurückhalten und ließ sie einfach laufen.

Nadeschda rückte ihren Stuhl näher zu ihr, legte ihren Arm um sie und streichelte ihr durch die Haare, so lange, bis Jos Tränen versiegt waren. Jo gab ihr einen Kuss. »Danke.«

»Nicht dafür.« Nadeschda lächelte sie an.

»Du musst dir doch denken, was für eine verrückte Tuss du dir da angelacht hast«, sagte Jo und zog die Nase hoch.

Nadeschda reichte ihr ein Taschentuch.

»Nein«, sagte sie. »Ich hab da schon viel Verrücktere gehabt.« Sie lachte. »Und ich finds gut, dass du ein bisschen schräg ins Leben gebaut bist. Bin ich ja schließlich auch.«

»Danke«, wiederholte Jo. »Und ich meine es wirklich so. Danke, dass es dich gibt.«

Sie zuckte zusammen.

»Was ist los?« Nadeschda erschrak.

»Mein Telefon.« Jo wühlte in ihrer Tasche und beförderte das vibrierende Gerät ans Tageslicht. »Meine Mum«, sagte sie nach einem Blick auf den Bildschirm. Sie ging dran. »Hallo! ... Ja, ... du, bin grade ... ja ... ja ... na gut ... ja, bis später ... tschüss!«

»Und?«

»Meine Mum.« Jo machte ein entschuldigendes Gesicht. »Ich muss los. Sie hat Kuchen gebacken, und wenn ich da nicht auftauche, ist sie tief beleidigt. So ist sie.«

»Schade.«

»Ja.« Jo überlegte kurz und sagte dann: »Weißt was? Ich nehm dich einfach mit!« Sie klatschte vor lauter Übermut in die Hände.

»Und deine Mutter? Die kennt mich doch gar nicht.«

»Die überraschen wir einfach!«

»Das ist mir unangenehm.«

»Ach was. Die ist immer so alleine und freut sich über Gesellschaft.«

»Weiß sie denn von mir?«

»Nein. Aber dann schon.« Jo grinste.

»Ich weiß nicht …«

»Auf jetzt! Ich bin mit dir auch an die Elbe!«

»Ich glaub, dass ich lieber in meine Bude gehe«, sagte Nadeschda. »Ist mir echt peinlich, so uneingeladen bei deiner Mutter aufzuschlagen und dann auch noch gleich als deine neue Freundin vorgestellt zu werden.«

»Wenn du mich liebst, kommst du jetzt mit«, sagte Jo.

Nadeschda blickte sie einen Atemzug lang überrascht an. »Bist du immer so erpresserisch?«

Jo zuckte mit den Achseln. »Wenn nichts anderes hilft?«

»Miststück.«

Jo nickte und grinste von einem Ohr zum anderen.

»Na gut«, willigte Nadeschda schließlich ein. »Aber ich will nachher kein Gejammer hören, wenn's schief geht.«

Auf dem Weg zu ihrem Elternhaus stellte sich Jo vor, wie ihre Mutter reagieren würde. Als sie damals Anne zum ersten Mal mit nach Hause gebracht hatte, auch unangekündigt, war ihre Mutter wenig begeistert gewesen. Inzwischen hatte sie sich aber damit abgefunden, nie Enkel haben zu werden. So schwer es ihr gefallen war, das zu akzeptieren. Und jetzt wurde sie nicht müde, Jo immer wieder darauf anzusprechen, ob sie nicht endlich jemanden gefunden hätte. Jo redete sich stets damit heraus, dass sie keine Zeit für solche Sachen hätte und überhaupt alleine sehr glücklich sei. Und sie habe doch Kevin. Aber der sei doch kein wirklicher Ersatz, meinte ihre Mutter. Themawechsel, bitte.

Als sie an ihrem alten Zuhause angelangt waren, öffnete Jo das Eisentor und trat auf die geschotterte Auffahrt. Nadeschda blieb am Tor stehen und blickte mit unverholenem Unglauben auf das Haus.

»Was ist?«, fragte Jo. »Noch nie ne Villa gesehen?«

Nadeschda klappte ihren Mund wieder zu, ihren Blick weiterhin auf die Villa von Jos Familie geheftet.

»Jetzt komm schon, so schön ist die alte Kiste jetzt auch nicht.«

»Ich wusste nicht, dass deine Eltern reich sind! Das ist ja ein Schloss!«

Jo winkte ab. »Mir bedeutet dieser Reichtum nichts«, behauptete sie. »Das Haus ist seit über einem Jahrhundert in Familienbesitz. Oder noch länger. Irgendeiner meiner Vorfahren hat es gebaut, war Seefahrer.«

»Und was machen deine Eltern? Muss doch ein Schweinegeld kosten, das Ding zu verhalten.«

»Die waren Rechtsanwälte.«

»Waren?«

»Ja, mein Vater ist vor zwei Jahren gestorben ...«

»Das tut mir leid.«

»Mir auch.« Jo zwängte ein Lächeln hervor. »Und meine Mutter hat damals, als ich in der Klinik war, ihren Job aufgegeben, um sich um mich zu kümmern. Seit ich wieder halbwegs auf eigenen Beinen stehen kann, arbeitet sie ehrenamtlich bei einer Drogenberatung auf dem Kiez und lebt vom Erbe meines Vaters.«

»Cool.«

»Was?«

»Dass sie sich für sowas einsetzt!«

»Ja, find ich auch.« Jo musste zugeben, dass sie nie gedacht hätte, einmal so stolz auf ihre Mutter sein zu können. Damals war ihr Verhältnis nicht das beste gewesen.

Sie gingen Hand in Hand über den knirschenden Schotter, stiegen die Stufen zur Haustür hinauf, und Jo klingelte. Nur Sekunden später öffnete ihre Mutter die Haustür und trocknete sich noch schnell die Hände an einem Geschirrtuch.

»Du bist schon da!«, rief sie freudig aus und stockte, als sie Nadeschda erblickte. »Oh, du bist in Begleitung?«

»Ja, Mama. Das ist Nadeschda. Meine Freundin.«

Das Gesicht ihrer Mutter strahlte plötzlich und sie streckte Nadeschda ihre Hand entgegen.

»Hallo Nadeschda. Ich bin Johannas Mutter.«

»Hallo.« Nadeschda lächelte und blickte dann Jo an, während sie lautlos Jos vollen Namen mit den Lippen formte. Jo verdrehte die Augen.

Jos Mutter schüttelte immer noch Nadeschdas Hand, etwas zu lange, befand Jo. Als sie Nadeschda endlich genug von unten bis oben beäugt hatte, wandte sie sich wieder an ihre Tochter. »Freundin, oder Freundin-Freundin?«

Jo warf Nadeschda einen kurzen Blick zu. Diese hob die Augenbrauen. Jo zwinkerte ihr aufmunternd zu und blickte mit einem stolzen Lächeln ihre Mutter an. »Freundin-Freundin.«

Ihre Mutter klatschte in die Hände und rief einen Dankesruf gen Himmel. »Dass ich das noch erleben darf!«, sagte sie. »Kommt rein, kommt rein.«

Jos Mutter führte die beiden in die Küche, und Jo musste Nadeschda fast gewaltsam mit sich ziehen, weil diese vor lauter staunenden Blicken das Gehen vergaß.

In der Küche stellte Jos Mutter schnell noch ein drittes Gedeck auf den Tisch, wo schon der Käsekuchen stand und eine Kanne Kaffee. Jo lief beim bloßen Anblick das Wasser im Mund zusammen. Sie setzten sich, und noch bevor jede ein Stück Kuchen auf dem Teller hatte, gab es für Jos Mutter kein Halten mehr.

»Nun sagt schon. Wie habt ihr euch kennengelernt? Und wann? Und wo? Ich will alles wissen!«

»Mama. Lass uns doch erstmal Kuchen essen.«

»Ja ja. Du hast ja recht.« Sie verteilte den Kuchen und goss in jede Tasse etwas Kaffee. »Milch und Zucker gibt's hier«, sagte sie.

»Ich weiß ja nicht, wie Sie ihn trinken.« Sie kicherte.

Wie nervös sie ist, dachte Jo. Wie ein kleines Kind, das zum ersten Mal jemanden Fremden kennenlernt.

»Sagen Sie doch bitte du zu mir«, bat Nadeschda.

»Schön! Dann sagst du bitte auch du zu mir, liebe Nadeschda.« Sie streckte ihre Hand quer über den Tisch, wobei sie beinahe Jos Tasse umgeworfen hätte, die diese gerade noch festhalten konnte, mit einem tadelnden Blick in Richtung ihrer Mutter.

»Margarita«, verriet ihre Mutter Nadeschda ihren Vornamen.

Nachdem die Verschwesterung vorüber war, fuhr ihre Mutter mit ihren Fragen fort.

»Also, Nadeschda, wo hast du meine Tochter kennengelernt? Ich stell mir das etwas schwierig vor, da sie doch kaum ihre Höhle verlässt.«

»Mama!«

»Stimmt doch«, bekräftigte ihre Mutter.

»Ich studier an der gleichen Uni«, erzählte Nadeschda. »Wir haben uns auf einer Party kennengelernt.«

»Du gehst wieder auf Partys?«, fragte Jos Mutter an Jo gewandt.

»Kevin hat mich hingeschleift.«

»Schön!« Ihre Mutter klatschte wieder in die Hände, wie sie das immer tat, wenn sie sich über etwas ganz besonders freute. »Dann ruf ich ihn morgen gleich an und gratuliere ihm, dass er das geschafft hat.« Sie grinste übermütig und schob sich ein Stück Käsekuchen in den Mund. »Und was studierst du?«, fragte sie mit noch vollem Mund.

»Germanistik und Slawistik«, sagte Nadeschda. »Aber ich bin keine Russin«, fuhr sie mit einem Blick auf Jo fort, »auch wenn man das vielleicht denken könnte.«

»Kommst du aus Hamburg?«

»Ja und nein, wie man's nimmt. Ich bin in Hamburg geboren und hier aufgewachsen und auch einige Zeit hier zur Schule gegangen. Mein Abitur hab ich allerdings in Süddeutschland gemacht, weil meine Eltern dort hingezogen sind.«

»Jetzt weißt du schon mehr über Nadeschda als ich«, mischte sich Jo in das Gespräch. »Du immer mit deiner Fragerei.«

»Jetzt sag bloß, du hast das Nadeschda noch nicht gefragt!«

»Wir hatten anderes zu tun.« Jo kniff dabei in Nadeschdas Schenkel.

»Na na! Nicht hier am Tisch!«, sagte Jos Mutter mit gespielter Empörung und lachte gleich anschließend. Nadeschda lief überraschend rot an und Jo flüsterte ihr ein »Sorry!« hinüber.

»Ja, und jetzt bin ich wieder hier«, fuhr Nadeschda fort. »Wegen meines Studiums.«

»Und, gefällt's dir hier?«

»Sehr sogar«, sagte Nadeschda. »Ich hab die Stadt sehr vermisst.«

»Hast du Geschwister?«

Jo bemerkte, wie Nadeschda bei dieser Frage kurz zögerte und ein Schatten über ihre Augen huschte. »Nein.« Sie schob sich ein Stück Kuchen in den Mund.

»Schade«, sagte Jos Mutter. »Mein Mann und ich haben es leider auch nie geschafft, Johanna noch ein Geschwisterchen zu schenken. Wir haben immer viel zu viel gearbeitet. Und dann war es irgendwann zu spät.« Sie machte ein bedauerndes Gesicht. »Naja. So ist das Leben.« Sie lächelte und fuhr mit ihren Fragen fort: »Auf welche Schule bist du damals gegangen?«

»Mama. Jetzt sei doch nicht so neugierig«, beschwerte sich Jo.

»Schon ok«, sagte Nadeschda. »Ich war auf der Sophie-Barat-Schule, meine Eltern sind streng katholisch und mussten ihr Töchterchen unbedingt auf diese Schule schicken.«

Jos Mutter hob interessiert die Augenbrauen. »Eine gute Schule«, sagte sie.

Nadeschda zuckte mit den Achseln.

Plötzlich kicherte Jos Mutter. »Das wär doch spannend gewesen, wenn ihr beide auf die gleiche Schule gegangen wärt und euch erst jetzt kennengelernt hättet. Johanna war nämlich auf der ...«

»Mama! Jetzt reichts«, fuhr Jo dazwischen. »Nadeschda kommt sich womöglich noch wie in einem Verhör vor. Lass uns doch endlich mal in Ruhe deinen Kuchen genießen, der ist nämlich echt wieder lecker.« Zum Beweis schob sie sich ein extra großes Stück in den Mund.

»Hast ja recht.«

Ihre Mutter kniff ihr in die Wange, was sie schon gerne getan hatte, als Jo noch ein kleines Kind gewesen war. Nur, dass sie damals noch ein Kind war ... Jo verzichtete, ihre Mutter darauf hinzuweisen.

Sie aßen den Kuchen, tranken ihren Kaffee und Jo war froh, dass ihre Mutter das Verhör eingestellt hatte, und sich nun darauf verlegte, von ihrer Arbeit in der Drogenberatung zu erzählen, wobei Nadeschda aufmerksam zuhörte, Jo hingegen überhaupt nicht. Sie hatte nur Augen für ihren Käsekuchen und für Nadeschda, die sie sich ungeschickterweise gerade jetzt nackt vorstellte.

»Komm, ich zeig dir mein altes Zimmer«, sagte Jo, als sie fertig gegessen hatten.

»Sollen wir nicht erst Margarita beim Abwasch helfen?«

Margarita, wiederholte Jo in Gedanken. Das klang seltsam, wenn ihre Freundin ihre Mutter so nannte.

»Nein, nein. Das mach ich schon«, winkte Jos Mutter ab. »Geht ihr nur hoch und schaut euch das Haus an. Fühlt sich sowieso in letzter Zeit viel zu einsam, das alte Ding.«

Jo wusste, dass sie damit sich selbst meinte und nicht unbedingt das Haus. Es tat ihr leid, aber sowohl sie als auch ihre Mutter wussten, dass Jo nur dann wirklich auf eigenen Beinen zu stehen lernte, wenn sie alleine lebte und Abstand zu ihrem Elternhaus gewann.

Auf halbem Weg das Treppenhaus hinauf, sprach Nadeschda sie genau auf dieses Thema an. »Warum wohnst du denn nicht mehr hier in diesem geilen Haus?«

»Ich will mein Leben selbstständig leben können«, antwortete Jo. »Und das kann ich hier nicht.«

»Aber warum musstest du dann gleich auf den Kiez ziehen! Ist das nicht zu gefährlich?«

»Du meinst wegen den Drogen?«

Nadeschda nickte.

»Die gleichen Sorgen macht sich meine Mutter auch. Ich aber nicht. Ich kenne mich dort aus, weiß, was ich machen kann, wo ich getrost hingehen darf und wo nicht. Konfrontation mit den eigenen Schwächen, weißt du?« Sie zwinkerte Nadeschda zu. »Nein, im Ernst. Kiez ist nicht sooo schlimm. Ich mags da.« Nadeschda schwieg und Jo seufzte.

»Ich weiß«, sagte sie. »Das ist alles sehr widersprüchlich. Weil ich dir erst gesagt hab, dass ich alles meide, was mich an früher erinnert. Und du denkst bestimmt, dass mich einiges auf dem Kiez an damals erinnert, mit den Drogen und so. Das ist auch so, aber das macht mir nichts aus. Ich weiß, das klingt doof. Aber so ist's nun mal. Ich kann's selbst kaum erklären.«

Sie waren inzwischen im ersten Stock und vor Jos altem Zimmer angelangt. »Tataaa!«, machte sie, als sie die Tür aufstieß und ihr Zimmer zum Vorschein kam, das immer noch so aussah wie an jenem Tag, als sie ausgezogen war, was nicht allzu lange her war, wie sie zugeben musste. Einzig ihr Schreibtisch fehlte, der stand in ihrer neuen Wohnung.

»Wow«, sagte Nadeschda. »Cool. Sieht gemütlich aus. Und die Gemälde da, an der Wand. Wahnsinn!« Sie schaute sich ganz genau um. »Hast du die gemalt?«

»Jep.«

»Die Fluggeräte da, abgefahren. Sehen aus wie von einem Jules Verne der Neuzeit erfunden, oder so. Und so viele davon. Haben die eine besondere Bewandnis?«

»Lange Geschichte«, sagte Jo.

»Und wer ist dieses wunderschöne Mädchen, das da überall abgebildet ist?«

»Das ist Anne«, sagte Jo. »Sorry, meine erste große Liebe.«

»Die dich verlassen hat.«

Jo nickte. »Erinnere mich bitte nicht daran.« Sie spürte, wie sich der unvermeidliche Kloß in ihrem Hals bildete.

»Wow.« Nadeschdas Blicke wanderten über Jos Wandgemälde.

»Die sieht aus wie ein Engel. Der Hammer. Sie hat dir wohl viel bedeutet.«

»Alles.« Jo schluckte. »Komm, ich zeig dir unseren Garten.« Sie musste hier weg, so schnell wie möglich.

Sie packte Nadeschda an der Hand und eilte mit ihr die Treppe hinab, hinaus in den Garten. Dort stand ihre Mutter gerade auf einer Leiter und schnippelte an einem Baum herum.

»Geiler Scheiß!«, rief Nadeschda aus, als sie den Garten erblickte. »Das ist ja ein Park!«

»Sag ich auch«, meinte Jo. »Aber …«

»Nein, das ist ein Garten!«, rief Jos Mutter von der Leiter herab.

Jo zuckte die Achseln. »Das behauptet sie immer …«

»Weil es stimmt!«, kam von der Leiter.

» … aber es ist ein Park. Geht runter bis zur Elbe. Soll ich dir's zeigen?«

»Ja, gerne. Aber erst würd ich gerne deiner Mutter helfen. Die freut sich bestimmt über ein wenig Hilfe, wie es scheint.«

»Willst du dich einschleimen?«

Nadeschda zwinkerte ihr zu und ging zur Leiter, auf deren oberster Sprosse Jos Mutter stand und einem Ast mit einer Heckenschere zu Leibe rückte.

»Können wir dir irgendwie helfen, Margarita?«, rief Nadeschda.

»Sehr gerne sogar!«, kam als Antwort.

Na prima, dachte Jo.

Und so verbrachten sie den Rest des Nachmittags damit, an den Bäumen herumzuschneiden, wovon es immens viele gab, um sie fit für den Winter zu machen, wie Jos Mutter erklärte, damit sie im nächsten Frühling wieder blühen konnten und dann möglichst viele Früchte trugen, weil sie doch so gerne Saft und Marmelade einkochte. Ein Thema, bei dem sich Nadeschda auszukennen schien, ganz im Gegensatz zu Jo, die sich daher damit begnügte, ihre Mutter und ihre Freundin bei ihren Diskussionen und Rezeptaustauschereien zuzuhören und zu beobachten. Insgeheim freute sie sich darüber, dass sich die beiden anscheinend ausnehmend gut verstanden.

Sie arbeiteten bis weit in den Abend hinein, und ihre Mutter lud sie spontan noch zum Abendessen ein. Da sie keine Lust hatte, etwas zu kochen, und auch nicht, irgendwo hinzugehen, da sie allesamt ziemlich durchgeschwitzt waren und keine Lust auf Duschen hatten, bestellte sie kurzerhand ein üppiges Menü beim Edelitaliener um die Ecke, der prompt lieferte und den drei Frauen ein Festmahl bescherte, das sie heißhungrig und unter großem Gelächter verzehrten. Zu trinken gab es selbstgemachten Holundersirup.

Als sie sich schließlich verabschiedeten, hielt Jos Mutter ihre Tochter noch am Arm fest und flüsterte ihr ins Ohr: »Ich mag Nadeschda. Die darfst ruhig öfter mitbringen. Sehr sehr gerne sogar.« Sie seufzte. »Die gefällt mir wirklich sehr.«

»Ja, Mama.«

»Ich hoffe, das wird richtig gut mit euch. Ich wünsche es dir jedenfalls von ganzem Herzen.«

Liebe Anne!

Es läuft gut mit Nadeschda und mir! So richtig gut. Fast schon zu gut, fürchte ich manchmal. Aber »zu gut« gibt es ja nicht, hast Du mir immer wieder gesagt.

Deschda und ich unternehmen viel gemeinsam, gehen auf Konzerte, auf Partys (ja, Partys!), wir lachen viel, wir reden viel und wir lieben viel. Und immer dann, wenn ich mal wieder in einem Tief hänge, ist Deschda da und hält mich fest, so lange, bis ich wieder aus meinem Loch geklettert bin. Eine unglaubliche Frau. Mein Leben schwebt in ganz neuen Höhen, in so großen, wie ich es nicht mehr für möglich gehalten habe. Und sie versteht sich sogar gut mit meiner Mutter! Vor einigen Tagen haben wir einen halben Tag lang in ihrem Garten gearbeitet (ja, ich auch! Das musst Du Dir mal vorstellen.) Ich hoffe, ich verliere sie nie!

Ich vertraue Deschda, voll und ganz. Sie versteht mich und ich kann bei ihr so sein wie ich eben bin, launisch bis zum Gehtnichtmehr. Vielleicht liegt es daran, dass Deschda auch irgendetwas Schreckliches erlebt hat. Ich vermute das jedenfalls, sicher weiß ich es nicht. Ich hab Dir von der Traurigkeit

in ihren Augen erzählt. Die ist immer da, mal schwächer, mal stärker. Sie
wollte mir, glaube ich, schon mal davon erzählen, wenigstens kam es mir
vor, als hätte sie einen Anlauf dazu gewagt. Aber ich will das glaube ich gar
nicht wissen. Wir sollten die Geister der Vergangenheit ruhen lassen. Die
ihren und die meinen ganz besonders. Oder, was meinst Du?

Gruß und Kuss
Jo

Hätte ich mich doch nie drauf eingelassen!

Jo stand alleine in einer Ecke auf der Party eines von Nadeschdas Studienkollegen. Sie hatte schon heute Morgen ein schlechtes Gefühl, als Nadeschda sie dazu überredete, da hin zu gehen. Und nun bewahrheitete es sich. Aus irgendwelchen unerfindlichen Gründen trank Nadeschda heute Abend Unmengen an Alkohol, was sie aus Rücksicht auf Jo sonst nie tat. Doch das alleine war es nicht, was Jo störte. Das konnte sie akzeptieren, Nadeschda musste ja nicht wegen Jos früherer Dummheit ihr Leben lang auf Alkohol verzichten. Sie störte viel mehr, dass Nadeschda sich heute den ganzen Abend über kein einziges Mal um sie kümmerte. Sie schäkerte mit tausend Leuten, Männlein wie Weiblein, tanzte, trank und war laut. Jo verstand nicht, was in Nadeschda gefahren war und wollte es auch gar nicht, wenn sie ehrlich war. Ihr ging Nadeschdas Gehabe gehörig auf den Geist.

Jo nippte miesgelaunt an ihrem alkoholfreien Cocktail, beobachtete Nadeschdas peinliches Herumgehopse, sah, wie sie erst einen Arm um einen Mann schlang und dann den anderen um eine Frau. Eine hübsche dazuhin, hübscher als Jo. Sie schloss ihre Augen und blies ihren Ärger durch die Nasenlöcher. Als sie ihren Blick wieder auf Nadeschda richtete, sah es für sie so aus, als hätten sich die Frau und Nadeschda gerade geküsst. Jo konnte es nicht mit Sicherheit sagen, weil sie es nicht gesehen hatte. Aber schon der Gedanke daran machte sie rasend.

Sie stellte ihr halbleeres Cocktailglas auf ein Regalbrett und achtete nicht darauf, dass sie es so ungeschickt auf die Kante gestellt hatte, dass es auf den Boden knallte. Mit forschen Schritten stampfte sie auf Nadeschda zu, um sie zur Rede zu stellen. Als Nadeschda sie bemerkte, nahm sie ihre Arme von den Personen, breitete sie aus und kam mit einem überschwänglichen Grinsen auf Jo zu. Sie wollte sie in die Arme schließen, aber Jo wehrte sie ab.

»Was ist los?«, wollte Nadeschda mit verdutzter Miene wissen.

»Das frage ich dich«, blaffte Jo.

»Du, sorry, ich bin ziemlich besoffen. Hick.«

Bitte nicht hicksen, das ertrage ich nicht!

Ich hab's dir ja gesagt – lass die Finger von ihr!

»Wir feiern eine bestandene Prüfung, weißt du doch. Da hab ich mich ein bisschen gehen lassen. Tut mir leid.« Nadeschda setzte ihren Hundeblick auf.

»Das ist mir egal.« Jo legte möglichst viel Kälte in ihre Stimme. »Was ist mit der Tuss da. Willst du mit ihr ficken, oder was?« Sie spürte, wie sich der Zorn in ihr immer mehr Bahn brach.

Nadeschda blickte erschrocken drein. »Nein!«, wehrte sie sich. »Wie kommst du darauf?«

»Weil ihr euch geküsst habt!«

»Nein, haben wir nich!« Nadeschda wandte sich etwas schwankend zu der Frau um und wollte sie herbeirufen.

»Nadeschda!«, sagte Jo mit lauter Stimme. »Ich brauch das jetzt nicht! Auf sowas hab ich echt keinen Bock! Ich will jetzt nach Hause.« Sie drehte sich um und ging eilig zur Garderobe, um ihre Jacke zu holen. Soll sie doch knutschen, wen sie will!

»Jooo!«, rief Nadeschda ihr hinterher. »Jetzt warte doch! Ich will nichs von der. Is nur ne Komol … Komil … ach Komidingsbums halt. Ich liebe dich und sonst niemanden!«

»Bist du dir da sicher.«

»Ach Jo, so sicher wie ich weiß, dass ich irgendwann sterben muss. Sas weißt su doch!«

»Dann komm jetzt mit nach Hause.«

»Ja, gut, mach ich. Bin eh schon zu betrunken.« Sie nahm sich ihre Jacke und sie gingen beide schweigend zu Nadeschda.

»Es, es, tut mir leid«, sagte Nadeschda, als sie in ihrer Wohnung standen. »Wenn ich dich verletzt haben sollte ...« Sie schien etwas nüchterner geworden zu sein.

»Schon ok. Lass uns einfach schlafen gehen.« Jo zog sich aus, legte sich ins Bett und wickelte die Decke um sich. Nadeschda kam tapsig und torkelnd nach und legte ihren Arm von hinten um Jo. Sie stieß ihn weg und sagte, dass sie erstmal ihren Rausch ausschlafen solle. Nadeschda gehorchte und Jo hörte noch, wie sie leise weinte. Sollte sie weinen, vielleicht kam sie dann zu der Erkenntnis, was heute schief gelaufen war. Außerdem war sie viel zu müde, und bevor sie sich noch entscheiden konnte, Nadeschda doch zu fragen, warum sie denn weinte, war sie eingeschlafen.

Am nächsten Morgen wachte Jo erst auf, als es taghell war. Sie hatte tief und fest und traumlos geschlafen. Sie drehte sich zu Nadeschda, die aber nicht in ihrem Bett lag. Und so kalt wie ihre Seite war, wohl schon seit geraumer Zeit nicht mehr.

Jo stand schlaftrunken auf, wickelte sich die Decke um ihren nackten Körper und tapste zur Zimmertür. Sie lugte um die Ecke, ob Nadeschdas Mitbewohner zu sehen oder zu hören war, sonst hätte sie sich anziehen müssen, da sie auf dessen gierige Blicke keine Lust hatte. Zum Glück war der so gut wie nie da, so auch heute nicht. Sie zog ihre Decke höher und ging barfuß in die Küche, wo sie Nadeschda zu finden hoffte. Aber die Küche war verwaist, die Kaffeekanne war kalt, und das Geschirr lag ungewaschen in der Spüle.

Seltsam. Wo war Nadeschda nur? Es war doch Sonntag, die Uni geschlossen. Na, vielleicht ist sie Brötchen holen, dachte Jo und beschloss, wieder ins Bett zu gehen und dort nackt auf Nadeschda zu warten. Sie plagte ein schlechtes Gewissen wegen des vergangenen Abends. Sie war von ihrer Eifersucht übermannt worden und hatte dann auch noch den Körperkontakt verweigert und dann zu allem Überfluss Nadeschda sich alleine in den Schlaf weinen lassen. Das alles tat ihr heute Morgen furchtbar leid. Und sie ärgerte sich über sich selbst, dass sie gestern Abend so wütend gewesen war, dass sie nicht über ihren Schatten hatte springen können. Sie hoffte, dass sie Nadeschda damit versöhnen konnte, dass sie nun nackt im Bett auf sie wartete. Sollte sie noch Kaffee machen? Nein, hier im Bett war's gerade so schön warm. Sie wartete eine Weile und schlief irgendwann wieder ein. Als sie wieder aufwachte, waren gut zwei Stunden vergangen. Und Nadeschda war immer noch nicht da.

So lange dauert Brötchen holen aber nicht. Jo schlüpfte aus dem Bett und sprang in einen Jogginganzug. Wenn sie mich nicht nackt im Bett haben will, dann kann sie mich mal. Wo war sie nur?

Jo nahm ihr Telefon und schaltete es ein. Keine Nachricht von Nadeschda. Wenn sie irgendetwas dringend zu erledigen hatte, hätte sie doch sicherlich eine Nachricht hinterlassen. Zumal, wenn sie diese Erledigung einen halben Tag kostete.

Jo wurde plötzlich ganz heiß. Was hatte das zu bedeuten, dass Nadeschda ihr nicht Bescheid sagte? Was, wenn ich sie gestern Abend so sehr verletzt habe, dass sie nun erstmal Abstand von mir braucht? Oder ist sie womöglich zu der Tuss von gestern gerannt, um sich bei ihr auszuheulen? Jo wurde übel. Sie musste sich erst einmal aufs Bett setzen und ihre Gedanken sortieren. Nun tat ihr es noch mehr leid, wie sie sich gestern verhalten hatte. Oh Gott, Jo! Reiß dich halt mal zusammen! Was ist nur in dich gefahren, so eifersüchtig zu sein! Jetzt ist sie weg! Und du bist wieder allein. *Und das ist doch gut so!*

Nein. Nein! Sie ist nicht weg! Sie kann mich doch wegen so einer Kleinigkeit nicht verlassen!

Kleinigkeit? Kleinigkeit meinst du? Das war völlig überzogen und unfair, was du da gestern abgezogen hast.

Ruhig, beruhige dich. Es gibt bestimmt eine ganz einfache Erklärung dafür, dass sie nicht da ist.

Jo wählte Nadeschdas Nummer. Freizeichen. Viel zu lange. The Person, you are calling …

Mist, verdammter!

Und wenn ihr etwas zugestoßen ist? Sie hatte bestimmt noch Restalkohol. Und damit ist sie Brötchen holen gegangen, umgefallen, auf die Straße ...

MANN JO! *Sie hat dich verlassen! So oder so. Akzeptiere es.*

NEIN!

Jo sprang auf und rannte in die Küche. Sie erinnerte sich, dass dort am Kühlschrank ein Zettel mit für Nadeschda wichtigen Nummern hing.

Am Kühlschrank klebte allerhand, aber die Telefonliste fand Jo sogleich. Ihr Name und ihre Nummer stand ganz oben.

Du bist das Wichtigste in ihrem Leben.

Ha ha haaa!

Jo erinnerte sich, wie sie Nadeschda einmal gefragt hatte, warum sie denn die Nummern auf einen Zettel schrieb. Sie seien doch alle in ihrem Telefon gespeichert. Und wenn es mal leer ist?, gab Nadeschda zu bedenken. Oder ich es mal nicht finde und ich dann dringend eine Nummer brauche? Jetzt war Jo ihr dankbar dafür. Sie nahm sich vor, alle Nummern abzutelefonieren. Irgendjemand musste doch wissen, wo Nadeschda steckte. Sie überlegte, wo sie selbst als erstes hingehen würde, wenn sie Streit mit Nadeschda hätte und wählte die Nummer von Nadeschdas Mutter. Mit der hatte sie noch nie telefoniert und sie auch noch nicht kennengelernt, aber irgendwann war für alles das erste Mal.

Sie hatte kein Glück, es meldete sich niemand. Ist doch auch Blödsinn, die wohnt doch hunderte von Kilometern weit weg! Die Tante. Nadeschda hatte als einzige Familie eine Tante hier in der Stadt. Die Nummer stand als dritte in der Liste. Aber auch dort meldete sich niemand. Jo wählte Nummer für Nummer und erreichte sogar einige. Alles Freunde Nadeschdas, aber niemand wusste etwas, auch nach mehrmaligem Nachhaken nicht.

Irgendetwas stimmte nicht, ganz und gar nicht. Jo wurde flau im Magen, und das lag nicht daran, dass sich langsam der Hunger bei ihr meldete. Sie machte sich inzwischen ernste Sorgen um Nadeschda und hätte ohnehin keinen Bissen hinunterbekommen.

Sie musste etwas tun. Sie konnte nicht hier in Nadeschdas Wohnung hocken und warten, dabei würde sie verrückt werden. *Ich muss sie suchen. Ja.* Jo zog sich an, schnappte sich den Wohnungsschlüssel und stockte. Warum hatte Nadeschda ihren Wohnungsschlüssel liegen lassen? Hatte sie ihn vergessen? *Natürlich! Weil sie nie wieder zurückkommen will! Zu dir! SEI STILL!*

Jo hastete das Treppenhaus hinab und schnappte sich kurzentschlossen Nadeschdas Fahrrad. Zuerst fuhr sie auf den Campus. Doch der lag verlassen da, bis auf Berge von welkem Laub und vereinzelten Studenten, die es sogar an einem Sonntag an die Uni versprengte. Jo fragte jeden einzelnen, ob er Nadeschda gesehen habe, aber keiner konnte ihr helfen.

Als Nächstes fuhr sie die Strecke zum Bäcker ab, wobei ihr nichts Ungewöhnliches auffiel. Beim Bäcker fragte sie die Verkäuferinnen, ob Nadeschda heute hier war. Sie war sich sicher, dass sie Nadeschda kannten, sie kam schließlich fast täglich hier her, um sich einen Kaffee auf den Weg zur Uni zu holen, auch wenn der Bäcker gar nicht auf dem Weg dorthin lag. Es gab dort laut Nadeschda den besten Kaffee der ganzen Stadt. Aber auch hier konnte ihr niemand helfen.

Wo ist Deschda!

Jo war sich inzwischen sicher, dass ihrer Freundin etwas zugestoßen sein musste. *Ein Unfall. Sie lag verletzt in irgendeinem Krankenhaus.* Viele Möglichkeiten gab es hierfür nicht. Jo schwang sich aufs Fahrrad und fuhr so schnell sie konnte ins nächstgelegene Krankenhaus.

Völlig verschwitzt stürzte sie zur Aufnahme und fragte, wo Nadeschda liege und was ihr zugestoßen sei.

»Wie kann ich Ihnen helfen?«, fragte die Dame hinter dem Tresen in aller Seelenruhe.

»Meine Freundin. Nadeschda. Ist sie heute hier eingeliefert worden?«

Die Frau blieb gelassen und sagte: »Wenn Sie mir den Nachnamen geben, kann ich für Sie nachschauen.«

Jo musste kurz überlegen, bevor ihr einfiel, wie Nadeschda mit

Nachnamen hieß. Dabei war es so ein Allerweltsname, oder vielleicht lag es gerade daran.

»Müller!«

»Nadeschda Müller ...« Die Frau schaute in den Bildschirm vor ihr und tippte darauf herum. »Nein, tut mir leid. Wir haben keine Patientin unter diesem Namen.«

»Ganz sicher?«

»Gute Frau. Sollte ich nicht mit Blindheit geschlagen sein, bin ich mir ganz sicher.«

»Okay. Entschuldigen Sie bitte.«

Jo machte sich auf den Weg ins nächste Krankenhaus. Mit demselben Ergebnis. Auch im nächsten konnte man ihr nicht weiterhelfen. Und alle anderen waren zu weit weg, womit es unwahrscheinlich war, dass Nadeschda dort eingeliefert wurde.

Völlig leer und ratlos, was sie nun tun sollte, ließ sich Jo draußen vor dem Krankenhaus auf eine Bank sinken.

Nachdenken, Jo. Nachdenken.

Es gab Momente, da hätte sie für eine einzige Zigarette töten können. Jetzt war ein solcher. Doch hätte sie jetzt eine geraucht, wäre der nächste Schritt nicht weit und sie wäre den Drogen wieder hilflos ausgeliefert. Sie musste es schaffen, sich ohne Nikotin zu beruhigen, damit ihr Kopf wieder richtig funktionierte und das Zittern endlich aufhörte, das inzwischen ihren ganzen Körper befallen hatte.

Ich geh jetzt zur Polizei. Mir scheißegal.

Jo stand auf, holte einige Male tief Luft, bis das Zittern wenigstens soweit nachgelassen hatte, dass sie wieder Fahrrad fahren konnte.

Bei der Polizei angekommen wollte sie gleich eine Vermisstenanzeige aufgeben.

»Wie lange wird die Person denn vermisst?«

»Seit den frühen Morgenstunden.«

»Heute?«

»Ja, heute.«

Der Polizist seufzte. »Tut mir leid. Da kann ich leider noch keine Vermisstenanzeige aufnehmen. Das ist noch nicht lange genug.«

»Bitte was? Noch nicht lange genug? Was ist, wenn sie entführt wurde, sie in einen Keller gesperrt wurde, damit sie dort verhungert? Muss man erst den Verwesungsgestank riechen, bis Sie sich endlich darum kümmern? Was ist denn das für eine Scheiße!«

»Bitte, meine Dame, beruhigen Sie sich.«

»Ich bin nicht Ihre Dame!«, schrie Jo. »Und ich beruhige mich dann, wenn Sie endlich anfangen, nach meiner Freundin zu suchen.«

»Das können wir nicht.« Der Polizist blieb ruhig, obwohl Jo tobte wie ein gerade frisch eingesperrter Tiger.

»Und was soll ich jetzt tun?«, fragte sie. »Warten, bis mich jemand anruft und mit betroffener Stimme ›es tut uns leid, wir haben eine schlechte Nachricht‹ sagt?«

»Hören Sie. Gehen Sie jetzt bitte nach Hause. Hier haben Sie meine Nummer.« Er drückte ihr eine Visitenkarte in die Hand, die Jo sofort zerriss und ihm zurück ins Gesicht warf. »BERUHIGEN SIE SICH!«

Jo zuckte unter der plötzlich herrischen Stimme zusammen.

»Beruhigen Sie sich«, fuhr der Polizist wieder ruhiger fort, »oder ich muss Sie in Verwahrung nehmen.«

Jo verdrehte die Augen.

»Einverstanden?«

Jo nickte widerwillig. Aber nur ein Mal.

»Also, hören Sie mir zu. In fast allen Fällen von Vermisstenanzeigen, die wir bearbeiten, löst sich der Fall von alleine. Gehen Sie jetzt bitte nach Hause. Sehr wahrscheinlich wartet dort Ihre Freundin schon auf Sie und macht sich womöglich Sorgen um Sie!«

»Und wenn nicht?«

»Sollte sie bis morgen früh immer noch nicht aufgetaucht sein, dann rufen Sie bitte direkt mich an. Hier.« Er reichte ihr eine neue Karte, die Jo dieses Mal entgegennahm und einsteckte. »Vorher können wir leider nichts tun. Aber vertrauen Sie mir, Ihrer Freundin ist sicher nichts geschehen.«

Jo akzeptierte, dass es zwecklos war und verließ die Polizeistation. Sie fluchte still vor sich hin und schrie ab und an ihre Wut hinaus, womit sie mehrere Passanten erschreckte, was ihr aber egal war.

Als sie vor Nadeschdas Haus ankam, saß im Hauseingang zitternd und mit blauen Lippen Nadeschda, die sofort aufsprang und »Wo bist du denn! Ich hab meinen Schlüssel vergessen!« rief.

Jo warf das Fahrrad auf den Gehsteig, stürzte sich auf Nadeschda und umarmte sie so fest sie konnte. Der ganze Stress, die ganze Angst und die Wut brach sich Bahn, und Tränen rannen in Sturzbächen aus ihren Augen und durchnässten Nadeschdas dünne Jacke. Sie weinte und versuchte, etwas zu sagen, aber die Stimme versagte ihr. Sie haute auf Nadeschda ein und schrie und weinte, und Nadeschda verstand die Welt nicht und fragte ohne Unterlass, was denn um Himmelswillen los sei.

Als Jo sich wieder soweit im Griff hatte, dass sie wenigstens einzelne Wörter formen konnte, sagte sie, jedes Wort mit einem Nachdruck verleihendem Hieb auf Nadeschdas Schulter versehen: »Tu – das – nie – wieder! Nie – wieder! Verstanden?«

»Was denn?«

»Mich alleine zurücklassen, ohne dass ich weiß, wo du bist.«

»Oh je. Es tut mir leid! Es tut mir leid! Komm her.« Sie nahm Jo in der Arm. »Können wir erstmal reingehen? Ich frier mir den Arsch ab. Dann erzähl ich dir, was los war. Okay?«

In Nadeschdas Wohnung zitterten die beiden um die Wette, Nadeschda vor Kälte, Jo vor Erschöpfung. Nadeschda langte nach einer Decke und legte sie ihnen beiden um die Schultern. Sie setzten sich eng umschlungen auf die Bank hinter dem Küchentisch.

»Schau mal hier«, sagte Nadeschda. Sie nahm einen Zettel, der auf dem Tisch lag. »Meine Nachricht an dich. Ich musste schnell ins Krankenhaus, meine Tante hatte einen Schlaganfall. Hast du den nicht gefunden?«

Jo schüttelte den Kopf. »Ich dachte, du hättest mich verlassen, oder dir wäre etwas zugestoßen.«

»Nein, du Dummerchen. Ich werde dich doch nicht verlassen! Wie kommst du denn auf sowas?«

»Weil ich gestern so gemein zu dir war.«

»Und das völlig zurecht! Ich hab zuviel getrunken und daher bin ich selbst schuld.«

»Wie geht's deiner Tante?«

»Nicht gut«, seufzte Nadeschda. »Sie ist zwar wieder ansprechbar. Aber der Arzt weiß nicht, ob sie je wieder ganz gesund wird.«

»Das ist traurig.« Jo machte sich Vorwürfe. Sie war so egoistisch und zerfloss in ihrem Leid, wieder einmal verlassen worden zu sein, dabei kämpfte jemand, der Nadeschda nahestand, ums Überleben, was mit ihr oder ihrer Beziehung nicht das Geringste zu tun hatte.

»Ich hab jedes Krankenhaus im Umkreis abgeklappert«, sagte Jo. »Weil ich dachte, dir wäre etwas passiert. Ich war sogar bei der Polizei.«

»Mein Dummerchen.« Nadeschda drückte ihr einen Kuss auf die Stirn.

»Meine Tante liegt im UKE.«

»Da war ich auch! Dann haben wir uns wohl knapp verfehlt.«

»Scheint so.« Nadeschda umarmte Jo etwas stärker. »Jetzt ist aber alles wieder gut. Ich verlass dich doch nicht. Niemals.«

»Versprochen?«

»Versprochen.«

»Danke.« Jo seufzte und schmiegte sich an Nadeschdas Brust.

Nadeschda streichelte ihr über den Kopf und sagte dann: »Darf ich ganz offen mit dir sein?«

Jo zuckte zusammen. Was kam jetzt?

»Ja?«, sagte sie zögerlich.

»Ich bin ja keine Psychologin«, begann Nadeschda. »Kann es sein, dass du sehr große Angst davor hast, jemanden zu verlieren, oder verlassen zu werden?«

»Kann sein.«

»Und woran liegt das? Hat Anne dich verlassen?«

Jo schwieg.

»Oder hast du etwas anderes erlebt?«

Jo schwieg weiter.

»Vielleicht wegen der Drogen?«

»Was soll mit denen sein?«

»Naja, grundlos wirst du sie nicht genommen haben, so wie ich dich kenne.«

»Kennst du mich wirklich?«

»Ein bisschen. Aber ich will dich noch besser kennenlernen. Und daher würde ich mich freuen, wenn du mir erzählst, was damals geschehen ist.«

»Ich weiß nicht.«

»Ich bin für dich da.«

Jo schwieg.

»Hast du irgendjemandem schon mal alles erzählt?«

»Meinem Therapeuten.«

»Und?«

»Nichts und.«

Jetzt schwieg Nadeschda und betrachtete sie lange und eingehend. »Vielleicht hilft es dir und auch mir, und unserer Beziehung, wenn du es mir erzählst«, sagte Nadeschda. »Oder du schreibst es auf, wenn dir das leichter fällt.«

Jo merkte, wie die Teufel sich im Schlaf regten. Jene Monster, die sie längst verjagt zu haben glaubte. Aber sie waren immer noch da. Das konnte sie nicht leugnen. Auch wenn sie lange geglaubt hatte, sie ein für alle mal vertrieben zu haben. Sie hatte unbeschreibliche Angst davor, dass sie wieder zurückkehrten und abermals ihr Leben bestimmten. Sie wollte nie wieder daran erinnert werden, woher die Teufel damals kamen und was sie ihr damals antaten. Nie wieder.

»Ich kann nicht«, sagte sie. »Dräng mich nicht.«

Nadeschda schwieg und streichelte sie.

»Bitte verstehe mich«, sagte Jo.

»Jo, ich liebe dich«, sagte Nadeschda. »Und ich akzeptiere jede deiner Entscheidungen. Du musst es mir nicht erzählen. Solltest du aber irgendwann doch das Bedürfnis dazu haben, dann bin ich immer für dich da. In Ordnung?«

Jo nickte und schmiegte sich noch näher an Nadeschda.

Liebe Anne!

Ist es wirklich so? Habe ich Verlustängste? Ich klammere. Klammere an Deschda, klammere an allem, was mir lieb ist. Ich will sie nicht verlieren, nicht sie auch noch. Verstehst Du? Ich hatte heute so große Angst, dass sie weg ist, dass sie mich verlassen hat oder dass ihr etwas zugestoßen ist. Ich hatte Panik, ganz eindeutig, und teilweise war ich nicht in der Lage, klar zu denken. Dabei hätte ich nur meine Augen aufmachen sollen, denn Deschdas Zettel mit ihrer Nachricht war eigentlich nicht zu übersehen. Aber ich hab ihn übersehen! Meine Angst macht mich blind. So wie damals. Es hat sich nichts verändert. Trotz der tausend Therapiestunden (oder waren es weniger? Oder mehr? Ich weiß es nicht mehr).

Mir kam gerade in den Sinn, dass Deschda zu mir geschickt wurde. Eine höhere Macht oder sowas hat sie mir gesandt. Weißt Du, was ich meine? Ich denke ernsthaft daran, all meine Erlebnisse von damals aufzuschreiben. Für mich. Und für Deschda! Vielleicht hilft es mir tatsächlich, das alles in Worte zu fassen, festzuhalten, um es endlich loslassen zu können. Ich habe noch nicht alles verarbeitet. Sonst wäre ich heute entspannter gewesen. Aber kann ich das überhaupt? Muss ich das? Ich war stark und habe hart gearbeitet. Nach der Klinik hab ich keine Drogen mehr angerührt, obwohl es viele Tage gab, an denen ich verzweifelt war, von Dunkelheit erfüllt und von Angst, dass alles wieder von vorne losgehen könnte. Das Verlangen war so groß, so übergroß. Aber es ging vorüber. Wie alles. Fast alles.

Irgendwie ist es doch noch da. Ich kann es nicht vergessen und es beeinflusst mein Leben bis heute. Und meine neue Beziehung. Ist sie dadurch gefährdet?

Aber ich hab so Schiss davor, alles noch einmal zu durchleben. Kannst Du mir einen Rat geben? Was ist, wenn dabei etwas in mir zerbricht und die Teufel wiederkommen!? Soll ich Dr. Uschasnik um Rat fragen? Oder Kevin? Oder meine Mum? Oder soll ich es einfach tun?

Jo! Hab keine Angst! Du bist Herrin über dich selbst und dein Leben! Und du alleine entscheidest, was du tust oder nicht tust und was gut für dich ist und was nicht. Ja, ich weiß das, hab ich oft genug gehört und gesagt bekommen. Und ich weiß auch, dass es noch da ist, dass ich noch nicht alles losgelassen habe. Die Albträume sind nämlich immer noch da. Weniger zwar und auch nicht mehr so heftig. Aber sie sind da. Also ist es noch da. Und irgendwoher muss es ja kommen, dass ich so an Deschda klammere. Und woher sonst, wenn nicht von damals! Somit wäre es nur fair ihr gegenüber, wenn ich alles aufschreibe. Und ich werde Deschda es lesen lassen! Sie soll die ganze Wahrheit über mich erfahren. Keine Geheimnisse! Ich schreib alles so auf, wie es damals gewesen ist, ohne Lüge, ohne etwas wegzulassen, ohne etwas zu beschönigen. Einfach die ganze, ungeschminkte Wahrheit. Wie ich es erlebt habe, Stück für Stück. Und wenn es dann jemand liest und nicht damit klarkommen sollte, dann soll er es eben sein lassen.

Ich habe das Gefühl, dass genau das mir helfen wird: Dass jemand meine Geschichte liest, der sie nicht kennt und der nichts damit zu tun hat, und der mich liebt und ich ihn. Ja, ich glaube, nein!, ich bin mir sicher, dass ich das tun muss.

Ich melde mich!

Wäre schön, mal wieder was von Dir zu hören.

Gruß und Kuss

Jo

Aschenwelt

Ich lag auf dem Grünstreifen einer vierspurigen Straße, die meine Stadt zerschneidet und schielte in den blauen Himmel, der mich mit weichen Wattewolken anglotzte. Ich liebte diesen Platz, ein Minipark zwischen Motorenlärm und Gestank. Hier störte mich niemand, denn in Spießerköpfen war kein Platz, sich vorzustellen, dass man hier entspannen konnte. Zwischen all dem Müll. Ab und an erntete ich ein Kopfschütteln von der anderen Straßenseite oder ein »Hey, du Assi!« aus einem vorbeifahrenden Auto geschrien, vorzugsweise aus dicken Daimlern. Ich zeigte ihnen den Mittelfinger – unwissendes Pack. Im Herbst kamen hier manche her, die das Tageslicht sonst nie sehen, krochen aus ihren Löchern und suchten die kleinen Pilze, die sie in eine andere Welt führten.

Ich zog noch einmal an meinem Joint, verbrannte mir die Fingerkuppen und schnippte den Rest auf die Straße. Ein Fahrzeug fuhr darüber und versprühte hinter sich die Funken meines Freundes.

Gleich war es soweit. Der Vorhang lüftete sich.

Der Bilderbuchhimmel verblasst und weicht einer schmutziggrauen Leinwand, einem überdimensionierten Kartoffelsack gleich, aufgehängt, um die Sonne zu verbergen. Es wird dunkel und winterkalt. Der Motorenlärm verebbt, die Bäume und Gräser verwelken, die Häuserfluchten stürzen in sich zusammen und verkommen zu bloßen Umrissen, schwarz auf grau, wilde Scherenschnitte. Lose Enden von Stromleitungen ragen wie tote Spinnenbeine in den Himmel. Es stinkt verbrannt, nach Verwesung, nach Tod. Und alles ist von einer dicken Schicht Asche bedeckt. Das ist die Aschenwelt. Eines Tages tauchte sie einfach auf. Ich hatte vergessen, wann. Und warum. Ich wusste nur, dass sie mich mit ihrer makaberen Schönheit anzog und, dass das Grauen in ihr hauste.

Vereinzelt schleichen Gestalten durch die Trümmer, in Stofffetzen gehüllt, verschmutzt, mit gebeugten Häuptern. Bei jedem noch so winzigen Geräusch zucken sie zusammen, schauen sich um und verschwinden eilig zwischen den Scherenschnitthäusern.

Ich stehe auf und beobachte das Treiben, sauge alles in mich ein, sehe eine Welt, die niemand sonst sehen kann. Außer mir.

Und Anne.

Anne. Mein Leben. Meine Liebe.

In meiner Hosentasche trug ich ein Bild von ihr, dass ich sie immer sehen konnte, auch wenn sie nicht bei mir war. Es zeigte eine glückliche Anne, an einem sonnigen Tag am Meer. Ihre blauen Augen glichen dem makellosen Himmel über ihr und ihre Haare ließen sogar die Sonne erblassen.

Nichts war mir wichtig. Nur Anne. Nichts ließ mein Herz so schlagen, und nichts fügte mir solche Schmerzen zu. Schon ein seltsamer Blick ließ meine Eingeweide zusammenziehen, vor Angst, ich hätte etwas Falsches gesagt oder getan, und sie könnte mich deshalb verlassen. Was sie niemals tun würde, wie sie nicht müde wurde, mir jeden Tag zu beteuern. Ich wusste, wie zerbrechlich unsere Liebe war, wie vorwurfsvoll uns alle anschauten, oder gar meinten, ihre Sicht der Dinge kundtun zu müssen. Ich scherte mich einen Dreck um sie.

Etwas hat die Lumpengestalten mehr erschreckt als zuvor. Gerade verschwinden die letzten Fetzen ihrer Hüllen hinter dunklen Ecken, dann liegt die staubige Straße ausgestorben und totenstill vor mir. Über den Sackleinenhimmel huschen Schatten. Fratzen. Sie sind auf der Suche. Nach neuen Opfern. Ihren Durst zu stillen.

Ich stehle mich davon, als das hohe Schrillen ihr Kommen ankündigt. Man läuft ihnen besser nicht über den Weg. Ich weiß, was sie den Lebenden, den wenigen Übriggebliebenen antun.

Nach Hause. Im Schatten. Auf der Hut. Welch Wahnsinn mich damals getrieben hat, trotz allem immer und immer wieder in diese grausige Welt zu reisen.

Mir ist übel und ich muss mich übergeben. Keine Zeit, lange zu verharren. Weiter. In mein schützendes Zimmer.

Die Wirkung des Joints ließ allmählich nach, die Sonne brach hervor, die Häuser richteten sich wieder auf, wie auch die Alleebäume. Der Vorhang fiel wieder.

Zuhause wartete Anne auf mich.

»Schön, dassde endlich da bist, Jo«, sagte sie mit ihrer hellen Stimme, nicht ahnend, wovor ich eben noch geflohen war.

Ich schloss sie wortlos in meine Arme und verbarg meine Tränen vor ihr.

»Alles gut?«

Ich atmete tief durch. »Alles gut.«

Ich trat einen Schritt zurück, um sie mir in ihrer Gesamtheit anzuschauen. Jeden Tag aufs Neue verblüffte es mich, wie schön sie war. Manchmal war ich davon überzeugt, dass Gott einem Übermotivationswahn erlegen sein musste, als er sie schuf. Als dann ich an der Reihe war, wollte er Feierabend machen. Die Resterampe war gerade gut genug für mich.

Alles an Anne war hübscher und schöner als an mir. Ihr langwallendes, blondes Haar glänzte wie in einem Werbespot – meines erinnerte an einen räudigen Hund. Ihre Haut war rein und von samtenem

Braun – ich war schon nach wenigen Minuten in der Sonne rot wie eine Tomate. Sie kleidete sich wie eine Frau, ich eher wie ein Straßenjunge. Und ihre Brüste. Fest und apfelgroß. Ich hatte an dieser Stelle nichts, was sich vergleichen ließe. Vielleicht hätte ich ein Junge werden sollen. Ein weiterer Beweis für das Versagen meiner Eltern. Davon gab es viel zu viele.

»Warst du in der Schule?«, fragte sie.

Ich schüttelte den Kopf.

»Ich auch nicht.« Ihr Blick ruhte dabei auf einem meiner Wandbilder. Die meisten davon zeigten Anne. Meistens nackt. Meine Zimmerwände waren übersät mit Bildern. Das einzige, was ich konnte, war zeichnen. Und das tat ich ausgiebig. Allerdings war mir noch nie ein Bild auf Papier gelungen. Nur an Wänden. Hier Anne in ihrer ganzen nackten Pracht, dort meine Eltern, entweder hässlich entstellt oder tot in Särgen liegend. Ich stand daneben und schaute in die Särge. Keine Ahnung, was ich dabei dachte. In letzter Zeit kamen mehr Motive hinzu. Die Aschenwelt, die ich seit kurzem in meinen Drogenräuschen sah.

Meine Eltern saßen sich in ihren schmucken Kanzleien die Ärsche platt und kämen erst spät nach Hause. Ich hatte das Haus für mich alleine. Und Anne. Ich war wieder nüchtern und bereit für einen weiteren Blick auf die Aschenwelt.

»Lust, was zu rauchen?«

Anne nickte. Sie nickte immer. Genauso verkommen wie ich.

Ich kramte meinen Tabakbeutel aus meiner Tasche und begann, eine kleine Tüte zu bauen. Nicht zu viel grünes Gras, lieber mehr Tabak. Mein letzter Joint war keine zwei Stunden ausgebrannt. Oder doch ein bisschen mehr? Was soll's.

Wir hatten kaum zweimal gezogen, da schrak ich durch ein allzu bekanntes Geräusch auf. Das kann nicht sein! Viel zu früh! Doch der Wagen meiner Mutter kam unaufhaltsam die geschotterte Einfahrt heraufgeknirscht. Gottseidank waren wir noch nicht in die andere Welt abgetaucht. Ich wartete, bis das Auto außer Sichtweite meines

Fensters war und öffnete es dann. Mit einem Buch versuchte ich, die Rauchschwaden aus meinem Zimmer zu wedeln.

Hinter mir kicherte Anne. »Was machstn da?«

»Meine Mutter!«

»Scheiße.« Anne half mir wedeln.

Doch es war zu spät. Viel zu schnell stand meine Mutter in meiner Tür und säuselte: »Bin schon zuhause, Liebes.« Anklopfen hielt sie nicht für nötig. »Warum hast du denn das Fenster auf? Du verschwendest Energie.«

Ich verdrehte die Augen. »Es ist Sommer. Lass uns in Ruhe.«

Meine Mutter reagierte nicht auf meine Unfreundlichkeit, sondern schnüffelte mit Nüstern wie ein Pferd und musterte mich zerkniffen. Dann verlegte sie sich darauf zu lächeln, mit diesem nervtötenden, gespielt traurigen Blick, wünschte mir einen schönen Tag und zog die Tür hinter sich zu.

»Schlampe«, murmelte ich. Wir mochten uns damals nicht.

Anne schaute mich erschrocken an.

»Sie hat dich nicht einmal angeschaut, geschweige denn gegrüßt!«, regte ich mich auf.

»Das mein ich nicht«, sagte Anne. »Sie hat gemerkt, dass wir gekifft haben und nichts gesagt! Krass!«

Ich zuckte mit den Schultern. »Seit sie zu diesem Psychoheini geht, darf ich alles.«

»Aber trotzdem hast du wie blöde gelüftet.«

»Man kann nie wissen«, entgegnete ich. »Bei so Psychoheinis weißt du nie, was sie dir für Ratschläge geben.«

Ich warf mich auf mein Bett, starrte an die Decke, sprang wieder auf und riss meinen Schrank auf. Anne beobachtete mich wortlos. Ich hatte eine Idee.

So wie die Welt nicht mehr die war, die sie hätte sein sollen, so wollte auch ich nicht mehr die Gleiche sein. Aus meinem Kleiderschrank holte ich eine Tube und präsentierte sie Anne.

»Haarefärben?«, fragte Anne, und ich nickte. »Cool! Ich mach, ok? Aber nur bei dir, ich lass meine so wie se sind.«

»Kein Problem, reicht sowieso nur für meine Strubbeln.«

»Du hast schöne Haare.«

»Klar.« Ich lachte trocken.

»Doch«, beharrte Anne. »Alles an dir is schön. Auch wenn du es nich wahrhaben willst.«

»Komm jetzt, Haarefärben.«

Ein Kribbeln lief mir über den Rücken, als Anne mir die Farbe in die Haare massierte. Ich wünschte, es würde ewig so weitergehen. Doch irgendwann klebte die komplette Tubenfüllung auf meinem Kopf und Anne wickelte eine Plastiktüte darum. Nun hieß es warten und einwirken lassen.

»Schau mal, und das machen wir jetzt«, sagte ich, als wir wieder in meinem Zimmer waren und ich ein weiteres Utensil aus meinem Schrank geholte hatte.

Anne schaute mich fragend an.

»Na, das hier!« Ich hielt mir eine daumenlange Sicherheitsnadel ans Ohr.

»Bist du irre?«, rief Anne. »Das tut doch weh und wird sich garantiert entzünden!«

Kurz wurde ich unsicher, dann fasste ich mich wieder. Ich wollte das haben, scheiß auf den Schmerz.

»Hilfst du mir?«, bat ich.

Anne starrte mich mit offenem Mund an. »Lass es«, sagte sie. »Das tut bestimmt höllisch weh.«

»Na und? Das lenkt von dem ganzen anderen Mist ab.«

»Und wie willst du das bitteschön machen?«

»Damit.« Ich zeigte ihr einen Radiergummi und eine Kerze. »Nadel heiß machen, Radiergummi hinters Ohr, durchstechen. Aber das musst du machen, alleine schaff ich's nämlich nicht, hab ich schon versucht.«

Anne wurde kreidebleich und wirkte, als müsste sie sich gleich übergeben.

»Meinst, du kannst das?«

Anne schüttelte den Kopf.

»Bitte«, sagte ich mit Hundeblick.

»Du bist total irre.«

»Ja.« Ich grinste.

Anne atmete tief durch und nahm mir die Sachen aus der Hand. Sie erhitzte die Nadel in der Kerzenflamme, drückte den Radiergummi hinter meine rechte Ohrmuschel, führte die Nadel zögerlich an mein Ohr und warf dann alles auf den Tisch.

»Ich kann es nicht.«

»Bitte, bitte«, bat ich. »Ein kurzer Stich und alles ist vorbei. Du spürst doch gar nichts.«

»Aber ich kann dir nich wehtun!«

Ich schaute sie an. Ich hätte sie küssen können, jetzt und auf der Stelle. Aber nein, den Kuss musste sie sich erst verdienen. Ich wollte die Sicherheitsnadel im Ohr haben, egal wie.

»Steck sie doch durch ein vorhandenes Loch durch«, schlug Anne vor. »Hast doch genug.«

Ich schüttelte den Kopf. »Nein, jedes Ohrloch hat seinen ganz speziellen Bewohner. Und die hier«, ich nahm die Nadel vom Tisch, »muss von Hand gestochen werden, sonst taugt das nichts.«

»Wer sagt das?«

»Ich.«

Anne seufzte und fragte: »Ich kann dich nicht davon abbringen?«

»Non, Madame.«

»Gut. Dann tu ich's.«

»Ja. Tu es!«

Und Anne tat es. Und ich schrie auf und sprang wie von einer Riesenhornisse gestochen durch mein Zimmer. »Scheiße, verdammte!«, schrie ich. »Tut das weh!« Ich hielt mein Ohr, zog den Radiergummi heraus und warf ihn an die Wand.

Anne saß verdattert auf dem Teppich und blickte mich angsterfüllt an. Und ich schrie und hüpfte und schrie und musste plötzlich lachen und konnte nicht mehr aufhören damit.

Anne wusste immer noch nicht, was sie tun sollte, saß da neben der Kerze und schaute mich an.

Allmählich beruhigte ich mich wieder und konnte ein paar Mal tief durchatmen. Ich befühlte die Sicherheitsnadel in meinem Ohr und schloss sie. Ein zufriedenes Gefühl durchfloss mich. Ich kniete mich zu Anne hinab und küsste sie mitten auf den Mund. »Danke«, flüsterte ich.

»Das hat wehgetan«, sagte Anne.

»Der Kuss?«

»Die Nadel, Dummi.«

Ich nickte.

»Verrücktes Huhn.«

Ich lachte. »Ja, ist wohl so. Haare auswaschen!«

Geil. Das war das einzige, was ich denken konnte, als ich mich nach der Veränderungsprozedur im Spiegel anschaute.

»Wie geil«, sagte Anne.

»Ja, total. Willst auch so einen Ohrring haben?«

Anne schüttelte schnell den Kopf.

Mein Kopf leuchtete wie ein Automatenkaugummi. Meine Haare hingen in langen und dicken signalroten Strängen herab, darunter blinkte die Sicherheitsnadel, und jetzt musste ich es auch laut aussprechen: »Geil.«

Es war ein gutes Gefühl. Zum ersten Mal gefiel mir, was ich da im Spiegel sah. Sogar meine blasse Haut passte perfekt dazu. Und ich freute mich schon auf das Gesicht meiner Mutter.

Ich schaute Anne durch den Spiegel an und fragte: »Weißt, was aus diesem ohnehin guten Tag einen perfekten machen würde?«

Anne hob fragend ihre Augenbrauen.

»Wenn du heute bei mir übernachtest.«

»Kein Problem.« Anne lächelte. »Hatte ich ohnehin vor.«

Ich wirbelte herum, schlang meine Arme um sie und küsste sie mindestens hundertmal, bis sie denken musste, von einem Hund abgeschlabbert worden zu sein.

»Komm«, sagte ich. »Ich muss hier raus. Lass uns irgendwohin gehen. Ich brauch frische Luft.«

»Mir ist immer noch schlecht«, sagte Anne.

»Von der Tüte?«

»Nein, von der Nadel.«

Wir rannten wie junge Hunde durch den Park, versuchten uns gegenseitig zu fangen, ließen uns ins Gras fallen, standen wieder auf, rannten weiter, bis wir nicht mehr konnten. Erst dann gingen wir wieder zu mir und legten uns auf mein Bett. Wir brauchten eine Weile, bis wir mit Kichern und Lachen aufhören konnten und uns beruhigt hatten.

»Weißt du noch, wie wir am Meer waren?«, fragte ich in die herrschende Stille. Ich spielte mit Annes Haaren, wickelte eine Locke auf meinen Zeigefinger und wieder ab. Sie hatte so weiche Haare. Ihr Kopf lag auf meinem Bauch wie eine kleine Sonne, die nur für mich strahlte und nur mir ihre Wärme schenkte.

»Ja«, sagte Anne. »Werde ich nie vergessen.« Sie drehte sich um, legte ihre Hände auf meinen Bauch und darauf ihren Kopf und schaute mir in die Augen. Sie lächelte und ihre Wangen waren gerötet.

»Ich fand unser Windrad schön«, sagte ich. »Wie es da im Wind surrte. Brrr. Dazu das Wellenrauschen, und der leichte Wind, der über unsere nackten Körper strich.«

»Aber das Wasser war saukalt«, sagte Anne.

Ich lachte und ließ Annes Kopf auf meinem Bauch hüpfen.

»Und – iihhh – diese ekligen Glibberdinger am Strand«, sagte Anne. »Diese Quallenreste oder was das war.«

»Ja.« Ich schaute Anne an und strich ihr über ihr Haar. Sie wurde mit jedem Tag schöner. Wie ungerecht das Leben war. Ich wollte von mir auch behaupten können, dass ich schöner wurde, wenigstens fraulicher. Aber bei mir war es eher umgekehrt. Anne fand mich schön, ohne Widerrede. Außerdem war ich lustig und brachte sie zum Lachen wie sonst niemand, behauptete sie. Und ich konnte Geschichten erzählen, und Anne hing mir dabei mit ihren Blicken an meinen Lippen, dass ich manchmal so durcheinander geriet, dass ich nicht mehr weitererzählen konnte. Ich musste sie dann küssen – auf ihre warmen, immer rosigen Wangen, auf ihre immer vollen, immer roten, immer köstlichen Lippen.

»Wir haben uns da am Strand zum ersten Mal geküsst«, erinnerte sich Anne.

Ich seufzte. »Das will ich jetzt auch.«

Anne kicherte. »Das glaub ich dir. Ich will aber erst noch ein bisschen in diesem Tag am Meer schwelgen.«

Ich seufzte noch einmal.

»Ich seh immer deine Sommersprossen, wenn ich an den Tag denk«, sagte sie. »Ich hab bis dahin nicht gewusst, dass sie überall sind. Und das ist so süß …«

»Voll blöd sind die«, sagte ich. »Ich mag die nicht.«

»Aber ich. Und ich könnte ständig, immer und überall, jede einzelne zählen und küssen und streicheln.«

So langsam hielt ich es nicht mehr aus. Ich zerfloss, überall kribbelte es, mein Bauch glühte.

»Und das hab ich auch getan«, fuhr Anne fort. »Dort am Strand, wo überall nackte Leute herumliefen und uns sehen konnten. Aber das war mir egal, ich wollte deine süßen Sommersprossen kosten.« Anne lächelte mich an, streckte eine Hand aus und legte sie sanft auf meine Brust. Mein Herz pochte hart gegen meine Rippen, ich konnte nicht mehr sprechen, ich wusste, meine Stimme würde zittern, weil ein kleiner Presslufthammer in meiner Brust hämmerte was das Zeug hielt und meine Stimmbänder hemmungslos flattern ließ. Also ließ ich es bleiben, genoss Annes Hand auf meiner linken Brust – wenn man den kleinen Nippel so nennen konnte. Und ich genoss die Erinnerung an diesen schönen Tag am Meer vergangenen Sommer. Ich war überglücklich, dass Anne in mein Leben getreten war. Und das sagte ich ihr jeden Tag. Und sie umgekehrt mir. Anne rutschte zu mir hinauf und ließ ihr Gesicht über meinem hängen. Wie ein kleiner Mond. Ihre Haare kitzelten meine Nase. Komm schon. Komm schon, küss mich! Aber Anne ließ mich zappeln. Sie schaute mich nur an und machte keine Anstalten, näher zu kommen. Ich roch ihr Haar, es duftete so wundervoll nach ihrem Jasminschampoo. Es umspielte ihr Puppengesicht in perfekten Wellen, wie ein Kranz aus spielenden Sonnenstrahlen.

»Du bist wunderschön«, sagte Anne abermals.

Ich ignorierte ihre ständige Beteuerung.

Komm schon, dachte ich stattdessen. Ich hielt es nicht mehr aus und lupfte daher meinen Kopf aus dem Kissen, Anne entgegen. Und endlich, endlich war es soweit. Annes Lippen stürzten sich auf meine und ich ließ mich wieder in das Kissen sinken und gab mich Annes Kuss hin. Es gab nichts Schöneres auf der Welt, als Annes Lippen auf meinen zu spüren, wie ihre Zungenspitze erst zaghaft hervorkam, die meine suchte, und wie sie sich dann wild und gierig umschlangen. Wir konnten uns stundenlang küssen. Ich liebte es. Hastig und mit zittrigen Händen knöpfte ich Annes Kleid auf. Alles in mir wollte herausspringen, mir war ganz schwindelig. Ich riss das Kleid von ihr. Anne zog mir meine weite Hose und meinen Kapuzenpulli aus und warf sich wieder auf mich. Ihr heißer Körper auf meinem. So makellos, so weich. Sie hatte eine Gänsehaut. Ich sog den Duft ihrer Haut ein. Mit verbundenen Augen konnte ich sie unter allen Menschen dieser Welt nur am Geruch erkennen. Garantiert. Ich küsste sie, erst auf ihren Armen, dann warf ich sie auf den Bauch, schwang mich auf sie und küsste ihren Rücken, malte mit meiner Zungenspitze kleine Gemälde und Bilder und öffnete schließlich mit dem Mund den Verschluss ihres BHs. Darauf war ich besonders stolz. Ich glaubte, kein Junge konnte nur mit der Zunge und den Zähnen einen BH öffnen. Er schnalzte zur Seite und Anne stöhnte einmal kurz in mein Kissen. Dann wanderte ich tiefer, küsste das äußerste Ende ihres Rückens, die kleine Kuhle über ihrem Po. Das machte sie verrückt, und ich liebte es, weil ich dabei ihre beiden festen Pobacken an meiner Brust spürte.

Zwei Stunden später rauchten wir den Rest der Tüte und schliefen verschwitzt Arm in Arm ein.

Ich träume. Ich gehe eine staubige Straße entlang. Der Gestank nach faulen Eiern ist übermächtig und der graue Aschennebel legt sich wie ein Schleier über alles. Um mich her stehen die Ruinen, wie ein schlechtes Gebiss sehen sie aus. Der Sackleinenhimmel wölbt sich über alles wie ein Leichentuch. Zu meiner Rechten fließt ein zäher schwarzer Strom.

Ich biege in eine breitere Straße ab, die genauso verlassen und leblos ist wie die vorige. Ich trotte an immergleichen zerstörten Gebäuden vorbei, an zerrissenen Leitungen und Trümmerhaufen auf der Straße. Alles von grauer Asche bedeckt. Dann erregt etwas meine Aufmerksamkeit. Am Ende der Straße sehe ich ein schwaches Licht in der Dämmerung. Es ist weit weg, aber deutlich zu sehen, und es zieht mich unwiderstehlich an. Ich gehe etwas schneller, bis ich schließlich renne.

Mit jedem Schritt wird das Licht schwächer, dafür beginnt es zu flattern und dann erkenne ich, dass dort ein Mensch an einem metallenen Kreuzgestänge hängt. Er ist in ein weißes Tuch gehüllt. Arme und Beine sind mit abgerissenen Stromkabeln an das Gestänge gebunden. Der Kopf hängt schlaff herab, so wie auch die blonden Haare. Ich kann das Gesicht nicht sehen, aber ich weiß auch so, wer da hängt. Ich schreie mein Entsetzen und meine Angst in die Welt hinaus und stürze zu Anne. Ich hebe ihren Kopf. Ihr Gesicht ist kalkweiß, ihre Lippen blau, ihre Augen geschlossen. Bitte, lieber Gott, lass sie nicht tot sein. Ich schaffe es, sie von diesem kalten Metallkreuzgestänge abzubinden und vor mich auf den Boden zu legen. Da nehme ich aus den Augenwinkeln heraus einzelne Schatten wahr, die sich uns nähern. Es sind kleine Rauchwolken. Sie kommen. Sie walzen über den Asphalt und ein schrilles Flüstern erfüllt die Luft. Hektisch versuche ich, Anne aufzuwecken. Vielleicht schläft sie nur und ist nicht tot. Aber sie rührt sich nicht. Mir treten Tränen in die Augen. Wiederbelebung, schießt mir durch den träumenden Kopf. Ich beuge mich zu ihrem Gesicht hinab, presse meine Lippen auf ihre und erschrecke, wie kalt sie sind. Ich blase und presse ein paar Mal mit einer Hand auf ihre Brust, blase wieder, presse wieder. Und die Rauchwölkchen vermehren sich und kommen immer näher. Das Flüstern wird lauter, es wächst zu einem scharfen Rauschen. Ich blase und presse, so lange, bis Anne endlich ihre Augen aufschlägt und ich erleichtert durchatme.

Sie blickt mich an und sagt dann mit heiserer Stimme und unter großer Anstrengung: »Du – musst – mich – musst mich – gehen lassen.«

»Niemals!«, schreie ich. »Du bleibst bei mir!«

Ich schiebe meinen gesunden Arm unter ihren Rücken und ihren Kopf. »Wir stehen jetzt auf.« Ich nehme alle meine Kräfte zusammen und reiße Anne mit mir auf die Beine. Die Rauchwolken sind nun fast bei uns und hüllen uns ein. Von allen Seiten flüstert es. *Töten. Töten. Töten.* Mir wird schlecht. Fieberhaft suche ich nach einem Ausweg, finde aber keinen.

Und dann wachte ich endlich auf.

Als erstes drehte ich mich zu Anne um, die neben mir lag. Ich hatte die verrückte Angst, sie so bleich und kalt vorzufinden wie in meinem Traum. Aber sie atmete, ihre Wangen waren rosig, und sie hatte die Augen geöffnet und schaute mich an.

»Du bist wach«, flüsterte ich und ein tonnenschwerer Felsbrocken fiel von mir ab.

Anne nickte.

»Und nicht tot.«

Anne schüttelte den Kopf. Ihr Gesicht blieb starr.

»Was ist mit dir?« Ihr Blick machte mir Angst.

»Ich hab dich gesehen«, sagte sie.

»Wo?«

»Im Traum.«

»Du hast von mir geträumt?« Ich war aufgeregt und wollte ihr erzählen, dass auch ich von ihr geträumt hatte, doch da redete sie schon weiter.

»Ich hing«, sagte sie. »An etwas Kaltem. Überall war Nebel und Rauch.«

Ich schaute sie mit stockendem Atem an.

»Dann kamst du«, fuhr Anne fort. »Ich wollte sterben, aber du hast mich nicht gelassen.«

Meine Kehle war staubtrocken und ich musste ein paar Mal schlucken, bevor ich etwas sagen konnte. »Ich«, ich räusperte mich, »ich habe genau das gleiche geträumt.«

»Lag das anner Tüte?«, fragte Anne. »Ich mein …«

»Vielleicht.«

»Wir sehen das gleiche, wenn wir bekifft sind«, sagte Anne. »Diese Aschenwelt.«

»Aber wir waren noch nie in ein und demselben Traum zusammen!«, stellte ich fest. »Das ist gruselig!«

»Ja«, stimmte Anne zu, »gruselig.« Ihre Stimme zitterte.

»Geht's dir gut?«, fragte ich.

Anne nickte kaum merklich, aber in ihren Augen stand Angst wie vereiste Berge im Winter.

Später schälte ich mich aus der Decke, weil ich dringend aufs Klo musste. Als ich fertig war und wieder die Tür der Toilette öffnete, stand Anne vor mir, mit zusammengepressten Beinen.

»Dringend?«

Sie nickte und zog eine Grimasse.

Ich trat lächelnd beiseite und schlenderte grübelnd zurück in mein Zimmer, schaffte es aber nicht ganz. Ich wurde zuvor mit dem Ausruf »Oh! Mein! Gott!« aufgehalten.

»Was ist los, Mutter?« Ich drehte mich zu ihr um. »Gläubig geworden?«

Sie überhörte meinen Spott. »Deine Haare!«

»Schön, nicht?«

»Wenn du das meinst ...«

Ich merkte, wie sie ganz und gar nicht damit einverstanden war, wie mit so vielem, was ich derzeit tat, wie sie mit sich selbst kämpfte, ihr aber die Alles-machen-lassen-Empfehlung ihres Psychoheinis im Weg stand. Ich freute mich dabei und grinste still in mich hinein. Sollte sie doch sagen, was ihr stank und endlich damit aufhören, mich mit Samthandschuhen anzufassen und wie ein Kind zu behandeln.

»Warum bist du eigentlich noch nicht in der Schule? Es ist schon fast Zehn.«

So spät schon?

»Keinen Bock.«

Sie kochte innerlich, blieb aber demonstrativ gelassen. »Ich finde, es ist nun wirklich an der Zeit, dass du zu Doktor Uschasnik gehst. Er kann dir helfen, das alles zu verarbeiten, und dass du wieder die bist, die du wirklich bist.«

Damit lag sie mir schon seit Wochen in den Ohren. Aus welchem Grund auch immer. Bisher hatte ich mich erfolgreich verweigert, zu diesem Psychotherapeuten zu gehen. Für was auch! Ich war überzeugt davon, ihn nicht nötig zu haben. An dem Tag aber kam mir ein kruder Gedanke in den Sinn, dass dieser Doktor Soundso mir vielleicht sagen konnte, warum Anne und ich in genau demselben Traum waren, meinem Traum! Ich beschloss, wenigstens ein Mal hinzugehen, ihm genau diese Frage zu stellen. Wenn er keine Antwort darauf hatte, dann würde mich immerhin meine Mutter in Ruhe lassen. Vielleicht konnte er mir auch ein gescheites Schlafmittel verschreiben, oder etwas Spannenderes.

»Alles gut?«, fragte ich Anne, als sie wieder aus dem Badezimmer auftauchte. Meine Mutter hatte inzwischen das Haus verlassen und war auf dem Weg in ihre Kanzlei.

Anne ging es gut, behauptete sie. Aber ich sah ihr an, dass dem nicht so war. Sie musste von unserem gemeinsamen Traumerlebnis mindestens genau so verwirrt sein wie ich selbst.

In einem viel zu großen Sessel saß ich Dr. Uschasnik gegenüber. Er stellte sich vor, dabei wurde mir übel, und ich wollte raus, erst einmal durchatmen und rauchen. Doch ich blieb sitzen.

Nach seinem Monolog schwieg Dr. Uschasnik. Das war mir noch unangenehmer, und mit jedem Augenblick, der in Stille verstrich, rutschte ich unruhiger auf dem Sessel hin und her. Sein Behandlungszimmer hatte ich inzwischen bis ins letzte Detail inspiziert – es war so klischeebehaftet, dass mich fror: braune Holztür, brauner Teppichboden, gelbliche Wände mit abstrakten Gemälden, an einer Seite ein Bücherregal mit Fachbüchern, nach Größen sortiert, ein ordentlich aufgeräumter Schreibtisch, zwei Sessel mit einem kleinen Glastisch dazwischen, worauf ein Taschentuchspender stand – und nun wusste ich nicht, was ich machen sollte, um dieser peinlichen Situation zu entfliehen. Ich konnte meine Frage, weswegen ich eigentlich hier war, nicht stellen. Ich wusste nicht wie.

»Wie geht es dir diese Tage?« Dr. Uschasniks Stimme war hoch und viel zu sanft für einen Mann. Ich war kein Kind mehr, wollte ich ihm sagen, er konnte normal mit mir reden. Vielleicht konnte er mir gar nicht helfen? Wenn ich ihm nun erzählte, dass ich mit einem anderen Menschen gemeinsam in einem Traum war, was dachte er dann von mir? Dass ich verrückt war? Würde er mich dann gleich ohne Umwege ins Irrenhaus einliefern lassen?

»Gut«, sagte ich fast wahrheitsgemäß.

»Hast du derzeit eine Beschäftigung, die dir Freude bereitet?«

Mit Anne schlafen. Aber das würde ich ihm nicht auf die Nase binden, ganz sicher nicht.

»Dies und das.«

Uschasnik blickte mich eine Weile schweigend an, und ich hatte das Gefühl, seine Augen bohrten in meinen Kopf, auf der Suche nach irgendetwas in meinem Gehirn. Aber er würde nichts finden, ich hatte alles gut versteckt.

»Weißt du noch«, fuhr er fort und startete damit einen neuen Versuch, mein Vertrauen zu gewinnen, oder wenigstens ein Gespräch in Gang zu bringen. »Weißt du noch, was dir, als du sechs Jahre alt warst, am allerwichtigsten war?«

»Das ist schon über zehn Jahre her«, sagte ich. »Wie soll ich mich daran erinnern?«

»Bei mir ist es schon vierzig Jahre her, und ich weiß es noch immer«, behauptete der Doktor.

Ich verdrehte die Augen. Ich wusste ganz genau, was mir als Kind am allerwichtigsten war, aber der Psychoheini würde es nicht erfahren, es ging ihn überhaupt nichts an. Ich tat so, als würde ich nachdenken und angestrengt in meiner Vergangenheit suchen, und dann sagte ich: »Nichts.«

Uschasnik musterte mich aufmerksam, und ich hoffte, dass er keiner dieser Psychotherapeuten war, die eine Lüge in den Augen seines Gegenübers erkennen konnten. Er war darin geschult, argwöhnte ich. Aber ich war eine gute Lügnerin, also hatte ich nichts zu befürchten.

»Wenn es dir wieder einfällt«, sagte er, »dann schau doch mal, ob du das mal wieder machen kannst, falls es beispielsweise ein Spiel war, oder eine Aktivität in der Natur. Oder, bei vielen ist es auch ein Gegenstand, ein Spielzeug. Vielleicht hast du es ja noch, dann schau es dir mal wieder an, entstaube es. Und vielleicht willst du es zur nächsten Stunde mitbringen?«

Es wird keine nächste Stunde geben.

Er lächelte mich sanftmütig an und schlug seine Beine andersherum übereinander. Er stützte seine Ellenbogen auf die Armlehnen seines Sessels, legte seine gespreizten Fingerspitzen aneinander und richtete seinen nachdenklichen Blick auf mich. Er wollte offensichtlich das Thema wechseln und musste sich konzentrieren, es auch richtig anzugehen. Ich behielt Recht. Aber er sprach etwas an, über das ich nicht mit ihm reden wollte. Er fragte mich, wie es Anne ginge.

»Warum wollen Sie das wissen?«

»Nun, sie ist deine Klassenkameradin, du bist darüberhinaus sehr eng mit ihr befreundet, wie deine Mutter mir berichtete. Sie scheint für dich sehr wichtig zu sein – für dein Leben.«

»Das ist sie.«

Uschasnik lächelte kaum merklich, schwieg und nickte einmal betont langsam. Ich hielt seinem Blick wortlos stand und beschloss, dass er über Anne und mich kein Sterbenswörtchen erfahren sollte.

Uschasnik löste seine Fingerspitzen voneinander und streckte die Hände nach außen, ohne seine Ellenbogen von den Armlehnen zu nehmen. »Wie geht es ihr denn?«

»Gut.«

»Besucht sie dich jeden Tag?«

»Ich glaube, das geht Sie nichts an.«

»Da hast du wohl recht.« Uschasnik nickte wie in Zeitlupe. Das machte er ständig, ich hasste es.

»Redet ihr manchmal über das, was geschehen ist?«

Ich kniff die Augen zusammen. »Es ist nichts geschehen.«

Zeitlupennicken.

Ich wollte hier weg und schaute auf die Uhr. Erleichtert stellte ich fest, dass die Stunde eigentlich um war. Ich rutschte auf die vordere Kante meines Sessels und legte meine Hände auf die Lehnen. Da Dr. Uschasnik ein ausgebildeter Psychologe war, müsste er an meiner Körperhaltung unschwer erkennen können, dass ich aufstehen und gehen wollte. Tatsächlich entließ er mich und bat darum, zwei Tage darauf wieder zu kommen. Ich sagte ihm, dass ich darüber nachdenken müsse, schnappte meine Jacke und verließ mit einem knappen Gruß seine Praxis.

Nach Hause. Vielleicht war es noch da, das Spielzeug, das mir als Kind am allerwichtigsten war. Als Dr. Uschasnik mich danach gefragt hatte, wusste ich es im selben Augenblick. Und ich meinte mich auch zu erinnern, wo es verstaut lag. Wenn es niemand genommen und fortgeworfen hatte. Obwohl ich den Psychoheini verabscheute und ich mir vorgenommen hatte, ihm nicht zuzuhören und vor allem nicht das zu tun, worum er mich bat, so war das Bedürfnis nach meinem alten Gefährten aus Kindertagen nun doch übermächtig in mir. Unser Haus ist nicht nur riesig, sondern auch uralt. Eine Villa aus der Biedermeierzeit, was gut zu meinen Eltern passte. Wenn ich es mir hätte aussuchen können, bevorzugte ich eine Villa im Bauhausstil, quadratisch, praktisch, gut. Oder, wenn schon alt, oder alt aussehend, etwas pompöses pseudoklassizistisches, mit dicken Säulen vor dem Eingang, als würden tagtäglich römische Senatoren ein und aus gehen. Aber unsere Villa ist bieder, langweilig, ekel erregend romantisch, mit der hellgelben Gipsfassade, den runden Erkern, dem Türmchen und den hölzernen Verzierungen an den Fensterläden. Zu allem Überfluss ließen meine Eltern die Außenwände mit Efeu beranken.

Etwas Gutes hat dieses Haus aber trotzalledem: den Dachboden. In der Villa lebte schon seit der Neubauzeit die Familie meiner Mutter, und nun wir. Meine Großmutter war im vergangenen Jahr gestorben – das tat immer noch weh, denn sie war die einzige, die mich verstand, die mich gar ab und an von ihrem Weinglas nippen ließ, obwohl ich noch keinen Alkohol trinken durfte – und somit gehörte das Haus jetzt meiner Mutter alleine, da auch sie, wie ich, ein Einzelkind war. Dies brachte die unangenehme Situation mit sich, dass ich irgendwann diese hässliche Villa erben musste, aber das war noch lange hin, viel zu lange, um sich darüber ernsthafte Sorgen machen zu müssen.

Keine Ahnung, wie viele Generationen hier schon gelebt hatten, es mussten aber mehr als nur eine Handvoll gewesen sein, den Hinterlassenschaften nach zu schließen, die den Dachboden verstopften. Als Kind hatte ich einen Heidenspaß daran, durch diese verstaubte Welt zu streifen, immer auf Schatzsuche, immer mit vor Grusel aufgestellten Nackenhaaren.

Ich war schon lange nicht mehr hier oben gewesen. Aber als ich nun die Türklinke hinunterdrückte, sich die Tür wie in einem schlechten Horrorfilm quietschend öffnete und ich meinen Fuß auf den staubigen Boden setzte, da kamen zahlreiche Erinnerungen zurück, als sei alles erst gestern gewesen. Ich erinnerte mich an den fast knöcheltiefen Staub auf dem Boden, in dem man Spuren wie im Schnee hinterließ, und die doch nach einigen Tagen wieder verschwunden waren, als wären sie nie dagewesen. Ich erinnerte mich an die Spinnweben in jeder Ecke, die allesamt größer waren als ich selbst.

Ich ging weiter in den Dachboden hinein und fand den mannsgroßen, mit goldenen Ranken verzierten Spiegel, den ich mir immer als Zauberspiegel vorgestellt hatte. Durch ihn reiste ich in viele Welten und erlebte viele Abenteuer. Alles nur in meiner Fantasie, aber damals war es echt für mich. Ich erzählte meinen Eltern davon, so detailreich und so spannend, dass ich es oftmals selbst glaubte, was ich da alles zusammensponn. Ich war schon immer eine gute Lügnerin.

Hinter einem Stapel alter Koffer, die Gott weiß welche Länder gesehen hatten, fand ich den alten Hirschkopf. Einer meiner Vorfahren musste Jäger gewesen sein, denn überall auf dem Dachboden, und teilweise auch an den Wänden unserer Wohnräume, fand man Jagdtrophäen. Ausgestopfte Vögel, Füchse und Dachse, auf Holzplatten genagelte Schädeldecken mit Hörnern in allen Größen und Formen, und eben jenen Hirschkopf mit seinem stolzen Geweih und seinen milchigtoten Augen. Mir tat er damals so leid, und ich erinnerte mich, wie ich oft stundenlang vor ihm saß und sein Schicksal tränenreich beweinte. Was für ein Prachtskerl er im Leben gewesen sein musste, als er noch durch die Wälder strich, auf der Suche nach Leckereien und begattungswilligen Hirschkühen, bis mein idiotischer Vorfahr auftauchte, ihn erschoss, seinen Kopf vom Leib trennte und ihn auf eine hässliche Holzplatte nagelte. Ein Frevel. Mein Vater hatte ihn eines Tages vom Dachboden geholt und ihn in die Empfangshalle gehängt, als Garderobe. Das war ein noch größerer Frevel für mich und ich schrie so lange, bis der Hirsch wieder seinen angestammten Platz hinter den Koffern auf dem Dachboden eingenommen hatte. Nun war er immer noch hier und hatte sich kein bisschen verändert, im Gegensatz zu mir. Vielleicht ist das ja der Tod. Alles erstarrt, alles bleibt wie es ist, verändert sich nicht mehr, bis in alle Ewigkeit.

Ich ging weiter und suchte nach dem alten Schrank mit den albern romantischen Schnitzereien auf der Flügeltür. Auch dieser Schrank war für mich, wie der Zauberspiegel, ein Tor in eine andere Welt. Und als ich schließlich meinen Kinderschuhen entwachsen war, benutzte ich ihn schnöde als Aufbewahrungsort meiner Spielsachen. Ich hatte sie alle eines Tages in eine große Kiste gepackt und diese hier oben in dem Schrank verstaut. Ich hoffte, dass die Kiste noch an Ort und Stelle war. Ich machte mir Sorgen, dass meine Mutter in einem Anflug von Nächstenliebe die Sachen einem Kinderheim gespendet hatte, oder einer armen Familie.

Der Schrank stand an derselben Stelle wie immer, hier oben änderte sich nichts. Das Reich des Todes. Der würde sich hier sicherlich wohl fühlen. Ich legte meine Hände auf die beiden Knäufe der Flügeltür, drehte den linken nach links und gleichzeitig den rechten nach rechts. Es ging ganz leicht, ohne zu klemmen oder zu quietschen. Ich hielt sie so und atmete einmal kurz durch. Dann öffnete ich die beiden Hälften der Tür. Der Schrank war leer, bis auf meine Kiste. Ich war erleichtert. Die Kiste war genau dort, wo ich sie hingestellt hatte.

Ich öffnete die Klappe und mein Herz schlug etwas schneller. Ich freute mich auf das Wiedersehen mit meinem alten Bekannten.

Die Kiste war vollgestopft mit Spielzeug, das früher durch meine Hände ging und nun ein elendes Dasein im Dunkel fristete. Das meiste hatte es nicht anders verdient, so nutzlos und hässlich wie es war. Was hatte mich nur dazu getrieben, unzählige Tage meines Lebens mit Barbie und Ken zu verbringen! Ich nahm eine nackte Barbiepuppe heraus und betrachtete sie. Interessant. Ihr fehlte ein Bein und ein Arm. Außerdem war ihr halbes Gesicht verkohlt. Ich war wohl auf irgendjemanden wütend gewesen. Ich warf die Puppe achtlos in den dunklen Schrank. Und suchte weiter nach meinem Stoffhasen. Meinem liebsten Spielzeug über viele Jahre hinweg. Mein Gefährte, mein Held. Ich erinnerte mich genau an sein schmutziggraues Fell, sein angebissenes Ohr (Monsterangriff in einem dunklen Wald), an sein heraushängendes Glasauge (Krakenüberfall auf hoher See) und seine klaffende Bauchwunde, woraus sein Füllmaterial quoll. Ich erinnerte mich an alle Abenteuer, die wir hier oben auf dem Dachboden, in meinem Zimmer oder mitten in der Stadt erlebten. Mein Stoffhase war immer dabei, und in meiner Fantasie war er quicklebendig.

Ich wühlte weiter in der Kiste. Immer noch keine Spur von ihm. Ich pfefferte ein dämliches rosa Quietschebärchen in die Ecke, hinterher flog ein Set Spielzeug-Haare-Makeup-Blödsinn, ein Feuerwehrauto, eine Spieluhr, diverse Puppen in allen Größen und Farben, Stofftiere ohne Ende – doch immer noch kein Stoffhase.

Ich warf die Sachen immer ungeduldiger aus der Kiste. Dann war sie leer. Und er war nicht dabei. Ich durchwühlte den Berg Stofftiere, der sich neben der Kiste auftürmte. Kein Hase.

Ich ließ mich auf den Boden sinken und saß eine ganze Weile im Staub und wusste nicht, was ich tun oder denken sollte.

Ich warf mir vor, dass ich mich nicht um ihn gekümmert hatte, dass ich ihn jahrelang hier oben zwischen all dem Kram habe darben lassen, als wäre er nichts anderes als eine dümmliche Barbie-Puppe. Wut kochte in mir hoch, Wut auf mich selbst. Ich sprang auf und trat die Kiste kaputt und warf mein altes Spielzeug quer über den Dachboden. Dann schlug ich eine der Schranktüren zu. Es gab einen lauten Knall, es krachte, und die Scharniere splitterten aus dem Holz. Wo war mein Stoffhase!

Mutter. Sie hatte ihn auf dem Gewissen. Ich sah sie vor mir, wie sie mit einem Hexengrinsen heimlich meinen Stoffhasen aus der Kiste stahl, um dann Gottweißwas mit ihm anzustellen. Ich rannte die Treppen vom Dachboden hinab und überlegte mir, welche Lieblingsdinge meiner Mutter nun dran glauben mussten. Ich wollte mich rächen, mit einem groß angelegten Feldzug gegen ihr Porzellan und ihre abartig teure Gläsersammlung. Sie war schuld, dass mein Stoffhase nicht mehr da war. Wer sonst. Sie konnte ihn nie leiden. Weil er so schmutzig war, eine Bazillenschleuder, so nannte sie ihn, und weil sein Glasauge heraushing, an dem man sich hätte verschlucken können. Meine Mutter mochte ihn damals nicht wie sie heute Anne hasste. Sie gönnte mir keine Freude und keine Liebe. Ich schrie meinen Hass ins Treppenhaus und riss ein Bild eines meiner Vorfahren von der Wand. Wahllos, egal welcher, sie waren alle das gleiche Ungezieferpack – außer meiner Großmutter. Ohne meine Vorfahren hätte es meine Mutter nie gegeben. Sie war schuld, dass es nun meinen Stoffhasen nicht mehr gab. Und sie war immer schuld, wenn ich unglücklich war oder schlechte Laune hatte. Es reichte ein vorwurfsvoller Blick von ihr, ein dummer Kommentar. Ich hasste sie.

Ich wollte gerade die Schranktür öffnen und die Gläser darin auf den Boden werfen, als meine Mutter neben mir auftauchte.

»Durst?«, fragte sie. »Dafür haben wir aber ...«

»Was tust du denn schon hier!«, schrie ich sie an. »Gibt's keine reichen Arschlöcher mehr, denen du noch mehr Kohle in ihren fetten Arsch stopfen kannst?«

»Ich wollte wissen, wie es dir geht«, sagte sie.

»Beschissen!«, brüllte ich. »Kotzscheißfuckbeschissen! Verstehst du?«

»Was hast du denn, Liebes. Hat Dr. Uschasnik ...«

»Du hast meinen Stoffhasen weggeworfen!« Ich merkte, wie mir Tränen in die Augen stiegen. Das machte mich noch rasender. Vor meiner Mutter weinen war das letzte, was ich wollte.

»Bitte?«

»Mein Stoffhase! Der war oben in der Kiste, und nun ist er weg, weil du ihn weggeworfen hast!« Mein Kopf platzte fast, meine Augen brannten.

»Nein, Johanna«, sagte sie in ganz ruhigem Ton. »Den habe ich nicht weggeworfen. Den hast du eines Tages verloren. Ich glaube, da warst du acht oder neun Jahre alt.«

Ich musste mich festhalten, am alten Gläserschrank, mir war übel. Ich erinnerte mich plötzlich. Sie hatte recht. Ich hatte ihn tatsächlich verloren. Alle Bilder dieses schrecklichsten aller Tage stürzten mit Macht über mich herein. Mein Stoffhase war verloren. Unwiederbringlich. Seit Jahren schon.

Ich atmete ein paar Mal tief durch, richtete mich wieder auf und schrie meine Mutter an, dass sie schuld war, schuld an allem, ich beschimpfte sie so sehr wie nie zuvor, so lange, bis sie weinte. Erst dann war ich zufrieden, ging in mein Zimmer, überlegte es mir, die Tür noch in der Hand, anders, ging wieder hinaus. Ich musste auf meinen Grünstreifen, Lärm, Gestank, Rausch, das brauchte ich jetzt. Meine Mutter stand immer noch da, in Tränen aufgelöst, ein Häuflein Elend. Geschah ihr recht. Ich ließ sie stehen und ging hinaus auf die Straße. Ich fühlte mich leichter. Das schlechte Gewissen stellte sich erst später ein.

Ich brauchte Anne. Und zwar sofort. Ich schickte ihr eine SMS, mit Treffpunkt Grünstreifen.

Nein, nicht der Kerl. Nicht heute. Er stand an der Straßenecke zur Bahnstation und wartete auf mich. Wie immer, und das schon seit Wochen. Ein Junge aus meiner Klasse. Er saß zwei Reihen hinter mir und ich spürte ständig seine Blicke in meinem Rücken. Doch seit einiger Zeit reichten ihm diese Blicke nicht mehr. Er begann, mich auf Schritt und Tritt zu verfolgen. Einerseits fand ich es lustig, es schmeichelte mir, dass jemand so sehr auf mich stand, andererseits machte es mir Angst. Denn er war nicht das, was man gemeinhin einen süßen, hübschen Jungen nannte. Er war riesig. Groß, breit und füllig, nicht sonderlich muskulös, aber bestimmt kräftig, allein aufgrund seiner Masse. Er hatte ständig Sonnenbrand, sogar im Winter schaffte er das, oder er war von Natur aus so rot, vielleicht hatte er zu hohen Blutdruck. Sehr wahrscheinlich hatte er auch zu hohen Samendruck. Er bekam nie ein Mädchen ab. Vielleicht wollte er kein anderes als mich? Davor hatte ich die größte Angst. Keine Ahnung, ob er seine Kraft unter Kontrolle hatte, wenn der Trieb ihn lenkte und ich ihn zurückwies. Bislang war noch nichts geschehen. Er hatte mich noch nicht einmal berührt, er hielt immer einen Sicherheitsabstand.

»Hey, Jo! Alles klar?« Er winkte mir zu, aus seinen Schlabberklamotten heraus, die man sogar ganz cool finden musste. Von seiner Mutter hatte er die, sie arbeitete in meinem Lieblingsklamottenladen. Einen Vater hatte er nicht, der war gestorben.

»Hey! Kevin!«, rief ich mit gespielter Überraschung.

»Sieht voll cool aus.« Kevin zeigte linkisch auf meinen Kopf. Ich blickte ihn verwirrt an.

»Die Haare. Voll geil.« Er grinste.

»Danke.« Ich bemerkte, dass er etwas hinter seinem Rücken versteckte. Ich wurde misstrauisch und ging einige eilige Schritte weiter.

»Hey, Jo! Warte!«, rief Kevin mir hinterher.

Ich beschleunigte meinen Schritt. Mein Herz pochte schneller, ich begann zu schwitzen. Was auch immer er hinter seinem Rücken versteckt hielt, es war nichts Gutes und machte mir Angst. Ich hörte seinen schweren Atem hinter mir. Meine Augen suchten überall nach Schutz. Irgendjemand musste doch sehen, dass ich verfolgt wurde, dass ich in Gefahr war. Aber sie stierten alle zu Boden, gingen ihrer Wege und bemerkten gar nichts. Ich musste selbst handeln, auf die Hilfe anderer konnte ich nicht hoffen.

Ich wandte mich ruckartig zu Kevin um und schrie, dass er mich endlich in Ruhe lassen sollte. Er blieb verdutzt stehen und kämpfte damit, sein Gewicht abzubremsen, um nicht in mich hineinzurennen. Er senkte verschämt den Kopf, hielt seine rechte Hand aber immer noch hinter seinem Rücken versteckt.

»Ich will, dass du mich in Ruhe lässt. Okay? Ich will nichts von dir! Ich steh nicht mal auf Jungs. Ich bin mit Anne zusammen. Kapierst du das?«

Kevin schaute mich erschrocken an.

»Oh, nein, nein!«, stammelte er. »Ich will nicht mit dir zusammen sein! Kam das so rüber?«

»Du gaffst mich die ganze Zeit an, lauerst mir auf, läufst mir hinterher. Immer und überall! Das nervt!«

»Entschuldige bitte«, sagte er. »Ich will dich nicht nerven, und dir auch keine Angst machen.«

»Warum tust du es dann?«

»Ich will einfach nur, dass es dir gut geht.« Er atmete einmal tief durch. »Weißt du. Ich möchte dich beschützen. Weil ich es an dem furchtbaren Tag nicht getan hab. Ich war da wie gelähmt und konnte nur zuschauen.«

»Was meinst du?«

»Den Tag, als es passiert ist. … Du weißt schon, als …«

»Ich weiß gar nichts, Kevin. Und ich will nichts davon hören!« Meine Stimme wurde schrill.

Kevin schwieg und starrte mich sekundenlang an. Dann sagte er: »Ok, gut. Ich hab geträumt, weißt du? Es war ein Engel bei mir, oder Jesus, oder Gott selbst.«

»Hör mir auf mit dem Quatsch.«

»Nein, das ist kein Quatsch. Hör mir nur ganz kurz zu. Dann lass ich dich wieder in Ruhe.«

»Was hast du da hinter deinem Rücken?«

»Gleich. Ich will dir erst von meinem Traum erzählen.«

Ich stöhnte. Ich wollte weg hier, weit weg, zu Anne.

»Ich hab also geträumt. Ich glaub, es war ein Engel, ja. Mir wurde ganz warm, und ich musste weinen, im Traum. Und der Engel sagte zu mir, dass ich auf dich aufpassen soll. – Das ist alles.«

»Du bist echt durchgeknallt, weißt du das?«

Kevin zuckte mit den Schultern. »Es war so echt. Und ich tue das. Ich hab es an dem Tag nicht getan. Und das wird mir mein ganzes Leben lang leid tun.«

»Was hast du hinter deinem Rücken?«, wollte ich nochmals wissen.

Kevin senkte verschämt den Kopf und zog seine Hand hervor. Irgendetwas brachte mich dazu, zusammenzuzucken.

»Hier«, sagte er. »Hab ich für dich gepflückt.«

Ich blinzelte. »Eine Margerite.«

Kevin nickte.

Ich stieß ein Lachen hervor.

»Nicht gut?«, fragte er.

»Das ist süß, Kevin, aber …«

»Ich dachte, weil du duch Margarita mit Zweitnamen heißt …«

Ich erstarrte. Woher wusste er das? Er spionierte mich wohl noch mehr aus als befürchtet. Niemand wusste davon, nur Anne. Ich trug als zweiten Namen den meiner Mutter, eine alte Tradition meiner Familie. Mir wurde kalt.

»Schmeiß sie weg«, sagte ich.

»Gefällt sie dir nicht?«

»Schmeiß sie einfach weg!« Ich schrie.

Kevin blickte verwirrt drein.

»Und lass mich in Ruhe!«

Ich wandte mich ab, ließ ihn stehen, mit der Blume in der Hand, rannte die Stufen zum Bahnsteig hinauf und schlüpfte durch die sich gerade schließenden Türen der Bahn hindurch.

Es war wieder ein Bilderbuchsommertag. Die Leute saßen in den Straßencafés, spielten mit ihren Kindern im Park oder gingen einkaufen.

Ich zog mein Telefon aus der Tasche. Keine Antwort von Anne. Aber das kam sowieso eher selten vor. Anne hatte große Probleme, ihr Telefon zu bedienen, irgendetwas ging dabei immer schief. Das war bei allen technischen Geräten so. Ich war schon stolz auf sie, dass sie inzwischen den Einschaltknopf ihres Computers ohne fremde Hilfe fand. Leider nutzte das nicht viel, denn außer Facebook brauchte sie ihn nie, und vor kurzem hatte sie ihr Passwort vergessen und kam gar nicht mehr rein. Ich musste lächeln. Anne war etwas Besonderes. Manche würden sagen, sie wäre nicht besonders helle. Aber ich kannte sie besser. Sie hatte andere Qualitäten, und die beschränkten sich nicht nur auf ihr gutes Aussehen. Sie konnte zuhören wie sonst niemand auf dieser Welt. Ich konnte ihr stundenlang mein Leid klagen. Sie hörte zu, ohne mich zu unterbrechen. Sie hing an meinen Augen und an meinen Lippen, und am Ende sagte sie nur einen Satz oder ein Wort und all mein Leid, all meine Probleme lösten sich in Luft auf. Sie war eine Heilige. Gesandt vom Himmel, für mich. Es war kein Zufall, dass Anne zwei Jahre zuvor in meine Stadt gezogen war, meine Nebensitzerin wurde – und meine Geliebte. Oh, wie sehr ich sie liebte. Wie nichts sonst auf der Welt. Und es war eine ganz neue Art von Liebe für mich. Ich hatte meinen Stoffhasen geliebt und irgendwann einmal, in einer fernen Vergangenheit, auch meine Eltern. Und mein Pferd, das ich viele Jahre lang gepflegt hatte, bis es gestorben war. Und natürlich meine Oma. Aber nichts von alledem ließ mein Herz so schlagen wie allein ein einzelner Gedanke an ein winziges Detail an Anne, und sei es nur eine Locke ihres Haars, ihre Augen, ihre Nase, ihre Lippen, einfach alles. Oft wunderte ich mich, dass mein Herz es immer wieder aufs Neue unbeschadet überstand, wenn ich Anne gegenübertrat oder ich sie in meinem Bett hatte. Ich konnte es kaum erwarten, sie wieder zu sehen, sie in meinen Armen zu halten, sie zu riechen.

Diesen Gedanken hing ich in der Bahn nach, auf dem Weg zu meinem Minipark zwischen den Straßen, um dort Anne zu treffen, Gras zu rauchen, auch wenn uns auf der anderen Seite die Aschenwelt erwartete. Doch dann geschah etwas Unvorhergesehenes. Etwas, das nicht nur meinen Plan durchkreuzte, sondern noch mehr Verwirrung in meinem Leben stiftete.

Ich wusste nicht, was genau passiert war. Ganz plötzlich befinde ich mich in der verbrannten, zerstörten Welt, ohne dass ich auch nur einen Joint angeschaut hätte. Ich erinnere mich an einen Knall, Rauch steigt auf, die Waggons der Bahn werden an den Seiten aufgerissen, die Dächer fliegen weg, einige der Wagen werden zusammengefaltet und gestaucht, als wären sie aus Papier. Körper zerreißen vor meinen Augen, zerplatzen, als wären sie Luftballons, Blut spritzt und es stinkt nach Fäkalien. Ich werde hin und hergeschleudert, stoße mir meinen

Kopf an einer Metallstange und knalle mit anderen Personen zusammen. Ich verletze mich aber nicht ernsthaft und kann mich wieder an der Stange nach oben ziehen. Dann kommt der Zug zum Stehen und ich steige aus, zusammen mit hunderten von Lumpengestalten. Asche weht mir ins Gesicht. Ich muss husten.

Ich schaue mich um. Vor mir liegt die Aschenwelt in ihrer ganzen grausamen Schönheit. Grau, verbrannt, stinkend, wie immer. Nur dass ich dieses Mal in ihr gelandet bin, ohne vorher etwas geraucht zu haben.

Das schrille Flüstern der Teufel erfüllt die rußige Luft. Es sind Tausende. Sie sind klein, aber sie sind schnell. Glänzende schwarze Schuppenkörper, zu große Köpfe, viel zu große Zähne. Sie stürzen sich auf die Lumpengestalten, beißen sich in sie fest, schlitzen sie auf und trinken ihr Blut, das in Fontänen aus ihnen herausschießt. Ich kann ihnen nicht helfen. Bin starr, gelähmt, hilflos. Der Gestank raubt mir den Atem, und der Lärm bohrt sich in meinen Kopf. Ich renne und schreie, und mir ist schlecht vor Angst.

Das nächste, woran ich mich erinnerte, war, dass wieder Sommertag war und ich auf den Stufen vor der Praxis Dr. Uschasniks lag. Wie ich dahin gelangt war, wusste ich nicht.

Dr. Uschasnik schaute zur Tür heraus, bemerkte meinen Zustand und bat mich herein, gab mir zu trinken und schickte einen Patienten nach Hause, der in seinem Wartezimmer saß. »Notfall«, sagte er, worauf der Patient mit verständnisvollem Nicken ging.

Und ich saß Uschasnik gegenüber und wusste nicht, was geschehen, wie ich hierhergekommen war und was ich nun sagen sollte.

Uschasnik beobachtete mich eine Zeitlang, dann fragte er, ob ich Lust auf eine Übung hätte.

»Für was?«, wollte ich wissen.

»Was auch immer geschehen ist ...«

»Ich weiß es nicht«, unterbrach ich ihn.

»Das ist auch nicht wichtig. Wichtig ist, dass du wieder zu dir kommst, wieder klar denken kannst. Dafür ist diese Übung.«

»Gut.«

»Ja?«

»Fangen Sie an.«

»Also. Beginnen wir mit Fingerschnippen. Ist das in Ordnung?«
Ich nickte.

»Abwechselnd links und rechts. Erst langsam, dann immer schneller. Sagen wir, einundzwanzig Mal.«

Ich tat wie geheißen, auch wenn ich mich fragte, ob das wirklich das brachte, was er behauptete.

Als nächstes folgte eine Übung mit Musik. Uschasnik stellte mir zwei Glockenspiele hin. Eins für die linke und eins für die rechte Hand. Und tatsächlich spürte ich, wie ich mich allmählich beruhigte und wieder ich selbst wurde. Ich fasste mich, meine Verwirrung, meine Angst verebbte mehr und mehr. Die alte Jo war bald wieder da.

»Besser?«

»Besser.«

Uschasnik lächelte. Er war augenscheinlich zufrieden mit dem Erfolg seiner Übungen. Sein Lächeln verschwand geschlagene fünf Minuten nicht mehr aus seinem Gesicht, während denen er mich unentwegt anschaute. Ich hielt seinem Blick so gut es ging stand und verzog keine Miene.

»Find ich gut, deine Haare«, brach er endlich das Schweigen.

»Hatte ich heute Morgen schon.« Ich dachte mir, dass ein Psychotherapeut doch eigentlich aufmerksamer sein sollte.

»Das weiß ich«, sagte er. »Denn du hattest sie ja auch gestern morgen bei unserem Termin schon.«

Ich runzelte die Stirn. »Ich war gestern gar nicht bei ihnen. Das war heute …«

»Nein, das war gestern.«

In meinen Gedanken herrschte Chaos. Verarschte mich dieser Kerl? Ich war mir sicher, dass ich erst heute Morgen bei ihm war.

»Gibt es einen bestimmten Grund, dass du gerade diese Farbe gewählt hast?«

»Nein. Gefällt mir eben.«

»Okay, cool.«

Ich verdrehte die Augen.

»Und diese Sicherheitsnadel?«

»Was ist mit ihr?«

Vierundzwanzig Stunden in der Aschenwelt, ohne mich daran zu er-innern? Mein Gehirn fühlte sich an, als würde es gleich in Flammen aufgehen.

»Selbst gestochen oder durch ein vorhandenes Loch?«

»Selbst gestochen.«

Uschasnik zog eine Grimasse, als fühlte er schlimme Schmerzen.

»Hat nicht weh getan«, behauptete ich.

So lange war ich doch gar nicht in der Aschenwelt!

Ich konnte mich nicht darauf konzentrieren, was er wirklich zu mir sagte. Aber ich glaube, dass es so etwas Belangloses in der Richtung war.

»Hut ab«, sagte Uschasnik. »Ich hätte damals vor Schmerzen schreien können.«

»Sie?«

»Ja, ich.« Er lächelte. »Ich hatte in meiner Jugend auch eine Si-cherheitsnadel im Ohr. Hat sich aber doll entzündet, mein Ohr war so groß wie ein Tennisball, und ich musste sie wieder herausnehmen. Meine Haare waren das einzige, womit ich etwas anstellen konnte.« Er fuhr sich über seine Halbglatze: »Weißt du, ich war damals mit sechzehn, siebzehn ein Punk.«

Interessant. Warum erzählt er mir das? Ich kommentierte sein Co-ming-Out nicht. Ich war ohnehin viel zu sehr damit beschäftigt, über mein Erlebnis und den verlorenen Tag nachzudenken. Und wo war Anne jetzt gerade? Sie muss verrückt werden vor Sorge um mich!

»Ja, lange ists her.« Uschasnik lächelte und machte gleich darauf ein ernstes Gesicht. »Willst du mir erzählen, warum du ohne Termin zu mir gekommen bist? Irgendetwas muss wohl geschehen sein.«

Ich schüttelte den Kopf. Ich wollte es ihm nicht erzählen. Nichts. Nicht, dass ich Drogen nahm und die andere Welt sehen kann, nichts davon, dass ich nicht wusste, was in den letzten vierundzwanzig Stun-den mit mir geschehen war und warum ich die Aschenwelt nun auf einmal auch ohne Drogen sehen konnte.

»Du musst nicht«, sagte Uschasnik. »Dann stelle ich dir eine andere Frage.«

»Tun Sie das.«

»Ist dir eingefallen, was dir in deiner Kindheit am wichtigsten war?«

»Ja«, sagte ich.

»Und? Willst du mir davon erzählen?«

»Darüber gibt es nichts zu erzählen. Es war ein Stoffhase. Aber es gibt ihn nicht mehr, weil meine vertrottelte Mutter ihn weggeworfen hat.«

»Oh, das ist schade.«

Ich konnte nicht sagen, was mich dann dazu brachte, ihm plötzlich die Wahrheit zu sagen. Aber ich tat es. »Es war nicht meine Mutter, die ihn weggeworfen hat.«

»Nicht?«

»Nein. Ich habe ihn verloren, schon vor Jahren.«

»Oh«, sagte Uschasnik. »Das tut mir leid.« Ich meinte, echtes Mitgefühl aus seiner Stimme zu hören. »Wie bist du damals mit dem Verlust klar gekommen?«

»Weiß ich nicht mehr.«

»Aber es tut immer noch ein bisschen weh, nicht?«

»Ja«, gab ich zu. »Nicht nur ein bisschen.«

»Ja, so ist das mit Verlusten. Und sei es auch nur ein Stofftier. Hattest du noch andere Verluste zu erleiden? Willst du mir davon erzählen?«

»Meine Oma ist gestorben«, sagte ich. »Und mein Pferd.«

»Und wie ging es dir damit?«

»Ich habe geweint. Viel geweint.«

»Das ist gut. Viele tun das nicht. Und ohne Tränen gibt es keine Trauer. Wie geht es dir heute, wenn du an deine Oma denkst, oder an dein Pferd?«

»Gut«, log ich.

Uschasnik brachte darauf wieder sein Zeitlupennicken zum Einsatz. Mir wurde schwer um mein Herz. Ich war immer noch traurig, dass meine Großmutter nicht mehr da war, obwohl sie schon vor über einem Jahr gegangen war, und es ihr jetzt ganz sicher besser ging, jetzt war sie nicht mehr krank. So wie auch mein Pferd. Es hatte sehr gelitten in den letzten Monaten seines Lebens.

»Wie geht's dir jetzt gerade?«, fragte Uschasnik weiter.

»Gut«, sagte ich. *Außer dass ich heulen und schreien könnte. Aber nicht vor dir.*

»Wie geht es Anne?«

Ich kniff die Augen zusammen. »Auch gut.«

»Hat sie sich auch die Haare gefärbt?«

»Nein, ihre sind auch so schön genug.«

»Was sagen eigentlich deine Eltern zu deiner Veränderung? Meine waren damals gar nicht begeistert.« Er lachte auf.

»Meine Mutter findet es ok«, log ich.

»Und Anne?«

»Die findet es geil.«

Uschasnik lächelte und nickte, während er wieder eine Weile schwieg.

Was war in den letzten vierundzwanzig Stunden!

»Johanna, ich würde dir gerne ein Frage stellen. Du musst nicht auf sie antworten, wenn du nicht willst. Du sollst aber wissen, dass alles, was wir hier bereden zwischen uns bleibt. Niemand anderes wird jemals davon erfahren.«

»Schießen Sie los.« *Ich muss zu Anne.*

Uschasnik nickte abermals. »Deine Freundin Anne. Sie ist mehr als nur eine Freundin für dich, habe ich recht?«

Ich schaute ihn an und überlegte, ob ich ihm darauf antworten sollte, und wenn ja, was ich sagen sollte.

»Wie gesagt, du musst nicht darauf antworten.«

»Sie ist mehr als nur eine Freundin. Aber ich werde nicht in Einzelheiten gehen.«

»Das musst du auch nicht. Für mich und meine Arbeit ist es nur wichtig, dein Verhältnis zu ihr besser zu verstehen.« Er atmete einmal tief durch. »Was denkt Anne darüber?«

»Worüber?«

»Über eure Beziehung.«

»Sie liebt mich und ich liebe sie. Fertig.«

»Und was denken die anderen über euch?«

»Nichts Gutes. Aber das ist mir scheißegal.«

»Woran machst du das fest, dass sie nichts Gutes über euch denken?«

Ich lachte trocken. »Das muss ich an nichts festmachen. Ich seh es jeden Tag in ihren Gesichtern. Manche verbergen ihre Abneigung nicht, und wieder andere zeigen ihre ekelhafte Geilheit unverholen. Aber sie sind mir egal, und Anne auch. Vollidioten.«

»Gehst du zur Schule?«

»Ab und zu. Wenn ich Lust habe.« Gelogen.

»Wie geht es dir dort?«

»Gut. Solange Anne bei mir ist.«

»Geht Anne jeden Tag in die Schule?«

»Nein. Nur wenn ich hingehe. Wenn wir nicht gemeinsam gehen, dann bleiben wir bei mir und machen uns einen schönen Tag. Und falls jemand Stress macht – die können uns mal.«

Uschasnik nickte wieder langsam. Leichter Ärger regte sich in mir. Dieses verfluchte Zeitlupennicken. Ich rutschte auf dem Sessel nach vorne. Langsam hatte ich genug von unserer Sitzung. Ich musste nach Anne sehen. Womöglich wartete sie immer noch auf mich in unserem Minipark. Seit über einem Tag.

»Willst du über etwas bestimmtes reden?«, fragte Uschasnik.

»Über was?«

»Sag du es mir.«

Ich schaute auf die Uhr, so theatralisch, dass er es sehen musste. »Ich muss los.«

»Sehen wir uns wieder?«, fragte Uschasnik.

»Müssen wir?«

»Nein, müssen wir nicht. Aber es würde mich freuen.«

»Mal sehn«, sagte ich.

Jos Arm schmerzte. Sie musste den Stift zur Seite legen und ihre Hand ausschütteln. Es war schon hell draußen, sie hatte die ganze Nacht durchgeschrieben.

An ihrer Seite regte sich Nadeschda. Sie gähnte und streckte sich, wünschte einen guten Morgen, schaute erst ihr Blankobuch und dann Jo an.

»Entschuldige«, sagte Jo. »Ich kauf dir ein neues.«

»Was machst du denn?«

»Schreiben.«

»Das seh ich auch. Aber WAS schreibst du da?«

»Was damals passiert ist.«

Nadeschda brauchte einen Moment, um sich zu sammeln. »Das ist ... gut!«

»Ich weiß nicht.«

»Schon fertig?«

»Noch lange nicht. Hab erst den Anfang.«

»Und wie geht es dir damit?«

»Bisher noch ganz gut.«

»Darf ich's lesen?«

Jo überlegte eine Weile, bevor sie darauf antwortete. Sollte sie überhaupt weiterschreiben? Die Angst, dass die Teufel und alles wieder zurückkehren könnten, schnürte ihr die Kehle zu.

»Ich weiß es noch nicht«, sagte Jo.

»Okay«, meinte Nadeschda. »Kein Problem. Ich finds gut, dass du es aufschreibst. Wenn du der Meinung bist, dass ich es lesen sollte, dann mach ich das gerne. Wenn nicht, auch okay.« Sie streckte sich noch einmal. »Hunger?«

Jo schüttelte den Kopf. »Ich muss noch ein bisschen was aufschreiben. Es drängt heraus. Ich weiß auch nicht.«

»Tu das. Ich lass dich so lange in Ruhe.«

Ein Tag und eine Nacht komplett gelöscht. Noch dazu geriet ich nun völlig unabsichtlich in die Aschenwelt, entweder nachts, wenn ich träumte, oder mitten am Tag. War es ein Tagtraum gewesen? Oder war ich ohnmächtig? Oder war es gar – real? Ich wurde verrückt. Es war definitiv nicht normal, mitten am Tag plötzlich in einer Parallelwelt aufzuwachen, und dann auch noch vergessen zu haben, was man dort in den letzten vierundzwanzig Stunden gemacht hatte. Etwas war schräg in mir, und ich wollte dem auf den Grund gehen. Alleine. Uschasnik brauchte ich dazu nicht.

Zuvor hatte ich allerdings andere Sorgen. Anne musste gestern vergeblich auf mich gewartet haben. Als ich Dr. Uschasniks Praxis verließ, zog ich mein Telefon aus der Tasche. Immer noch keine Nachricht von Anne. Ich schickte ihr eine weitere SMS. *Treffen gleich. Grünstreifen.* Ich wollte nicht nach Hause. Auch wenn ich wusste, dass meine Mutter wahrscheinlich schon die Polizei gerufen hatte, um nach mir zu suchen. Als ich klein war, das letzte Jahr im Kindergarten, hatte sie das schon einmal gebracht. Dabei war ich nur für einen Nachmittag verschwunden gewesen – und, na gut, die halbe Nacht. Das Abenteuer mit meinem Stoffhasen auf dem Dachboden dauerte eben länger. Bis irgendwann mein Vater auftauchte und mich gewaltsam ins Bett steckte. Meine Mutter war ganz bleich gewesen und hatte verheulte Augen. So wie jetzt gerade bestimmt wieder. Ich zuckte die Achseln. Wer viel weint muss nicht so oft aufs Klo.

Grünstreifen. Auf Anne warten.

Mein Minipark sah immer noch so aus wie bei meinem letzten Besuch. Das Gras kurz und niedergetrampelt. Vermutlich musste es nie gemäht werden. Entweder es wurde gleich zertreten oder es erstickte an den Abgasen, die es von beiden Seiten zustanken. Außerdem bekam es kaum Licht ab, da die Alleebäume das meiste schon vorher schluckten und kaum etwas durch ihre Blätterkronen hindurchließen. Hundekot lag wie Tretminen herum, halb zerfledderte Plastiktüten, Fastfoodbecher, Kippen ohne Ende und benutzte Tampons und Pariser. Kurz, ein Paradies. Der Gegenentwurf zu den blitzblanken Parks und den Einkaufsmeilen der Stadt und unserem spießigen Villenviertel. Ich fühlte mich hier wohl. Die meisten würden mich für verrückt erklären. Mensch Jo! Geh doch an den Strand! Runter an den Fluss! Für was ist der denn da! Keine Lust. Es war nicht die Zeit für Romantik.

Ich setzte mich auf meinen Platz und wartete auf Anne. Währenddessen grübelte ich weiter darüber nach, was in den letzten Stunden mit mir geschehen war. Ich erinnerte mich, wie ich in die Bahn stieg, ein Knall, und wie sich dann plötzlich alles veränderte. Und das ohne Hanf, und ich war wach. Mitten am Tag geschah es. Einfach so. Schnipp. Zerstörte Bahn, mordende Teufel, und dann die Stufen vor Uschasniks Praxis. Was war dazwischen? Was war nur geschehen? Fragen ohne Antworten. Es blieb schwarz in meinem Kopf. Dagegen musste ich etwas tun. Gras rauchen. Vielleicht öffnete sich dann der Lappen in meinem Gehirn, worunter die vergangenen Stunden begraben lagen. Ich packte meinen Beutel aus und begann, mir einen Joint zu bauen.

Zuerst rollte ich mir aus einem Stückchen Pappe einen kleinen Filter. Dann klebte ich drei Papierchen so aneinander, dass sie ein größeres ergaben, etwas angeschrägt, das überschüssige Papier riss ich ab. Vorsichtig legte ich ein Röllchen Tabak hinein, zum Filter, dann bröselte ich etwas Marihuana darüber. Der Duft stieg mir in die Nase und ich konnte es kaum erwarten, es endlich zu rauchen. Ich faltete alles zusammen, drehte das Papier zwischen den Fingern, bis es die perfekte konische Form hatte, leckte den Klebestreifen, drehte weiter, bis alles verklebt war und drückte am oberen Ende die losen Papierenden nach innen. Fertig.

Ich wollte mein Kunstwerk gerade anzünden, als sich ein Mann zu mir setzte. Mir blieb fast das Herz stehen, und ich konnte meinen Joint gerade noch rechtzeitig verstecken.

»Hi«, sagte der Typ, als kannte er mich, oder als ginge er davon aus, dass ich ihn kannte.

Ich schaute ihn wortlos an. Ich hatte keine Lust, neben einem wildfremdem Kerl zu sitzen, oder mit einem gar ein Gespräch anzufangen, der mich so frech von meinem Rausch abhielt.

»Geiles Wetter heute, nä?« Der Typ nickte dabei, als stimmte er sich selbst zu. Ihm fehlte ein oberer Schneidezahn, wie eklig.

Ich schwieg mich aus und betrachtete ihn aus dem Augenwinkel. So ganz unsympathisch erschien er mir gar nicht. Nur die Zahnlücke fand ich nicht sonderlich ansprechend. Er sah punkig aus, mit seinen zerwuselten Haaren, seinen absichtlich unordentlichen Klamotten und seinen Tattoos auf den Unterarmen. Unordentlich aber leidlich gepflegt. So wie ich selbst. Das gefiel mir.

»Geile Haare«, sagte er. »Und die Nadel – Respekt!«

»Danke.«

Er kratzte sich am Unterarm, wo sich eine Schlange um einen Rosenstock wand.

»Biste oft hier?«

»Ja, fast jeden Tag.«

»Finds geil hier«, sagte er. »So schön schmutzig, und der Duft der Stadt, und doch irgendwie Natur.«

Ich war überrascht. Hier teilte jemand meine Vorlieben.

»Und wo wohnste?«

Ich nannte ihm meinen Stadtteil.

»Ups. Lauter reiche Säcke dort.«

Ich hob eine Schulter. »Ich schlaf da ja nur. Weil ich es mir noch nicht leisten kann, von zu Hause auszuziehen.«

Er lachte wieder. Sein Lachen hatte etwas an sich, das mir gefiel, es klang so fröhlich und unbeschwert. *Oh Gott, Jo! Das ist ein Kerl!*

»Brauchst übrigens nicht zu verstecken.« Der Typ nickte in Richtung meiner Tasche.

»Was?«

»Na, die Tüte.«

Ich schaute ihn misstrauisch an.

»Bist du 'n Bulle?«

Er lachte wieder. »Seh ich aus wie einer?«

»Keine Ahnung wie die in Zivil aussehen.«

»Schon mal einen getroffen?«

Ich schüttelte den Kopf.

»Heute auch nicht.« Er grinste. »Bin nämlich keiner.«

Ich nickte. Dann holte ich meinen Joint hervor und bot ihm an, mitzurauchen. Anne war immer noch nicht da, und alleine rauchen war ziemlich öde. Aber ein kleines schlechtes Gewissen beschlich mich, da ich zum ersten Mal mit einem Fremden und nicht mit Anne etwas rauchen wollte. Aber sie war selbst schuld. Wenigstens einmal konnte sie doch auf eine meiner unzähligen Nachrichten antworten!

»Ich hab was besseres«, sagte der Typ.

Ich schaute ihn fragend an.

»Knallt besser, und macht mehr Spaß.«

»Was soll das sein?«, fragte ich. »Stärkeres Gras?«

»Sowas ähnliches.« Er schaute sich kurz nach allen Seiten um und zog dann ein kleines Lederbeutelchen aus seiner Jackentasche. Er schüttelte ein kleines silbernes Pfeifchen auf seine Hand, und noch etwas, das in Alufolie eingeschlagen war.

»Ist das – Heroin?« Ich schluckte. Mit harten Drogen wollte ich nichts zu tun haben.

»Nein.« Der Typ kicherte. »Heroin spritzt man. Das Zeug hier raucht man. Und man braucht nur ganz wenig davon. Dafür setzt die Wirkung sofort ein und ist tausendmal geiler als Gras. Und genauso ungefährlich.«

Ich musterte sein Pfeifchen.

»Aber Heroin kann man auch rauchen, hab ich mal gehört.«

»Glaub mir, das ist kein Heroin. Okay? Vertrau mir. Das ist harmloses Zeug. Aber geil.«

»Hmm«, machte ich.

Der Typ hob sein Pfeifchen in die Luft und betrachtete es von allen Seiten. »Weißte«, sagte er dann. »Ich hab früher auch Gras geraucht. Aber dann hab ich das hier entdeckt. Und seither will ich nichts anderes mehr. Alles ist so viel farbiger, so viel heller, so echter, so viel intensiver und einfach viel geiler als alles andere. Und der Sex! Ich sag's dir. Einfach nur geil!« Er schnalzte mit der Zunge und grinste in die Baumkrone über uns. Sein Pfeifchen lag inzwischen in seinem Schoß.

Ich wurde neugierig und warf meine Bedenken über Bord. Ich

wollte es ausprobieren. Einmal schadet nicht. Vielleicht sollte es so sein. Der Kerl wurde mir geschickt, um endlich eine ernsthafte Droge kennenzulernen. Vielleicht taugte bei mir normales Gras nichts mehr.

Ich hätte aufstehen, weit wegrennen und niemals mehr auf diesen Grünstreifen zurückkehren sollen. Aber das wusste ich an diesem Tag noch nicht.

Der Typ faltete die Alufolie auseinander. Darin eingewickelt lagen kleine Bröckchen, hellgelb, sahen aus wie getrocknetes Baumharz. Ein kleines Stück davon legte er auf das Sieb im Pfeifenkopf und bot mir die Pfeife an. Ich setzte sie an die Lippen. Er blickte mich fragend und abwartend an. Ich nickte und er entzündete das Bröckchen mit seinem Feuerzeug. Ich zog und inhalierte den Rauch. Das kleine Steinchen knackte, als es verbrannte, wie harziges Holz im Feuer. Der Rauch schmeckte nach verbranntem Gummi. Nur ein Augenblinzeln später setzte die Wirkung ein.

Mein Gesichtsfeld zog sich zusammen, wurde weggezoomt. Alles wird schwarz, und als ich wieder die Augen öffne befinde ich mich in einem Wald von baumhohen Gräsern, verkohlt und stinkend. Sie wachsen direkt vor meinen Augen im rechten Winkel nach oben, hin zum fahlen Sackleinenhimmel. Ich brauche eine Weile, bis ich bemerke, dass ich mit meinem Gesicht im Gras liege. Ich stehe auf, worauf die Grashalme wieder auf Normalgröße zusammenschrumpfen. Von einem nahen Gebäude bricht gerade ein Stück Mauer ab, es kracht und es segelt zu Boden. Im Fallen zerteilt es sich in immer kleinere Stücke, bis auf der Straße nur noch eine Staubwolke ankommt. Ich höre, wie die Körnchen auf den Boden rieseln. Von fast jedem Gebäude rieseln verkohlte Mauerbröckchen. Vom Himmel dringt ein Rascheln an mein Ohr. Das sind die Fäden des Sackleinens, die sich ineinander winden, sich dehnen und zusammenziehen. Ich sauge die Luft ein und rieche millionenfach verschiedene Brandgerüche. Verschmortes Gummi, verkokeltes Holz, den Dampf von feuchtbrennendem Gras, blubbernden Teer, glühendes Metall, alles zugleich und doch deutlich voneinander unterscheidbar. Alles wird zu Asche, und ich kann jedes Körnchen davon sehen und riechen. Meine Sinne sind im Übermaß geschärft, und ich bin überwältigt von der Unbarmherzigkeit dieser verbrannten Welt.

Ich fühle mich stark. So stark wie nie zuvor in meinem Leben. Unverwundbar. Ich weiß, ich kann alles und jeden besiegen, der sich mir in den Weg stellt. Ich spüre, wie die unbändige Kraft durch meine Adern fließt, sich ausbreitet, in jede einzelne Zelle, sie stählern macht und mit Energie füllt. Ich schreie es hinaus, hinauf zum Sackleinenhimmel, in die dunklen Ruinenschluchten, sie sollen mich hören, ich bin da. Zum ersten Mal habe ich keine Angst vor den Teufeln der Aschenwelt.

Und so schnell alles geschehen war, so schnell war alles wieder vorbei. Von einem Augenblick auf den nächsten wölbte sich über mir wieder der ekelerregende Sommerhimmel mit den grünen Baumkronen. Die Wattewölkchen lachten mich aus. Das Gras unter meinen Füßen war wieder grün, auf den Straßen lärmten die Motoren. Ich sank auf das Gras und blickte mich nach dem Typ um, der mir diesen Wahnsinnstrip beschert hatte. Er war verschwunden. Nirgends zu sehen. Ich war verwirrt und enttäuscht zugleich, konnte aber nicht weiter darüber nachdenken, weil mein Kopf vor piekenden Schmerzen zu bersten drohte. Ich hatte Durst wie nie zuvor. Und Hunger. Unbändigen Hunger. Mir lief sogar das Wasser im Mund zusammen, als in meiner Nähe ein Eichhörnchen einen Baum hinaufflitzte. Ich wollte es essen, und den Baum gleich mit.

Ich kramte in meiner Tasche. Kein Cent war darin. Und meine Geldbörse war verschwunden. Ganz große Klasse. So konnte ich nicht einmal mein Konto plündern, das stets gut gefüllt war, dank meiner Eltern. Was nun? Nach Hause. Auch wenn ich das als letztes wollte. Aber ohne Geld kriegst du in der Stadt nichts zu essen und nichts zu trinken, und schon gar keine Kopfschmerztabletten. Und dann dieses Sonnenlicht. Dieses grelle Licht, das sich in meinen Kopf bohrte, wie ein scharfes Schwert. Es wühlte in meinem Gehirn und machte alles nur noch schlimmer. Ich musste nach Hause. Brauchte Aspirin. Am besten eine ganze Packung. Und Wasser. Nie zuvor hatte ich solches Verlangen nach schnödem Wasser.

Als ich endlich in der Bahn saß, vermied ich es, in die fröhlichen Gesichter der Menschen zu schauen. Ich wollte meine Kopfhörer aufsetzen. Laute Musik war das einzige, was gegen diese schmierige Fröhlichkeit allenthalben half. Aber der Aku meines Telefons war leer. Mist. Und wo war eigentlich meine Geldbörse? Hat sie mir jemand geklaut? Vielleicht der Typ, während ich high war? Oder irgendeiner irgendwann in jenen dunklen Stunden, an die ich mich nicht mehr erinnern konnte? Aber warum war mein teures Telefon dann noch da …

Erst einmal raus aus der Bahn, zehn Minuten zu Fuß zur Biedermeier-Villa. Kevin, mein Stalker, war nirgends zu sehen. Zu seinem Glück.

Ich schloss die Tür auf und trat in die Empfangshalle, wo ich meiner Mutter in die Arme lief. Sie sah aus wie ich es mir vorgestellt hatte: verheulte Augen und bleich wie mit Penatencreme eingeschmiert. Hinter ihr stand mein Vater. Was tat der denn hier! Er verschanzte sich doch sonst zuverlässig rund um die Uhr hinter seinem protzigen Anwaltsschreibtisch. Und wenn er das nicht tat, war er auf Geschäftsreise, oder vor Gericht.

»Wo warst du denn?« Die Stimme meiner Mutter zitterte, als hätte sie gerade jemand erschreckt.

»Geht dich 'n Scheiß an«, schnauzte ich.

»Nicht in diesem Ton!«, tadelte mein Vater.

»Was ist! Willste mich verklagen?«, blaffte ich zurück.

»Wir haben uns Sorgen gemacht«, sagte meine Mutter.

»Was ist nur los mit dir?«, mischte sich mein Vater zu der Jammerarie. »Wenn du Hilfe brauchst, dann komm doch zu uns. So wie früher.«

Ich bließ durch meine geschlossenen Lippen. »Ihr helft mir am besten, wenn ihr mir aus dem Weg geht.« Ich zwängte mich zwischen ihnen hindurch und steuerte die Küche an.

»Dr. Uschasnik hat …«, fing meine Mutter an, aber ich fiel ihr ins Wort.

»Ihr sollt mich einfach in Ruhe lassen! Was genau kapiert ihr daran nicht?«

»Johanna, mein Liebes«, schluchzte meine Mutter.

»Lass sie, Margarete.« Mein Vater legte seine Hand von hinten auf ihre Schulter.

Wie ich diesen Namen damals hasste. Nicht genug, dass mein Großvater meine Mutter so genannt hatte (gegen den Willen meiner Oma, wie sie einmal heimlich gebeichtet hat), nein, meine nutzlosen Eltern mussten ihn auch noch mir aufdrücken, wenn auch nur als Zweitnamen. Mein Leben lang musste ich ihn nun in meinem Pass führen und ständig sehen. Mir wurde übel. Außerdem reichte es mir. Also ließ ich meine Eltern stehen und ging in die Küche, wo ich mir vier Flaschen Wasser, den halben Kühlschrankinhalt und noch eine volle Packung Aspirin in meine Tasche packte und mich damit in meinem Zimmer verschanzte.

Meine Eltern folgten mir nicht, sie schienen es begriffen zu haben. Die Tür schloss ich aber vorsichtshalber trotzdem ab.

Ich fragte mich, warum ich so extremen Durst und Hunger hatte und woher die hämmernden Kopfschmerzen rührten und führte es darauf zurück, dass ich seit über einem Tag weder etwas gegessen noch getrunken hatte. Das holte ich nun nach. Ausgiebig. Nach einer halben Stunde waren meine Vorräte restlos aufgebraucht und die fünf Aspirintabletten taten endlich ihren Dienst.

Dann entdeckte ich meine Geldbörse. Sie lag auf meinem Schreibtisch. Ich hatte sie vergessen mitzunehmen. Mich beschlich ein schlechtes Gewissen gegenüber dem Typ, den ich kurz verdächtigt hatte, mich beklaut zu haben, während ich high war.

Ich stöpselte mein Telefon ans Ladekabel und war gespannt, ob sich Anne nun endlich gemeldet hatte. Keine Nachricht von ihr. Ich rief sie an. Wenn sie schon keine SMS beantworten konnte, würde sie vielleicht wenigstens ans Telefon gehen. Aber es war ausgeschaltet. Ich seufzte und schickte ihr noch eine SMS. *Müssen uns unbedingt treffen. Habe viel zu erzählen. Vermiss dich.* Senden.

Ein wenig Schlaf würde mir gut tun. Ich legte mich ins Bett und nahm mir vor, bei Anne vorbeizuschauen, wenn ich wieder wach war, sollte sie sich bis dahin nicht gemeldet haben. Ich versuchte, einzuschlafen. Doch obwohl ich so müde war wie selten zuvor, wollte es mir nicht gelingen. Ein Gedankenkarussell hinderte mich daran. Mochte mich Anne nicht mehr? Warum meldete sie sich nicht! Hatte sie eine andere kennengelernt? Oder ist ihr gar etwas zugestoßen? Irgendwann übermannte mich doch der Schlaf.

Als ich wieder aufwachte, saß Anne auf meiner Bettkante und sagte »Hi«, sobald ich die Augen aufgeschlagen hatte.

Ich blinzelte ein paar Mal und fragte, wie sie in mein Zimmer gekommen war, es war doch abgeschlossen.

»Ich hab doch 'n Schlüssel, Dummerchen«, sagte sie.

Ich hatte allen Grund, auf sie sauer zu sein, sie zur Rede zu stellen, warum sie in letzter Zeit keine einzige meiner Nachrichten mehr beantwortete. Doch ich war so glücklich, sie zu sehen. Ich wollte sie auf der Stelle umarmen und ihre Nähe spüren. Ich setzte mich auf und küsste sie. Doch sie schob mich weg und rümpfte die Nase.

»Seit wann hast du nicht mehr geduscht?«

Ich äußerte mich nicht dazu, sondern verschwand gleich ins Badezimmer, befahl ihr vorher jedoch, hier auf mich zu warten und sich keinen Millimeter zu bewegen.

Renndusche, Zähneputzen, dann sprang ich nackt und nass zu Anne ins Bett und begann, ihr die Kleider vom Leib zu reißen.

»Was wolltest du mir denn erzählen?«, fragte sie.

»Später«, sagte ich. »Sei still und leg dich hin.«

Sie tat wie befohlen und ich küsste sie. Überall. Es war wie im Rausch – der Duft ihrer Haut, ihre weichen Haare, ihre warmen Lippen – ich sog alles in mich auf. Bis ich erschrak und von ihr wegsprang. Statt Annes Gesicht küsste ich plötzlich den Typ mit der Zahnlücke. Das Bild war nur für den Bruchteil einer Sekunde zu sehen, aber es genügte, um mich aus der Bahn zu werfen. Ich schüttelte mich und warf mich nochmals auf Anne. Doch das Bild ging mir nicht mehr aus dem Kopf. Immer wieder sah ich das Gesicht von diesem Kerl. Ich schloss die Augen, aber es wollte nicht verschwinden. Anne drückte mich weg und fragte, was los sei.

»Ich weiß es nicht.«

»Bin ich dir heute nicht hübsch genug?«

»Blödsinn.« Ich runzelte die Stirn. »Wie kommst du denn auf so einen Müll!«

»Dachte nur«, sagte Anne. »Du bist heute so komisch. Gar nicht richtig bei der Sache.«

»Das liegt nicht an dir«, versicherte ich ihr. »Es liegt an diesem Typ.«

»Was für n Typ?«

»Hat was damit zu tun, was ich dir erzählen wollte.«

»Dann erzähl's mir doch einfach«, bat Anne. »Vielleicht geht's dir danach wieder besser.«

Ich seufzte.

»Na gut. Aber danach machen wir weiter, ja?«

Anne lächelte.

»Ich wollte mich gestern auf dem Grünstreifen mit dir treffen«, begann ich.

»Echt?«

»Ja, echt! Liest du denn meine Nachrichten nicht?«

»Oh. Mein Telefon ist grad kaputt«, entschuldigte sich Anne.

Ich stöhnte. »Kannst du mir das vielleicht mal früher sagen? Weißt du, wie oft ich versucht habe, dich zu erreichen, und wie sehr ich dich gebraucht hätte?«

»Wieso denn? Was war n los?«

»Na, ich wollte gestern zum Grünstreifen, und auf dem Weg da hin bin ich auf Kevin gestoßen …«

»Hi hi.«

»Was lachst du?«

»Ich find den nett, den Kevin.«

Ich schaute sie verdutzt an. »Nett? Das ist ein Vollidiot!«

»Sei doch nicht so gemein. Ich find ihn süß …«

Ich rollte mit den Augen. »Willst du jetzt ne Hete werden oder was?«

»Nein«, wehrte sie sich. »Aber ich darf ihn doch süß finden. Er mag dich und kümmert sich um dich. Daran ist doch nichts verkehrt.«

»Ich mag ihn nicht, und ich will nicht, dass er sich um mich kümmert.« Ich merkte, wie sich ein Streit zwischen uns entwickelte. Das brauchte ich jetzt mal so gar nicht.

»Ist ja auch egal.« Ich versuchte, mit ruhigerer Stimme fortzufahren. »Ich bin in die S-Bahn, und dann ist was geschehen, was ich nicht begreife. Es gab einen Knall, dann wurden die Türen weggerissen, genauso wie die meisten Seitenteile und die Dächer. In kürzester Zeit waren alle Waggons komplett zerstört und die Bahn blieb stehen. Mitten in der verbrannten Welt, wo tausende von kleinen Teufeln auf die Passagiere warteten, um sie auszutrinken.«

»Hattest du was geraucht?«, fragte Anne.

»Nein! Das ist es ja! Es ist einfach so geschehen, mitten am Tag!«

»Seltsam.«

»Noch viel seltsamer ist, was dann kam. Denn das nächste, woran ich mich erinnere, ist, dass ich vor Uschasniks Praxis aufgewacht bin. Und das war heute, also einen kompletten Tag später.«

»Und was war dazwischen?«, fragte Anne.

»Das weiß ich eben nicht!«

»Hast du mit Uschasnik darüber gesprochen?«

»Ja, aber der labert nur Scheiße. – Aber ist ja auch egal.« Ich kämpfte die Tränen nieder. »Ich werd schon noch herausbekommen, was mit mir geschieht. Und ich weiß auch schon wie.«

Ich atmete einmal tief durch und erzählte ihr, wie ich dann auf unseren Grünstreifen ging, den Typ traf und von der neuen Droge, die alles bisher dagewesene in den Schatten stellte. Ich erzählte ihr, wie stark und unbesiegbar ich mich währenddessen in der Aschenwelt fühlte.

»Du musst das auch mal probieren. Ist der Hammer!«, versuchte ich Anne zu überreden. Aber Anne zierte sich, sie hatte Angst.

»Eigentlich wollte ich nie Drogen nehmen«, sagte sie.

»Jetzt komm schon. Hab dich nicht so. Ist ganz harmlos das Zeug.«

Anne grübelte eine Weile. »Ich vertraue dir, Jo. Und wenn du sagst, dass es harmlos ist, dann glaube ich dir.«

Ich klatschte in die Hände und sprang auf.

Ich zog mich an und steckte meine Geldbörse in die Tasche. Mein Telefon brauchte ich nicht, Anne war bei mir und ihres sowieso kaputt. Und jemand anderes brauchte mich nicht zu erreichen.

Auf dem Weg zur Bahn lauerte uns wieder Kevin auf. Ganz zufällig habe er hier gestanden. Ha ha.

»Was machstn heute?«, fragte er.

»Wir gehen in die Stadt«, antwortete ich kurz angebunden und wollte weiter, ihn einfach stehen lassen.

»Wir?«, fragte er.

»Ja, Anne und ich, du Vollidiot.«

»Ach so, ja.«

Mein Gott, war dieser Kerl verblödet. Er beachtete Anne mit keinem Blick und sagte nicht einmal Hallo. Kevin wurde mir immer unheimlicher. Er schien so auf mich fixiert zu sein, dass er sonst nichts wahrnahm.

»So, Kevin. Hör mir mal zu«, sagte ich. »Ich sag das nur ein einziges Mal.«

Er nickte.

»Es ist ja toll, dass du dich um mich sorgst.«

Er lächelte.

»Aber ich hab keinen Bock drauf! Ich will, dass du mich in Ruhe lässt. Ich will dich auch nicht mehr sehen. Denn mir wird davon übel. Hast du mich verstanden?«

Er nickte immer noch, aber sein Lächeln war gestorben.

»Also dann, ein schönes Leben noch.« Ich griff nach Annes Hand und ließ Kevin stehen. Er machte keine Anstalten, uns zu folgen, meine Ansprache schien also gewirkt zu haben.

»Du bist echt gemein«, ließ sich Anne vernehmen.

Ich schwieg mich aus und zog sie mit mir in die Bahn, die gerade in den Bahnhof einfuhr.

Ich rechnete damit, dass Anne nochmal das Kevinthema aufgreifen würde, aber sie ließ es bleiben. Es hätte sowieso nichts genutzt. Für mich war es nämlich erledigt.

Wir mussten nur zwei Stationen fahren und noch ein paar Minuten zu Fuß gehen, dann waren wir bei unserem Minipark angelangt. Während der Fahrt hielt ich Annes Hand fest. Ich hatte Angst, wieder in der Aschenwelt zu landen, bevor wir etwas zu rauchen hatten. Doch wir hatten Glück. Und als wir auf dem Grünstreifen angelangten, saß der Typ mit den Steinchen auf meinem Platz im plattgetrampelten Gras und stierte Löcher in die Baumkrone über ihm. Es sah ganz so aus, als wartete er auch mich. Und dem war wohl auch so.

Ich bat Anne, etwas entfernt stehen zu bleiben und auf mich zu warten, aber unauffällig. Immerhin ist es illegal, Drogen zu konsumieren und sowieso, mit ihnen zu handeln. Vielleicht wurde der Typ misstrauisch, wenn ich gleich zu Anfang meine Freundin mit im Schlepptau hatte.

Anne hatte damit kein Problem. Sie fand den Typ gruselig und war froh, nicht in seine Nähe gehen zu müssen.

Ich ging alleine zu ihm und sagte »Hi«.

Er zuckte zusammen und schaute mich erschrocken an, als hätte ich ihn bei etwas Verbotenem erwischt. Aber sein Gesicht hellte sich auf, als er mich erkannte.

»Hey! Schöne Frau! Na, alles im Lot?« Er grinste mich an, und ich musste mich anstrengen, nicht fortwährend auf seine Zahnlücke zu glotzen.

»Mir geht's prima. Dir?«

»Alles chicko. Komm her, setz dich.«

Ich hatte darauf gehofft.

»Schon wieder so geiles Wetter heute.« Er blickte in die Baumkrone über ihm. Ich fragte mich, ob er da etwas verloren hatte.

»Und?«, fuhr er fort. »Wie war die Reise gestern?«

»Äh?«

Er lachte. »Na, der Trip! Geil, nä?«

Ich nickte.

»Wusst ich.« Er zwinkerte wieder. »Ist schon geiles Zeug das.«

»Darum bin ich hier«, sagte ich.

»Willst noch 'n Trip?«

Ich schüttelte den Kopf. »Das heißt, schon. Aber ich wollte dich fragen, ob du mir vielleicht etwas davon verkaufen könntest.«

»Bist dir sicher?«

Ich nickte.

»Is aber nicht ganz billig das Zeug. Dafür brauchst auch ganz wenig, weißte ja.«

»Was kostet es denn?«

»Nun. Ich hab immer Päckchen à zwei Gramm. Das reicht gut und gerne für zehn bis fünfzehn Trips. Ewig also. Kostet aber zweihundert Scheine.«

»Scheiße«, entfuhr es mir. »Soviel hab ich nicht dabei. Kann ich auch weniger kaufen?«

»Was hastn dabei?«

»Hundert.«

»Hmm«, grübelte er. »Weißt was? Ich mag dich und außerdem bist du eine der hübschesten Frauen, die ich seit langem gesehen hab.«

Ich merkte, wie ich rot wurde und wünschte mir, er würde damit aufhören. Bin sowieso lesbisch, wollte ich ihm sagen, seine Komplimente konnte er sich sonstwo hinstecken.

Aber er sprach weiter: »Ich mach dir heute einen Endlich-Hab-Ich-Wieder-Ne-Schöne-Frau-Gesehn-Sonderpreis. Du gibst mir deinen Hunni und ich dir ein Päckchen mit zwei Gramm.«

»Legst du dann nicht drauf?«

»Kein Problem.« Er winkte ab. »Einmal kann ich das machen und für dich sowieso. Bist mir das wert.« Er zwinkerte mir zu.

»Nächstes Mal kann ich dir dann alles bezahlen«, sagte ich. »Mein Konto ist voll.«

Er winkte ab. »Seh es als Geschenk an. Ok, mein Schatz?«

»Oh«, sagte ich. »Danke.« Ich kramte meine Geldbörse hervor und er legte hastig seine Hand auf meine.

»Hey, hey, nicht so flott«, sagte er. »Hast noch nich oft was gekauft, was?«

Ich schüttelte den Kopf. »Hatt ich immer von Freunden.«

»Also, ich sag dir, wie's läuft. Du lässt dein Beutelchen schön stecken und versuchst, die Scheinchen, oder das Scheinchen, was immer du da drin im Dunkeln versteckst, möglichst unauffällig rauszuholen. Dann packst du es in deine Hand, zerknüllst es und umarmst mich zum Abschied. Dabei gibst mir die Kohle. Ich geh dann weg und lass dein Geschenk beim fünften Baum links von hier fallen. Du wartest n paar Minuten, gehst dann dahin und nimmst es, natürlich auch unauffällig, bind dir die Schuhe oder so was. Ist n bisschen wie Ostereier suchen. Nur heimlicher.« Er lachte. »Hast das in dein süßes Köpfchen gekriegt?«

»Ja.«

»Na, dann is ja alles chicko. Also, kannst loslegen.«

Ich tat wie mir aufgetragen war, was sich als gar nicht so leicht herausstellte. Aber es klappte schließlich. Wir standen auf, umarmten uns, ich drückte ihm dabei den Hunderteuroschein in die Hand und er ging, während ich mich wieder hinsetzte und darauf hoffte, dass er das Päckchen auch wirklich dort deponierte, wo er behauptet hatte. Ich beobachtete ihn aus dem Augenwinkel heraus. Und tatsächlich sah ich es kurz aufleuchten, als der Typ am fünften Baum etwas kleines Silbernes fallen ließ. Ich war erleichtert. Ein wenig hatte ich gefürchtet, hundert Euro umsonst ausgegeben zu haben.

Als der Typ außer Sicht war, setzte sich Anne zu mir ins Gras und fragte: »Und, hast was?«

»Gleich«, sagte ich. »Muss noch kurz ein bisschen warten, dann kann ich es mir abholen.«

»Versteh ich nicht«, sagte Anne.

»Musst du auch nicht. Vertrau mir einfach.«

Fünf Minuten später beugte ich mich fünf Bäume weiter auf den Boden, um meinen Schuh zu binden und steckte mir das Alufolienpäckchen in die Tasche.

Drei

Jo stieg aus dem Bett und schlurfte schlaftrunken in Nadeschdas Küche, um ihren schrecklichen Durst zu löschen. Dort saß Nadeschda am Tisch, Jos Aufzeichnungen aufgeschlagen vor sich liegen. Jo nahm sich eine Flasche Wasser, öffnete sie, presste sie an ihren Mund und ließ das prickelnde Wasser ihre Kehle hinabfließen. Es gluckerte durch ihre Brust und breitete sich dann kühl in ihrem Bauch aus.

»Und?«, sagte sie, als sie fertig getrunken hatte. »Was hältst du davon?«

»Mensch Jo. Danke, dass du mich das lesen lässt!«

»Schon gut. Ich hoffe, es war kein Fehler ...«

»Warum sollte es ein Fehler sein?«, wollte Nadeschda wissen.

»Keine Ahnung«, erwiderte Jo. »Vielleicht schadet es mehr als es hilft.«

»Meinst du?«, fragte Nadeschda. »Hast du davor Angst?«

»Bisher geht's mir überraschend gut damit, den ganzen Mist aufzuschreiben«, sagte Jo.

»Wie geht's jetzt weiter?«

»Schon fertig mit Lesen?«

Nadeschda nickte.

Als Jo nichts sagte, fuhr Nadeschda fort: »Der Drogendealer war ja mal ein schleimiger Sack. Eigentlich ist der doch schuld, dass du drogenabhängig wurdest, oder?«

»Nein«, sagte Jo. »Daran war er nicht schuld.«

Jo trank noch einen Schluck Wasser und wechselte das Thema. »Ich brauch frische Klamotten. Muss mal wieder in meine Bude. Und ich sollte auch mal wieder nach Kevin schauen.«

»Ach ja, Kevin«, sagte Nadeschda. »Ihr hattet damals wohl ein eher gespaltenes Verhältnis, wenn man das so sagen kann. Wie kam es denn, dass er heute dein Mitbewohner ist? Oder ist das ein anderer Kevin?«

»Nein, nein, das ist schon der Kevin von damals. – Lange Geschichte.«

»Die du weiter aufschreiben solltest.« Nadeschda zwinkerte ihr zu.

Jo schwieg.

»Und deine Mum? Du warst ganz schön garstig zu ihr. Ich hätte da längst eine gefangen, wenn ich zu meinen Eltern so frech gewesen wäre.«

»Nadeschda!« Jo hob ihre Hand, um sie auszubremsen. »Wenn ich tatsächlich weiterschreiben sollte und dich das auch lesen lassen soll, dann bitte ich dich, mich mit Fragen und vor allem mit irgendwelchen Wertungen zu verschonen. Okay?«

Nadeschda stutzte, blickte einen Moment unsicher drein und sagte dann: »Okay.«

»Gut. Aber jetzt muss ich echt nach Hause.«

»Darf ich mit?«, fragte Nadeschda. »Ich mein, ich war noch nie bei dir, obwohl wir jetzt doch schon einige Wochen zusammen sind. Da wäre es doch …«

»Von mir aus. Komm mit.«

»Wow«, sagte Nadeschda. »Cool.« Sie standen im Wohnungsflur und schauten in Jos Zimmer hinein.

»Fällt dir auch mal was Neues ein?«, fragte Jo.

Nadeschda schaute sie überrascht an. »Wie meinstn das?«

»Weil du genau das Gleiche gesagt hast, als wir in mein altes Zimmer bei meiner Mutter gegangen sind.«

»Echt?«

»Echt.«

Nadeschda kicherte. »Ist ja auch cool. Also beide, dein altes und dein neues Zimmer hier.« Nach einer kurzen Pause fuhr sie fort: »Anne ist so hübsch.«

»Ich mal sie nicht mehr. Sind alles alte Bilder. Noch von damals.«

»Warum nicht mehr?«

»Ein selbsttherapeutischer Versuch, sie endlich loszulassen. Wenn ich sie nicht mehr male, muss ich vielleicht auch nicht mehr die ganze Zeit an sie denken und kann endlich akzeptieren, dass sie nicht mehr bei mir ist.«

»Funktioniert's?«

»Ich weiß es nicht.« Es funktioniert ganz und gar nicht! Bis heute verging kein Tag, an dem sie nicht an Anne dachte. Meist reichte dafür eine Kleinigkeit, die sie an ihre gemeinsame Zeit mit Anne erinnern ließ. Ein Schmetterling auf einer Blume, über dessen Verwandten sich vor vielen Jahren schon Anne und Jo gefreut hatten, ein Wasserkreis, den eine Flasche auf einem Tisch hinterlassen hatte, wie es bei Anne immer war, und viele andere meist ganz alltägliche Dinge.

Die Wohnungstür ging und riss Jo aus ihren Gedanken. »Oh!«, rief sie. »Da kommt Kevin.« Sie war froh, damit möglichen weiteren Nachfragen Nadeschdas aus dem Weg gehen zu können.

»Hey Kevin!«, fing Jo ihren Mitbewohner noch im Flur ab. Sie fiel ihm um den Hals und drückte ihn. Sie hatte ihn tatsächlich vermisst.

Kevin erwiderte die innige Begrüßung und versuchte, während er Jo umarmte, seine Tasche halbwegs ordentlich an eine Seitenwand zu stellen.

»Lang nicht mehr gesehen!«, sagte er. »Alles gut bei dir?«

»Alles super«, sagte Jo. »Darf ich vorstellen?« Sie trat einen Schritt beiseite, um den Blick auf ihre Freundin freizugeben. »Nadeschda, meine Freundin. Und das ist mein übergewichtiger Mitbewohner Kevin.« Sie tätschelte ihm lachend den Bauch.

»Hey, war teuer.« Kevin schob Jos Hand weg.

»Freut mich.« Nadeschda reichte Kevin die Hand.

Er nahm sie, schüttelte sie kurz und sagte: »Hallo Nadeschda.« Er lächelte, als wüsste er nicht, was er sonst sagen sollte, wurde gar ein wenig rot, seufzte einmal tief und wandte sich wieder an Jo. »Hunger?«, fragte er.

»Wie Sau.« Jo wandte sich an Nadeschda. »Du auch? Kevin ist der beste Koch weit und breit.«

»Ich hätt jetzt eher was bestellt«, sagte Kevin. »Bin ziemlich kaputt heute.«

Jo schob ihre Unterlippe vor und schaute Kevin mit schräggestelltem Kopf und bittenden Augen an.

»Na gut«, seufzte Kevin. »Aber nur was Schnelles.«

Jo klatschte vor Freude in die Hände.

»Wegen mir brauchst du dir aber keine Umstände machen«, sagte Nadeschda.

»Wegen mir aber schon!«, sagte Jo.

»Schon gut. Ich koch was.«

»Können wir dir helfen?«, fragte Nadeschda.

»Nein, nein, schon gut, danke.« Damit verschwand Kevin auch schon in der Küche.

»Man geht ihm besser aus dem Weg, wenn er kocht«, flüsterte Jo. »Da ist er ungenießbar. Ganz das Gegenteil von dem Essen, das er immer zaubert.« Sie grinste. »Komm, gehn wir in mein Zimmer. Ich muss dir ja noch mein Bett zeigen.« Sie zwinkerte Nadeschda zu.

»Oh!« Nadeschda machte große Augen und kicherte. Jo packte sie an der Hand und zog sie in ihr Zimmer, warf die Tür hinter ihnen zu und schloss ab. Dann schlang sie ihre Arme um Nadeschda und küsste sie.

»Haben wir überhaupt genug Zeit dafür?«, fragte Nadeschda, als sie es schaffte, Jos Küssen zu entkommen. »Ich mein, Kevin will doch was Schnelles kochen …«

»Ewig.« Jo küsste Nadeschda wieder und zog ihr die Bluse aus.

Als Nadeschda schließlich nur noch in Unterwäsche vor ihr stand, schlüpfte Jo selbst aus ihren Kleidern, wobei es ihr nicht schnell genug gehen konnte. Sie umschlangen sich abermals, ließen sich auf Jos Bett fallen und küssten sich, als sei es das erste Mal. Jos Hand wanderte zu Nadeschdas BH-Verschluss, aber Nadeschda hielt sie fest.

»Was ist?«, wollte Jo wissen.

»Ich will, dass du mir das Ding mit der Zunge und deinen Zähnen aufmachst. Ich will wissen, ob du das echt kannst.« Sie grinste.

Jo zögerte. Das war etwas, das sie nur mit Anne geteilt hatte.

»Wenn du nicht w…«, setzte Nadeschda an. Jo hielt ihr mit der Hand den Mund zu und drehte sie auf den Bauch. Sie biss in den BH-Verschluss, spielte kurz mit ihrer Zunge daran herum, bis er aufschnappte.

»Geil«, sagte Nadeschda.

Als sie beide erschöpft nebeneinander auf dem Bett lagen, klopfte Kevin an Jos Zimmertür und rief: »Essen ist fertig!«

»Du kennst ihn aber gut«, kicherte Nadeschda.

»Ja, viel zu gut.« Jo lachte.

Sie zogen sich an und gesellten sich zu Kevin in die Küche.

»Boh, riecht das gut!« Nadeschda sog mit geschlossenen Augen die Essensdüfte ein.

»Nur was Schnelles, nichts Besonderes«, winkte Kevin ab.

»Was gibt's?«, Jo setzte sich an den Tisch und klopfte auf den Platz neben ihr, um Nadeschda damit zu zeigen, wo sie sich hinsetzen konnte.

»Als Vorspeise Hummersuppe«, begann Kevin sein Menü aufzuführen. »Dann hab ich uns eine Pasta mit selbstgemachter Genueser Pesto und einigen Nordseekrabben dazu. Und zum Nachtisch noch ein Limetten-Soufflé mit Karamellsoße.«

»Und das nennst du was Schnelles?«, fragte Nadeschda.

»Du solltest mal zum Essen kommen, wenn er was Langsames kocht.« Jo lachte.

Kevin zuckte mit den Schultern. »Hatt ich alles noch da, war jetzt nicht sooo aufwendig.«

Er goss jedem etwas Hummersuppe in eine Schüssel, servierte gekonnt und setzte sich zu ihnen an den Tisch.

Nach dem ersten Löffel Suppe machte Nadeschda laut »mmh!« und sagte: »Ich zieh hier ein! Das ist ja der Hammer!«

»Jetzt warte bitte noch die anderen beiden Gänge ab, ob du dann immer noch hier einziehen willst«, sagte Jo.

»Wo hast du so kochen gelernt?«, fragte Nadeschda nach einem weiteren Löffel Suppe. »Warst du in einer Kochschule?«

»Ne, ich hab immer meiner Mutter geholfen, und das meiste hab ich mir selbst beigebracht.«

»Hammer«, sagte Nadeschda.

Sie aßen, lachten, aßen und mit jedem Gang verfestigte sich Nadeschdas Meinung, sofort bei Jo und Kevin einziehen zu müssen. Und sollte das nicht gehen, dann wollte sie wenigstens jeden Tag zum Essen kommen, oder gleich Kevin als Privat-Koch einstellen.

»Ich glaub, du weißt gar nicht, wie gut du es hast«, sagte Nadeschda am Ende zu Jo.

»Doch, weiß ich.« Jo tätschelte Kevins Unterarm und lächelte ihn an. »Ich weiß ganz genau, was ich an Kevin hab.«

Der lief rot an und glich innerhalb von Sekunden seiner Hummersuppe.

Anne und ich besorgten uns in einem Headshop ein Pfeifchen und suchten uns eine ruhige Ecke beim alten Bismarck. Die Statue stand auf einem kleinen Hügel oberhalb des Hafens und blickte kampflüstern nach Westen. Die kleinen Steinchen in der Alufolie warteten schon ungeduldig darauf, endlich benutzt zu werden.

Ich packte eines auf das Siebchen der Pfeife. Und wir rauchten. Es knackte und es schmeckte nach verbranntem Gummi. Denn die Welt ist verbrannt, mit Asche überzogen, wie ein Totentuch darüber gelegt. Die Brandgerüche spießen sich in meine Nase, es ist bitterkalt. Unten im Hafen liegen verrostete Schiffskörper in allen Größen, teilweise skelettiert, schräg im brackigen Wasser. Zu unserer Linken breitet sich die Altstadt aus, wie ein schmutziger Teppich. Trümmer, aus denen Rauch aufsteigt. Aschewolken wehen als halbdurchsichtige Schleier über sie hinweg.

»Wahnsinn«, sagt Anne. »So heftig hab ich das noch nie gesehen. Und wie das riecht! Krass.«

»Ich sag's doch«, freue ich mich. »Und jedes Staubkorn, das zu Boden fällt, kannst du hören.«

»Unglaublich.« Anne schaut sich mit vor Staunen offenem Mund um und ruft dann plötzlich: »Au Scheiße!« Sie zeigt mit ausgestrecktem Arm auf den weiten Platz in unserem Rücken.

In der anderen Welt vergnügen sich dort an viel zu vielen Wochen im Jahr die Stadtbewohner in Karussells, Riesenrädern und anderem Krimskrams und schlagen sich mit fettigen Würsten die Bäuche voll. Heute liegt der Platz leer vor uns, von einer dünnen Ascheschicht überzogen. Aber das stimmt nicht ganz. Ungefähr in der Mitte drängt sich eine kleine Gruppe zerlumpter Gestalten. Sie eilen über den Platz und werden dabei von kleinen schwarzen Rauchwirbeln verfolgt, die immer näher heranrücken und versuchen, sie einzukreisen.

»Wir müssen ihnen helfen!« Ich renne den Hügel hinab in Richtung der Bedrängten. Ich fühle mich stark und unbesiegbar.

Anne und ich vernichteten an jenem Tag mehr Teufel als wir zählen konnten. Mit der neuen Droge war dies ganz leicht. Ein geiles Gefühl. Doch viel zu schnell war alles wieder vorbei. Wie immer bei den Steinchen.

Nach dem Rausch fühlte sich meine Zunge an, als wäre sie um ein Vielfaches angeschwollen und füllte nun meinen Mund bis in den hintersten Winkel. Ich hätte ein Schwimmbad austrinken können, so ausgetrocknet war ich.

Dem schufen wir Abhilfe, indem wir die nächstgelegene Imbissbude nahezu leerkauften, leeraßen und leertranken. Ich war geneigt, uns noch ein Pfeifchen anzustecken, doch Anne wollte mit mir nach Hause, auf mein Zimmer. Sie war nicht davon abzubringen.

Als wir in der Villa meiner Eltern angelangt waren, schloss ich so leise wie möglich die Haustür auf und schlich mich mit Anne die knarrenden Treppenstufen hinauf in mein Zimmer. Völlig umsonst, wie sich herausstellte. Meine Eltern waren gar nicht da.

In meinem Zimmer warf sich Anne auf mich und küsste mich fest und lange auf den Mund. Doch ich fühlte mich zu aufgekratzt und zu hibbelig, um mich ganz fallen zu lassen. Auf dem Nachhauseweg war mir eingefallen, was ich schon lange einmal hätte tun sollen. Ich wollte Anne unseren Dachboden zeigen, mein altes Abenteuerparadies. Widerwillig stimmte Anne zu und ließ sich von mir auf den Dachboden führen. Ich konnte es kaum erwarten, ihr meine alte staubige Welt zu zeigen, und schimpfte mit ihr, dass sie mir ständig in den Po zwickte.

»Was sin'n das für Nasen da?«, fragte sie auf halbem Weg die Treppenstufen hinauf.

»Meine Vorfahren.«

»Sehn gruselig aus.«

»Waren sie bestimmt auch«, sagte ich. »Bis auf die da.« Ich zeigte ihr das Gemälde meiner Großmutter, die vergangenes Jahr gestorben war.

»Deine Oma«, stellte Anne fest. »Die war echt lustig.«

»Ja«, sagte ich. »Anders als die anderen.« Ich betrachtete die schelmischen Augen meiner Großmutter, die ihr Leben lang immer neuen Schabernack ausgeheckt hatten. Der Maler hatte sie sehr gut getroffen, auch wenn ich fand, dass sie in Wirklichkeit noch viel schöner war. Eine Dame von Welt. Aber trotzdem verkörperte sie das Gegenteil der Spießigkeit ihrer Umgebung.

»Ich vermisse sie«, sagte ich.

»Sie sitzt bestimmt im Himmel und passt von dort auf dich auf«, sagte Anne.

»Wenn es so was überhaupt gibt.«

»Ganz sicher gibt's das!« Anne war empört, dass ich daran zweifelte.

Ich seufzte. »Ist es dann nicht unfair, dass immer die Falschen gehen müssen?«, sagte ich. »Ich mein, es gibt so viele Deppen auf der Welt, die kein Mensch braucht. Die können gerne gehen.«

»Das ist aber gemein«, sagte Anne. »Jeder hat das gleiche Recht, auf dieser Welt zu sein.«

»Find ich nicht«, sagte ich. »Manche haben ein größeres Recht darauf. Manchmal glaube ich, dass es nur für eine begrenzte Anzahl Menschen Platz gibt und dadurch immer wieder welche weichen müssen. Und das sind, warum auch immer, immerzu die Falschen und viel zu früh. Ich frag mich, was für ein Gott das ist, der solche Entscheidungen fällt. Will er nur den Müll hier auf der Erde haben?«

»Vielleicht. Damit er die Guten bei sich hat.« Anne lachte.

»Klingt irgendwie einleuchtend.« Ich lachte mit und wurde dann ernst. »Hoffentlich kann er auf dich noch ganz lange warten. Ich wüsste nämlich nicht, was ich ohne dich machen sollte.«

»Du bist süß.« Anne küsste mich.

»Ich glaube, ich würde dir sofort hinterherkommen. Nur weiß ich nicht, ob ich überhaupt in den Himmel dürfte, sollte es tatsächlich so was geben.«

»Na klar kommst du mal in den Himmel.«

»Naja, mir fällt da so einiges ein, was dagegen spräche.«

»Hallo?« Anne machte große Augen. »Du gehörst auf jeden Fall zu den Guten! Jetzt hör schon auf mit dem deprimierenden Gerede. Wolltest du mir nich den Dachboden zeigen? Wenn du das nämlich nicht sofort tust, fall ich noch hier im Treppenhaus über dich her!«

»Hast recht.« Ich führte sie weiter die knarrenden Stufen hinauf, vorbei an meinen Vorfahren, bis endlich keine Bilder mehr an der Wand hingen und wir vor der schwarzen Holztür standen, die den Dachboden vom Treppenhaus trennte.

»Als ich das letzte Mal hier war, hab ich nach meinem alten Stoffhasen gesucht«, sagte ich.

»Warum?«

»Weil Uschasnik gemeint hat, ich soll nach meinem Lieblings-spielzeug suchen, das ich als Kind hatte.«

»Und?«

»Er war nicht da.«

»Schade.«

»Ja. Sehr schade. Jeder Scheiß war da, nur mein Stoffhase nicht.«

»Und wo könnte er sonst sein?«

»Wahrscheinlich nirgends. Meine Mutter ist überzeugt, ich hätte ihn schon vor Jahren verloren. Und sehr wahrscheinlich stimmt das auch. Wenigstens erinnere ich mich dunkel daran.«

»Naja«, sagte Anne. »Jetzt hast ja mich.« Sie grinste. »Ich bin gerne dein neues Stoffhasi. Hi hi.« Sie wurde ein wenig rot. Und ich küsste sie auf ihren warmen Mund, saugte mich an ihrer Unterlippe fest. Das gefiel ihr.

»Gehn wir nicht rein?« Anne atmete heftig.

»Doch, doch.« Mir war ganz schwindelig.

»Warum wollte der Uschasnik eigentlich, dassde nach deinem alten Spielzeug suchst?«

»Keine Ahnung. Um die Vergangenheit besser zu bewältigen, hat er gesagt.«

»Was gibt's denn da zu bewältigen?«

»Eben!«

Ich schloss auf, drückte die Klinke tief hinab und stieß die Tür auf. Dahinter erschien mein altes Kinderparadies.

»Voilà«, sagte ich.

»Wow. Cool!«, stieß Anne hervor. »Das ist ja hier oben größer als die Wohnung, wo ich mit meiner Mum wohn.«

»Ja, unfair, wie so vieles auf dieser Welt«, sagte ich. »Aber wenn ich das alles hier erbe, wirst du bei mir wohnen, und deine Mum bei uns.«

»Du bist sooo süß!« Sie küsste mich wieder auf den Mund und mir wurde wieder schwindelig. Ich zog Anne mit mir in den Dachbo-den und die Tür hinter uns zu. Mit einem trockenen Klacken fiel sie ins Schloss und ein wenig Staub rieselte von der Decke. Er schwebte durch einen Sonnenstrahl, der durch ein kleines Dachfenster schien, und glitzerte wie Sterne. Starr standen die Überbleibsel meiner Vorfahren hier oben, dick mit Staub zugedeckt, wie stumme Wächter der Zeit, oder wie traurige und vergessene Hinterlassenschaften von Menschen, die lange nicht mehr waren. Ich glaube, ich war die Einzige, die ihnen noch einen kleinen Daseinssinn verlieh.

Ein altes Bett stand da. Aus verrostetem Eisengestänge und einer staubigen Matratze, wo an einer Ecke eine Eisenfeder herausragte.

Anne ließ sich mit dem Rücken voraus auf die Matratze fallen. Und ich hatte Angst, dass eine der Eisenfedern sie aufspießte. Der Staub wirbelte auf und hüllte sie wie eine Wolke ein. Sie breitete ihre Arme aus und forderte mich auf, zu ihr zu kommen.

»Hier?«, fragte ich.

»Hier«, sagte sie.

Ich warf mich auf sie und küsste sie lange und heftig. Es staubte um uns herum, wir rissen uns die Kleider vom Leib, rieben uns mit dem Staub ein, lachten und kicherten und hielten immer wieder kurz inne, wenn das eiserne Gestänge des Bettes allzu sehr quietschte und wir Angst hatten, dass es unter uns zusammenkrachte. Aber es hielt durch, sogar als wir es als Trampolin nutzten und nackt darauf herumsprangen und uns in der Luft küssten, gerade das, was wir voneinander erhaschen konnten.

Als wir uns schließlich erschöpft und verschwitzt in den Armen lagen, sagte Anne, dass sie Lust hätte, wieder etwas zu rauchen. Ich hatte nicht nur große Lust dazu, sondern ein unbändiges Verlangen danach. Das Liebesspiel mit Anne hatte mich davon abgelenkt, dass es mir schon geraume Zeit ziemlich schlecht ging. Die Enttäuschung war groß, als ich bemerkte, dass mein Päckchen leer war, nur noch Staubkrümelchen gab es her. Wir hatten alles aufgeraucht, an einem einzigen Tag, ohne es mitzubekommen. Und inzwischen war es spät, dunkle Nacht. Den Typ würden wir höchstwahrscheinlich heute nicht mehr treffen.

»Sollen wir stattdessen 'n bisschen Gras rauchen?«, schlug Anne vor.

»Hab ich auch nichts mehr von.«

»Das ist ja blöd.«

Wir gingen in mein Zimmer und versuchten einzuschlafen. Wir wünschten uns den nächsten Tag herbei, an dem wir endlich wieder unsere Steinchen kaufen konnten. Uns war bitterkalt in jener Nacht, und doch schwitzten wir. Wir machten Witze darüber, aber nur, um uns davon abzulenken, dass irgendetwas mit uns nicht stimmte. Anne traten plötzlich Tränen in die Augen. Und als ich diese sah, musste auch ich weinen. Warum, wussten wir beide nicht. Es war einfach plötzlich alles so traurig, so schlimm, so schrecklich, dass wir uns nicht anders zu helfen wussten, als zu weinen. Wir wimmerten uns gemeinsam in den Schlaf, hielten uns fest und sagten uns immer wieder, dass wir uns nie wieder loslassen durften. Wir schworen, uns niemals zu verlassen, geschehe was wolle.

Meine Mutter weckte uns mit einem Klopfen an meine Tür. Sie fragte, ob ich Lust hätte, an diesem schönen Morgen gemeinsam mit ihr zu frühstücken. Ich sagte ihr, sie solle verschwinden.

»Komm schon, Liebes. So wie früher. Nur du und ich. Ich habe extra mal wieder Nutella gekauft. Das magst du doch so. Und du musst heute nicht zur Schule, weil du ja nachher einen Termin bei Dr. Uschasnik hast.«

Scheiße. Den hatte ich vollkommen vergessen.

»Nutella ist scheiße. Frühstücken ist scheiße. Und Uschasnik ist ein kleiner Wichser, zu dem ich nicht mehr gehen werde. Und jetzt zisch endlich ab«, rief ich durch die geschlossene Tür.

»Warum bist du so garstig zu deiner Mum?«, fragte Anne.

»Weil sie es verdient hat.« Ich hatte extrem miese Laune.

Anne blickte mich schweigend an und meinte, dass keine Mutter dieser Welt das verdient hatte. Sie wolle bestimmt, so wie ihre auch für sie, nur das Beste für mich.

»Du hast keine Ahnung!«, schrie ich sie an. »Null!« Ich stand genervt auf, zog mich an und machte mich fertig für die Stadt, neue Steinchen kaufen. Ich befahl Anne, hier auf mich zu warten, oder eben zu tun, was sie tun musste, und ließ sie abschiedsgrußlos sitzen.

Ich sah meine Mutter einsam und mit gesenktem Kopf am Küchentisch sitzen und rannte aus dem Haus. Rannte und rannte und kam erst allmählich wieder zur Besinnung und dazu, mich zu fragen, was nur in mich gefahren war, Anne so anzuschreien. Noch dazu grundlos. Ich sollte umkehren und mich entschuldigen. Nein. Erst wollte ich die Steinchen holen. Ich brauchte sie. Jetzt sofort. Ich zitterte immer mehr und mir war so kalt, obwohl die Sommersonne auf mich hinabbrannte. Nur die Steinchen konnten mir helfen, mich wieder besser zu fühlen.

Auf dem Weg zur Bahn sah ich Kevin, wie er dick und rotgesichtig an der Ecke auf mich wartete. Er schien es nicht begriffen zu haben. Vielleicht musste ich noch deutlicher werden, ihm noch aggressiver zu verstehen geben, dass ich ihn nicht sehen wollte und dass er endlich aufhören sollte, mir aufzulauern. Aber heute hatte ich keine Lust und keine Zeit dazu. Ich musste die Steinchen kaufen und dann schnellstens zurück zu Anne. Also wählte ich einen anderen Weg und schlich mich, immer auf der Hut, von der anderen Seite in den Bahnhof. Erfolgreich. Kevin entdeckte mich nicht. Und ich stieg unbehelligt in die Bahn.

»Das ist ja schön, dass wir uns hier treffen«, sagte jemand zu mir, als ich mich auf den Sitz fallen ließ.

Ich starrte den Mann sprachlos an, der mir gegenüber saß und gerade seine Zeitung zusammenfaltete und wegsteckte.

»Da können wir ja zusammen fahren.«

»Dr. Uschasnik«, stieß ich hervor. »Was tun Sie denn hier?«

»Ich fang heute später an, du bist meine erste Patientin an diesem schönen Tag.« Er grinste breit.

Ich sank zusammen und überlegte fieberhaft, wie ich aus diesem Schlamassel wieder herauskam. Ich wollte eigentlich nie wieder zu ihm. Während ich noch überlegte, stand Uschasnik auf und schaute mich erwartungsvoll an.

»Na, begleitest du mich?«, fragte er.

Ich schaute auf die Uhr. »Ist doch noch gar nicht soweit«, sagte ich. *Ich brauch was zu rauchen.*

»Ein bisschen Zeit haben wir noch, das stimmt«, bestätigte er. »Aber wir müssen ja noch ein Stück zu Fuß. Wir könnten unterwegs noch einen Kaffee holen, wenn du magst.«

»Ich … ich wollte eigentlich …«, druckste ich herum, aber mir wollte keine gescheite Ausrede einfallen.

»… noch etwas erledigen?«, fragte er.

Ich blickte ihn an und schüttelte den Kopf. Dann seufzte ich und erhob mich vom harten Sitz. »Gehn wir«, sagte ich. Meine Laune sank noch tiefer.

Uschasnik lächelte und verließ die Bahn. Ich begleitete ihn und blieb dabei ein Stück versetzt hinter ihm. Er drehte sich immer wieder zu mir um und textete mich fortwährend zu. Er unterbrach seinen Smalltalk nur, als er sich an einer Imbissbude einen Kaffee kaufte. Ich wollte keinen, auch wenn er mich dazu eingeladen hätte.

Steinchen!

Ich hörte ihm nicht zu, was auch immer er mir erzählte. Es war ohnehin belangloses Zeug. Ich sagte nur manchmal »mhm«, nickte und quälte ein Lächeln hervor, um den Schein zu wahren, dass ich voller Interesse seinem Gelaber folgte. Dabei dachte ich nur an die Steinchen. Ich brauchte sie dringender denn je. Uschasnik trank beim Gehen seinen Kaffee und warf den Pappbecher kurz vor seiner Praxis in einen Mülleimer.

Als wir in seinem Behandlungszimmer waren und einander gegenüber Platz genommen hatten, schwieg er endlich und musterte mich. Minutenlang. Als wartete er darauf, dass auch ich einmal etwas sagte. Aber darauf konnte er lange warten. Von mir kam ganz sicher nicht das nächste Wort. Wenn es sein musste, schwieg ich eben die ganze Stunde. Ich hoffte, sie würde schnell vergehen, damit ich schneller an neue Steinchen kam. Ich schaute auf die Uhr. Die Behandlungsstunde hatte eigentlich noch gar nicht angefangen. Vielleicht wollte er Psychodinge nur während bezahlter Zeit besprechen, überlegte ich. Und damit lag ich wohl nicht ganz daneben. Denn fast auf die Sekunde genau fing er zu sprechen an.

»Geht es dir heute nicht gut?«, fragte er.

»Warum?«

»Du siehst ziemlich blass aus. Wirst du krank?«

»Nein, alles bestens«, log ich. Mir ging es überhaupt nicht gut und war erschrocken darüber, dass man das auch sehen konnte. Zu dem, dass ich fror wie am Nordpol, gesellte sich nun auch noch ein Jucken auf meinem rechten Unterarm. Ich brauchte die Steinchen, dann würde alles wieder gut sein.

Uschasnik musterte mich eingehend bei völligem Schweigen.

»Und wie geht's deinen Eltern?«

»Wie solls denen gehen! Sie nerven.«

»Ich glaube, sie sorgen sich um dich.«

»Pff. Brauchen sie nicht. Ich komm ganz gut alleine klar.«

»Mit Anne?«

»Ja, mit Anne.«

»Mhm«, machte er und betrachtete mich wieder eine Weile, bevor er fortfuhr. »Ist dir seit dem letzten Mal nochmal so etwas passiert? Dass du plötzlich in einer anderen Welt, ich nenn es mal so, warst und nicht wusstest wie?«

»Nein.«

»Und wie erklärst du dir, dass es einmal geschehen ist?«

»Keine Ahnung. Vielleicht war ich ohnmächtig und hab phantasiert. Wär bei der Hitze ja auch kein Wunder.« Ich verkrampfte immer mehr, weil ich noch stärker fror als zuvor. Die Steinchen riefen noch lauter nach mir. Dort, auf dem Grünstreifen warteten sie auf mich. Und ich saß hier fest.

»Denkst du, dass jemand dafür verantwortlich ist, dass das mit dir passiert ist?«

»Wer soll dafür verantwortlich sein! So ein Blödsinn.«

»Ich weiß nicht. Ich habe dich gefragt.«

»Wenn jemand schuld ist, dann meine Eltern. Ohne sie gäbe es mich nicht, also wär mir das nicht passiert und ich säße nicht hier fest.«

»Interessant.«

»Das war ein Witz! Okay?«

»Meine Erfahrung zeigt, dass hinter jedem Witz eine gewisse Wahrheit steckt.«

Ich rollte die Augen. Dieser Kerl verdrehte mir die Worte im Mund. Ich musste auf der Hut sein, dass ich nichts sagte, was er irgendwann gegen mich verwenden konnte. Und ich musste aufpassen, dass er nicht sah, dass ich inzwischen zitterte wie nichts Gutes.

»Wenn ich du wäre«, sagte Uschasnik, »wüsste ich, wem ich die Schuld für ziemlich vieles geben würde. Und ich wäre sehr wütend.«

»Von was reden Sie?«

»Von dem, was passiert ist.«

»Es ist nichts passiert!«, schrie ich ihn an. »Okay?« Ich setzte mich steil auf und blitzte ihn an. Mein Herz pochte gegen meine Rippen. »Und wenn was passiert wäre«, fuhr ich mit bebender Stimme fort, »würde es keine Sau interessieren!«

»Mich schon.«

Ich spuckte trocken vor seine Füße.

Er reagierte gar nicht darauf, sondern sagte: »Wenn du dazu nichts sagen willst, musst du auch nicht.«

Oh, wie einfühlsam. »Ich will nicht, ich kann nicht, weil nichts passiert ist. Okay?«

»Gut, dann wechseln wir das Thema. Brennt dir vielleicht gerade eines auf dem Herzen?«

»Nein. Was denn zum Beispiel?«

»Na, ich weiß nicht.« Er wartete kurz, ob mir vielleicht doch noch etwas einfiel und sagte dann: »Dann darf vielleicht ich dich etwas fragen, das mir auf dem Herzen brennt?«

»Wie Lesbensex ist?«

Uschasnik war nach meiner Gegenfrage eine Weile sprachlos. Und ich freute mich, dass ich ihn überrascht oder gar einen Treffer gelandet hatte. »Nein, nicht im Entferntesten«, sagte er, nachdem er sich von meinem Angriff erholt hatte. »Das ist deine Privatsphäre, und ich würde dich nie nach solchen Dingen fragen. Mich interessiert, wie es um deinen Drogenkonsum steht.«

»Ich nehm keine Drogen«, log ich.

»Nicht mehr?«

»Hab ich noch nie«, setzte ich noch einen drauf.

»Du bist eine schlechte Lügnerin, Johanna.«

Das saß. Das hatte noch nie jemand zu mir gesagt. Ich war die beste Lügnerin, schon immer und unbestritten.

»Gut«, seufzte ich. »Mal ein bisschen Gras. Da ist ja wohl nichts dagegen einzuwenden.«

»Wenn es dabei bleibt nicht unbedingt«, sagte Uschasnik. »Auch wenn Marihuana als Einstiegsdroge gilt, und das übrigens völlig zurecht.«

»Blödsinn.« Ich lehnte mich in dem Sessel zurück und verschränkte meine Arme. Das wärmte mich wenigstens etwas. Ich fror nämlich immer stärker.

»Wie geht es dir denn, wenn du mal ein paar Tage nicht rauchst?«

»Gut. Warum fragen Sie das?«

»Drogen machen süchtig. Und eine Sucht äußert sich dadurch, dass man sich schlecht fühlt, oder müde, lustlos, depressiv, wenn man die Drogen nicht kriegt, oder dass man ganz einfach ein großes Verlangen hat, die Droge endlich wieder zu nehmen.«

»Ist bei mir nicht so.« Mir war mulmig. Aber ich kämpfte die aufkommenden Zweifel nieder. Ich war nicht der Typ, der süchtig wurde, da war ich mir sicher. *Geht es mir deswegen gerade so beschissen?*

»Dann ist gut«, sagte Uschasnik. Aber ich sah in seinen Augen leichten Zweifel oder gar Misstrauen. »Sollte so etwas doch einmal geschehen, dann würde ich mich freuen, wenn du es mir erzählst, damit ich dir helfen kann. Denn aus jeder Sucht gibt es einen Ausweg, auch wenn es manchmal hart sein kann. Und ich möchte nicht, dass du so etwas erleben musst, nach allem, was du durchgemacht hast.«

»Wissen Sie was?« Ich rutschte auf meinem Sessel wieder nach vorne und machte mich fertig aufzustehen. »Sie gehen mir ganz schön auf die Nerven mit ihrem Gelaber von was ich alles schon durchgemacht haben soll, oder von dem, was passiert sein soll. Ich hab keine Ahnung, von was Sie da reden! Und ich hab auch keinen Bock mehr, weiter meine Zeit damit zu verschwenden!«

Ich stand auf, spuckte diesmal richtig auf seinen Teppich und verließ lautstark seine Praxis.

Auf dem Grünstreifen traf ich ihn wieder. Wie immer. Er saß da, glotzte in die Baumkrone über ihm und reagierte erst, als ich ihn wiederholt ansprach und anstubste.

»Hey Chicka!«, sagte er und hustete sich anschließend die Bronchen aus dem Leib. »Tschuldige«, brummte er, »hab zuviel geraucht die letzten Tage. – Alles chicko alles klar bei dir?« Ich nickte. Ich hatte keine Lust auf Smalltalk übers Wetter oder sonstigen Kram. Smalltalk hatte ich heute schon genug gehabt. Ich wollte Steinchen und dann zurück zu Anne.

»Wieviel brauchste?«, wollte er wissen.

Ich nannte ihm den Betrag, den ich in der Tasche hatte, fein säuberlich zerknüllt, und er machte große Augen. Aber ein paar Minuten später hatte ich genug von den Steinchen, um mehrere Weltreisen antreten zu können.

Noch an Ort und Stelle rauchte ich ein Steinchen, schaute mir wie unbeteiligt die Aschenwelt an und freute mich anschließend darüber, dass sich meine Laune gebessert hatte, dass mir nicht mehr kalt war und auch darüber, dass das Jucken verschwunden war, als sei es nie dagewesen.

Als ich zuhause in die kühle Empfangshalle unserer Villa trat, wusste ich im selben Augenblick, dass etwas anders war als sonst. Ich konnte es riechen. Jemand war hier, der nicht hier sein sollte. Aus der Küche drangen Stimmen. Die eine erkannte ich als die meiner Mutter, und auch die andere war mir nur allzu bekannt. Was machten die beiden gemeinsam in der Küche? Worüber unterhielten sie sich? Ich beschloss, sie zu belauschen und schlich mich an die Küchentür. Ich hörte meinen Namen. Ich hielt den Atem an und lauschte mit klopfendem Herzen.

»Es ist schön, dass du da bist, Kevin«, sagte meine Mutter gerade.

Kevin. Ich konnte es nicht glauben, dass er hier mit meiner Mutter in unserer Küche war. Das ging entschieden zu weit. Er sollte mich in

Ruhe lassen, und jetzt drang er sogar in mein Haus ein. Ich sollte ihn zur Rede stellen und ihn fragen, was genau er an meinen Ausführungen eigentlich nicht begriffen hatte.

»Es ist gut zu wissen«, fuhr meine Mutter fort, »dass da jemand ist, der ein Auge auf Johanna wirft. Ich alleine, oder auch mein Mann, wir schaffen es einfach nicht mehr. Wir sind am Ende unserer Kräfte.«

»Keine Sorge«, sagte Kevin. »Sie will zwar, dass ich sie in Ruhe lasse. Aber ich werde trotzdem nicht aufhören, auf sie aufzupassen.«

Was für ein ignoranter Irrer. Ich musste ihm wohl noch deutlicher zu verstehen geben, dass er aus meinem Leben verschwinden sollte. Noch deutlicher als schon getan. Musste ich erst gewalttätig werden?

»Das ist schön, das ist schön«, seufzte meine Mutter. »Seit damals wird alles immer schlimmer. Wir verlieren unsere Tochter und wissen nicht, was wir noch tun sollen.«

Mich in Ruhe lassen, ihr begriffsstutzigen Dummköpfe.

»Ich hoffe, dass Dr. Uschasnik ihr helfen kann. Ich glaube, er ist ein fähiger Mann auf diesem Gebiet.«

»Das ist er«, sagte Kevin.

Woher wollte denn Kevin das wissen? Meine Mutter musste ich leider enttäuschen, denn das Kapitel Psychoheini war für mich erledigt.

Über was sie dann sprachen, brachte mich innerlich zum Kochen. Das Thema war nun bei Anne und mir angelangt. Wie große Sorgen sie sich deswegen machten. Sie sagten tatsächlich, dass ich Anne loslassen müsse, dass das alles nicht gut sei und zu nichts Gutem führen könne. Das war zuviel.

Sie wollen mir Anne wegnehmen!

Ich trat in die Küche und blitzte die beiden böse an. Ich sagte nichts, auch nicht als meine Mutter mit überraschter Stimme fragte, wie lange ich schon da wäre. Ich schwieg, ging an den Küchenschrank und begann ohne Vorwarnung, Kevin und meine Mutter mit Tellern und Tassen zu bewerfen. Die beiden flüchteten hinter dem Küchentisch in Deckung und ich konnte immer nur noch mehr Geschirr nach ihnen werfen. Sie wollten mir Anne wegnehmen! Ich hörte erst auf, als das Kaffeeservice komplett vernichtet war. Zitternd ging ich aus der Küche und hinterließ ein mit weißen Scherben übersätes Schlachtfeld und zwei dumm aus der Wäsche guckende Menschen. Ich kümmerte mich nicht um sie, wandte mich ab und ging in mein Zimmer. Meine zitternden Glieder verbarg ich so gut es ging.

»Was warn das fürn Lärm?«, fragte Anne, als ich in mein Zimmer trat. Ihre Stimme klang schwach. Sie lag im Bett, die Decke bis ans Kinn hochgezogen.

»Oh Gott! Anne!« Ich rannte zu ihr. »Es tut mir so leid! So sehr leid! Ich hätte dich nicht anschreien dürfen, und dich schon gar nicht einfach so hierlassen.«

Anne klapperte mit den Zähnen. »Hast was zu rauchen dabei?«, fragte sie.

»Klar hab ich was.« Ich packte die Steinchen aus, und machte uns eine Pfeife fertig, die wir sofort aufrauchten. Mir war egal, dass unten meine Mutter war. Wir hielten uns fest in den Armen und betrachteten staunend, wie mein Zimmer in der Aschenwelt aussah. Verbrannt, grau, irgendwie schön. Danach ging es Anne wieder besser. Mir auch. Das Zittern war weg.

»Weißt übrigens, wer unten bei meiner Mutter saß und über uns geredet hat?«

»Nö.«

»Kevin!«

»Hat der den Lärm gemacht?«

Ich rollte die Augen. »Nein, der Lärm kam von mir. Weil meine Mutter und Kevin sich darüber unterhalten haben, dass unsere Beziehung nicht gut für mich sei und dass ich mit dir Schluss machen sollte und so nen Blödsinn.«

»Warum denn das?«

»Weil sie vielleicht intolerant sind und Lesben hassen?« Ich wurde lauter. »Keine Ahnung! Jedenfalls hab ich ihnen gezeigt, was ich davon halte und sie mit der kompletten Küchenkeramik eingedeckt.«

Anne kicherte.

»Find ich nicht lustig!«

»Ok, enschuldige.« Anne räusperte sich. »Was machen wir denn nu?«

»Von hier weggehen erstmal«, sagte ich.

Wir schlichen aus dem Haus. Aus der Küche hörte ich, wie jemand die Scherben zusammenkehrte. Ob Kevin noch da war wusste ich nicht, interessierte mich auch nicht. Seit heute war er für mich komplett gestorben – noch verstorbener als gestorben. Dass er sich mit meiner Mutter verbündete war ein Schritt, der zuweit ging. Und dass die beiden mir Anne wegnehmen wollten, würde ich ihnen niemals verzeihen.

»Wo wolln wir denn heut hin?«, fragte Anne draußen auf der Straße, wo die Sonne auf uns niederbrannte als hätte sich das Wetter der Tropen hierher verirrt.

»Ich hab keine Ahnung«, sagte ich. »Erst mal weit weg von diesem Norman Bates-Haus.«

»Was fürn Haus?«

»Psycho. Verstehst du?«

Anne schaute mich begriffsstutzig an und ich winkte ab.

»Scheißegal. Irgendwohin eben. Lass uns heute mal Bus fahren.«

Wir steuerten die nächstgelegene Haltestelle an, warteten schweigend, stiegen in den Bus und fuhren in die Innenstadt. Dort angekommen geschah jedoch etwas, mit dem wir nicht gerechnet hatten. Wir standen auf dem heißen Asphalt, der Bus fuhr eben weg und ließ uns in einer Abgaswolke stehen. Ich sah schräg hinter mir aus dem Augenwinkel etwas Schwarzes vorbeihuschen. Ich fuhr herum und wunderte mich noch, warum ich mich so erschreckt habe. Und genau in diesem Augenblick ändert sich alles. Die Bäume verlieren mit einem lauten Rasseln ihre Blätter und erstarren zu kahlen Gebilden, die ihre knorrigen Finger in den Sackleinenhimmel strecken. Die Gebäude zerfallen unter großem Lärm, alles ist plötzlich von Asche bedeckt. Und Anne und ich stehen mitten in der Aschenwelt. Es ist wieder passiert. Ohne Droge, ohne Traum, am helllichten Tag. Und diesesmal ist Anne dabei, wie vor einigen Tagen in unserem gemeinsamen Traum.

»Krass.« Das ist alles, was Anne herausbringt.

Ich selbst kann kein Wort sagen, weil meine Kehle wie zuge-schnürt ist. Ich kann kaum atmen und drehe mich nur im Kreis und schaue mich um.

»Wie ist jetzt das passiert?«, fragt Anne.

»Ich weiß nicht«, sage ich. »Ist wie beim letzten Mal.« Meine Stimme klingt brüchig.

»Wie in dem Traum«, sagt Anne.

»Ja, wie in dem Traum«, flüstere ich. Ich habe Angst. Lähmende Angst davor, wieder ohnmächtig zu werden und Stunden später auf-zuwachen und nicht zu wissen, was geschehen ist.

»Passt du auf mich auf?«, bitte ich Anne.

Anne nickt. Sie ist aber genauso angespannt wie ich.

»Da waren doch grade noch überall Leute hier«, sagt sie. »Wo sind die 'n alle hin?«

»Keine Ahnung.«

»Versteh ich alles nicht«, sagt Anne.

»Ich auch nicht.«

Wir erschrecken beide, als wir das schrille Pfeifen hören, was das Kommen der Teufel ankündigt. Ich suche fieberhaft nach einem Ver-steck, aber es gibt nirgends eines.

»Lass uns kämpfen«, sagt Anne, als die ersten Rauchsäulen um die Ecke kommen und sogleich auf uns zusteuern.

Ich kann sie nur stocksteif anstarren, ich höre nicht, was Anne mir zuruft. Ich sehe die Rauchsäulen auf uns zuschießen, und ich kann mich nicht bewegen. Und ich sehe, wie die Teufel Anne anspringen, und ich kann nichts tun. Sie verbeißen sich in ihre Schultern, in ihre Arme, ihre Beine. Anne schreit, und ich kann nur hilflos zuschauen. Anne schreit um ihr Leben. Die Teufel haben sie fest im Griff, reißen sie um und schleifen sie davon. Ich sehe zu, wie sie mit Anne hinter dem nächsten Häuserblock verschwinden und anschließend das schrille Pfeifen und Flüstern verstummt. Erst dann kann ich meine Lähmung abschütteln und muss erst tief Luft holen, bevor ich zu ersticken drohe.

»Anne!«, schreie ich. »ANNE!« Immer wieder. Aber ich bekomme keine Antwort.

Ich verstehe nicht, was geschehen ist, warum ich mich nicht rühren kann, warum ich Anne kampflos den Teufeln überlassen habe. Ich sinke zusammen, in die Asche, die sich darauf um mich her kurz erhebt und sich dann wieder senkt und von der Störung erholt. Ich bin nicht in der Lage, Anne zu folgen und sie zu retten. Ich bin schwach und machtlos. Mein Beutelchen mit der Pfeife drückt in meine Seite, als würde es sich melden und laut hier schreien. Das ist es. Die Lösung. Ich packe mit zitternden Händen meine Pfeife aus und wickle die Alufolie auseinander. Ich nehme mit spitzen Fingern ein Steinchen und will es in die Pfeife geben. Auf dem Weg dorthin fällt es mir aber aus der Hand und verschwindet spurlos in der Asche auf dem Boden. Ich heule fast und nehme mir noch ein Stückchen aus der Alufolie. Diesesmal klappt es und ich rauche es in einem Zug weg.

Die Welt bleibt gleich.

Aber ich nehme noch den verborgensten Geruch wahr und höre noch das leiseste Geräusch. Ich höre das Flüstern der Teufel. Ich spüre, wie die Kraft durch meine Adern schießt. Wie bei Popeye, wenn er seinen Spinat isst, oder bei Asterix, wenn er vom Zaubertrank trinkt. Ich schnelle auf die Beine und renne in die Richtung, aus der das Flüstern in meine Ohren dringt. Ich renne durch die Gassen und schnappe mir auf dem Weg zwei Eisenstangen und schwinge sie wie Schwerter durch die aschegeschwängerte Luft. Ich nähere mich den Teufeln, das Flüstern wird lauter. Ich kann sie jetzt riechen. Jeden einzelnen. Ihr öligrußiger Gestank bohrt sich in meine Stirnhöhle, gepaart mit dem Verwesungsgeruch des vergossenen Blutes und den Brandgasen der Trümmerstadt. Sie sind nah, sehr nah.

Als ich um die nächste Straßenecke biege, liegt sie vor mir. Eine gigantische Masse an Teufeln. Sie füllen eine breite und lange Straße. Ein öligschwarzes Meer breitet sich vor mir aus, ein Meer aus Teufeln, die mir ihre spitzen Zähne entgegenblecken. Am Ende der Straße sehe ich, was ich schon in jenem Traum gesehen habe. Eine helle Gestalt hängt wie Jesus am Kreuz an einem Metallgestänge. Sie haben Anne wieder dort hingehängt. Doch was auch immer sie mit ihr vorhaben, sie werden nicht dazu kommen. Denn sie haben nicht mit mir gerechnet.

Ich kämpfe mich durch sie hindurch. Zu Anne.

Sie ist bewusstlos, wie in jenem Traum, den wir gemeinsam geträumt haben. Ihr Kopf mit den blonden Locken hängt herab, ihr Kinn ruht auf ihrer Brust. Ihre Arme und Beine sind mit schmierigen Kabeln an das Metallgestänge gebunden. Sie atmet nicht. Oh mein Gott. Ist sie tot? Ich zerre an den Kabeln herum, krieg sie aber nicht los.

»Anne!«, schreie ich. Sie rührt sich nicht.

Ich finde ein scharfkantiges Stück Metall, das durch die Kabel fast wie durch Butter schneidet. Annes Körper sinkt in meine Arme und das Flüstern der Teufel wird wieder schriller. Die ersten nähern sich mir zögerlich und fauchen. Ich lege Anne auf den Boden und postiere mich vor sie. Die Teufel rücken näher, und meine Eisenwaffen warten auf sie. Der erste springt vom Boden ab, verwandelt sich im Flug in eine wirbelnde Rauchsäule und materialisiert sich nur wenige Zentimeter von meinem Gesicht entfernt. Und dann lässt die Wirkung der Droge nach. Der Teufel löst sich in nichts auf und ich fand mich mitten auf der Einkaufsmeile im Stadtzentrum wieder, Anne zu meinen Füßen, ich noch immer in Kampfpose, doch ohne Eisenstangen in den Händen. Die Pasanten machten einen weiten Bogen um uns und warfen uns verärgerte und teils verwirrte Blicke zu. Ich konnte es ihnen nicht verdenken, sie wussten nicht, was hier bis vor einer Sekunde noch los war.

Ich beugte mich zu Anne hinab und rüttelte sie. Aber sie rührte sich nicht. Ihr Gesicht war bleich, blutleer.

»Anne! Wach auf!« Tränen schossen mir in die Augen.

Ich küsste sie, als wäre sie Schneewittchen und ich ihr Prinz. Und tatsächlich kam Anne in eben jenem Augenblick zu sich und fragte, was denn geschehen sei und wo sie wäre. Als Antwort küsste ich sie heftig und sagte, dass alles gut sei.

Ab diesem Tag trug ich immer eine geladene Pfeife griffbereit bei mir. Sollte ich wieder plötzlich und unvorhergesehen in der Aschenwelt landen, von Teufeln umzingelt, wollte ich meinen Zauberrauch parat haben. Ich wollte mich nie wieder schwach und hilflos fühlen.

Die folgenden Tage waren ein einziger Rausch. Anne und ich rauchten nahezu ohne Unterlass. Wir rauchten, reisten in die Aschenwelt, killten Teufel, ich kaufte neue Steinchen bei meinem Händler, wir rauchten noch mehr und killten noch mehr Teufel. Für mich war es der perfekte Plan, nie wieder einen solchen Tagtraum erleben zu müssen, in dem wir hilflos den Teufeln ausgeliefert waren und Anne verschleppt und fast getötet wurde. Wir rauchten weiter und eines Tages eröffnete mir Anne, dass sie keine Lust mehr hätte, weiter diese Steinchen zu rauchen. Ich erschrak.

»Ohne die Steinchen werden wir wieder einen Tagtraum haben, und dann werden die Teufel dich töten!«, sagte ich.

»Das glaube ich nicht«, widersprach Anne. »Das ist doch alles nur unser Drogenwahn. Nicht echt! Wir sinken immer nur noch tiefer in diese beschissene, stinkende Asche.«

»Wir müssen die Teufel vertreiben und die Aschenwelt reinwaschen«, sagte ich und hielt sie fest. »Lass mich nicht allein. Das kannst – das darfst du nicht!«

Anne seufzte. »Lass uns das versuchen, ohne dieses Zeug zu rauchen.«

»Das geht nicht«, sagte ich. »Hast du schon vergessen, wie hilflos und schwach wir ohne waren?«

»Nein, hab ich nicht. Aber es muss doch einen anderen Weg geben.«

»Nein!«, rief ich.

Anne blickte mich schweigend an.

»Anne. Bitte! Nur noch ein bisschen. Dann hören wir auf!« Und nachdem Anne immer noch nichts sagte, fuhr ich fort: »Versprochen!«

Anne atmete tief durch. »Nur noch einmal. Okay?«

Ich freute mich. »Einmal noch, dann hören wir auf. Versprochen!«

Aus dem versprochenen einem Mal wurden zwei, drei und noch viele Male. Wir waren den Steinchen willenlos ausgeliefert. Und Anne machte nur mit, weil sie mich nicht verlieren, oder weil sie bei mir bleiben wollte. Ich kümmerte mich nicht darum. Mit den Steinchen gings uns gut, ohne immer schlechter.

Bald schon hatte ich nach einer unserer Reisen nicht einmal mehr Hunger und kurz darauf überhaupt gar keinen mehr. Ob ich nun etwas geraucht hatte oder nicht, ich brachte keinen Bissen hinunter, mir wurde schlecht, wenn ich nur an Essen dachte. Ich nahm mir vor, erst dann wieder zu essen, wenn alle Teufel verschwunden waren. Doch darunter litt mein ganzer Körper. Er war überzogen von einem seltsamen Ausschlag, der wie verrückt juckte, den man aber nicht sehen konnte. Ich kratzte mich stundenlang, bis die Haut weggeschabt war und meine Finger blutigrot. Aber ich empfand keinen Schmerz. Einer meiner Schneidezähne wackelte. Aber ich hatte keine Lust und schon gar keine Zeit, zum Zahnarzt zu gehen. Ich musste rauchen, sonst wurde alles noch schlimmer.

Eines Tages bekam ich kein Geld mehr von meinem Konto, der Automat behielt sogar meine Karte ein. Das bedeutete, dass ich zu meinem Vater gehen musste, ihn zu fragen, was los sei. Das Letzte, was ich in dieser Lage brauchte. Mein Händler war allerdings so freundlich und gewährte mir Kredit. So konnten wir weiter rauchen.

Ein paar Tage später fragte Anne, wie viel Schulden ich bereits bei meinem Dealer hätte. Ich wusste es nicht ganz genau – ziemlich viel –, aber es interessierte mich nicht sonderlich. Ich würde ihm schon bald alles zurückzahlen können, sobald ich mit meinem Vater gesprochen hatte, was ich aber vor mir herschob. Ich feilte noch an der Taktik, wie ich meinem Vater klar machte, wofür ich soviel Geld brauchte. Bisher fiel mir nichts ein. Ich nahm weiter die Droge und bildete mir ein, dass mir dann nichts passieren konnte, auch Anne nicht.

Aber Anne kamen immer mehr Zweifel an dem, was wir taten. Sie drängte mich immer eindringlicher dazu, mit den Steinchen aufzuhören und endlich meine Schulden zu bezahlen.

»Du weißt, was ich von diesem Zeug halte«, sagte sie. »Wir müssen damit aufhören.«

Ich schaute sie schweigend an. »Du stehst nicht mehr hinter mir.«

»Och, Jo! Natürlich steh ich zu dir. Egal was ist. Das weißt du auch!«

»Ich bin mir da nicht mehr so sicher.«

»Okay. Kompromiss«, sagte sie. »Du gehst zu deinem Vater und bittest ihn, dein Konto wieder aufzufüllen. Damit du erstmal keine Schulden bei diesem Typ mehr hast! Und dann hören wir endlich auf, dieses Zeug zu nehmen! Du hast es mir versprochen, erinnerst du dich?«

Sie drängte mich zu etwas, das ich nicht tun wollte. So etwas tat sie sonst nie. Und es ärgerte mich. Doch allzu lange konnte ich Anne nicht böse sein, und so leuchtete mir schließlich ein, dass sie nicht ganz im Unrecht war. Es konnte auf Dauer tatsächlich nicht so weitergehen wie bisher. Allmählich war es mir auch peinlich, immer mehr Kredit von meinem Dealer zu erbetteln. Und früher oder später würde ich gar nichts mehr bekommen. Also entschloss ich mich, zu meinen Eltern zu gehen und ganz brav danach zu fragen, wann denn wieder Geld auf mein Konto käme.

Ich setzte mich vor meinen Schminkspiegel und dachte, ein Gespenst zu sehen.

»Gott, wie seh ich denn aus!«

»Hübsch wie immer«, sagte Anne.

»Blödsinn! Ich seh schrecklich aus!«

Ich hatte mich seit Tagen nicht mehr im Spiegel angeschaut. Zum Einen war es mir noch nie sonderlich wichtig gewesen, mich zu schminken oder aufzutakeln wie andere Frauen, zum Anderen hatte ich es die letzten Tage oder gar Wochen schlicht vergessen. Ich sah grau aus, und abgemagert. Um meine Augen zeigten sich dunkle Ringe, so blauschwarz wie gemalt. Meine Haare lagen wie Stroh auf meinem Kopf, verfilzt und platt. Das Rot war auch schon stark ausgeblichen. Ich bürstete sie erst einmal eine halbe Stunde lang und blickte dann überrascht und leicht besorgt auf den Berg Haare, den ich aus der Bürste zupfte. Anschließend band ich mein Stroh zu einem Zopf, kramte aus dem hintersten Eck einer Schublade altes, eingetrocknetes Make-Up und versuchte, damit meine Augenringe und die graue Haut zu verbergen, was überraschend gut gelang.

»So besser?«, fragte ich.

»Du weißt, dass ich dich immer hübsch finde«, sagte Anne.

»Du bist mir ja eine große Hilfe.« Ich schaute wieder in den Spiegel. Alles nicht so schlimm. Die größten Sorgen machte mir ohnehin mein wackeliger Schneidezahn. Er wackelte immer stärker und schien tatsächlich ausfallen zu wollen. Ich sollte doch bald zum Zahnarzt gehen.

Mit meinem Spiegelbild war ich fast zufrieden. Ein braves Mädchen schaute mich an. Nicht ganz. Ich entfernte noch die Sicherheitsnadel aus meinem Ohr, zog meine weite Arbeiterhose und das verzogene T-Shirt aus und warf ein Kleidchen über mich, das mir jetzt viel zu weit war. Egal. Jetzt war ich genug verkleidet, um meinen Eltern gegenüber treten zu können.

Es war fast Nacht und beide saßen, wie an jedem Abend ihres Lebens, in der Wohnhalle und gingen ihren Abendbeschäftigungen nach. Mein Vater saß in seinem Sessel, las Zeitung und rauchte eine Pfeife, meine Mutter strickte irgendeinen dämlichen Pulli oder eine Jacke, und im Hintergrund lief leise Musik. Heute war es Jazz oder so etwas ähnliches, ruhig und gediegen. Meist lief Klassik, rauf und runter. Ganz normaler Spießeralltag. Ich hätte am liebsten in die Mingvase gekotzt. Aber ich wollte braves Mädchen spielen, immerhin ging es um Geld, und nicht gerade wenig.

Ich setzte mich auf einen Stuhl, seufzte gespielt fröhlich und zauberte mir ein Lächeln ins geschminkte Gesicht.

»Habt ihr einen schönen Abend?«, fragte ich.

Beide schauten mich einigermaßen perplex an. Meine Mutter strahlte wie eine ihrer Porzellanpuppen. Mein Vater legte seine Zeitung weg und nahm seine Pfeife aus dem Mund, und meine Mutter packte ihre Strickarbeit in den dazugehörigen Korb. Ich kämpfte den Brechreiz nieder und lächelte weiter. Aber sie schwiegen, als würde ihnen nichts einfallen, was sie mir sagen sollten. Also musste wohl oder übel ich das Gespräch am Laufen halten.

»Wie wars auf der Arbeit?« Ohne ihre Antworten abzuwarten, hängte ich dran, dass ich einen wunderbaren Tag hatte, mit tollen

Schulerlebnissen und noch tolleren Sachen mit irgendwelchen fiktiven Freundinnen. Sie glaubten es mir, freuten sich für mich, und ich freute mich über meine gelungene Lüge.

»Ach so«, fügte ich noch an, »mit Dr. Uschasnik läufts auch super. Er meinte, dass er sehr stolz auf mich sei, dass ich gute Fortschritte mache und wir mit der Therapie bald fertig seien.«

Meine Mutter seufzte und sagte, wie sehr sie sich darüber freue und wie froh sie sei, dass endlich wieder alles seinen normalen Gang gehe. Einzig mein Vater musterte mich misstrauisch und schwieg sich aus.

»Ja, das ist echt toll.« Ich lächelte und zupfte mein Kleidchen über den knochigen Knien zurecht.

»Und was ist wirklich?«, fragte mein Vater in die aufkommende Stille.

Meine Mutter bedachte ihn mit einem vorwurfsvollen Blick, der ihn aber nicht zu interessieren schien. Regungslos ruhten seine Augen auf mir.

»Nichts«, behauptete ich. »Ich wollte euch nur mal wieder sagen, wie es mir geht. Die letzten Wochen waren ja eher angespannt zwischen uns.« Ohweia, das konnte ja heiter werden. Mein Vater hatte Verdacht geschöpft und ich feilte in Gedanken fiebernd an der weiteren Gesprächstaktik. Meine Mutter hatte ich im Sack, aber für meinen Vater bedurfte es noch einiger Perlen, die ich ihm hinwerfen musste.

»Wisst ihr, die letzten Wochen waren sehr schwierig für mich, nach allem, was passiert ist.« Ich räusperte mich innerlich und meine Mutter nickte traurig und verständnisvoll. »Aber ich habe jetzt ja lange mit Dr. Uschasnik darüber gesprochen, sehr lange und sehr ausführlich. Und das hat mir sehr geholfen, dass alles«, was auch immer, »zu verarbeiten.« Ich machte eine kleine Kunstpause und fügte dann hinzu: »Und auch Anne war mir eine große Hilfe.«

Das Lächeln auf Mutters Gesicht erstarb. Mein Vater runzelte die Stirn. Vielleicht hätte ich Anne nicht erwähnen dürfen. Verdammt. Ich versuchte, schnell wieder davon abzulenken und sagte, dass ich nun auch endlich wüsste, was ich nach dem Abitur studieren wollte. Das interessierte meinen Vater natürlich brennend. Und ich antwortete ihm wie aus der Pistole geschossen, so wie Profilügner das tun, auch wenn sie eigentlich keine Antwort parat hatten. Denn wenn man nur den Bruchteil einer Sekunde zu lange wartete, wurde man meist entlarvt. Und ich schaute ihm bei meiner Lüge direkt in die Augen. Ganz ohne schlechtes Gewissen. Ich behauptete, dass ich Psychologie studieren wolle, nach den umwerfenden Erfahrungen mit Dr. Uschasnik. Ich war mir für keine Flunkerei zu schade, Hauptsache ich erreichte mein Ziel.

Die Antwort schien zur Zufriedenheit meiner Eltern auszufallen. Ihnen war wichtig, dass ich etwas studierte, mit dem man später viel Geld scheffeln konnte. Am liebsten wäre ihnen natürlich Jura gewesen, in die Fußstapfen der Eltern treten oder so etwas Blödsinniges, oder Medizin, das war auch noch in Ordnung. Und Psychologie war ja fast so etwas wie Medizin, dachte ich mir. Ohje, hoffentlich habe ich mich nicht vergaloppiert. Ich hätte auch einfach Jura sagen können. Aber ich glaube, diese Lüge wäre allzuschnell aufgeflogen, nach all den fiesen Dingen, die ich in den letzten Monaten über Anwälte und Juristen fallen gelassen hatte, seit meine Eltern ernsthaft mit mir über mein Studium diskutieren wollten.

»Ja, so sieht es derzeit bei mir aus«, sagte ich und machte Anstalten, wieder aufzustehen, schob dann aber noch ganz beiläufig hinterher: »Ach so. Da wäre noch eine Kleinigkeit. Ich bräuchte Geld. Ich möchte in den Ferien, die ja nächste Woche sind, einen kleinen Bildungsausflug machen.« Mit Anne verschluckte ich im letzten Moment.

Meine Mutter seufzte mal wieder und mein Vater räusperte sich.

»Gibt's damit ein Problem?«, fragte ich mit aller Freundlichkeit, die ich in meine Stimme legen konnte.

»Nun, damit gibt es sehr wohl ein Problem«, sagte mein Vater. Ich sank wieder auf den Stuhl zurück und starrte ihn fragend an.

»Du musst verstehen, alles, was wir tun, oder auch nicht tun, ist stets nur zu deinem Besten«, fuhr er fort.

Mein Gesicht versteinerte, so wie alles andere in mir. Ich schlang meine Arme um meine Brust.

»Ich habe dein Konto sperren lassen, nachdem dort in den letzten Wochen viel Geld abgehoben wurde. Erst dachte ich, dass es sich um Betrug handelte, dass deine Karte verloren gegangen wäre, oder ähnliches. Doch du hattest nichts gesagt, also musste ich davon ausgehen, dass du selbst es warst. Für was, fragte ich mich, und dabei half uns dein Freund Kevin. Er hat ein Auge auf dich, seit damals, du weißt schon. Und er hegte den Verdacht, dass du Drogen nimmst, und zwar sehr viel und sehr häufig. Darum ließ ich nun dein Konto sperren, damit du …«

Den Rest seiner Richterrede hörte ich mir nicht mehr an. Der Hass in mir kochte wie eine Höllensuppe. Der Hass auf meinen Vater, und vor allem der Hass auf Kevin, diesen miesen Scheißkerl. Ganz langsam und still erhob ich mich und wandte mich zur Tür der Wohnhalle. Ich hörte nicht auf die gebellten Befehle meines Vaters, die sich mit dem Schluchzen meiner Mutter zu einer widerwärtigen Kakophonie vermischten. Ich schritt zur Tür. Mir war schwindelig, als hätte ich zuviel Alkohol getrunken. Und wie zufällig stieß ich gegen die Mingvase. Gerade fest genug, dass sie von ihrem Sockel kippte und auf dem Boden in tausend kleine Scherben zersprang. Ich hörte den spitzen Schrei meiner Mutter und dann die Totenstille. Ich verließ die Wohnhalle, ohne mich noch einmal umzudrehen, stieg die Stufen hinauf und schlug meine Zimmertür hinter mir zu.

»Und? Wie liefs«, wollte Anne wissen.

Ich schüttelte nur stumm den Kopf.

»Hmm«, machte Anne. »Ich glaube, das ist 'n Zeichen.«

»Für was denn bitte!«, fauchte ich sie an.

»Dass du aufhören sollst, dieses Zeug zu rauchen. Wir müssen eben einen anderen Weg finden, mit der Aschenwelt klarzukommen. Und den gibt es ganz bestimmt.«

»Weißt du was, Anne?«

Sie schüttelte den Kopf.

»Du bist so oft so unglaublich dumm. So naiv und verblödet.«

Anne schaute mich entgeistert an, und mir tat es sofort leid, das gesagt zu haben. Aber trotzdem es mir leid tat, beleidigte ich sie weiter.

»Ich mach das alles nur für dich, verstehst du? Die Teufel wollen nämlich nichts von mir. Sondern sie wollen dich! Und wenn du so weitermachst, ist es mir bald scheißegal, was sie mit dir anstellen!« Mir war es nicht egal, ganz im Gegenteil. Aber die Wörter brausten nur so aus mir heraus. Ich war wütend und nicht mehr Herr darüber, was ich sagte.

»Weißt du was?«, schrie ich weiter. »Verpiss dich einfach. Wenn du zu blöd bist, mir zu vertrauen, dann hau einfach ab!«

Anne wusste nicht, wie sie auf meinen für sie unverständlichen plötzlichen Hass reagieren sollte, war in Tränen aufgelöst und stürmte heulend aus meinem Zimmer.

Ich setzte mich eine Weile auf meinem Schminkschemel, unfähig mich zu rühren, unfähig zu denken. Ich zitterte am ganzen Körper. Bis die Erkenntniss wie eine Monsterwelle über mich hereinbrach und mir bewusst wurde, was ich eben angerichtet hatte.

Ich rannte wie von Wespen gestochen aus meinem Zimmer, die Treppen hinab, zum Haus hinaus auf die Straße und rief Annes Namen. Aber sie war verschwunden, die Straße vor unserer Villa verwaist.

Ich rief Anne an, doch ihr Telefon war mal wieder ausgestellt. Ich fuhr zum Grünstreifen, doch dort war sie nicht. Als nächstes ging ich zur Bismarckstatue. Aber auch dort fand ich sie nicht. Ich klapperte jeden einzelnen Platz ab, von dem ich wusste, dass sich Anne dort gerne aufhielt. Aber sie war nirgends zu finden. Ich beschloss, zu ihr nach Hause zu gehen. Ich war lange nicht bei ihr gewesen, ehrlich gesagt nur ein einziges Mal, gleich zu Anfang unserer Beziehung.

Ich drückte jenen der zwanzig Klingelknöpfe, worauf der Nachname ihrer Mutter stand. Anne trug den Namen ihres Vaters, der aber nicht auf dem Klingelschild angebracht war. Es meldete sich niemand an der Sprechanlage, auch nach mehrmaligem Klingeln nicht. Ich trat auf die Straße und schaute zu ihrer Wohnung im dritten Stock hinauf. Sie war dunkel, die Vorhänge zugezogen. Und die Blumenkästen auf ihrem Balkon waren leer, bis auf ein kleines buntes Windrad, das sich fröhlich im warmen Wind drehte, mal schneller, mal langsamer.

Es war niemand zu Hause, akzeptierte ich schließlich. Doch wo war Anne dann?

Ich machte mir schlimme Vorwürfe. Was war nur in mich gefahren, sie so zu verletzen. Sie war der einzige Mensch auf der Welt, dem ich etwas bedeutete, der mich sogar liebte. Ich wünschte mir, die Zeit zurückspulen zu können, oder Strg-Z drücken. Aber es war geschehen. Und ich konnte Anne nicht um Verzeihung bitten, weil ich sie nicht fand.

Ich begab mich zum Grünstreifen und ließ mich auf den schmutzigen Boden fallen. Mir war schwindelig, mir war übel und ich starrte in die Blätter über mir und hielt meinen Blick auf ein einziges Blatt gerichtet, bis das Schwindelgefühl nachließ und dadurch auch die Übelkeit. Dann begann ich mich zu kratzen, weil mein Körper nun noch stärker juckte als zuvor. Ganz besonders eine Stelle an meinem rechten Unterarm, auf der sich eine Blutkruste gebildet hatte, als Folge der letzten Juckattacke. Ich kratzte so lange, bis sich die Kruste löste und ich sie wegreißen konnte. Und dann sah ich etwas, das ich zuerst als Halluzination abtat. Aber es verschwand nicht, sondern wurde nur noch schlimmer. In der offenen Wunde wand sich ein kleiner Wurm in meinem blutigen Fleisch. Ich schrie auf, packte ihn, zerdrückte ihn und warf ihn weit von mir. Doch da kam schon der nächste zum Vorschein und dann noch einer. Dann sah ich mit Grausen, dass sich die Wunde und die Haut meines gesamten Unterarms bewegte. Kleine Hubbel unter der Haut, die lebten und umherwuselten. Ich schrie wie am Spieß. In meinem ganzen Körper hatten sich diese Würmer eingenistet und fraßen mich von innen her auf. Nun wusste ich, warum es mich überall so juckte. Aber den Grund dafür zu kennen war grauenvoll und überstieg selbst mein Vorstellungsvermögen. Ich schrie mir die Seele aus dem Leib und hüpfte auf dem Grünstreifen auf und ab. Aber die Würmer wollten nicht weichen, soviel ich auch kratzte und schüttelte. Ich spürte, wie langsam mein Verstand aussetzte.

Der Typ kam, hielt mich fest und gab mir eine Beruhigungspille. Die half bei solchen Sachen, sagte er. Und ich nahm sie, ohne zu fragen, was das war. Und die Pille tat tatsächlich ihre Wirkung. Mein

Herz beruhigte sich, mein Atem ging langsamer, das Jucken ließ nach und die Würmer zogen sich zurück und hörten auf, meine Haut zu fressen. Meine Mundwinkel zuckten, als würden sie von einem unsichtbaren Faden nach oben gezogen. Ich grinste wie blöde und fand den Typ den schönsten Menschen der Welt. Ich vergaß alles, was düster und grau war, freute mich über jeden einzelnen Grashalm. Gott, ist die Welt schön! Und das mit Anne kommt auch wieder in Ordnung! Na klar doch!

»Geil, nä!« Der Typ lachte und zeigte mir sein ebenmäßiges Gebiss. Seine Augen leuchteten wie Sterne.

»Was ... was ... hast du mir da gegeben?«

»Glückspillen.« Er grinste.

Ich ließ mich in den Rasen fallen und erfreute mich an den glitzernden Blättern der Bäume.

Irgendwann, keine Ahnung, wie lange später, war ich wieder ich selbst und bat den Typ, mir mehr von diesen Pillen zu verkaufen. Noch einmal auf Pump, demnächst würde ich ihm das Geld bringen, versprochen. Der Typ winkte ab, gab mir ein kleines Tütchen voller Pillen und noch ein Päckchen Steinchen oben drauf. Die nächsten Tage waren gesichert.

Jeden Tag rauchte ich Steinchen, um weitere Teufel zu killen und warf mir hinterher eine Glückspille ein, um die Würmer im Zaum zu halten. Manchmal, ziemlich oft, bedurfte es mehrerer Glückspillen, denn die Würmer schienen sich daran zu gewöhnen, sie wurden immun.

So zogen die Tage dahin. Manchmal machte ich mir um Anne Sorgen, wo sie war, wie es ihr ging. Sie musste doch verrückt werden ohne die Droge! Hatte sie auch Würmer unter der Haut?

Doch noch schlimmer war, dass ich riesige Angst davor hatte, dass sie mich verlassen hatte. Oder dass ihr etwas zugestoßen war, nachdem sie so überstürzt vor mir fliehen musste.

Aber die Pillen hinderten mich daran, mir allzugroße Sorgen um sie zu machen. Immer dann, wenn die Sorgen um Anne wieder übermächtig wurden, nahm ich eine Pille und war mir sicher, dass alles gut ist. Sie machten mich stumpf und ließen nur noch ein Gefühl zu, das der unbändigen Freude. Eine unechte Freude.

Irgendwann hatte ich nichts mehr und musste den Dealer ein weiteres Mal aufsuchen, um mein Arsenal aufzufüllen. Geld hatte ich immer noch keines, und ich erzählte ihm, warum das so war, warum ich ihm meine Schulden noch nicht zurückzahlen konnte, wegen meines verblödeten Vaters, der mir mein Konto gesperrt hatte.

»Oha!«, sagte der Dealer. »Das ist in der Tat ein Problem!«

Er schaute eine Weile in die Baumkrone und richtete seinen Blick dann wieder auf mich. »Aber ich glaub, ich kann dir da helfen.«

»Wie denn.«

»Ich kenn da einen, der ein Herz für junge Menschen hat, so wie wir beide. Der wird dir ganz sicher aus der Patsche helfen.«

»Und wie soll das gehen?«

»Wart's ab, dem fällt immer was ein.« Er lächelte mir aufmunternd zu und tätschelte mein Knie. »Sollen wir gleich zu ihm gehen?«

»Geht das denn so spontan?«

»Si claro. Für junge Menschen in Not ist der immer da. Bald wirste einen neuen Mäzen haben!« Er lachte. »Gehn wir?« Er stand auf und streckte mir einladend seine Hand entgegen.

Ich ergriff sie nicht, sondern stand alleine auf. Ich war etwas skeptisch, weil ich nicht glaubte, dass es auf dieser Welt Wohltäter gab. Und wenn, ganz sicher nicht für mich.

»Wo wohnt der denn?«

»Aufm Kiez.«

»Aha.«

»Ist kein Krimineller, falls de das jetzt denkst. Er wohnt eben aufm Kiez, so wie haufenweise andere ganz normale Leute auch. Kennst niemand, der da wohnt?«

Ich schüttelte den Kopf.

»Lauter Spießerfreunde also.« Er zwinkerte mir zu.

»Scheint so«, sagte ich.

Wir machten uns auf den Weg. Es schadete ja nicht, den Kerl einfach mal kennenzulernen. Aber es war mir unangenehm, Almosen von jemand anderem als von meinem Vater entgegen zu nehmen. Ich würde sogar arbeiten, um etwas Geld zu verdienen, dachte ich. Zum ersten Mal in meinem Leben. Doch nicht die Arbeit, der junge Frauen auf dem Kiez normalerweise nachgingen. Niemals würde ich meinen Körper verkaufen. Ich konnte mir nichts Widerwärtigeres vorstellen. Ich würde wachsam sein und bei den ersten Anzeichen, dass hier etwas nicht stimmte, abhauen. Das nahm ich mir fest vor. Doch ich vertraute dem Typ. Bisher war er immer freundlich gewesen und hatte mir immer geholfen. Deshalb begleitete ich ihn. Ich hätte es nicht tun sollen.

Der Mann, zu dem wir wollten, wohnte in einem großen Haus in einer kleinen Seitenstraße der Hauptamüsiermeile, wie sie manche nannten. Hauptfickmeile wäre ein passenderes Wort.

Und es war ein Bordell. Na prima. Ich hatte es befürchtet und wollte auf der Stelle wieder umkehren.

»Hey«, versuchte mich der Typ zu beruhigen. »Der wohnt zwar hier, hat aber mit dem ganzen Nuttenkram nichts am Hut. Wirst schon sehen.«

»Und warum wohnt er dann in einem Puff?«

»Strenggenommen wohnt er nicht im Puff, sondern überm Puff. Guck, da oben. Der oberste Stock mit dem vielen Glas?«

Ich schaute nach oben.

»Da wohnt er. Geile Wohnung und die geilste Aussicht der ganzen Stadt. Schon das alleine lohnt sich. Kommst also mit?«

»Na gut«, gab ich zögerlich nach.

Wir gingen zum Hintereingang, vor dem ein breitschultriger und stiernackiger Kerl im schwarzen Anzug stand. Der Dealer begrüßte den Sicherheitsmann freundschaftlich, worauf uns dieser die Tür öffnete, die ausschließlich zu einem Aufzug führte, der uns in den obersten Stock bringen sollte. Der Aufzug war überall mit Spiegeln verkleidet, silberne Griffstangen rundum, und ein silbernes Bedienfeld, auf dem nur zwei Knöpfe waren. Einer führte nach oben, der andere nach unten.

Die Aufzugtür öffnete nach einem leisen Ping, und vor uns lag eine der abgefahrensten Wohnungen, die ich jemals gesehen hatte. Und ich hatte schon viele Wohnungen von Reichen gesehen, da meine Eltern sich ausschließlich in solch erlauchten Kreisen bewegten. Doch diese Wohnung war das Gegenteil der Spießigkeit, die ich bisher erlebt hatte. Der Fußboden war mit quadratischen großen weißen Fliesen ausgelegt. Es war nur ein einziger riesiger Raum, der sich über fast den gesamten Grundriss des Hauses erstreckte. Auf drei Seiten umfasste ihn eine Dachterrasse, die durch die Glaswände gut zu sehen war. Und sie boten einen atemberaubenden Ausblick über die ganze Stadt und den Hafen. Einzelne Bereiche der Wohnung waren entweder durch weiße oder schwarze schlichte Möbel abgetrennt, oder durch Glasvitrinen, in denen alte E-Gitarren, goldene Schallplatten, Mikrofone, Eintrittskarten, Schuhe, Klamotten und andere Dinge ausgestellt waren.

»Er ist ganz dick im Showbusiness«, flüsterte der Typ mir zu.

Ich war überwältigt, musste ich zugeben. So stellte ich mir einmal mein Leben vor. Ein Traum.

Ein Mann kam auf uns zu und begrüßte uns, mit einer Flasche Bier in der Hand. Ich schätzte ihn auf um die fünfzig, wegen der grauen Haare hauptsächlich. Er trug einen stylischen schwarz-roten Adidas-Jogginganzug aus den Siebzigern, wahrscheinlich ein teures Original. Sehr cool und mir äußerst sympathisch. Er hatte ein gewinnendes Lächeln und begrüßte mich mit einem festen Handschlag und einigen freundlichen Worten, bevor er den Typ in den Arm nahm und beide über irgendetwas, das ich nicht verstand, laut lachten. Er bot uns beiden ein kaltes Bier an, das der Typ sogleich freudig annahm, ich aber ablehnte. Bier mochte ich nicht. Widerlich. Darauf fragte er mich nach meinem Lieblingsgetränk.

»Fanta mit Wodka.« Wenig später hielt ich es in der Hand.

Nach einigem unverbindlichen Geplänkel eröffnete der Dealer, warum wir hier waren und erklärte dem Mann meine Situation. Der Mann sagte, dass es ihm leid täte, wir gemeinsam aber ganz sicher eine Lösung fänden.

»Ich will aber nichts geschenkt«, sagte ich, nippte an meinem Glas, und der Mann lachte herzlich, wobei ich einige Goldzähne in seinem Gebiss entdeckte.

»Warum denn nicht?«, fragte er. »Es gibt doch nichts Schöneres auf der Welt, als etwas geschenkt zu bekommen!«

»Von der Familie vielleicht, oder von Freunden«, sagte ich.

»Bin ich denn nicht dein Freund?«, fragte der Mann.

»Das weiß ich nicht. Ich kenne sie ja erst seit ein paar Minuten.«

»Dann lass mich dir versichern, dass ich dein Freund sein werde«, sagte der Mann. »Ich mag dich nämlich. Du scheinst ein intelligentes Mädchen zu sein, das sich nicht so leicht verschaukeln lässt.«

»Das bin ich«, sagte ich.

Der Mann lachte. »Sehr schön! Sehr schön!«

»Klappt das also?«, fragte der Typ.

»Das klappt.« Der Mann war überaus gut gelaunt.

»Zehntausend?«, fragte der Typ.

»Gebongt.« Der Mann schlug mit dem Typ ein.

»Zehntausend was?« Ich musste tief durchatmen, weil mir plötzlich schwindelig war.

»Er gibt uns zehntausend Scheine, womit deine Schulden bei mir gedeckt wären und du sogar noch etwas über hast.«

Ich war sprachlos. »Und was muss ich dafür tun?« Mir wurde immer schwindeliger und trank noch einen Schluck aus meinem Glas.

»Nichts.« Der Mann breitete seine Arme aus und lächelte.

Ich konnte es kaum glauben.

Der Typ wollte gehen und bat mich, mitzukommen. Doch da sagte der Mann, dass er noch eine spontane Idee hätte. Für mich. Das ginge den Typ aber nichts an. Er solle schon mal vorgehen, ich käme dann in fünf Minuten nach.

Der Typ verschwand im Aufzug, die Tür schloss sich hinter ihm und ich war mit dem Mann alleine in seiner Luxuswohnung. Ich fragte mich, was er noch von mir wollte und bekam ein flaues Gefühl in der Magengegend. Er wollte mir allerdings zuerst seine Devotionaliensammlung zeigen: Eine E-Gitarre original von den Beatles gespielt, oder einen Schuh von Jimi Hendrix, auch die Haschpfeife von diesem

Musiker befand sich in seinem Besitz. Besonders stolz war er jedoch auf das Heroinbesteck von Keith Richards von den Rolling Stones. Einer seltsamen Sammelleidenschaft frönte dieser Mann, fand ich.

Und dann fragte er mich ohne Umschweife, für wie viel Kohle ich für ihn arbeiten würde, pro Monat. Ich wusste für ein paar Augenblicke nicht, was ich sagen sollte, nachdem er mich so überrumpelte.

»Kommt drauf an, was«, brachte ich schließlich heraus.

»Das ist jetzt mal egal. Es ist nichts Schlimmes, keine Sorge. Ich will nur wissen, was du monatlich verdienen wollen würdest. Ich hätte da nämlich was echt Interessantes für dich.«

»Was im Showbusiness?«

Er winkte ab. »Erst der Betrag!«

»Zehntausend Euro«, sagte ich.

Der Mann lachte und sagte, dass ihm das gefalle, eine Frau, die wisse, was sie wert sei. Er lachte noch einmal und fragte dann: »Weißt du, was witzig ist?«

»Nein, wenn Sie es mir nicht sagen.« Ich war etwas verwirrt. Was sollte die Frage? Mir wurde immer schwindeliger. Seltsam.

»Du wirst ab sofort für mich arbeiten, mir sogar viel Geld bringen«, sagte der Mann. »Aber umsonst!« Darauf lachte er noch lauter als ohnehin schon.

Mein flaues Gefühl im Magen vervielfachte sich in Sekundenbruchteilen, und die Luxuswohnung begann, sich um mich herum zu drehen.

»Was soll das heißen?« Ich fluchte innerlich, weil meine Stimme zitterte und ich zudem fürchtete, gleich hinzufallen. Was war nur los! Ich schaute mein Glas an. Sollte der Kerl mir da etwas hineingemischt haben?

»Weißt du, was dein Freund gerade gemacht hat?« Er zeigte zum Aufzug.

»Er ist nicht mein Freund.«

»Das hätte mich auch sehr verwundert. Denn dieser Nichtsnutz hat dich eben gerade an mich verkauft. Für lächerliche zehntausend Euro.«

Ich blieb nach dieser Nachricht äußerlich ruhig, doch innerlich zerfloss ich vor Panik. Meine Gedärme kochten und schmolzen und sickerten in meine Knie.

»Das kann nicht sein«, sagte ich mit zitternder Stimme. »Ich bin nicht verkäuflich.«

»Doch, bist du.« Der Mann blickte mich ernst und ruhig an. Er entblößte nun sein wahres Ich, es blitzte mir entgegen wie tausend Scheinwerfer. »Du hattest bei ihm Schulden, eine ganze Menge sogar. Die bist du nun los. Eigentlich hattest du die Schulden ja bei mir. Aber lassen wir das. Solche Schlampen wie du dürfen nicht frei herumlaufen, wie ich meine. Du bist eine Gefahr für die Gesellschaft! Und das werde ich zu verhindern wissen.«

Ich war kurz davor, mich übergeben zu müssen und suchte überall nach einer Möglichkeit, wie ich diesem Wahnsinn entfliehen konnte. Aber es gab als Ausgang einzig die Aufzugtür, die aber fest verschlossen war. Dann gab es noch eine weite Glastür, die auf die Dachterrasse führte. Sie war geöffnet. Doch was sollte ich auf der Dachterrasse! Mich vom Dach stürzen? Mochte sein, dass der Tod besser war, als in den Fängen dieses Monsters zu sein, als das der Mann sich jetzt entpuppte. Wie hatte ich mich nur so täuschen können. Ich hätte auf mein Gefühl hören sollen, das mich von Anfang an gewarnt hatte. Doch nun war es zu spät. Viel zu spät.

Dachterrasse.

»Das ist aber verboten, Menschen zu kaufen«, unternahm ich noch einen erbärmlichen Versuch, mit ihm zu diskutieren. Vielleicht konnte ich ihn ja umstimmen. »Jetzt hören Sie doch zu. Mein Vater hat viel Geld. Wir könnten ihn anrufen.« Ich merkte, wie meine Stimme immer schwerer wurde. Ich schaute noch einmal auf das Glas in meiner Hand, das mir in dem Moment herausrutschte und auf dem Steinboden in ein Dutzend kleine Teilchen zerschellte.

Der Mann kriegte sich vor Lachen kaum mehr ein.

»Du denkst tatsächlich«, er unterbrach sich, weil er von einem neuerlichen Lachanfall geschüttelt wurde. »Du mit deiner Reicher-Papa-Naivität, du denkst tatsächlich, die ganze Welt wäre gut und stünde dir offen. Nein, liegt dir zu Füßen! Fürs reiche Töchterchen. Mir ist schlecht.« Er würgte.

»Nein«, sagte ich. »Das denke ich nicht.«

Der Mann lachte wieder laut auf und schüttelte den Kopf. »Ihr Junkies habt sie echt nicht mehr alle.«

Dachterrasse.

Der Mann krümmte sich gerade vor Lachen. Diesen Augenblick nutzte ich und wollte durch die weit geöffnete Glastür rennen. Was ich dann machen sollte, würde sich ergeben. Vielleicht gab es eine Feuerleiter, hoffte ich. Doch ich hatte kaum einen Schritt getan, da wurde ich von einer Eisenhand, die sich in mein Genick schraubte, festgehalten und herumgerissen. Ich sah eine riesige Faust auf mich zufliegen, die zu einem muskelbepackten Sicherheitsmann in schwarzem Anzug gehörte. Der Schmerz explodierte wie eine Supernova. Ich sah blitzende Sterne in meinem Gesichtsfeld. Und ich spürte, wie mein wackliger Schneidezahn lose in meinem Mund lag. Und dann verschwamm alles um mich her, kippte weg, wurde dunkel, bis alles schwarz war und ich nichts mehr hörte und nichts mehr fühlte.

Ein roter Blitz stach in meine Augen, bevor sich gleißend blaues Licht ausbreitete. Ich blinzelte und brauchte geraume Zeit, bis ich mich an die plötzliche Helligkeit gewöhnt hatte. Über mir an der Decke hing eine Leuchtstoffröhre, wie ein Laserschwert. Sie surrte monoton und blendete mich. Mein Gesicht tat weh. Ich tastete es ab, ließ es aber gleich wieder bleiben, weil ich bei jeder Berührung der Schwellungen laut aufschreien wollte.

Ich setzte mich auf und schaute mich um. Ich befand mich in einem engen Raum mit kahlen Betonwänden, von denen die bläulichgrüne Farbe abblätterte. Es gab kein Fenster, nur eine verrostete Tür auf der gegenüberliegenden Seite der Pritsche, auf der ich saß. Auf der Pritsche lag am Kopfende in der Ecke ein hartes und strohiges Kissen, das dunkle Blutflecke aufwies, wahrscheinlich von den Wunden in meinem Gesicht. Außerdem hatte man mir eine löchrige Decke überlassen, viel zu dünn für die Kälte hier drin, und sie verbreitete einen modrigen Geruch. Neben der Tür stand ein Eimer.

Ich fröstelte und zog die stinkende Decke enger um mich. Dann versuchte ich mich zu erinnern, wie ich hier in diesem Loch gelandet war. Aber es blieb leer in meinem Kopf, nur hämmernde Schmerzen. Ein Gefängnis? Doch wo! Alles, an was ich mich erinnern konnte, war der Mann im Jogginganzug und die riesige Faust, die mein Gesicht zermatschte. Hielt der Mann so seine Nutten? Ich zog meine Beine an und wickelte die Decke noch fester um mich. Meine Zähne klapperten vor Kälte, meine Zunge fuhr durch die Zahnlücke. Scheiße. Und meine Haut juckte an jeder einzelnen Stelle. Ich kümmerte mich aber nicht darum, da ich die Würmer nicht sehen wollte. Stattdessen kämpfte ich gegen einen Brechreiz, der in mir aufstieg. Solange, bis er mich schließlich übermannte und ich zum Eimer stürzte.

Kaum war ich zurück auf der Pritsche, erlosch die Leuchtstoffröhre und tauchte mich in völlige Dunkelheit. Die Stille drückte auf meine Ohren, bis ein Flüstern zu mir drang. Es steigerte sich zu einem Schrillen. Die Teufel waren da. Ich schrie und trat und haute um mich. Ins Leere. Ich sprang auf und stehe mit einem Mal auf einer von dicker Asche bedeckten Straße im Dämmerlicht. Unzählige glotzende Teufelaugen sind auf mich gerichtet. Sie dringen auf mich ein, flüstern und fauchen. Und ich renne um mein Leben und versuche, jene abzuschütteln, die mich anspringen. Ich brülle und renne und weiß, dass ich verloren bin. Keine Steinchen, keine Waffen, keine Kraft, mich gegen diese Übermacht zu wehren. Die Teufel sind überall, und ihre Zahl nimmt stetig zu. Verzweifelt suche ich in den Ruinen auf beiden Seiten der Straße nach einem Unterschlupf, finde aber keinen. Plötzlich sehe ich Anne. Ich kann es kaum glauben und will zu ihr, da ging das Licht an und ich saß wieder auf der harten Pritsche in meinem engen und stickigen Verließ.

Ich schrie Annes Namen. Immer und immer wieder. Ich schrie und ich heulte. Doch niemand antwortete mir. Dann bewegten sich plötzlich die Wände, als wanden sich dort Millionen von Schlangen, geräuschlos und unnachgiebig. Ich sprang von meiner Pritsche und hämmerte mit den Fäusten gegen die rostige Tür. »Lasst mich raus!« Es blieb still. Noch einmal: »Lasst mich hier raus.« Totenstille.

Ich sank auf den Boden, kraftlos und verzweifelt. War das alles nur ein böser Traum? Oder wurde ich wahnsinnig? War ich es schon? Ich wusste nichts mehr. Wollte nichts mehr wissen. Einfach einschlafen und nie wieder aufwachen. Ich beobachtete die Schlangen an der Wand. Das Jucken brachte mich fast um den Verstand. Die Würmer fraßen. Ich fror und ich hatte Durst. Aber es gab kein Wasser. Kein Waschbecken, kein Wasserhahn, nur der vollgekotzte Eimer. Das Licht ging wieder aus. Ich ließ meine Augen weit aufgerissen und lauschte in die Stille. Kein Flüstern, nur dumpfe Stille. Nein, da war etwas. Ein Kratzen und Scharren hinter der Tür. Ich wich zurück und hielt den Atem an. Das Kratzen wurde lauter und eiliger. Ich wich soweit zurück wie möglich, tastete mich in der Dunkelheit in die hinterste Ecke, fand die Pritsche, zog mich auf sie. Ein Schnappen ertönte, dann öffnete sich die Tür, langsam und leise quietschend. Schwaches Licht zwängte sich durch den schmalen Spalt, dehnte sich aus und wurde heller. Eine Taschenlampe tauchte auf, gehalten von einer schwarzen, schuppigen Hand, mit langen Krallen. Ich wimmerte und drückte mich noch fester gegen die Wand. Ein schuppiger Arm drückte sich durch den Türspalt und zog das Wesen, an dem er hing, mit sich. Ein Teufel. Viel größer als jene in der Aschenwelt. Das Schreien gefror in meinem Hals. Der Lichtkegel der Lampe erfasste mich und kam näher. Er wollte mich holen. Und als der Teufel endlich bei mir war, fiel die Lähmung von mir ab und ich schrie und trat nach ihm. Der Teufel legte seine stinkende Hand auf meinen Mund, als wollte er mich ersticken. Er drückte fest zu, die Schmerzen machten mich fast besinnungslos. Er begann zu flüstern. Und ich konnte seine Worte hören, ich konnte sie verstehen, aber nicht begreifen.

»Sei still«, flüsterte er. »Wenn du nicht still bist, werden sie uns erwischen. Ich will dich hier rausholen. Ich bin's. Kevin!«

Er packte mich und schleifte mich mit sich. Ich ließ mich von dem Teufel, der sich als Kevin ausgab, willenlos durch ein dunkles Ganglabyrinth führen. Der Kevinteufel blieb an jeder Ecke stehen und lauschte, bedeutete mir immer wieder, still zu sein. Und irgendwann, ich weiß nicht wie, standen wir auf der Straße und ich kam langsam wieder zu mir, begriff endlich, was hier vor sich ging. Der Morgen graute, der blaue Himmel war schon zu erahnen. Und Kevin war Kevin und kein Teufel mehr. Er zog mich eilig durch die Straßen, möglichst weit weg von dem großen Haus, wo der Verrückte wohnte. An einem Kiosk, das zu so früher Stunde schon geöffnet hatte, kaufte er mir eine Cola, die ich gierig austrank. Währenddessen erzählte er mir, was geschehen war. Wie er beobachtet hatte, wie der Typ mit mir ins Haus ging und wie der dann alleine wieder raus kam, ohne mich, was ihm komisch vorkam, zumal der Typ sich gleich davon gestohlen hatte. Kevin erzählte mir, wie er es geschafft hatte, mich zu retten.

Ich hörte ihm zu, und doch nicht. Alles kam mir so unwirklich vor, wie durch einen milchigen Nebel nahm ich alles wahr. Ich nickte nur und schüttelte dann den Kopf, als Kevin mit mir zur Polizei gehen wollte. Ich trottete davon, in Schlangenlinien. Mein Schwindelgefühl wurde immer schlimmer. Ich wollte nur noch nach Hause. Ich taumelte über den Asphalt. Kevin folgte mir, war bald hinter mir, bald neben mir. Er redete auf mich ein, aber ich verstand kein Wort. Ich sah nur den schwankenden Boden vor mir. Ich sah graue und schwarze Steinchen, die sich allmählich verflüssigten, wie Blei auf einem Löffel über einer Kerze. Die Straße wurde weich und ich sank mit meinen Füßen darin ein, immer tiefer. Ich zog einen Fuß aus der zähen Masse und setzte ihn einen Schritt weiter. Und sank nur noch tiefer, bis zu den Knien. Ich wollte weiter, konnte meine Beine aber nicht mehr bewegen. Ich sank immer tiefer in den Boden. Neben mir stand Kevin. Er schien über den flüssigen Asphalt gehen zu können, wie Jesus übers Wasser. Ich war schon bis zur Brust darin versunken. Kevin rief mir etwas zu und streckte mir seine Hand entgegen. Aber ich konnte sie nicht erreichen. Etwas hatte meine Beine gepackt und zog mich nach unten. Ich sah noch Kevins entsetztes Gesicht, dann schwappte der Asphalt über mir zusammen. Es wurde dunkel und ich sank noch tiefer hinab, gezogen von tausend Teufelklauen. Ich bekam keine Luft mehr, der Asphalt strömte in meine Ohren, in meine Nase, in meinen Mund, in meine Augen. Ich ließ los.

Jo legte den Stift weg. Ihre Augen brannten, ihre Finger waren geschwollen und sie fühlte sich wie ein ausgekippter Mülleimer, an dessen Boden noch ein bedeutender, stinkender und feuchter Rest klebte. Festgepappt und unwillig, sich von alleine zu lösen. Ein kräftiger Wasserstrahl könnte die ekelerregende Brühe herausspülen, aber Jo war dazu nicht mehr fähig. Bis hierhin und nicht weiter. Schon beim bloßen Gedanken an all das, was damals weiter geschehen war, zitterte sie so sehr, dass sie nicht in der Lage war, auch nur ein Wort davon zu Papier zu bringen.

Sie hob vorsichtig die Decke und schlüpfte darunter hervor. Sie hoffte, Nadeschda dabei nicht zu wecken, die mit ruhigem und gleichmäßigem Atem neben ihr schlief. Nadeschda schien überall schlafen zu können, sogar in ihrer ersten Nacht in einem fremden Bett, bei angeschaltetem Licht und jemandem neben sich, der mit seinem Füller über raues Papier kratzte. Dieses Geräusch empfand Jo in der Stille der Nacht oftmals als so laut, dass sie immer wieder besorgt zu Nadeschda hinüber schaute, die aber friedlich weiterschlief.

Jo legte das Buch auf ihren Schreibtisch, wickelte sich eine ausgefranzte Wolldecke um und knipste das Licht aus. Sie konnte jetzt nicht schlafen, obwohl sie vom vielen Schreiben erschöpft war. Zu viele Bilder schossen durch ihren Kopf, blitzten auf, verblassten wieder, um von anderen abgelöst zu werden. Bilder, die sie lange vergessen und überwunden glaubte. Aber sie waren noch da, als wäre alles erst gestern gewesen. Und sie quälten sie nach wie vor. Nichts hatte sie überwunden, überhaupt gar nichts. Sie zweifelte daran, ob sie das alles jemals vergessen und begraben konnte.

Sie schlich auf den dunklen Flur. Durch den Spalt der angelehnten Küchentür zwängte sich ein Lichtstrahl und erhellte den Flur gerade so weit, dass Jo kein Licht zu machen brauchte. Kevin schien noch wach zu sein, obwohl die Nacht langsam schon ihrem Ende entgegen ging.

Jo drückte die Tür auf und trat in die hellerleuchtete Küche. Kevin saß am Tisch und blickte in sein Notebook. Als er Jo sah, klappte er es hastig zu und setzte eine unschuldige Miene auf.

»Schon wach?«, fragte er.

»Immer noch«, erwiderte Jo. »Und du?«

»Auch immer noch.«

»Singlebörse?«, fragte Jo, während sie sich einen Tee aufsetzte.

»Äh?«

»Du sitzt die ganze Nacht am Rechner und klappst ihn so schnell zu, als hättest du ein Geheimnis, oder etwas zu verbergen, was dir peinlich ist.«

»Mir ist nichts peinlich.« Jo glaubte ihm aufs Wort.

»Jetzt komm schon«, sagte sie, »mir kannst du es doch erzählen. Hast du mit einer gechattet? Die ganze Nacht? Wie heißt sie? Wie sieht sie aus?«

»Ich hab mit keiner gechattet.«

»Dann nur Bilder angeguckt?«

»Nein, auch nicht.«

»Willst du auch einen Tee?«

»Nein, danke«, sagte Kevin.

Jo machte sich einen und setzte sich zu ihm an den Tisch.

»Wie läufts?«, fragte sie, um die unangenehme Stille zu durchbrechen. Kevin ließ sie die ganze Zeit über nicht aus dem Blick und schaute ihr jetzt mit einer Ernsthaftigkeit in die Augen, die sie gruselig fand.

»Gut. Bei dir?«

»Weiß nicht«, sagte Jo mit einem Schulterzucken und bließ in ihre Tasse.

»Warum bist du eigentlich noch wach?«, wollte Kevin wissen.

Jo zuckte abermals die Schultern. »Ich schreib gerade meine Geschichte auf, meine Anne-Geschichte.«

Kevin hob die Augenbrauen. »Oh«, sagte er, mehr nicht.

»Ja, ich weiß auch nicht so recht, ob das sinnvoll ist oder nicht.«

»Weiß Dr. Uschasnik davon?«

Jo schüttelte den Kopf.

»Gehst du überhaupt noch regelmäßig zu ihm?«

»Ab und an.«

»Solltest du ihn nicht um Rat fragen, bevor du so etwas tust?«

»Ich bin erwachsen und kann selbst entscheiden, was gut für mich ist«, sagte Jo in einem Ton, der etwas zu scharf geriet. »Außerdem studier ich doch Psychologie.«

»Genau, du studierst, du bist noch keine Psychologin.«

Jo rollte mit den Augen. »Ich war lange genug in Therapie, dass ich ziemlich genau weiß, was ich da tue.« Das war gelogen, musste Jo zugeben. Sie wusste ganz und gar nicht, was es mit ihr anstellte, dass sie sich wieder an all das, was früher geschehen war, erinnerte. Freiwillig, und Nadeschda zuliebe.

»Wenn du meinst.« Kevin schaute ihr immer noch ernst in die Augen. Oder machte er sich mal wieder Sorgen um sie? Sehr wahrscheinlich. Sein ganzes Leben schien daraus zu bestehen, sich Sorgen um Jo zu machen, weil ihm damals ein Engel im Traum erschienen war, der ihm diesen Auftrag gegeben hatte. Es gab Tage, da zweifelte Jo stark an dieser Geschichte, aber die Tage, an denen sie sie tatsächlich für die Wahrheit hielt, überwiegten bei weitem. Ohne Kevin wäre sie heute nicht mehr am Leben. Punkt.

»Bin gerade an der Stelle, wo du mich aus diesem Kellerloch befreit hast.«

Kevin nickte langsam. »Und? Wie geht's dir damit?«

»Gut.« Bisher war das auch noch so, sie log ihn nicht an. Wie es nun weiterging, stand allerdings auf einem anderen Blatt. Zu den wirklich schlimmen Dingen war sie noch nicht vorgedrungen.

»Mir ist wieder bewusst geworden, dass du mein Held warst.« Sie zwinkerte ihm zu.

»Bin ich es denn nicht mehr?«

»Doch, doch.« Jo zögerte. »Manchmal.« Sie stieß ein Lachen hervor, Kevin nickte nur, ohne eine Miene zu verziehen. »Ich mach nur Spaß«, sagte sie. »Du bist immer noch mein Held.« Sie schenkte ihm ein Lächeln, das er aber seltsamerweise nicht erwiderte. »Kannst du dich noch daran erinnern, wie das damals genau war, als du mich befreit hast?«

»Als sei es gestern gewesen«, sagte Kevin.

»Erzähl mal, ich hab es nämlich nicht mehr zusammen bekommen.«

»Muss das sein?«

»Willst du nicht?«

»Wenn es nicht unbedingt sein muss, lieber nicht.«

»Hmm.« Jo schaute Kevin an. »Es ist wichtig.«

»Warum?«

»Du bist mir wichtig, Kevin. Sehr wichtig. Und deine Geschichte. Weißt du, es ist so: Mein ganzes Leben dreht sich immer nur um mich ...«

»Das stimmt.«

»... und dabei vergesse ich gerne mal die Menschen um mich herum. Du weißt, Anne ...«

»Die hast du nicht vergessen. Du konntest nichts dafür ...«

»Ich weiß. – Trotzdem. Kevin. Erzähl mir deine Geschichte. Sie ist Teil der meinen und gehört in meine Aufschriebe.«

Kevin stieß einen Seuzfer aus. »Echt jetzt?«

»Ich mein das ernst.«

Kevin schaute sie eine Weile prüfend an, bevor er doch zu erzählen begann. »Du weißt ja, dass ich dir damals auf Schritt und Tritt gefolgt bin ...«

»Du warst mein Stalker, ja, das weiß ich.«

»Ich war nicht dein Stalker, sondern dein Beschützer!« Kevin blickte sie scharf an.

»Entschuldige. Du hast ja recht. Ich hab damals gar nicht bemerkt, dass du mir überallhin gefolgt bist.«

»Du warst viel zu sehr mit dir selbst beschäftigt, und damit, möglichst schnell wieder high zu werden. Und das so oft wie irgend möglich. Aber gut, das hast du ja zum Glück hinter dir.«

»Hab ich – hoffe ich.«

»An dem Tag bin ich dir und deinem Drogendealer gefolgt, von deinem geliebten Grünstreifen aus. Mir kam das schon von Anfang an alles komisch vor, und ich hatte das Gefühl, dass etwas nicht stimmte. Ganz und gar nicht stimmte. – Du gingst mit diesem Kerl zu einem Puff und durch den Hintereingang auch noch hinein. Ich wollte dir folgen, aber zwei bullige Typen haben mich zurückgehalten und was von privat gefaselt. Aber sie haben mir gesagt, wohin der Zugang führte, hinauf in die Glaswohnung, und nicht in den Puff. Wenn ich ficken wollte, meinten sie, soll ich den Vordereingang benutzen und möglichst viel Kohle dabei haben. Sie lachten dreckig. Naja. Ich wieder zurück auf die Straße und hab mich dort auf die Lauer gelegt.

Nach ungefähr einer halben Stunde erschien der Drogendealer wieder, allerdings alleine, ohne dich. Er trat auf die Straße und schaute sich um. Sah ganz so aus, als wollte er sichergehen, dass ihn niemand dabei beobachtete. Mich übersah er dabei. Ich war mir kurz unschlüssig, was ich nun tun sollte: Auf dich warten oder den Kerl zur Rede stellen, was er mit dir angestellt hat. Ich entschied mich dafür, den Kerl auszuquetschen. Ich rannte ihm hinterher, packte ihn und drückte ihn gegen die Wand, was kein Problem war, da er klapperdürr und schwächlich war.«

»Das wusste ich nicht, dass du den Typ verhauen hast!«, sagte Jo.

»Naja, verhauen nicht gerade. Angedroht hab ich es ihm, das schon. Obwohl ich sowas nicht kann. Und ich hatte Angst wie blöd. Aber irgendwie musste ich doch herausbekommen, was mit dir los war. Und das hab ich auch. Mein Körpergewicht alleine hat wohl ausgereicht, ihn zu überzeugen. Ich konnte nicht glauben, was er mir erzählte. Er sagte mir, wimmernd und mit rotztriefender Nase, dass er dich verkauft hat, an einen reichen Kerl. Er wusste aber nicht, was der mit dir vorhatte. Ich war geschockt und einen Moment nicht aufmerksam. Diesen Moment nutzte er, wand sich aus meinem Griff und haute ab. Ich war zu gelähmt, um ihm zu folgen und ging stattdessen wieder zurück zu dem Puff, worin du gefangen warst. Oben in der Glaswohnung, nahm ich an. – Naja, und dann bin ich zur Polizei und hab denen die ganze Geschichte erzählt. Und bis heute kann ich nicht glauben, was die dann gemacht haben. Nämlich nichts, gelacht haben sie und mir nicht geglaubt. Ich schaue zu viele amerikanische Filme und so.«

»Die Polizei, dein Freund und Helfer«, bemerkte Jo. »Da hab ich vor Kurzem auch sowas erlebt. Unglaublich, echt.«

»Ja, die waren mir keine Hilfe. Ich bin dann wieder zurück zu dem Haus mit der Glaswohnung und hab versucht, irgendetwas zu sehen zu bekommen, vielleicht dich, oder den Kerl oder was auch immer. Aber ich konnte rein gar nichts sehen. Die Wohnung lag zu hoch.

Ich versuchte, in die anliegenden Häuser zu kommen, um aus gleicher Höhe reinschauen zu können. Aber keiner ließ mich rein, jeder lachte mich aus, als ich ihm erzählte, warum. Ich war also auf mich alleine gestellt. Ich wusste, ich musste dich so schnell wie möglich da rausholen, bevor dir etwas Schlimmes zustoßen würde.

Also hab ich all mein Geld zusammengekratzt, das ich hatte, hab mir davon Taschenlampe, Handschuhe, schwarze Klamotten, eine Skimaske und einen Dietrich gekauft. – Übrigens, das Geld dafür hab ich später von deinem Vater wiederbekommen. Das und noch einiges mehr. Ich wollte das nicht, aber er bestand darauf und wäre beleidigt gewesen, wenn ich es nicht genommen hätte. Er war echt ein klasse Mensch.« Kevin machte eine Pause und atmete tief durch.

Ihm war der Tod von Jos Vater vor zwei Jahren fast genauso nahegegangen wie ihr selbst. Vielleicht durchlebte er dadurch nochmals den Tod seines eigenen Vaters, dachte Jo damals wie heute.

»Hey, schon gut.« Jo legte ihre Hand auf Kevins, dem einige Tränen in den Augen standen. Er rang mit der Fassung. Dann räusperte er sich und zog die Nase hoch, bevor er weitererzählte.

»Ich hab gewartet, bis es ganz dunkel war. Das Licht oben in der Wohnung brannte noch ziemlich lange. Und mit jeder Minute, die ich verharren musste, schlug mir das Herz immer weiter den Hals hinauf. Als das Licht oben endlich ausging, schlich ich mich zum Hintereingang und war froh, dass die Sicherheitsleute dort nachts offensichtlich nicht standen. Über die hatte ich mir ehrlich gesagt gar keine Gedanken gemacht. Aber ich hatte Glück.

Ich nahm meinen Dietrich und versuchte mich an dem Schloss der ziemlich massiven Stahltür. Es ging nicht, ich bekam das Schloss nicht auf, obwohl ich so viele Filme gesehen hatte, wonach ich dachte, das eigentlich zu können. Und der Mensch, der mir den Dietrich verkauft hat, gab mir auch noch eine ausführliche Einweisung. Obwohl es eigentlich illegal war, dass er mir das Ding überhaupt verkauft hat! Aber dieses Schloss war wohl ein Sicherheitsschloss und daher mit einem Dietrich nicht zu knacken. Irgendwann, nach unzähligen verzweifelten Versuchen, brach er sogar ab. Und ich wusste dann echt nicht mehr weiter. Ich war kurz davor, aufzugeben und nochmal zur Polizei zu gehen. Aber du warst da drin und ich musste dich da rausholen. Irgendeine Möglichkeit musste es doch geben!

Also schlich ich eine Weile um das Haus herum, bis ich einen Lichtschacht entdeckte. Er war ganz versteckt unter einem Busch, aber ich habe ihn gefunden. Ich hebelte das Gitter weg und stieg den Schacht hinab. Dort war ein kleines Fenster, das in einen vollgestellten Kellerraum führte. – Das Glas ging recht leicht zu Bruch, machte aber einen Höllenlärm. Und ich schnitt mir außerdem den Unterarm auf. Ich blutete wie ein Schwein auf der Schlachtbank, aber ich spürte wundersamerweise keinen Schmerz. Ich war so voller Adrenalin, dass ich endlich einen Zugang zum Haus gefunden hatte, dass ich sogar durch das eigentlich für mich viel zu kleine Fensterloch passte. Ich quetschte mich hindurch, schnitt mir noch mehr Wunden, aber schließlich war ich drin.

Der Kellerraum war vollgestellt mit haufenweise Krimskrams. Und die Tür war verschlossen. Von der anderen Seite. Aber mir war inzwischen alles egal. Und da nach dem Lärm, den das zersplitternde Glas gemacht hatte, niemand gekommen war, machte ich mir auch keine Sorgen, ob ich noch mehr Lärm machen konnte oder nicht. Die Tür war aus Holz, und auf der anderen Seite schien nur ein Riegel mit einem Vorhängeschloss zu sein.

Ich warf mich mit meinem ganzen Gewicht dagegen, und sie gab tatsächlich ein wenig nach. Zum Glück ging sie nach außen auf. Ich warf mich noch einige Male mit der Schulter dagegen. Es tat höllisch weh, aber ich machte weiter, so lange, bis sie endlich offen war und der Riegel samt Schrauben und Dübel aus der Wand sprang. Er landete scheppernd auf dem Boden, dann war alles wieder still. Ich wartete eine Weile, aber nichts rührte sich, ich war nicht entdeckt worden.

Der Keller von diesem Haus war riesig. Ein Labyrinth von Gängen und Türen, und ich hatte mal wieder keine Ahnung, was ich nun tun sollte. Ich wusste, ich musste einen Weg nach oben finden, hinauf in die Glaswohnung, wo ich dich vermutete. Ich suchte und irrte durch die Gänge, bis es am Ende eines Ganges plötzlich hell wurde. Jemand hatte eine Tür geöffnet. Licht flutete über Treppenstufen hinab und Lärm drang von oben, Musik, wahrscheinlich vom darüberliegenden Puff. Ich schaffte es gerade noch, meine Taschenlampe auszuknipsen und mich in einer dunklen Ecke zu verkriechen.

Ein Kerl kam herunter, laut summend, rasselte mit einem Schlüsselbund und machte sich an einer Tür zu schaffen. Ich betete, dass es nicht jene Kellertür war, die ich zerstört hatte. Eine Tür öffnete sich quietschend, ich hörte das Klappern von Flaschen. Ich traute mich aber nicht, aus meinem Versteck hervorzukommen. Ich mein, die Tür nach oben stand offen! Wenn ich schnell wäre, könnte ich an dem Kerl vorbei durch die Tür nach oben. Aber ich zögerte zu lange. Der Mann hatte wohl, was er brauchte. Ich hörte, wie er die Kellertür wieder verschloss, die Treppe hinaufstieg und die Tür hinter sich zu machte.

Es war wieder dunkel und still. Und ich hatte meine wahrscheinlich einzige Chance vertan, nach oben zu kommen. Ich wusste nun zwar, wo der Weg nach oben war, aber mein Dietrich war kaputt, ich hätte die Tür also niemals öffnen können.

In meiner Verzweiflung ging ich trotzdem zu der Tür, stieg die Stufen hinauf, vielleicht hatte ich ja doch Glück.

Und da hörte ich dich schreien.

Ich freute mich wie blöde, dass du hier unten warst und ich mir also den Weg zur Wohnung hoch sparen konnte.«

»Ich fands in diesem Kellerloch nicht so erfreulich«, sagte Jo.

»Kann ich mir denken«, sagte Kevin. »Aber es machte so einiges deutlich einfacher. Ich folgte deinen Schreien und fand die Tür, hinter der du eingesperrt warst. Auch sie war mit Riegel und Vorhängeschloss versperrt und ich fluchte, dass mein Dietrich kaputt war.

Mein Vater hat mir vieles beigebracht früher. Und eines davon war, dass man niemals aufgeben durfte. Niemals! Denn immer gibt es einen Weg, ein Problem zu lösen, man muss nur geduldig sein und einfach machen. Daran dachte ich, als ich vor deiner Tür stand. Ich rammte meine Taschenlampe hinter den Riegel. Wie durch ein Wunder passte sie genau zwischen Tür und Riegel. Und dann war es so, als würden mich übermenschliche Kräfte durchfließen, und ich schaffte es, das Schloss mit meiner Taschenlampe aufzuhebeln. Und wie ich mich freute, dass ich dich gefunden hatte! Du hast mich zwar geschlagen und mich einen Teufel genannt, der verschwinden soll aber schließlich hast du dich beruhigt. Und ich konnte dich hinaustragen. Fast hätte ich den Weg zurück durch das Labyrinth nicht mehr gefunden. Aber am Ende haben wir es doch geschafft. Ich wär noch fast in dem Kellerfenster steckengeblieben, aber auch das klappte noch. Draußen dämmerte es schon, und ich erschrak, als ich sah, dass dein Gesicht grün und blau zugeschwollen war, und wie schrecklich du allgemein aussahst.«

»Vielen Dank«, unterbrach ihn Jo.

»Sorry, aber an dem Morgen hast du echt wie der Tod persönlich ausgesehen. Klapperdürr, blass, zerzauste Haare, dein zerschlagenes Gesicht, und überall blutige Stellen, wo du dich aufgekratzt hattest.

Ich wollte mit dir zur Polizei, aber du wolltest nur nach Hause. Am Kiosk hast du noch eine Cola getrunken, ich glaub in zwei Sekunden oder so. Und dann bist du plötzlich zusammengebrochen, mitten auf der Straße. Ich dachte, du bist tot. Ich hab den Notruf angerufen und deine Eltern. Und Uschasnik auch noch. Der Krankenwagen kam überraschend schnell. Zum Glück. Du hättest nämlich keine Minute mehr überlebt. Dein Körper war völlig vergiftet und du warst so erschöpft, dass dein Herz einfach aufgehört hätte zu schlagen.«

»Du kamst keine Minute zu früh.« Jo lächelte.

Kevin nickte und schaute schweigend auf den Laptop vor sich. Dann hob er seinen Kopf und lächelte zurück. »Darüber bin ich echt froh.«

Jo seufzte. »Und ich bin dir bis heute dankbar dafür. Und werd es wohl bis zu meinem Lebensende sein. Weißt du, beim Aufschreiben meiner Geschichte fiel mir auf, wie arschig ich zu dir damals gewesen bin.«

»Ja, das warst du.«

»Ich glaub, ich hab dich schon oft genug um Entschuldigung gebeten. Ändern kann ich es nicht, wie sonst auch nichts.«

»Brauchst du auch nicht«, sagte Kevin. »Das war früher, jetzt ist ja alles anders. Du konntest nichts dafür. Für nichts. Andere schon …«

»Manchmal frag ich mich, was mit dem Dealer und dem Wichser aus der Glaswohnung geworden ist.«

»Willst du das wirklich wissen?«

»Ja, schon. Ich hab sie ja angezeigt, hab aber bis heute keine Ahnung, ob das überhaupt was gebracht hat. Und ich hab immer wieder das Gefühl, einen von beiden auf der Straße zu sehen. Und jedes Mal werden meine Knie weich und ich flüchte in den nächsten Laden. Ich weiß aber nie, ob es nun wirklich einer der beiden war.«

»Um die brauchst du dir keine Sorgen zu machen«, beruhigte sie Kevin. »Der Dealer ist kurz danach an einer Überdosis gestorben, und der Kerl aus der Glaswohnung sitzt hinter Gittern. Lebenslänglich, so wie es derzeit scheint.«

»Hat er jemanden umgebracht?«

»Er hat wohl mehrere Leben auf dem Gewissen. Vor ein paar Jahren wurde er geschnappt und wegen Menschenhandel angeklagt. War doch groß in den Medien. Hast du das nicht mitbekommen?«

Jo schüttelte den Kopf. Sie las keine Newsseiten, sah und hörte keine Nachrichten, weil sie der Meinung war, das ganze Leid, das dort verbreitet wurde, nicht auch noch ertragen zu können.

»Wie. Menschenhandel?«

Kevin zögerte. »Ist ziemlich übel.«

»Erzähl.«

»Er hat Menschen verkauft. Meist Obdachlose und eben Junkies. Irgendwo in den Osten. War ein gutes Geschäft während der großen Krise. Und dort im Osten, … nein, das ist echt übel.«

»Was denn!«

»Sie haben die Leute dort geschlachtet, ihre Organe entnommen und die wieder in den Westen zurückverkauft. Ein Millionengeschäft.«

Jo wurde übel. »Du meinst …« Sie stockte. »Hatte er das auch mit mir vor?«

Kevin seufzte und nickte.

Jo wünschte sich, Kevin hätte ihr das nie erzählt.

»Krass«, sagte sie. »Und ich dachte, er wollte mich als eine seiner Huren.«

Es war still in der Küche. Draußen begann es schon zu dämmern und die Stadt erwachte langsam zu neuem Leben. Die Stille würde bald verschwunden sein. Jo hatte Bauchschmerzen und trank noch einen Schluck Tee. Früher hatte sie sich oft gefragt, warum gerade ihr so viel Schlimmes widerfuhr. Wenn sie ehrlich war, fragte sie sich das bis heute. Wenn sie nun aber an all die Opfer des Menschenhändlers dachte und an deren Qualen und an den Horror, den sie erleben mussten, bis sie … Es war unerträglich, sich auch nur vorzustellen, dass es Menschen gab, die zu so etwas in der Lage waren.

Warum wurde ich gerettet und die anderen nicht?, fragte sie sich nun. Weil du einen Kevin hattest!

»Danke«, sagte sie.

»Für was?«, fragte Kevin.

»Einfach für alles. Dass du damals für mich da warst. Und es heute noch bist.«

»Schon gut.« Kevin lächelte. »Irgendjemand muss doch auf dich aufpassen.«

Jo schaute ihm eine Weile in die Augen. Kevins Erzählungen hingen wie ein dicker Nebel in der Küche. Sie stand auf, ging um den Tisch herum und schlang ihre Arme von hinten um ihn. Sie schloss die Augen und umarmte ihn still. Eine seltsame Liebe war das, die sie beide verband. Und eine noch seltsamere Geschichte.

Nadeschda kam laut gähnend in die Küche geschlurft. Kevin entwand sich aus Jos Uarmung, erhob sich abrupt, sagte gute Nacht, drückte sich an Nadeschda vorbei und verschwand ohne ein Wort der Erklärung.

Nadeschda schaute Jo mit offenem Mund an und zeigte Kevin hinterher. Jo wusste selbst nicht, wie sie Kevins plötzlich Aufbruch erklären sollte.

»Vielleicht ist er müde«, vermutete sie. »War auch die ganze Nacht wach, wie ich.«

»Hast du wieder geschrieben?«

Jo nickte, wobei ihr Blick auf einem Stück hervorblitzender Brust unter Nadeschdas Nachthemd hängen blieb. Nadeschda räusperte sich und zog ihr Nachthemd straff.

»Schade«, sagte Jo, worauf Nadeschda kurzerhand ihr Hemd ganz herunterzog und Jo ihre nackten Brüste präsentierte. »Besser?«, fragte sie mit einem anzüglichen Grinsen.

»Viel!«

Sie lachten und Nadeschda zog sich wieder an.

»Verrücktes Huhn«, sagte Jo.

»Hunger?«, fragte Nadeschda.

»Nein. Hundemüde.« Jo gähnte und streckte sich. »Ich glaub, ich geh wieder ins Bett und lass die Uni heute sausen.«

»Ich leiste dir Gesellschaft, okay? Hab auch keinen Bock und will lieber deine Geschichte weiterlesen, wenn ich darf.«

»Das wäre schön.«

»Ich liebe es, dich beim Schlafen zu beobachten.« Nadeschda kicherte.

Nachdem sie gemeinsam gefrühstückt hatten, wobei Jo nur einen weiteren Tee trank, weil sie sonst nichts hinunterbekam und

Nadeschda die Reste von Kevins Kochkünsten vom Abend zuvor verdrückt hatte, gingen sie in Jos Zimmer, zogen sich nackt aus und schlüpften unter die noch warme Decke. Jo schlief nahezu augenblicklich ein, während sie sich noch küssten, und wachte erst am späten Abend wieder auf.

»Guten Abend«, sagte Nadeschda.

Jo blinzelte. »Morgen.«

Nadeschda lachte. »Morgen ist noch ne Weile hin. Du hast den ganzen Tag durchgepennt.«

»Tschuldige. Wars langweilig?«

»Sicher nicht!«, sagte Nadeschda. »Ich hab deine Geschichte gelesen. Krass! Ich mein, das ist echt ... heftig! Wie gings dir dabei, als du ...«

»Keine Fragen!«, fiel ihr Jo ins Wort. »Hatten wir ausgemacht!«

»Stimmt. Entschuldige bitte.«

»Schon okay.«

»Naja. Also, danach hab ich dich beim Schlafen beobachtet, wie versprochen. Und dann hab ich dein Zimmer aufgeräumt.«

»Du hast was?«

»Dein Zimmer aufgeräumt. War echt mal nötig. Bad hab ich auch geputzt, und auch die Küche.«

»Hast du n Knall? Du bist doch nicht meine Putzfrau!«

Nadeschda winkte ab. »Hey, mach ich gerne. Ich liebe putzen!«

Jo schaute sie stirnrunzelnd an. »Wusste nicht, dass man das lieben kann.«

»Ich schon«, sagte Nadeschda. »Ich kann ja auch mal nackt für dich putzen, wenn du magst.«

»Hmm. Das wär natürlich was.« Jo lachte.

»Aber, weißt du was?«, fuhr Nadeschda fort. »Kevin ist heute echt komisch drauf. Während ich die Küche geputzt habe, saß er die ganze Zeit schweigend am Tisch und hat mich beobachtet. Voll gruselig! Ich hab versucht, ein Gespräch mit ihm anzufangen, aber er hat nur geschwiegen. Hat er ein Problem mit mir?«

»Nein, nein«, sagte Jo. »Der ist immer so.«

Obwohl Kevin normalerweise überhaupt nicht so war. Das wollte sie jedoch nicht sagen, damit Nadeschda kein falsches Bild von ihm bekam. Vielleicht hatte er ja nur einen schlechten Tag erwischt. Oder er war eifersüchtig! Davor hatte sich Jo gefürchtet, was mit ein Grund dafür war, warum sie so lange gezögert hatte, bis sie ihre neue Freundin Kevin endlich vorgestellt hatte. Gewiss war er eifersüchtig. Armer Kevin. Es tat ihr weh, aber sie konnte es nicht ändern. Und Kevin wusste das auch. Er wusste, dass sie ihn mochte, vielleicht sogar liebte, auf eine ganz spezielle Art, als sehr guten Freund, aber nicht mehr. Sie wusste, dass er schon immer unsterblich in sie verliebt war und insgeheim mehr wollte als nur eine Freundschaft, auch wenn er das nie so sagte. Jo konnte es fühlen, aber sie konnte es ihm nicht geben. Es gab immer wieder Situationen, wonach sie sich hätte ohrfeigen können, weil sie durch eine Kleinigkeit, sei es ein zu langer Kuss auf die Wange, ein als anzüglich zu wertender Blick oder eine falsche Berührung, eine Hoffnung in Kevin weckte, die nicht erfüllbar war.

»Lust, mit mir zu duschen?« Jo musste sich selbst auf andere Gedanken bringen.

»Jetzt?«, fragte Nadeschda.

»Nein, in zwei Wochen. – Klar jetzt!«

»Die ist echt eng, die Dusche«, gab Nadeschda zu bedenken.

»Umso besser.« Jo grinste von einem Ohr zum anderen.

»Gut, dann komm.« Nadeschda fasste Jos Hand und zog sie mit sich ins Badezimmer.

Jo blickte sich um und konnte kaum fassen, wie es überall blitzte und blinkte. So sauber war ihr Badezimmer noch nie gewesen, außer vielleicht am Tag ihres Einzuges. Nadeschda schien über ein wahres Putztalent zu verfügen. Deutschland sucht die Superputze, Nadeschda würde diesen Wettbewerb konkurrenzlos gewinnen.

Sie zogen sich aus, Jo drehte den Wasserhahn auf und wartete einen Moment, bis das Wasser warm genug war, dann stiegen sie beide in die enge Kabine und lachten, weil sie tatsächlich kaum Platz darin hatten. Jo genoss die bis ins letzte Eckchen strahlend saubere Dusche, das warme Wasser auf ihrer Haut und Nadeschdas nackten, nassen Körper an ihrem. Sie seiften sich ein, lachten, kicherten, stöhnten und schrien. Und wäre es nach Jo gegangen, hätte dieser Moment ewig dauern können. Aber irgendwann war ihre Haut vom Wasser so aufgequollen, dass sie fürchtete, sie löse sich bald ab und verschwände im Abfluss.

Und Jo hatte Hunger, so sehr, dass ihr Magen schon schmerzte. Jetzt ein köstliches, von Kevin gekochtes Mahl, dann wäre der heutige Abend das Paradies auf Erden.

Sie trockneten sich ab, föhnten sich die Haare, zogen sich an und schlurften frohgelaunt in die Küche. Im Stillen hoffte Jo, dass Kevin schon etwas gekocht hatte, aber sie wurde enttäuscht. Kevin saß zwar in der Küche, aber diese war so aufgeräumt und geputzt wie Nadeschda sie verlassen hatte. Und es gab nicht das kleinste Anzeichen dafür, dass hier seither etwas gearbeitet wurde.

»Was kochst du heute?«, fragte Jo.

»Nichts«, erwiderte Kevin.

Jo blieb verdutzt stehen. »Wie jetzt. Ich hab Hunger!«

»Dann kocht doch selbst was! Oder bestellt euch was. Ich werde heute nicht kochen.« Kevin widmete sich wieder seinem Laptop vor sich auf der Tischplatte.

»Was ist dir denn für eine Laus über die Leber gelaufen!«

Kevin stand daraufhin ohne ein Wort auf, klappte seinen Rechner zu und bat Jo, kurz mit ihr unter vier Augen reden zu dürfen.

»Warum?«, wollte Jo wissen. »Ich hab keine Geheimnisse vor Deschda.«

»Das geht aber nur dich und mich etwas an«, beharrte Kevin und wartete, die Türklinke in seiner Hand.

»Schon gut«, meinte Nadeschda. »Ich bestell uns derweil was.«

Jo wusste nicht, wie sie reagieren sollte. Aber Kevins Blick zeigte ihr, dass es ihm ernst war und sie einen Streit vom Zaun brechen würde, ließe sie sich nicht auf Kevins Wunsch ein. Also ging sie mit ihm widerstrebend hinaus auf den Flur.

Kevin schloss die Tür hinter ihnen und zog Jo in Richtung seines Zimmers, das genau auf der anderen Seite der Wohnung lag.

»Was ist denn?«, fragte Jo. »Irgendwas Wichtiges?«

Kevin atmete einmal tief durch und sagte dann mit gedämpfter, fast flüsternder Stimme, wobei er die Küchentür nie aus den Augen ließ: »Du musst dich sofort von Nadeschda trennen.«

Jo blieb vor Überraschung der Mund offen stehen. »Bitte was?«

»Trenn dich von ihr. Sofort! Sonst passiert ein Unglück.«

»Bist du jetzt bescheuert oder was?«

»Es ist mein Ernst«, sagte Kevin und heftete seinen Blick auf sie.

»Warum?« Mehr fiel Jo zu dieser Ungeheuerlichkeit nicht ein.

»Weil sie nicht gut für dich ist. Ganz und gar nicht.«

»Ähm, sorry, also, ich check das grade nicht. Deschda soll nicht gut für mich sein? Sie ist das Beste, was mir seit Langem widerfahren ist!«

Kevin atmete noch einmal tief durch und blickte dabei schräg nach oben, als suche er nach den richtigen Worten, um seine Forderung zu untermauern.

»Es ist so«, begann er und hob dabei seine Hände auf halber Höhe vor seinem Körper, wie er das immer dann zu tun pflegte, wenn er versuchte, einen schwierigen Sachverhalt zu erklären. »Du musst mir da einfach vertrauen. Ich habe etwas nachgeforscht. Über Nadeschda und …«

»Du hast was?« Jo war fassungslos. »Sag mal, hast du sie noch alle?« Jo versuchte, sich zu beruhigen. »Jetzt mal ganz langsam«, sagte sie. »Ohne dich hätte ich Deschda nie kennengelernt. Du erinnerst dich? Uni-Party? Wo du mich hingeschleift hast?«

Kevin nickte.

»Also! Und wer liegt mir seit Jahren in den Ohren, endlich eine neue Freundin zu finden? Du!«

»Ja, ich weiß«, sagte Kevin. »Aber da wusste ich noch nicht, wer Nadeschda ist. Ich will, dass du eine Gute hast. Eine, die dir nicht weh tut!«

»Deschda ist eine Gute! Sie tut mir nicht weh. DU tust mir grade weh! Merkst du das nicht?« Jo musste ihre Wut niederkämpfen, die in ihr aufkam.

Kevin blickte wieder zur Decke hinauf, dieses Mal mit hilfloser Miene. »Ich kann nur sagen, dass du mir vertrauen musst! Ich hab da was über sie herausgefunden. Etwas Schlimmes!«

»Ich will nichts davon hören!«, bremste Jo ihn aus. »Was bildest du dir eigentlich ein, meiner Freundin hinterherzuspionieren? Jeder hat irgendetwas in seiner Vergangenheit. Schau mich an! Und manchmal ist es besser, wenn es dort bleibt. Und überhaupt sollte jeder selbst entscheiden, ob er es ausgraben und erzählen will oder nicht. So wie ich! Hör auf, ihr hinterherzuspionieren! Und hör auf, dich zwischen sie und mich zu stellen! Wenn du mich wirklich liebst und dir unsere Freundschaft was wert ist, dann hör einfach auf!« Sie hatte sich in Rage geredet.

»Ich liebe dich, und unsere Freundschaft ist mir das wertvollste auf der Welt, das weißt du«, sagte Kevin. »Aber gerade deshalb muss ich …«

Jo hob die Arme, wandte sich von ihm ab, ließ ihn stehen und ging zu Nadeschda in die Küche zurück. Kevin rief ihr noch etwas nach, aber sie ignorierte ihn. Sie kochte innerlich.

»Pack deine Sachen«, sagte sie zu Nadeschda. »Wir gehen.«

»Aber ich hab jetzt grade was zu Essen bestellt.« Nadeschda hielt das Telefon noch in der Hand.

»Scheißegal! Wir müssen hier weg.«

»Warum denn?« Nadeschda verstand offenbar gar nichts.

»Komm jetzt«, verlangte Jo. »Ich erklärs dir später. Erstmal muss ich weg hier.«

Jo stürmte in ihr Zimmer, warf das Nötigste in eine Reisetasche, trieb Nadeschda zur Eile an und verließ mit ihr zusammen die Wohnung. Kevin würdigte sie dabei keines Blickes mehr. Es tat ihr leid, ihn einfach stehen lassen zu müssen, aber sie wusste sich nicht anders zu helfen. Hätte sie weiter mit ihm diskutiert, wäre ein handfester Streit daraus entstanden. Warum musste Kevin auch immer so stur sein! Er hätte einfach den Mund halten können, und alles wäre gut gewesen. Klar war er eifersüchtig. Aber das war nicht ihr Problem! Sie würde sich dieses Mal schwer tun, ihm zu verzeihen, dass er versuchte, einen Keil zwischen Nadeschda und sie zu treiben. Das war nicht fair!

Draußen auf der Straße musste sie erst einmal tief durchatmen, um sich wenigstens etwas zu beruhigen. Ihr Herz raste wie verrückt und sie hatte Mühe, das Zittern ihrer Hände zu unterdrücken.

»Was ist denn los! Sag mal!« Nadeschda war völlig verwirrt.

»Nichts.« Jo atmete noch einmal tief ein und wieder aus und setzte dann ein Lächeln auf, das ihr allerdings nicht recht gelingen wollte. »Alles gut. Mir ist nur die Decke auf den Kopf gefallen und ich musste raus.«

»Du hast dich mit Kevin gestritten«, stellte Nadeschda fest.

»Wir hatten eine kleine Meinungsverschiedenheit. Das wird schon wieder. Ich brauch jetzt nur etwas Abstand.«

»Ging es um mich?«

Jo schüttelte den Kopf.

»Es ging um mich«, sagte Nadeschda. »Du kannst ruhig ehrlich zu mir sein. Ich hab damit kein Problem.«

»Er ist eifersüchtig«, sagte Jo. »Nichts weiter. Der kriegt sich schon wieder ein. Der braucht eben endlich eine Freundin! Und ich glaube, dass ich ihm da im Weg stehe. Solange ich da bin, findet er einfach keine.«

»Ist er in dich verliebt?«

»Schon immer«, sagte Jo.

»Armer Kerl«, sagte Nadeschda.

»Ja, ist er. Aber jetzt sehe ich ein, dass es einfach unsinnig ist, weiter mit ihm zusammenzuwohnen. Ich genieße es zwar, umsorgt zu werden. Aber es ist nicht fair ihm gegenüber. Er macht sich dann weiterhin Hoffnungen und kommt nicht von mir los. Und so wird er dann nie eine Freundin finden.«

»Ist irgendwie ein schwieriges Verhältnis bei euch«, sagte Nadeschda. »Ich mein, mit eurer gemeinsamen Vergangenheit.«

»Kann sein«, sagte Jo. »Aber wir haben uns echt gern, auch wenn es früher anders war.«

»Meinst du nicht, dass du vielleicht denkst, in seiner Schuld zu stehen, weil er dir damals das Leben gerettet hat?«

»Das war mal«, sagte Jo. »Ist aber nicht mehr.«

»Vielleicht sollten wir ihm einfach eine Freundin suchen?«, schlug Nadeschda vor.

»Hab ich schon versucht«, sagte Jo. »Funktioniert nicht. Das einzige, was hilft ist, dass ich Abstand zu ihm halte. Und jetzt lass uns bitte zu dir gehen. Mir ist kalt und ich will nicht mehr darüber reden.«

Noch auf dem Weg zu Nadeschdas Wohnung klingelte Jos Telefon. Sie war sich sicher, dass es Kevin war und ließ es daher in ihrer Tasche stecken. Als der Anrufer aber auch ein zweites und ein drittes Mal immer noch nicht locker ließ, zog sie ihr Telefon doch hervor und bemerkte überrascht, dass es ihre Mutter war, die sie so dringend zu erreichen versuchte. Es schien sehr wichtig zu sein, so hartnäckig wie sie war. War etwas geschehen? Jo nahm ab.

»Hallo, Mama«, grüßte sie in möglichst entspannt klingendem Tonfall.

»Geht's dir gut, Liebes?«, fragte ihre Mutter.

»Ja ja, alles gut.«

»Kevin hat mich gerade angerufen«, sagte ihre Mutter.

Jos Mundwinkel fielen nach unten. »Ja?«

»Also, er meint, dass es dir nicht so gut geht.«

»Ach der«, sagte Jo. »Der macht sich mal wieder umsonst Sorgen um mich.«

»Johanna«, sagte ihre Mutter und machte danach eine kleine Pause. »Er hat mir etwas erzählt.« Sie klang so, als wüsste sie nicht recht, wie sie es sagen oder ausdrücken sollte. »Über Nadeschda …«

Jo schloss die Augen. »Mama. Ich will nichts davon hören! Okay? Kevin soll sich beruhigen und endlich eine Freundin finden!«

»Liebes, ich bin nicht seiner Meinung über Nadeschda. Er hat mir erzählt, was er herausgefunden hat. Aber ich seh das anders – unter gewissen Umständen. Das wollte ich dir sagen. Mehr nicht.«

»Unter gewissen Umständen?«

»Ja. Aber das möchte ich mit Nadeschda persönlich klären.«

»Mama, jetzt hör mal genau zu: Ich will, dass Kevin uns in Ruhe lässt. Und ich will auch, dass du uns in Ruhe lässt. Okay? Ich hab es satt, dass ihr euch immer in mein Leben einmischt!« Sie legte auf.

»Deine Mum?«, fragte Nadeschda.

»Ja, hat sich Sorgen um mich gemacht. Oder wahrscheinlich eher Kevin.«

»Klang aber anders.«

»Alles gut«, sagte Jo. »Lass uns zu dir gehen. Ich hab jetzt echt die Schnauze voll von allem. Will nur noch zu dir ins Bett und schlafen.«

Vier

Jo saß in Nadeschdas Bett, die Knie angezogen, darauf das Buch, in ihrer Hand der Stift. Nadeschda lag neben ihr und las. Die Seite in Jos Buch leuchtete blank weiß und sie wusste nicht, wie sie weitermachen sollte. Wenn sie ehrlich war, wusste sie nicht einmal, ob sie überhaupt weiterschreiben sollte. Bislang war alles gut gegangen, ihre Geschichte floss förmlich aus ihrem Füller. Bislang musste sie auch noch nicht über ihre Zeit in der Klinik schreiben. Es gab vieles, an das sie sich nicht mehr erinnern konnte, ganze Tage waren aus ihrem Gedächtnis komplett gelöscht. Hauptsächlich einige der ersten Tage, als sie den Drogenentzug überstehen musste. Dr. Uschasnik meinte damals, dass ihr vor allem die schlimmsten Tage fehlten, und sie solle dafür dankbar sein. War sie.

An alles andere erinnerte sie sich allerdings viel zu gut. Und das machte ihr Angst und ließ sie zögern, ihren Stift auf die leere Seite zu setzen. Es gab Dinge, die sie lieber vergessen wollte. Aber sie gehörten zur Geschichte und zu ihr selbst. Sie musste sie aufschreiben, ob sie wollte oder nicht. Sie hatte damit angefangen und konnte jetzt nicht einfach damit aufhören.

Zieh es durch! Schreib die Wahrheit auf! Es muss sein, für dich und für Deschda.

Gar nichts muss. Lass es. Die Teufel warten doch nur darauf.

Jo atmete tief durch und merkte, dass ihre Hand zitterte.

»Alles gut?«, fragte Nadeschda und linste hinter ihrem Buch hervor.

»Ja«, meinte Jo. »Nein. Es ist nicht gut.«

Nadeschda legte ihr Buch zur Seite, setzte sich auf und nahm Jo in den Arm.

»Wenn du nicht kannst, musst du nicht«, sagte sie.

»Ich weiß«, sagte Jo. »Ich weiß das. Aber es wäre feige, wenn ich jetzt aufhöre.«

»Es bringt aber nichts, wenn du dich damit quälst!«

Jo schwieg eine Weile und vergrub sich in Nadeschdas warmen Körper. Sie könnte aufhören. Aber das wäre nicht nur feige, sondern auch nicht richtig. Auf halber Strecke dreht man nicht einfach um! *Und was denkst du wirklich?* Ich will nicht umkehren. *Du weißt, was dich erwartet.* Ja, weiß ich nur zu gut. *Du solltest dir gut überlegen, ob du dir das wirklich antun willst.* Ich habe mir es gut überlegt. *Na dann leg los! Was hindert dich noch daran?* Ich habe Angst. *Angst ist ein schlechter Ratgeber.* Ich weiß.

Tu es nicht!

Doch, tu es. Danach wird es dir besser gehen.

Hör nicht auf sie!

»Ich will es wenigstens versucht haben«, sagte Jo.

»Ich bin bei dir«, versprach Nadeschda. »Wenn du mich brauchst, ich bin da.«

»Danke.« Jo küsste sie.

Und sie fuhr fort, ihre Geschichte aufzuschreiben. Sie schrieb die ganze Nacht hindurch und ignorierte ihre wunden Finger und ihren schmerzenden Arm und die widerstreitenden Stimmen in ihrem Kopf. Sie achtete nicht auf die Schatten, die um sie her tanzten, die Teufel, die lachten. Nur ein einziges Mal stockte sie, als Anne ihr erschien und ihr eindringlich nahelegte, aufzuhören. Doch das war nur ein Traum, Jo war kurz eingenickt. Sie schrieb weiter. Weiter und weiter. Bis …

... Nadeschda von ihrem Schluchzen wach wurde. Jo versuchte, ihre Weinkrämpfe zu unterdrücken, atmete betont ruhig, wischte sich die Tränen aus den Augen und putzte sich die Nase. Als aber Nadeschda fragte, was denn los sei, durchbrach der Tränensee die Staumauer. Sie weinte so sehr wie seit Jahren nicht mehr. Ein Weinkrampf nach dem anderen erschütterte sie und zerdrückte ihre Brust und ihren Hals. Nadeschda nahm sie stumm in den Arm und hielt sie fest. Jo weinte in ihre Brust und ließ ihre Tränen laufen. Nadeschda streichelte ihre Haare und fragte nicht danach, warum Jo weinte, und versuchte nicht, sie zu trösten. Sie ließ sie weinen, war da und ertrug Jos Schmerz, worauf sie sich noch tiefer fallen ließ. Sie fühlte sich sicher und geborgen, ein Gefühl, an das sie sich nicht mehr erinnern konnte. Die Weinkrämpfe wurden allmählich leichter und weniger, und nach einiger Zeit versiegten auch die Tränen. Jo blieb auf Nadeschdas Brust liegen, und es war ihr egal, dass ihr Nachthemd von Tränen durchweicht war, weil es Nadeschda egal war.

»Ich liebe dich«, sagte Jo. Zum ersten Mal sagte sie das zu ihr, weil sie es zum ersten Mal tief in ihr drin ehrlich spürte.

»Und ich liebe dich«, erwiderte Nadeschda.

»Ich weiß«, sagte Jo.

Sie schwiegen, während Nadeschda weiter Jos Kopf streichelte und sie festhielt. Jo genoss die Nähe, Nadeschdas Wärme. In diesem Moment war sie glücklich und fühlte sich federleicht, als sei eine Last von ihr abgefallen, ein tonnenschweres Gewicht, das jahrelang auf ihr gelastet hatte. Nun war es weg. Durch Tränen und durch jemanden, der sie liebte, der sie nicht trösten wollte, der es ertragen konnte, wenn sie weinte, der einfach für sie da war.

»Noch ein bisschen, dann lese ich dir vor, was ich heute Nacht geschrieben habe«, sagte Jo.

»Willst du nicht erst schlafen?«

»Nein, ich bin hell wach. Und ich will es dir jetzt vorlesen.«

»Gut, ich bin sehr gespannt.«

»Ein bisschen noch.« Jo vergrub sich noch ein wenig tiefer in Nadeschdas Schoß.

Als ich wieder zu mir komme, liege ich auf einem von Asche bedecktem Boden. Über mir wölbt sich der Sackleinenhimmel, der jetzt erstarrt ist. Keine Schatten huschen über ihn hinweg wie sonst. Ich will aufstehen, aber ich kann mich nicht bewegen, bin wie auf dem Boden festgeklebt. Eine schier undurchdringliche Stille umgibt mich. Sie legt sich auf meine Ohren, und alles, was ich hören kann, ist mein eigener Atem und das zähe Klopfen meines Herzens. Ich habe das unbestimmte Gefühl, dass mich jemand beobachtet, kann aber niemanden entdecken. Ich drehe meinen Kopf nach links und nach rechts, doch überall bieten sich mir nur die zerfallenen und verbrannten Ruinen. Nichts bewegt sich, nichts lebt.

Lange Zeit liege ich dort und versuche immer wieder vergeblich, aufzustehen. Ich bin tot, kommt mir in den Sinn. Ja, so ist es wohl. Nur bin ich nicht im Himmel gelandet sondern in der Hölle. In meiner Hölle. Ich bin alleine. Oder doch nicht? Ich reiße meinen Kopf herum. Aber da ist niemand. Mein Gefühl trügt mich.

Ich schreie um Hilfe. Ich schreie nach jenem, der sich vor mir versteckt. Es rührt sich nichts, niemand kommt. Die Stille bleibt. Und die Einsamkeit und diese ausgestorbene Welt.

Ich spüre keine Schmerzen. Das Pochen in meinem geschwollenen Gesicht ist ebenso verschwunden wie das Jucken auf meiner Haut. Die Würmer sind also nicht mit mir in die Hölle gefahren. Ein schmaler Trost. Ich habe nicht einmal Durst, auch keinen Hunger, nichts, keinerlei Gefühl, dass ich lebe. Nur das unbändige Verlangen nach den Steinchen ist geblieben und durchströmt mich immer und immer wieder. Ich sehne mich nach ihrer kraftspendenden Wirkung. Dann könnte ich mich von diesem Boden losreißen. Ich will weinen, aber es geht nicht. Eine unendliche Leere macht sich in mir breit. Und das Bewusstsein, dass ich hier für alle Ewigkeiten liegen werde. Hier gibt es kein Entkommen, keinen Ausweg, keine Hilfe.

Ich liege da und denke an Anne. Meine Kehle zieht sich zusammen, als ob eine Hand sie zerdrückt. Eine andere Hand gesellt sich zu ihr und drückt meine Luftröhre zu. Stück für Stück wandern die Hände tiefer, drücken, quetschen, bis sie schließlich mein Herz erreicht haben. Ich wünsche mir so sehr, dass ich noch ein einziges Mal Anne um Verzeihung bitten kann. Warum habe ich sie gezwungen, mich immer und immer wieder in diese Hölle zu begleiten? Hier gibt es nichts außer Asche, Tod und Einsamkeit. Und meine Strafe soll sein, hier für alle Ewigkeit zu leben. Oder nicht zu leben.

Nur hilft es nichts, in Selbstmitleid zu versinken.

Nein, Jo. Dafür ist es viel zu spät. Das hätte dir früher einfallen sollen.

Bekomme ich noch eine Chance?

Nein, du hattest genug davon und hast sie einfach weggeworfen wie den Stoffhasen.

Aber ich wollte doch nur glücklich sein!

Mit Drogen? Ist das dein Ernst?

Die Schmerzen vergessen.

Ha! Du bist vor ihnen davongelaufen!

Das ist nicht fair!

Warst du fair, als du noch gelebt hast? Nein. Siehst du. Kein einziges Mal. Zu niemandem.

Das stimmt nicht.

So? Wann warst du dir selbst denn nicht die Wichtigste?

Bei Anne. Anne war mir immer wichtiger als ich selbst.

Pah, dass ich nicht lache.

Dann lach eben. Ich weiß es, und nur das zählt. Und nun hör auf, mich schlecht zu machen. Es reicht.

Ich war nur ein Mensch, der sein Bestes versucht hat. Hörst du?

Keine Antwort. Stille.

Hallo? Wo bist du jetzt? Komm zurück! Lass mich nicht alleine.

Etwas verändert sich in der Aschenwelt. Ich höre ein Rauschen, wie eine Windböe, die in weiter Entfernung durch Baumkronen bläst. Wind kommt auf und nähert sich mir. Das Rauschen wird lauter und bald spüre ich die erste Böe auf meinem Gesicht.

Die Asche um mich her wird aufgewirbelt, türmt sich auf. Der Sturm fährt in sie, peitscht die Asche hoch hinauf und verdunkelt alles. Ich bekomme kaum mehr Luft und huste. Und dann, völlig unvorbereitet, kann ich mich wieder bewegen, als hätte der Wind auch den Kleber unter meinen Händen und Füßen davongeweht. Ich reiße meine Hand vor Mund und Nase, um nicht zu ersticken, und kämpfe mich auf die Beine. Die Aschewolke reicht inzwischen bis zum Sackleinenhimmel hinauf, und der Lärm des Sturms ist ohrenbetäubend. Ich stemme mich gegen ihn und beobachte, wie er in die Ruinen fährt, die unter seiner Wucht in sich zusammenstürzen, umkippen, sich in Staub auflösen, den er davonträgt. Der Sturm bläst alles hinfort, in einer unermesslich großen dunklen Wolke, die bald am fernen Horizont verschwindet und mich alleine zurücklässt. In einer leeren Welt. Alles ist weg, die Asche, die Ruinen, der Wind.

Ich stehe auf einem blutroten Linoleumboden, blank gewischt, ohne ein einziges Staubkorn. Und es riecht nach Bohnerwachs. Das Linoleum erstreckt sich nach allen Seiten, soweit mein Auge reicht, und verschwindet hinter einem fadendünnen Horizont, über den sich der Sackleinenhimmel wie eine gigantische Kapuze stülpt.

Ich drehe mich einmal um die eigene Achse. Überall bietet sich mir das gleiche Bild. Nur der unendliche rote Grund und der graue gewebte Himmel.

Nein.

Dort, ganz in der Ferne erkenne ich einen kleinen weißen Punkt. Er wartet auf mich. Er will, dass ich zu ihm komme. Woher ich das weiß, erschließt sich mir nicht. Ich weiß es einfach, so wie ich weiß, dass Wasser flüssig ist und Stein hart.

Ich laufe auf den weißen Punkt zu, und mit jedem Schritt wird er größer und heller. Bald zieht er sich in die Länge und formt eine Gestalt, in ein weißes Tuch gehüllt, von innen heraus leuchtend. Die Gestalt kommt zu mir. Ich beschleunige meinen Schritt, mein Atem geht immer schneller. Die Gestalt wird größer, und ich kann noch mehr Einzelheiten erkennen. Ihr weißes Gewand weht um sie wie Flügel, ich sehe ihre nackten Füße, ihre goldenen Haare. Trockene Tränen stehen in meinen Augen und brennen. Da verschwindet die Gestalt spurlos, als sei sie nie dagewesen. Ich bleibe bestürzt stehen und wende mich nach allen Seiten um. Sie kann doch nicht einfach so verschwinden … Ich erschrecke nicht, und ich wundere mich auch

nicht, als vor mir einer der Teufel erscheint, um ein Vielfaches größer als jene, die ich gejagt habe, als diese Welt noch eine Aschenwelt
war. Seine Fratze grinst. Er öffnet sein Maul und ich sehe die spitzen
Zähne auf mich zukommen. Ich starre regungslos in seinen Schlund,
seine Zähne umschließen mich und er beißt zu, und ich spüre keinen
Schmerz. – Und ich erwachte ein weiteres Mal.

Ich lag auf einem weichen Bett und schwitzte in eine dicke Daunen-
decke. Das kleine Zimmer, in dem das Bett stand, war in warmes
Licht getaucht, das von zwei hübschen Wandstrahlern stammte. Neben mir stand ein metallenes Gestell mit einem Beutel voll durch-
sichtiger Flüssigkeit, die durch einen Schlauch tropfte, der sich unter meine Decke schlängelte. Von der mir gegenüberliegenden Wand
blickte mich ein Fernseher mit seiner schwarzen Mattscheibe an, und
zu meiner Rechten verdunkelte ein Vorhang das Fenster. Mein Zimmer war das nicht, soviel stand fest. Es roch nach Desinfektionsmittel,
was meine letzten Zweifel vertrieb. Ich lag in einem Krankenhaus. Ich
konnte mich aber nicht erinnern, wie ich hier her gelangt war.

Ich wollte aufstehen. Aber es ging nicht, ich konnte weder meine Arme noch meine Beine bewegen. Scheinbar hatte man mich mit
Gurten an das Bett geschnallt. Ich stieß einen panischen Schrei aus.

Mir war heiß und ich schwitzte, als wäre ich in einer Sauna, mit
einer dicken Winterjacke an. Aber die Gurte hinderten mich sogar daran, die Decke wegzuschieben, die auf mir wie ein Brett lastete. Ich
schrie um Hilfe, etwas Besseres fiel mir nicht ein. Und ich wurde gehört, denn im nächsten Moment ging eine Tür. In dem Zimmer wurde es kurz heller, dann schloss sich die Tür wieder und sperrte das
Licht aus. An meinem Bett stand Dr. Uschasnik und sagte freundlich
Hallo.

»Was soll das hier?« Ich war heiser und brachte kaum ein Wort heraus. »Wo bin ich hier, und wie bin ich hierher gekommen?«

»In Sicherheit«, sagte Uschasnik.

»In Sicherheit? Und warum bin ich dann wie eine Psychopathin
ans Bett geschnallt?«

»Du bist keine Psychopathin, Johanna. Die Gurte sind nur zu deiner eigenen Sicherheit.«

Ich zog eine verständnislose Grimasse.

»Das ist wie beim Autofahren«, erklärte Uschasnik. »Erst gurten, dann starten.«

»Ich will aber nichts starten!«, erwiderte ich.

»Dies zu entscheiden liegt leider nicht mehr bei dir«, sagte er. »Wir haben den Drogenentzug mit dir gestartet. Und die Gurte sind dazu da, dich vor dir selbst zu schützen. Und dass du nicht aus dem Bett fällst.«

»Ich brauch keinen Drogenentzug!«, schrie ich ihn an und rüttelte an den Gurten. »Wem ist denn dieser Schwachsinn eingefallen!«

»Wenn du überleben willst, führt kein Weg daran vorbei. Die Gurte nehmen wir dir ab, sobald du deine Lage akzeptiert hast und mit mir zusammenarbeitest.«

»Sie haben meine Frage nicht beantwortet! Wer kam denn auf diese Scheißidee!«

»Deine Eltern und ich.«

»Meine Eltern?!«

»Du hattest einen totalen Zusammenbruch, Johanna. Und du kannst von Glück reden, dass Kevin bei dir war und sofort einen Notarzt rief. Sonst wärst du jetzt tot. Was du im Übrigen fast warst. Aber die Ärzte konnten dich retten. Die Situation ist nun folgende: Dein Körper ist völlig vergiftet. Und das werden wir aus dir herausholen. Ob du willst oder nicht.«

»Ich will nicht! Ich hab noch etwas zu tun!«

»Dies hier«, Uschasnik nickte im Zimmer umher, »wird nun für die nächsten Wochen dein Zuhause sein. Ich werde weiterhin im Nebenzimmer sein. Rund um die Uhr wird dort jemand sein. Wenn nicht ich, dann einer meiner Kollegen. Solltest du etwas brauchen, dann rufst du einfach nach mir. Es werden sich auch einige sehr nette Schwestern um dich kümmern.«

»Scheiß auf die Schwestern! Ich will hier weg! Und jetzt schnallen Sie mich endlich los!«

»Nun.« Uschasnik blieb die Ruhe selbst. »Wie ich schon sagte, du bist nicht freiwillig hier, sondern weil deine Eltern es so wollen. Du bist noch nicht volljährig. Und ich befürworte ihre Entscheidung. Denn wir alle wollen nicht, dass du dich umbringst.«

»Ich mich umbringen? So ein Blödsinn!« Zum Schwitzen gesellte sich nun noch ein unangenehmes Jucken, wie hundert Mückenstiche gleichzeitig. Die Würmer waren wieder da und regten sich. Ich wollte mich kratzen. Aber ich konnte es nicht. Allerdings wollte ich Uschasnik nicht darum bitten, mir die Decke zu entfernen, obwohl ich inzwischen kochte. Womöglich war ich darunter nackt.

»Könnte ich wenigstens eine Hand frei haben? Mich juckts überall wie verrückt, ich muss mich kratzen.«

»Genau das sollst du nicht tun. Das Jucken ist eine der, leider sehr zahlreichen, Entzugserscheinungen. Es wird vorübergehen. Du hast durch das Kratzen schon einige Verletzungen davongetragen. Weitere wollen wir verhindern.«

Ich stieß einen weiteren wütenden Schrei aus. Dann schloss ich die Augen und versuchte, mich zu beruhigen. Ich musste meine Taktik ändern. Ich atmete einige Male tief ein und aus. Ganz freundlich und nett fragte ich dann, ob er Anne Bescheid geben könne, damit sie mich besuchte. »Sie wird sich sonst Sorgen machen.«

»Darum werde ich mich später kümmern«, sagte Uschasnik. »Vorerst ist dir ein Besuchsverbot auferlegt. Tut mir leid.«

Ich wünschte mir nichts sehnlicher, als mich von den Gurten loszureißen und Uschasnik die Augen aus dem Kopf zu schneiden. Doch ich blieb weiterhin ruhig. Es brachte nichts, herumzuwüten.

»Sobald wir beide gemeinsam die kritische Phase überstanden haben, sehen wir weiter.«

»Dann geben Sie Anne Bescheid? Meine Eltern werden es nämlich ganz sicher nicht tun. Sie hassen Anne.«

»Alles Schritt für Schritt«, sagte Uschasnik. »Hast du Hunger?«

Ich hatte keinen, obwohl ich schon seit Tagen nichts mehr gegessen haben musste. »Nur Durst.«

»Gut, ich lass dir etwas Wasser bringen. Essen musst du vorerst nicht, wenn du nicht willst. Derzeit wirst du ausreichend von der Infussion ernährt.« Er lächelte. »Irgendwann solltest du aber wieder etwas zu dir nehmen. Das Essen ist hier übrigens überraschend gut.«

Ich blieb bei meiner neuen Taktik und spielte noch ein bisschen das brave und freundliche Mädchen. Ich quälte mir sogar ein Lächeln aufs Gesicht. Doch Uschasnik verließ mein Zimmer, ohne die Gurte zu lösen. Auch mehrmaliges Bitten und Flehen half nicht. Ich schickte ihm einen lauten Fluch hinterher, und mir war egal, ob er ihn noch hörte oder nicht.

Ich war allein mit meinem Körper, der mich rasend machte. Ich schwitzte immer stärker, meine Haare waren schon ganz nass. Übelkeit breitete sich in meinem Unterleib aus und drückte in meinen Hals, Bauchkrämpfe stachen und mein Kopf hämmerte. Meine Körperteile wechselten sich beim um die Wette Zittern ab, meine Beine und meine Arme wollten strampeln, aber es ging nicht, da ich angeschnallt war. Und es juckte. Warum war keinem hier aufgefallen, dass unter meiner Haut Würmer lebten, die mich auffraßen? Ich brauchte Glückspillen. Möglichst viele. Wieder ging die Tür, wieder leuchtete alles kurz auf und versank danach im warmen Dämmerlicht. Eine füllige Frau in Schwesternkleidung trat an mein Bett und lächelte mich voller Mitgefühl an. Das kannst du dir sonst wohin stecken. Ich brauchte eine Pille, damit die Würmer verschwanden. Oder einfach etwas zu rauchen. Meinen Zauberrauch. Oh ja. Dann könnte ich mich losreißen, alles kurz und klein schlagen und abhauen. Was bildeten sich meine Eltern und der Psychoheini ein, mich hier zwangsweise festzuhalten!

»Ich hab dir etwas zu trinken«, sagte die Schwester mit heller Stimme.

»Ich brauch eine Pille«, raunte ich zurück.

Die Schwester schaute mich einigermaßen verwundert an. »Hast du Schmerzen?«

»Nein. Die Würmer. Ich brauch eine Pille gegen die Würmer. Sie fressen mich auf, und sie jucken.«

»Tut mir leid, Johanna. Ich darf dir nichts geben. Nicht solange noch so viel Gift in dir ist.«

»Verdammter Scheißdreck ist das!«, platzte es aus mir heraus. »Die verfickten Würmer machen mich noch wahnsinnig.«

»Du bist ein starkes Mädchen, Johanna«, sagte die Schwester. »Du wirst das durchstehen.«

»Fuck!«, rief ich. »Fuck, fuck, fuck.«

»Komm her, ich helfe dir beim Trinken.«

Kurz überlegte ich, der Schwester das Wasser, das sie mir einflößte, ins Gesicht zu spucken. Aber ich hatte zu großen Durst, und das Wasser tat meiner Kehle zu gut. Und bevor ich es mich versah, hatte ich das Wasser hinuntergeschluckt. Die Schwester lächelte, strich mir über die feuchte Stirn, schob meine Decke etwas hinab, damit mir nicht mehr so heiß war, und verließ das Zimmer.

Und ich war wieder alleine. Mit den Würmern.

Ich versuchte, das Jucken wegzuatmen. Aber es gelang mir nicht. Dadurch wurde es nur noch schlimmer. Ich brüllte meine Wut ins Zimmer, zappelte auf dem Bett umher und riss an den Gurten, bis es weh tat und mir schwindelig wurde. Ich merkte, wie ich mich gleich übergeben musste. Doch bevor ich um Hilfe rufen konnte, brach es schon einem Geysir gleich aus mir heraus. Nur Sekunden später war die Schwester bei mir und wischte die Sauerei weg. Na prima. Soviel zum Thema Gurte zu meiner Sicherheit. Wenn ich an meiner Kotze erstickte, was dann?

Diesmal blieb die Schwester länger bei mir, setzte sich zu mir und streichelte mir den Kopf. So wie meine Mutter das früher immer getan hatte, als ich noch ganz klein war.

»Wird alles wieder gut, Liebes«, säuselte die Schwester.

»Oh Gott! Nennen Sie mich bitte nicht Liebes!«

»Magst du das nicht?«

»Nein. Das sagt meine Mutter immer zu mir.« Ich verzog das Gesicht.

»Wahrscheinlich, weil sie dich liebt.«

Ich blickte schweigend an die Zimmerdecke.

Dann fragte ich in die herrschende Stille: »Wie lange wird das hier dauern?«

»Solange es nötig ist.«

Vielen Dank für die präzise Auskunft.

»Und wie lange bin ich schon hier?«

»Heute ist dein vierter Tag.«

»Was?« Ich schaute sie ungläubig an.

»Du lagst in einer Art Koma. Was nicht unbedingt negativ ist. So konnte dein Körper sich schon etwas von all dem Gift befreien, ohne dass du das bewusst mitbekommen hast.«

Ich wusste nicht, was ich mit dieser Information anfangen sollte. Irgendetwas stimmte nicht mit mir. Und zwar ganz und gar nicht.

»Können Sie mich mal an meinem rechten Unterarm kratzen? Da juckt es wie verrückt.«

»Wo. Da?« Sie legte ihre warme Hand genau auf die richtige Stelle, die mich schier umbrachte.

Ich nickte. Aber sie kratzte nicht, ließ nur ihre weiche warme Hand darauf liegen. Und das Jucken verschwand, als wäre ihre Hand magisch. Ich spürte, wie mir die Tränen aus meinen Augen über meine Wangen in meine Ohren liefen. Sie wischte sie sanft weg und sagte, dass wir das alles gemeinsam durchstehen würden.

»Warum sind Sie so nett zu mir?«, fragte ich unter Schluchzen. »Ich bin Abschaum!«

»Niemand auf dieser Welt ist Abschaum, was auch immer er getan haben mag. Und du schon gar nicht. Durch deine Taten kam niemand zu Schaden.«

»Doch«, schluchzte ich. »Meine Freundin. Anne. Ich hab sie beschimpft. Aufs Hässlichste. Und nun ist sie fort. Wer weiß, was sie gerade durchmacht. Wegen mir.«

»Mach dir keine Gedanken.« Sie streichelte mir wieder über den Kopf. »Ihr geht es bestimmt gut.«

»Ich weiß nicht«, sagte ich. »Ihr geht es bestimmt genauso beschissen wie mir. Und ich bin daran schuld. Und sie ist ganz alleine, hat nur ihre Mutter.«

»Du bist nicht schuld.«

»Doch. Ich hab Anne dazu gebracht, mit mir diese Steinchen zu rauchen. Ich hab sie überhaupt erst dazu gebracht, überhaupt irgendwelche Drogen zu nehmen. Ich wollte, dass sie das spürt was ich spüre, das sieht was ich sehe. Bevor sie mich kannte, war sie völlig unschuldig. Und ich hab darauf bestanden, weiterzumachen, obwohl sie nicht mehr wollte. Und ich weiß nicht mal warum! Ich mein, das ist die Hölle dort! Warum will ich freiwillig da hin?«

»Wohin?«

»In die Aschenwelt.«

»Aschenwelt? Was meinst du damit?«

»Die Welt, in der ich bin, wenn ich träume, oder eben Steinchen geraucht habe.«

»Und wie sieht diese Welt aus?«

»Sie ist voller Teufel, die das Blut der Menschen dort trinken. Alles ist kaputt. Verbrannt. Und dunkel und kalt. Aber jetzt sieht es dort ganz anders aus. Die Asche, die alles bedeckt hat, ist weg, und die Ruinen auch. Nur noch ein Fußboden ist da, der nach Bohnerwachs riecht und aussieht wie der in, wie der …«, ja, wie sieht er eigentlich aus? An irgendetwas erinnerte mich dieser dunkelrote, stinkende Boden. »… Keine Ahnung. Ein Boden eben. Und ein Himmel, über den ein Sackleinen gespannt ist. Aber die Teufel, die sind noch da.« Während ich ihr all das erzählte, fragte ich mich, warum ich das überhaupt tat.

»Hast du das schon einmal Dr. Uschasnik erzählt?«

Ich schüttelte den Kopf.

»Das solltest du aber tun. Er kann dir helfen.«

»Das glaube ich nicht.«

»Aber ich. Ganz fest sogar.« Sie lächelte mich wieder an. »Geht es dir etwas besser?«

»Ja.« Ich schniefte.

»Nase putzen?«

Ich nickte. Wie erniedrigend das war.

»So.« Sie warf das vollgerotzte Papiertaschentuch in einen Mülleimer. »Ich muss nun nach einem anderen Patienten sehen. Wenn etwas sein sollte, dann melde dich einfach. Schau mal hier«, sie führte meinen Finger an einen Knopf an der Seite des Bettes, »einfach hier drücken, dann bin ich schon bei dir.«

Damit stand sie auf, wünschte mir eine gute Nacht und verließ das Zimmer. Versuch etwas zu schlafen, waren ihre letzten Worte gewesen. Ich wollte nicht schlafen. Ich hatte die letzten vier Tage verschlafen, wenn es stimmte, was sie sagte. Und hinter dem Schlaf wartete nichts als die Aschenwelt auf mich. Und die Teufel. Ohne meinen Zauberrauch wollte ich denen nicht gegenübertreten. Ich zerrte wieder an den Gurten, aber nur noch halbherzig. Wenigstens schwitzte ich nicht mehr allzu sehr. Auch das Jucken war gerade auszuhalten. Nur die Magenkrämpfe waren noch da wie zuvor.

Was nun? Ich glotzte wieder an die Decke. Als mir das zu langweilig wurde, nahm ich die schwarze Mattscheibe des Fernsehers ins Visier. Was brachte eigentlich ein ausgeschalteter Fernseher, dessen einzig möglicher Zuschauer ans Bett geschnallt war und ihn nicht bedienen konnte? Ich beguckte den Vorhang, wand meinen Blick aber gleich wieder von ihm ab. Er erinnerte mich zu sehr an den Sackleinenhimmel. Die Wandleuchter waren auch nicht sonderlich erhellend. Wieder die Decke über mir. Ich zählte die Fugen der Paneelen. Fünfundzwanzig in der Breite, zwanzig in der Tiefe. Diese Beschäftigung hielt nicht lange vor. Ich blickte wieder senkrecht nach oben und stellte mir die weißen Paneelen als Leinwand vor. Ich malte in Gedanken Anne darauf. Die nackte Anne. Mein Herz pochte ein wenig schneller, über den Rücken lief mir ein kalter Schauer und mein Bauch wurde heiß. Ich stellte mir vor, wie Anne mich verwöhnte, so wie ich war, halbnackt und ans Bett geschnallt. Gott, Jo! Ich atmete einmal tief durch, aber das Bild wollte mir nicht mehr aus dem Kopf gehen. Berühr mich! Nicht einmal das konnte ich. Verfluchte Gurte!

Ich schloss meine Augen und versuchte, auf andere Gedanken zu kommen. Dann riss ich sie wieder auf, weil ich merkte, wie ich einzuschlafen drohte. Nicht das. Nicht schlafen. Wach bleiben. Meine Augenlider klappten wieder herab. So schwer. So schwer. WACH BLEIBEN, JO! Augen auf. Und wieder fielen sie zu. Wach bleiben … bleib wach … bleib … nicht schlafen … nein … nicht …

Aschenwelt.

Ohne Asche.

Nein, oh nein. WACH AUF! Nichts. Roter Fußboden. Bohnerwachsgestank. Sackleinenhimmel. Kalt und dunkel. Stille. Nichts als Stille. Kein Lüftchen regt sich. Ich stehe auf meinen Füßen und kann umhergehen.

Sie sind wieder da. Ich kann sie nicht sehen, aber ich kann die tausend kalten Augenpaare spüren, wie sie sich in mich bohren und sich nach meinem Blut verzehren. Ich fröstle noch mehr. Ich weiß nicht, was ich tun soll und drehe mich im Kreis. Ich fühle mich nackt auf dem Präsentierteller. Ich bin ihr Buffet, ihr letzter großer Festschmaus. Aufwachen. Alles bleibt. Da entdecke ich wieder den kleinen leuchtenden Punkt am Horizont. Weit weg, klein wie eine Ameise. Ich laufe zu der Gestalt. Die Teufel gehen mit.

»Anne!«

Sie reagiert nicht, wendet sich sogar von mir ab, wird wieder kleiner und entschwindet meinem Blick. Mir wird noch kälter.

Dann höre ich ein Scharren hinter meinem Rücken. Ich fahre herum. Aber da ist nichts. Nur der endlose rote Boden. Ich wende mich wieder in die Richtung, von der ich meine, Anne sei dort hinter dem fadendünnen Horizont verschwunden. Aber ich bin mir nicht sicher. Diese Welt sieht überall vollkommen gleich aus. Es gibt nichts, woran ich mich orientieren kann.

Meine Blase drückt. Und ich lasse es einfach laufen. Etwas Wärme in dieser kalten Welt. Darauf wird es dunkel, der rote Boden verschwindet, das Sackleinen am Himmel ebenso und vor meinen Augen erschien wieder das kleine Krankenhauszimmer. Mein Bett war nasswarm. Oh nein. Ich fühlte mich schäbig und gedemütigt. Ich drückte den Schwesternknopf.

Sie war augenblicklich bei mir, und ich konnte ihr von meinem Missgeschick berichten. Und während ich es ihr erzählte, kam mir eine Idee. Wenn nicht jetzt, wann dann! Die Schwester schlug die Decke weg, und ich konnte zum ersten Mal sehen, dass ich ein hellblaues Krankenhemd trug. Mein Herz klopfte, als die Schwester erst meine Handgelenke und dann meine Knöchel von den Gurten befreite. Sie half mir aufstehen, gab mir ein neues Hemd zum Anziehen und machte sich daran, mein Bett frisch zu beziehen.

Jetzt. – Ich rannte los. Zur Tür.

Doch sie hatte keine Klinke. Die Tür war von innen nur mit Hilfe eines Schlüssels zu öffnen. Ich trat mit dem nackten Fuß gegen sie und stieß einen spitzen Schrei aus.

»Wo willst du denn hin, Johanna?«, fragte die Schwester in aller Seelenruhe.

»Aufs Klo«, behauptete ich.

»Das ist die andere Tür.«

Ich ging auf die Toilette und setzte mich auf den heruntergeklappten Deckel. Abschließen ging hier nicht. Kein Schloss in der Tür. Ich rieb meine Handgelenke, drehte meine Füße an den Knöcheln im Kreis, dachte nach. Meine Haut juckte wie verrückt. Die Würmer waren wieder da, wenn ich sie auch nicht sehen konnte. Ich fror und schwitzte, und mir war schlecht. Obwohl mein Magen schon lange leer sein musste, kotzte ich das ganze Bad mit stinkendem, gelbem Schleim voll, weil ich es nicht schaffte, vorher den Klodeckel zu öffnen. Der Schleim klebte an den Wänden, lief in Schlieren hinab. Bei diesem Anblick musste ich mich noch einmal übergeben.

Die gedämpfte Stimme der Schwester drang durch die Klotür und wollte wissen, ob alles okay wäre.

»Kurz noch«, sagte ich und zog den sauren Rotz hoch.

Ich schüttete mir literweise kaltes Wasser ins Gesicht, spülte meinen Mund und putzte die Zähne. Dann öffnete ich die Badezimmertür und ging zurück ins Zimmer. Die Schwester ging ins Bad und säuberte es, ohne ein Wort darüber zu verlieren.

»Ich brauch jetzt keine Gurte mehr«, rief ich ihr mit überzeugter Stimme vom Bett aus zu.

»Das entscheide ich«, sagte ein Mann. Uschasnik stand plötzlich da, und ich raffte schnell das hinten offene Hemd zusammen.

»Es dauert nicht mehr lange«, sagte Uschasnik. »Bald hast du es hinter dir.«

Ich kreischte ihn wütend an, zog meine Beine an und schlang meine Arme um meine Knie, so dass sie mich nicht anschnallen konnten. Von der Anstrengung war mir schwindelig, aber ich versuchte es zu verbergen.

»Johanna, bitte«, sagte Uschasnik. »Es ist …«

»… zu meinem Besten«, äffte ich ihn nach. »Ich weiß, ich weiß. Aber ich hab keinen Bock auf diesen Scheiß! Lassen Sie mich einfach zufrieden!«

Uschasnik blickte mich streng und unnachgiebig an. Aber ich rührte mich kein Stück. Er bat mich noch einmal im Guten. Sie holten noch eine Schwester zur Hilfe, und dann banden sie mich mit Gewalt fest. Ich hatte nicht den Hauch einer Chance, mich dagegen zu wehren. Ich schrie meine Verzweiflung in ihre Gesichter. So lange, bis ich vor lauter Überanstrengung wieder kotzen musste. Es brach aus mir heraus, ohne dass ich damit gerechnet hatte. Eine grimmige Freude erfüllte mich trotz der Schmerzen, da Uschasnik eine gute Ladung gelben Schleims abbekommen hatte. Eine Schwester machte ihn sauber, und ich entspannte mich wieder.

»Bringen Sie wenigstens Anne zu mir«, bat ich mit zitternder Stimme.

»Das ist leider nicht möglich«, sagte Uschasnik und verließ ohne ein weiteres Wort mit den Schwestern mein Zimmer.

Mein Atem hechelte unregelmäßig und hektisch in meiner Brust. Ich schwitzte wieder und mein Verlangen, wenigstens ein klitzekleines Steinchen zu rauchen, wurde größer denn je. Ob ich mit der Kraft meines Zauberrauchs tatsächlich die Gurte zerreißen konnte, wusste ich nicht mit Sicherheit, aber die Teufel in der Aschenwelt konnten mir dann auf jeden Fall nichts mehr anhaben. Ich würde sie allesamt auslöschen. So wie der Sturm meine Aschenwelt hinfort wehte und nur noch diesen Bohnerwachsboden zurückließ, und den erdrückenden Sackleinenhimmel.

Ich rüttelte noch einmal an den Gurten. Nutzlos. Ich schloss die Augen, um nachzudenken. Doch kaum waren meine Augenlider heruntergeklappt, befand ich mich in der Aschenwelt, umzingelt von unermesslich vielen Teufeln. Ich riss die Augen wieder auf und war wieder im Krankenzimmer. Ich war verwirrt und schloss probehalber noch einmal meine Augen. Dasselbe Bild. Ein Meer von Teufeln, rings um mich her. Sie stieren mich an und fauchen und flüstern. Augen auf. Krankenzimmer. Augen zu. Teufelwelt. Augen auf. Krankenzimmer.

Es war soweit. Ich bin wahnsinnig.

Mein Herz raste und ich wusste nicht, was ich tun sollte. Also rief ich nach Dr. Uschasnik, der tatsächlich, wie versprochen, nur wenige Augenblicke später bei mir war.

»Geben Sie mir meine Pfeife und meine Steinchen!«, schrie ich ihn ohne zu zögern an.

»Nein«, sagte er trocken.

»Sie Scheißkerl, Sie verfickter!«, schrie ich weiter. »Geben Sie mir was zu rauchen, sonst bringen die mich um!«

»Wer bringt dich um? Du bist hier in Sicherheit.«

»Die Teufel! In der Aschenwelt. Sie warten auf mich, sobald ich meine Augen schließe.«

»Was ist die Aschenwelt? Ist das jene Welt, in der du warst, als du diesen Tagtraum hattest?«

Ich verdrehte genervt die Augen und schwieg.

»Gut. Ich versuche, es mir selbst zu erklären. Korrigier mich, falls ich falsch liege«, sagte Uschasnik. »Die Aschenwelt ist jene Welt, die du vielleicht in deinen Träumen siehst und auch, wenn du unter Drogen stehst. Ich gehe davon aus, dass es ein unwirtlicher Ort ist. Und du erwähntest Teufel. Sie lauern dort auf dich und wollen dir Böses. Ist das bislang korrekt?«

»Sie haben keinen blassen Schimmer.«

»Wie auch immer«, fuhr Uschasnik fort. »Was du dort siehst, ist nicht real. Nichts davon. Und dir kann nichts passieren. Stelle dich den Teufeln, zeige ihnen, dass du keine Angst vor ihnen hast. Wünsche dir zum Beispiel eine Waffe in die Hand, ein Lichtschwert oder dergleichen. Und zeige ihnen, wer die Herrin in dieser Welt ist. Versuche es.«

»Ich sags ja. Sie haben keine Ahnung. Was denken Sie, was ich die letzten Wochen über getan habe! Diese Kackteufel bekämpfen! Jeden verschissenen Tag! Aber ohne Zauberrauch geht das nicht. Ohne ihn habe ich keine Kraft, nur eine scheiß Angst.«

»Doch, es geht auch ohne Drogen. Vertrau mir. Vertrau auf dich selbst, auf die Johanna, die stark ist und immer noch in dir wohnt. Du wirst sehen, es geht ohne Hilfsmittel.«

Ich blickte ihn eine Weile schweigend an und wünschte mir, er würde sich endlich wieder verpissen. Wenn er mir keine Steinchen bringen wollte, war er nutzlos. Und er ging tatsächlich.

Und ich war wieder alleine und kämpfte stundenlang dagegen an, dass meine Augen zufielen. Nicht einmal zu blinzeln wagte ich, und wenn nur ganz kurz. Keine Sekunde wollte ich mehr in der Aschenwelt sein. Doch es ging nicht lange gut. Das Schlafblei war schwerer als meine Augenmuskeln und zwängte sie zu Boden.

Ich kauere auf dem Bohnerwachsboden. Umzingelt von den gierigen Teufeln, die nur eines wollen: Mein Blut trinken. Und keiner soll hinterher behaupten können, ich hätte es nicht versucht. Ich will es wirklich. Ich richte mich auf, hole tief Luft und wünsche mir eine Waffe herbei. Nicht so etwas Albernes wie ein Lichtschwert. Eine ganz normale Eisenstange genügt vollauf. Zwanghaft versuche ich, die Kraft herbeizufühlen. Aber sie kommt nicht. Genausowenig wie die Eisenstange. Die Teufel scheinen mich auszulachen. Das Häuflein Elend in ihrer Mitte. Ich verkrampfe und zittere und weine. Dann wird es mit einem Mal still, und im nächsten Augenblick springen die Teufel mich an.

Krankenzimmer. Nass geschwitzt. Wahrscheinlich troff mein Schweiß bereits unten aus der Matratze heraus. Ich verfluchte Uschasnik. Er hatte keine Ahnung, was dort auf mich lauerte. Einfach eine Waffe herbeiwünschen. So ein esoterischer Mist!

Ich schrie in die Dunkelheit. Irgendwelche undefinierbaren Laute. War auch vollkommen gleichgültig. Ich lallte vor mich hin. Ich lachte, und ich brummte. Ich war verrückt geworden, und ich wollte es allen zeigen, auch wenn niemand in meinem Zimmer war. Sollten sie mich eben aufgeben, so wie ich mich aufgab. Ich schloss wieder die Augen und gab mich den Teufeln hin. Doch sie sind verschwunden. Als seien sie nie dagewesen. Das kann doch nicht wahr sein!

Ich renne kreuz und quer durch die Welt und rufe nach ihnen. Kommt und holt mich! Trinkt mein Blut, ihr Bastarde! Doch statt ihnen kommt Anne. Ganz weit weg, als helle Gestalt am Horizont. Das kann nur Anne sein. Ich rufe ihren Namen und laufe auf sie zu, so schnell ich nur kann. Doch der Boden ist weich und verwandelt sich in eine dicke Turnmatte, die mich daran hindert, schnell voranzukommen. Ich komme nur zentimeterweise weiter, und meine Beine werden immer schwerer, bis sie irgendwann nicht mehr wollen und einfach stehen bleiben. Ich kann nur zuschauen, wie Anne wieder einmal hinter dem Horizont verschwindet, unerreichbar für mich. Ich stehe und starre zum Horizont und merke nicht, wie die Teufel wieder zu mir kommen.

Erst als es zu spät ist.

Dunkelheit. Ruhe. Dann nichts mehr.

Ich schlug die Augen auf.

Das erste, was ich wahrnahm, war das gedämpfte und warme Licht, das mich einhüllte. Das zweite war Anne, die an meinem Bett saß, und deren goldene Haare im Licht glänzten. Das dritte, dass ich noch immer im Krankenzimmer lag und ans Bett geschnallt war.

»Hallo Jo«, sagte Anne fröhlich.

Ich blickte sie nur an, unfähig, auch nur einen einzigen Ton herauszubekommen. Ich sah sie da sitzen. Aber ich glaubte nicht, dass es wirklich so war. Ich bildete es mir nur ein. Wieder ein Traum, der mir etwas vergaukelte.

»Wie ... wie ...«, stammelte ich und musste mich räuspern, weil meine Stimme versagte. »Wie kommst du hier rein?«

»Durch die Tür«, antwortete Anne.

»Aber ... die ist doch verschlossen.«

»Nö. Ich habse aufgekriegt.« Sie grinste.

»Bist du wirklich hier?«, fragte ich.

»Wie meinstn das?«

»Sitzt du wirklich hier bei mir oder bilde ich mir das alles nur ein?«

Anne küsste mich und fragte daraufhin: »Wie hat sich das angefühlt?«

»Ziemlich echt«, sagte ich. »Könntest du das bitte nochmal wiederholen?«

Anne küsste mich noch einmal und so ganz langsam begriff ich, dass sie tatsächlich hier war.

Dann musste ich daran denken, wie ich zu ihr gewesen war, als wir uns das letzte Mal gesehen hatten. Meine Augen füllten sich mit Tränen. »Es tut mir so leid, so leid«, schluchzte ich.

»Was denn?«, fragte Anne in der ihr eigenen Kindlichkeit.

»Was ich zu dir gesagt habe.«

»Ich verzeihe dir«, sagte Anne mit großer Geste und ernstem Gesicht, das sie aber nicht lange durchhielt und in brüllendes Gelächter ausbrach, in das ich nicht recht mit einstimmen konnte.

Sie lachte, und ich beobachtete sie dabei, und mein Herz schäumte vor Glück.

»Wo warst du denn? Ich hab überall nach dir gesucht!«

»Ich hab ne Auszeit gebraucht«, sagte Anne. »War mit meiner Mum im Urlaub.«

Darum waren also am helllichten Tag die Vorhänge ihrer Wohnung zugezogen gewesen. Ich machte ihr keinen Vorwurf, dass sie mir nicht Bescheid gesagt hatte. Immerhin hatte ich sie mit meinen unbedachten Äußerungen davongejagt.

»Hast du zufällig was zu rauchen dabei?«, fragte ich, und ein kleiner Hoffnungsschimmer flammte in mir auf.

»Nein, nichts«, erwiderte Anne zu meiner Enttäuschung. »Ich nehm keine Drogen mehr. Gar nichts und nie wieder.«

Ich schaute sie teils ungläubig, teils verwirrt, teils bewundernd an. »Und wie geht es dir damit?«

»Sehr gut. Ein paar Tage wars schwierig, aber dann gings.«

»Und – siehst du die Aschenwelt noch? Und die Teufel?«

Anne schüttelte den Kopf. »Ne, die sind alle weg. Schwupps. Weg.«

Sie machte eine Handbewegung, als würde sie eine lästige Fliege beseite wischen.

»Ich glaube, ich schaffe es nicht, dass das alles einfach so weg ist.«

»Doch, wirst du.«

»Ich brauche meinen Zauberrauch dazu. Nur noch einmal. Ohne ihn werde ich noch wahnsinnig. Denn immer, wenn ich die Augen schließe, bin ich in der Aschenwelt, die jetzt übrigens ganz anders aussieht. Und jedes Mal sehe ich dort dich. Aber so weit weg, dass ich nicht zu dir kommen kann. Und dann kommen die Teufel und … und …« Ich schluckte.

Anne fuhr mir beruhigend mit der einen Hand durch die Haare. »Es ist alles nur ein Traum«, sagte sie. »Das hier ist die Realität. Du und ich.«

»Und die Gurte, die mich ans Bett schnallen«, sagte ich.

»Du bist …?« Anne machte große Augen und befühlte die Gurte an meinen Armen und meinen Beinen.

»Kannst du sie aufmachen?«, fragte ich.

»Ich versuchs«, sagte Anne.

Sie musste aber bald aufgeben, weil man wohl ein spezielles Werkzeug brauchte, um die Schnallen zu lösen.

»Egal«, sagte sie. »Ich bin jetzt mal bei dir und bleibe auch bei dir, bis du hier wieder rauskommst.«

»Problem ist nur, dass ich keinen Besuch haben darf.«

»Auch egal«, sagte Anne. »Wenn jemand kommt, versteck ich mich.«

Sie legte sich zu mir und streichelte mich. Ich war so glücklich wie schon lange nicht mehr. Ich merkte, wie ich schon wieder einzuschlafen drohte. Ich wehrte mich dagegen, doch Anne meinte, dass ich ruhig schlafen könne, denn sie wäre jetzt da, und nichts und niemand würde uns etwas antun können. Und tatsächlich. Ich schlief ein und träumte nichts.

Am nächsten Tag schien die Morgensonne durch das offene Fenster. Vögel zwitscherten, es duftete nach frischen Brötchen und Kakao.

Und an meinem Bett stand die Schwester. Ich erschrak und war kurz davor, sie zu fragen, wo Anne sei. Gerade noch rechtzeitig fiel mir ein, dass niemand wissen durfte, dass sie hier bei mir war.

Die Schwester lächelte mich an und fragte, wie es mir gehe.

»Ganz gut«, antwortete ich.

Sie hätte eine gute Nachricht für mich, sagte sie. »Dr. Uschasnik meinte, dir heute probehalber die Gurte abzunehmen. Was hältst du davon?«

Es war, als wenn Licht durch meine Adern strömte. Keine Gurte mehr! Ich versuchte, meine Freude darüber so ausgiebig und natürlich wie möglich zum Ausdruck zu bringen und lächelte einfach nur beseelt.

»Also gut!« Die Schwester lachte mit ihrer hellen Stimme. »Weg mit den Dingern!«

Frei. Frei. Endlich frei. Ich sprang vom Bett, ans Fenster, sog die frische Luft ein. Die Gitter störten mich nicht. Die Schwester wünschte mir einen guten Appetit und verließ das Zimmer.

Als die Tür hinter ihr ins Schloss fiel, krabbelte Anne unter meinem Bett hervor. Ich war überglücklich, sie zu sehen und ihr endlich wieder um den Hals fallen zu können. Endlich konnte ich mich wieder bewegen, mich an meine Liebe drücken, sie überall anfassen, mit ihr anstellen, was ich wollte. Danach lud ich sie spontan zum Frühstück ein. Ich hatte einen Mordshunger und konnte mich nicht daran erinnern, wann ich das letzte Mal etwas gegessen hatte. Wir futterten gemeinsam das Frühstück auf, bis zum letzten Brotkrümelchen, das ich mit einem feuchten Finger vom Teller tupfte. Ich war satt. Und zufrieden. Und glücklich.

Wir waren allerdings kaum fertig, als die Tür wieder aufging und Dr. Uschasnik das Zimmer betrat. Anne konnte gerade noch rechtzeitig unter mein Bett hechten. Ich strich das Laken glatt und blickte Uschasnik unschuldig lächelnd an.

»Wie geht es dir, Johanna?«, fragte er.

»Gut.«

»Das freut mich zu hören. Ich glaube, die Gurte können wir nun ganz weglassen. Was meinst du?«

Ich nickte eifrig.

»Schön.« Er lächelte. »Wir alle sind sehr stolz auf dich, Johanna. Das Schlimmste vom Entzug hast du nun hinter dir. Die körperlichen Symptome sollten nun weg sein.«

»Das ging schnell«, sagte ich.

»So schnell war das nicht. Du bist jetzt die dritte Woche hier.«

»Was?!« Ich konnte es nicht fassen. Uschasnik verarschte mich. »Das kann nicht sein. Ich erinnere mich nur an … wenige Tage.« Ja, an wie viele denn?

»Sei froh. Es war manchmal nicht schön. Nicht für uns und nicht für dich. Doch nun haben wir das Schlimmste hinter uns.«

Als Uschasnik mein Zimmer verließ, hielt er unter dem Türrahmen inne und sagte, ganz nebenbei, dass ab sofort Besuch erlaubt sei, und ich entscheiden könne, wer, wie viel und wie lange. Ich wusste nicht, ob ich mich nun darüber freuen sollte oder nicht. Anne dürfte jetzt ganz offiziell bei mir sein. Allerdings bezweifelte ich, dass dies auch für die Nächte in meinem Bett galt. Außerdem würde es sich meine Mutter ganz sicher nicht nehmen lassen, ab sofort so oft sie nur konnte bei mir reinzuschauen.

Anne krabbelte unter meinem Bett hervor und grinste mich an. »Ich glaub, du bist übern Berg, würd ich meinen.«

»Scheint so.«

»Und wie feiern wir das jetzt?«

»Keine Ahnung«, sagte ich. »Mir ist nicht nach feiern.«

»Schade«, sagte Anne. »Ich hätte da eine Idee gehabt.« Sie zog eine beleidigte Schnute.

»Was denn?«, wollte ich wissen.

»Nun, hm, hm, hmmm.« Dabei wippte sie mit ihren Hüften und ließ ihre Hände über ihren Körper gleiten, dass mein Bauch ganz heiß wurde. »Aber dir ist ja nicht nach feiern zumute.«

Unter normalen Umständen wäre ich sofort mit ihr ins Bett gesprungen. Aber mein Kopf war voller Gedanken, die ich nicht einmal richtig in Worte fassen konnte. Ich unterdrückte das Verlangen nach

Annes Körper und begutachtete stattdessen meine Kratzstellen, dort, wo die Würmer ihr Festmahl gehalten hatten. Fast verheilt. Es juckte nicht und ich schwitzte auch nicht mehr, und die Übelkeit war auch verschwunden. Ich hatte sogar schon wieder Hunger, obwohl die letzten Reste vom Frühstück eben erst von meinen Magensäften aufgezehrt waren. Aber ich traute dem Frieden nicht. Und allmählich wurde mir auch klar, warum.

»Sie ist eben immer noch da«, sagte ich.

»Wer denn?« Anne blickte mich fragend an.

»Die Aschenwelt! Mit den beschissenen Teufeln drin!«

»Sicher?«

»Ja! Ganz sicher!«

»Aber du nimmst jetzt doch keine Drogen mehr!«

»Das ist ja das Problem! Wenn ich mit Drogen in der Aschenwelt bin, geschieht mir nichts. Da bin ich stark und mutig und unverletzlich. Aber was ist, wenn ich wieder im Traum dort lande, oder wieder mitten am Tag? Einfach so?« Ich schnippte mit den Fingern.

»Hmmm …«

»Ja, hmmm … Scheiße ist das!«

»Nur keine Angst, Jo.« Anne ergriff meine Hand. »Das schaffen wir alles. Gemeinsam.«

»Ich weiß nicht.«

»Ganz sicher.« Anne lächelte mich mit größtmöglicher Überzeugung an und riss dann ohne Vorwarnung ihre Augen auf und stierte an die Wand hinter mir.

»Was ist?« Erschrocken blickte ich mich um.

»Nichts Schlimmes«, sagte Anne. »Es ist nur – ich hab meiner Mum versprochen, ihr heute beim Einkaufen zu helfen. Ist es ok für dich, wenn ich kurz zu ihr springe? Bin dann auch so schnell wie möglich wieder da.«

»Ist ok«, sagte ich, war aber in Wahrheit enttäuscht, dass Anne mich gerade in so einer Situation wie dieser schon wieder alleine lassen wollte. »Geh nur.«

»Ich komm bald wieder.« Anne erhob sich. »Okay?«

»Ja, okay! Hab ich doch schon gesagt!«

»Ich hab's ihr halt versprochen. Aber wenn du willst, dass ich …«

»Anne! Nun geh schon! Je länger du hier herumdruckst, desto länger dauert es, bis du wieder da bist.«

Anne ging. Und ich musste vorerst alleine einen Weg finden, die Teufel zu besiegen und die Aschenwelt ein für allemal aufzulösen. Wenn mir Anne nicht beistehen wollte, dann eben ohne sie. Ich musste diese Aufgabe wohl oder übel auf mich allein gestellt erledigen.

Noch einmal die Steinchen rauchen, mit den Teufeln aufräumen und fertig. Ja, so würde es gehen. Nur noch einmal, dann wäre alles gut. Doch dann erinnerte ich mich an den Entzug, der kein Zuckerschlecken gewesen war. Nein, es musste ohne Steinchen gehen. Marihuana? Die Wirkung war nicht die gleiche wie bei den Zaubersteinchen. Aber immer noch besser als ganz ohne irgendetwas. Und von einem bisschen Hanf würde ich nicht gleich wieder süchtig werden. Ist doch eine Heilpflanze. Ich behielt diese Möglichkeit im Hinterkopf. Immerhin durfte ich inzwischen Besuch empfangen. Der nächste Schritt wäre bestimmt Freigang, oder wie man das hier betitelte. Sobald sie mich rausließen wusste ich, wohin ich gehen würde.

Vorerst musste ich mich jedoch mit jener Freiheit begnügen, die man mir bis jetzt gewährte. Und ich durfte nicht einschlafen. In Gedanken schmiedete ich an einem Plan, um die erste Gelegenheit, die sich mir bot, nutzen zu können. Die Gurte waren endlich weg, und ich wollte alles dafür tun, dass sie das auch blieben.

»So, mein Lieber.« Ich wandte mich zum schwarzen Fernseher. »Nun darfst du endlich auch mal was tun.« Ich schaltete ihn ein und zappte mich durch das Vormittagsprogramm. Ich guckte mir jede Talkshow, jede Soap und jede Realitysendung an, so lange bis sie mir langweilig wurde. Und ich hatte sogar meinen Spaß daran. Ich weidete mich an den lächerlichen Problemen, an denen diese Leute dort litten, oder die ihnen ein kranker Drehbuchautor angedichtet hatte. Wenn die wüssten, was echte Probleme sind. Aber gut. Es lenkte mich von mir und den Teufeln in mir ab. Also war es gut. Irgendwann hatte ich allerdings genug und fand nichts Interessantes mehr.

Wo war eigentlich mein Telefon? Es wäre an der Zeit, mein Facebook-Profil und meine Mails zu checken. Die lagen schon seit Wochen oder gar Monaten, seit die Aschenwelt da war, brach. Eigentlich war mir diese sogenannte soziale Kommunikation völlig egal, da ich außer Anne sowieso niemanden hatte, mit dem ich kommunizieren wollte. Aber an diesem Tag war ich neugierig, was in der Welt da draußen vor sich ging. Allerdings hatte ich keine Ahnung, wo das Teil war. Ich konnte mich nicht einmal mehr daran erinnern, wo und wann ich es das letzte Mal hatte. Da blieb nur weiterhin Fernsehglotzen. So lange, bis der erste Besuch vorstellig wurde: meine Eltern.

Kurz überlegte ich, ob ich den Fernseher ausschalten sollte oder nicht. Wenn er weiterlief, musste ich ihnen nicht in die Augen schauen, während sie mich zuquatschten, was mir unweigerlich bevorstand. Aber ich schaltete ihn trotzdem aus. Keine Ahnung, warum.

Ich lächelte meine Erzeuger mit dem freundlichsten Gesicht an, zu dem ich auf die Schnelle imstande war, gab ihnen im Stillen aber die schlimmsten Namen. Immerhin waren sie schuld daran, dass ich hier festsaß. Sie hatten mich einliefern lassen. Gegen meinen Willen und ohne mich zu fragen. Außerdem wäre alles nie soweit gekommen, wenn mein Vater mein Konto nicht gesperrt hätte. Ich lächelte trotzalledem. Auch wenn ich gerne ein ganz anderes Gesicht gemacht hätte. Ich ignorierte die Tränen in den Augen meiner Mutter, die sich sogleich an mein Bett setzte; und ich übersah den starren Blick meines Vaters, der etwas entfernt stehen blieb und den Boden fixierte.

»Dr. Uschasnik meinte, dass es dir wieder besser geht?«, sagte meine Mutter. Und ohne dass ich die Chance hatte, darauf zu antworten, ergoss sich ein wahrer Redeschwall aus ihrem Mund.

»Ich bin so froh darüber«, behauptete sie. »Und nicht nur ich, sondern auch Papa. Stimmts?«

Ihr Mann nickte kaum merklich, ohne eine Miene zu verziehen.

Und sie erzählte weiter: »Wir haben uns solche Sorgen gemacht! Und wir sind so froh, dass Kevin auf dich aufgepasst hat. Wir haben uns auch mit anderen Eltern aus der Schule getroffen. Das hat uns sehr viel gegeben.«

Ich fragte mich, wozu, aber ich kam nicht zu Wort. Meine Mutter redete einfach weiter, und ich hörte schon bald nur noch mit einem halben Ohr hin.

Mein Dauerlächeln war inzwischen in mein Gesicht gefroren und ich machte mir Sorgen, dass es allmählich auffiel, dass es nicht echt war. Vielleicht blieb es gar für alle Zeiten in meinem Gesicht stehen, weil meine Muskeln sich verkrampften. Meine Mutter plapperte munter weiter, und mein Vater stand wie eine Steinstatue in der Mitte des Zimmers und beobachtete die auf und zu klappenden Lippen seiner Frau.

»Was hältst du davon?«, fragte meine Mutter und blickte mich dabei freudestrahlend an.

»Von was?«, fragte ich.

»Na, von dem Hund?«

»Was fürn Hund?«

Meine Mutter schaute hilfesuchend zu ihrem Mann. Nachdem der sich aber nicht rührte und auch nichts Sprachliches beisteuerte, wandte sie sich wieder an mich.

»Wir haben uns gedacht, also dein Vater und ich, dass du vielleicht einen Gefährten bräuchtest. Für die Zukunft. Ich hab auch nach deinem alten Stoffhasen gesucht, ihn aber leider nicht gefunden. Und darum wären wir einverstanden, wenn wir einen Hund bei uns aufnähmen.«

»Einen Hund?«

»Ja. Das wolltest du früher doch immer.«

Das stimmte. Als Kind wollte ich immer einen Hund haben, zusätzlich zu meinem Stoffhasen und als Ersatz für ein Geschwisterchen, das zu produzieren meine Eltern nicht in der Lage waren.

»Ich brauch keinen Gefährten«, sagte ich daher. »Ich hab Anne. Und das reicht mir vollkommen.«

Daraufhin stieß meine Mutter einen tiefen Seufzer aus und mein Vater trat nervös auf der Stelle. Er wollte hier weg, das war nicht zu übersehen.

»Ich weiß, dass ihr mit der Gesamtsituation nicht zufrieden seid«, sagte ich. »Und eine Lesbe als Tochter ist in euren Kreisen bestimmt peinlich. Noch dazu eine lesbische Junkietocher. Geil!«

»Darum geht es uns nicht ...«, hob meine Mutter an.

»Doch, genau darum geht es!«, unterbrach ich sie. »Darum geht es euch doch schon immer. Seit Anne und ich zusammen sind. Ihr mochtet sie nie. Und dass ich mit ihr ins Bett steige, zum Ficken«, ich betonte dieses bei meinen Eltern unerwünschte Wort ganz besonders deutlich, »macht es nicht besser. Aber wisst ihr was? Es ist mir scheißegal, was ihr darüber denkt! Von mir aus enterbt mich! Ich will sowieso nichts von eurer Dreckskohle. Und die Villa könnt ihr euch auch in den Arsch schieben.« Ich verschränkte meine Arme und war mir sicher, dass mein Lächeln nun nicht mehr zu sehen war. Und mir war egal, dass meine wahren Gefühle gegenüber meinen Eltern jetzt offen zutage traten. Sie sollten wissen, woran sie waren und mich einfach in Frieden lassen. »Und jetzt verpisst euch. Ich brauche meine Ruhe. Audienz beendet.« Ich legte mich zurück und zog mir die Decke über den Kopf.

Meine Mutter schluchzte lautstark und mein Vater versuchte, sie zu beruhigen und bugsierte sie aus meinem Zimmer. Ich hatte endlich, endlich wieder meine Ruhe.

Als die Luft rein war, schlug ich die Decke zurück und entdeckte eine Reisetasche, die meine Mutter offenbar für mich mitgebracht hatte. Wie fürsorglich. Ich ließ die Tasche unangetastet, schaltete wieder den Fernseher ein und zappte weiter durch die Sender. Aber dann übermannte mich doch die Neugier. Ich sprang aus dem Bett und öffnete die Tasche. Meine Mutter hatte mir einige Klamotten eingepackt. Allerdings nicht die schlampigen, die ich am liebsten trug. Nur Sommerkleidchen und andere Mädchenklamotten. Hatte sie die etwa neu gekauft? Egal. Alles war besser als dieses Krankenhemd, bei dem jeder meinen nackten Arsch sehen konnte. Und mein Telefon fand ich auch darin. Darüber freute ich mich sehr. Allerdings nicht lange. Denn der Aku war alle und das Ladekabel hatte meine Mutter natürlich nicht mit eingepackt. Nur die Kopfhörer. Dumm. Ich leerte den Inhalt meiner Tasche auf den Boden. Aber kein Ladekabel. Dafür ein Notizblock und diverse Farbstifte. Wahrscheinlich dachte sich meine Mutter, dass das eine gute Idee sei, da ich doch so gerne malte. Aber nicht auf Papier, nur auf Wände. Das war ihr wohl entgangen. Nunja. Vielleicht ließen sich mit den Stiften ja die kargen Wände meines Krankenzimmers etwas verschönern. Doch das konnte warten. Ich hatte gerade keine Lust dazu. Fernsehglotzen war in diesem Augenblick eine bessere Ablenkung als Malen. Also weiter im Programm. Bis zum Mittagessen, das ich wie eine Schnellessweltmeisterin verschlang. Hinterher hatte ich noch immer Hunger, und die Schwester gewährte mir freundlicherweise einen Nachschlag. Sie schien sich über meinen Appetit zu freuen.

Uschasnik schaute herein und erkundigte sich nach meinem Wohlergehen. Nichts Neues, sagte ich. Alles super und so. Ob er vielleicht ein Ladekabel für mein Telefon hätte? Er wolle sich drum kümmern. Nur zehn Minuten später war er wieder da. Mit einem Ladekabel. Faszinierender Service in diesem Haus, befand ich. Allerdings verbot er mir, Kontakt mit der Außenwelt aufzunehmen. Also kein Facebook, keine Mails, höchstens mit meiner Mutter telefonieren. Ich behauptete, nur etwas Musik hören zu wollen. Er vertraute mir. Dumm. Sobald er draußen war, ließ ich mein Telefon Strom trinken, schaltete es ein und checkte als erstes mein Facebook-Profil. Nur Blödsinn. Blabla, voll süß, Herzchen, alles voller Herzchen, hab dich lieb, voll doll lieb, von der zu der und zurück und hin und her und kreuz und quer. Mir wurde kotzübel. Für mich interessierte sich offenbar niemand. Annes Profil war seit Langem verwaist. Vielleicht sollte ich ihr erklären, dass man sich sein Passwort zusenden lassen konnte, wenn man es vergessen hatte? Jemand hatte auf Annes Pinnwand »Du fehlst!« geschrieben. Ich runzelte die Stirn. Es war ein Mädchen aus meiner Klasse, die das geschrieben hatte. Bei mir stand sowas nicht, obwohl doch auch ich, wie Anne, schon Wochen nicht mehr in der Schule gewesen war. – Mails checken. Werbung, Werbung, Werbung, Blödsinn, Werbung, Blödsinn. Oh Gott. Die Welt war so was von am Arsch. klick, klick, zu meiner Musik. Endlich etwas Gescheites. Stöpsel ins Ohr, Lautstärke voll rauf, das Härteste rein, was ich hatte. Geil. Es dröhnte in meinen Ohren. Der Sänger grölte aus seinen tiefsten Eingeweiden heraus. Ich bekam eine Gänsehaut und mein Gemüt hellte sich augenblicklich auf. Ich hörte Musik und glotzte gleichzeitig auf die stummen Bilder im Fernsehen. Stundenlang. Dann kam mir in den Sinn, dass ich ein ganz spezielles Lied brauchte. Einen Oldie, wenn man so wollte. Ich suchte in der Titelliste. Und ich hatte es drauf. Natürlich. Start. Noch lauter drehen. Zurücklehnen und mitsingen.

Welcome to where time stands still.

Genau das richtige Lied und der richtige Text.

Dream the same thing every night.

…

Herrlich. Ich war James Hetfield, und James Hetfield war ich.

Ich sang mit, so laut ich konnte. Gleich kam der Refrain. Sie sollten es alle hören.

They keep me locked up in this cage
can't they see that why my brain says rage.

Luft holen und

Leave me be!

Just leave me alone!

Ich sang jede Zeile mit. Und als das Lied zuende war, startete ich es von Neuem. So lange bis meine Stimme versagte.

Dann überlegte ich, wo eigentlich Anne so lange abblieb. Langsam machte sich ein mulmiges Gefühl in mir breit. Ich wusste, was mir bevorstand, wenn ich ohne Anne einschlief. Und ich wurde immer müder. *Dream the same thing every night.*

Ich stand vom Bett auf und lief mit der Dröhnung in den Ohren durch das Zimmer. Wachbleiben. Ich setzte mich wieder aufs Bett, stand wieder auf, setzte mich wieder. Irgendwann kam das Abendessen, gleich die doppelte Portion. Sehr schön. Ich schlang. Ich ging aufs Klo. Immer mit Musik in den Ohren. Nach dem Essen wurde ich so richtig müde. Und Anne war immer noch nicht da. Ich schnappte mir die Stifte und überlegte, ob sie für Wandmalerei taugten. Sollten sie eigentlich, beschloss ich. Aber durfte ich das überhaupt? Scheiß drauf.

Sie hatten mich ans Bett gefesselt, dafür würde ich ihnen nun die Wände versauen. Sie konnten froh sein, dass ich ihnen nicht vor ihre Bürotüren kackte. Ich nahm mir einen schwarzen Stift und vollführte einige wilde Schwünge auf der Wand. Ohne Ziel, ohne konkrete Idee. Wie immer. Aber es sah gut aus. Ich entdeckte Teile der Aschenwelt, als sie noch aussah wie sie einmal ausgesehen hatte. Kaputte Häuser, Schmutz und Zerstörung. So gefiel sie mir besser, da wusste ich wenigstens, woran ich war. Nicht diese bedrückende Leere wie jetzt. Ich zeichnete ein paar Teufel zwischen die Ruinen und dann mich mit einem riesigen Schwert daneben. In der nächsten Szene schlug ich mit dem Schwert immer gleich mehreren Teufeln gleichzeitig die Köpfe ab. Es machte Spaß und meine Müdigkeit war wie verflogen. Ich kritzelte die komplette Wand voll mit Szenen, in denen ich auf jede nur erdenkliche Weise die Teufel killte. Dazu den perfekten Soundtrack in meinen Ohren. Wenn es in echt auch so einfach wäre.

Irgendwann schmerzte mein Arm vom vielen Zeichnen. Und Anne war immer noch nicht da. Noch ein Bild. Anne, so groß und schön wie möglich. Mit anderen Farben, nicht nur Schwarz. Vielleicht konnte ich sie damit herbeibeschwören. Ich war überzeugt davon, dass das früher schon ein paar Mal funktioniert hatte. So oft klingelte plötzlich Anne an meiner Tür, wenn ich sie gerade malte, dass es kein Zufall sein konnte. Ich ignorierte die Schmerzen und legte mein ganzes Können in Annes Bild. Doch als ich fertig war, tauchte sie immer noch nicht auf.

Noch hier ein Strich und dort. Zurücktreten, betrachten, zur Tür schauen, ob Anne hereinkam. Noch ein Strich, nochmal zur Tür schauen. Es passierte nichts. Anne kam einfach nicht. Und mir tat mein Arm inzwischen so sehr weh, dass ich den Stift nicht mehr länger halten konnte.

Ich musste mich ausruhen und setzte mich dafür aufs Bett. Nur nicht hinlegen, dann schlief ich womöglich gleich ein. Schön gerade sitzen bleiben, Musik hören, stumme Bilder im Fernseher anglotzen.

Meine Augen brannten, ich musste sie von Zeit zu Zeit schließen, und mit jedem Mal immer länger. Ich riss sie wieder auf, wenn ich merkte, dass ich einzuschlafen drohte. Aber sie fielen von ganz alleine wieder zu. Bitte, Anne, komm endlich zurück. Vielleicht kam sie ja nicht mehr in das Klinikgebäude hinein, weil es zu spät war? Mir wurde heiß und kalt zugleich. Eine weitere Nacht ohne sie würde ich nicht überleben. Die Teufel warteten auf mich. Und diesmal würden sie mich kriegen und mich austrinken. Was würde danach geschehen? Wäre ich dann tot? Alles schwarz? Aus und vorbei? Oder würde ich ewig als ausgetrockneter Zombie durch die Aschenwelt wandeln müssen?

»Anne«, flüsterte ich mit letzter Kraft. »Anne, komm zu mir. Bitte.«

Sie kam nicht. Meine Augen brannten unerträglich, alles drehte sich um mich. Und dann schlief ich ein. Ich hatte den Kampf verloren.

Ohne Umwege landete ich mitten in der Aschenwelt. – Ohne Asche. Ohne Ruinen. Keine Teufel zu sehen oder zu hören. Nur der flache, dunkelrote Linoleumboden, der sich in einer endlosen Weite verliert, der graue Sackleinenhimmel darüber und ich. Ich sollte mir einen neuen Namen für diese Welt ausdenken, überlege ich. Etwas ohne Asche. Aber das ist Galgenhumor.

Die Totenstille legt sich auf mich wie ein splitteriges Brett und die Angst vor den Teufeln und meine vollkommene Hilflosigkeit ohne den Zauberrauch schnürt mir die Kehle zu. Ich gehe auf dem Linoleum ein paar Schritte und versuche, dabei kein Geräusch zu machen. Die Teufel sollen mich nicht entdecken.

In weiter Ferne entdecke ich kleine, dunkle Flecken auf dem Boden. Ich beschließe, nachzuschauen, was dort liegt. Mir ist bewusst, dass ich damit wohl denselben Fehler mache wie all die dummen, neugierigen Mädchen in schlechten Horrorfilmen, die eben durch ihre Neugier in ihr Verderben laufen. Ich sollte besser in genau die entgegengesetzte Richtung der dunklen Flecke gehen. Aber ich tu es nicht.

Die Flecken werden größer und nehmen nach und nach Formen an. Bald schon kann ich erkennen, dass es keine Teufel sind, die dort auf dem Boden kauern, sondern seltsame, leblose Gegenstände. Möbel, wenn ich mich auf diese Entfernung nicht täusche. Stühle und Tische, umgeworfen, verstreut auf dem Boden, als hätte ein Sperrmüllauto sie verloren. Ich kann mir keinen Reim darauf machen, was diese Möbel in der Aschenwelt zu suchen haben. Aber es ist mir auch gleichgültig. Viel zu anstrengend, mir darüber Gedanken zu machen. Nutzlos.

Ich gehe weiter über den Linoleumboden und schaue mich wachsam nach allen Seiten um. Es bleibt alles still und bewegungslos. Immer wieder sehe ich herumliegende Stühle und Tische. Sie erinnern mich dunkel an etwas. Aber ich komme nicht darauf, an was. In meinem Kopf bleibt es schwarz. Weiter. Schritt für Schritt. Mein Blick wandert umher, ich schaue zurück, bleibe stehen, lausche. Nichts. Allmählich entspanne ich mich.

Bin ich nun plötzlich vollkommen alleine hier? Fast wäre es mir lieber, wenn sich die Teufel endlich zeigen würden. Lieber tot als für alle Ewigkeiten durch diese trostlose Welt streifen. Eine endlose Abfolge des immer gleichen Bildes. Ich könnte genauso gut auf einer Stelle stehen bleiben. Das Wandern verändert nichts, nicht an der Welt, nicht an mir. So geht es weiter, immer auf den unendlichen, immergleichen Horizont zu. Kein Anfang, kein Ende. Ein dunkler Faden zwischen Linoleum und Sackleinen.

Ich nehme den Faden ins Visier und halte meinen Blick fest auf ihn gerichtet. Ich werde so lange geradeaus gehen, bis sich irgendetwas verändert. Vielleicht endet diese Welt plötzlich, wie eine Scheibenwelt, und ich falle in die schwarze, alles verschlingende Tiefe. Vielleicht stürze ich mich einfach hinab.

Da sehe ich in einiger Entfernung ein Pferd auf der endlosen Ebene stehen. Es sieht aus wie meines. Es ist meines! Ich laufe auf es zu, doch bevor ich es erreichen kann, galoppiert es davon und verschwindet hinter dem Fadenhorizont. Unerreichbar. Ich wende mich in eine andere Richtung und zucke zusammen, als plötzlich meine Großmutter vor mir steht. Sie tanzt, dreht sich um ihre eigene Achse, und sie singt. »Oma«, rufe ich, aber sie reagiert nicht. Ich rufe noch einmal, da dreht sie sich zu mir und winkt mir lächelnd zu. Ich gehe zu ihr, doch mit jedem Schritt entfernt sie sich weiter von mir, bis auch sie schließlich hinter dem Horizont verschwindet. Ich rufe nach ihr, verzweifelt, weinend, aber sie kommt nicht wieder. Stattdessen liegt nun vor mir auf dem Boden mein alter Stoffhase. Er sieht genauso aus wie ich ihn in Erinnerung habe. Mein Herz springt in meiner Brust, als ich mich ihm immer weiter nähere und er nicht verschwindet. Aber als ich mich gerade zu ihm hinunterbücke, um ihn an mich zu nehmen, ertönt ein schrilles Flüstern. Ich fahre herum und sehe die Teufel, die sich mir von allen Seiten nähern. Unaufhaltsam wie ein schwarzer Sandsturm. Ich will meinen Stoffhasen aufheben, doch er ist verschwunden. Nirgends zu sehen. Ich will wegrennen. Doch wohin? Die Teufel sind überall. Ich renne trotzdem. Aber je näher die Teufel kommen, desto bleierner werden meine Beine. Es fällt mir immer schwerer, einen Fuß vor den anderen zu setzen, so sehr ich mich auch anstrenge. Schließlich versagen sie ihren Dienst und bleiben wie festgeklebt einfach stehen. Schwarze Rauchwirbel schießen auf mich zu, schließen sich vor mir zusammen, umkreisen mich und verschwinden, um das freizugeben, was in ihnen ist: die schwarzen, ölig glänzenden Teufelkörper. Mein Herz pocht, ich mache mir in die Hose. Ein Teufel krallt sich in meine Schultern und grinst mich an, nur wenige Zentimeter von meinem Gesicht entfernt. Er wiegt seinen Kopf hin und her und blickt mir unentwegt in die Augen und schnüffelt dabei wie ein Hund, der eine Fährte aufgenommen hat. Ich versuche panisch, ihn abzuschütteln, als wenn ein Wespenschwarm von mir Besitz ergriffen hätte, um ihre Stacheln alle zugleich in mich zu hauen. Aber seine Krallen schneiden mir so tief ins Fleisch und lassen nicht locker, dass ich mir selbst einige Stücke herausreißen würde.

»Beiß zu!«, schreie ich ihn an. Aber er grinst nur und tut nichts. Nur glotzen und schnüffeln.

Und dann spricht er. Mit seiner flüsternden, und doch schrillen Stimme. »Bring sie zu uns.«

Ich weiß, wen er damit meint, aber ich kann nichts dagegen sagen.

»Bring sie zu uns«, zischt er noch einmal, begleitet von einem anschwellenden Flüstern seiner Kumpels.

Dann springt er von mir herunter, und er und alle anderen Teufel verschwinden als Rauchwirbel in der Ferne.

Und ich erwachte wieder. Ich saß in meinem Bett und zitterte. Ich war nicht alleine. Ich spürte, dass jemand in meinem Zimmer war. Ich hastete an das Licht an der Seite und schaltete es an. Ich kniff die Augen im blendenden Licht zusammen und erkannte Anne, die auf meinem Bett hockte und mich anlächelte.

»Wo warst du so lange?«, war das Erste, was ich herausbrachte.

»Bei meiner Mum, hab ich doch gesagt.«

»Ich hab dich gebraucht!«

»Schlimm?« Anne schaute mich mitfühlend an.

Ich nickte und kämpfte mit einem Weinkrampf, von dem ich aber nicht wusste, woher er kam. Von meinem Traum oder der Freude darüber, dass Anne wieder da war? Und dann fiel mir ein, was der Teufel eben gesagt hatte: Ich sollte ihnen Anne bringen. Mein Pferd hatten sie schon, meine Oma auch. Und meinen Stoffhasen. Und nun wollten sie mir auch noch das Letzte nehmen, das ich in meinem Leben geliebt hatte. Sie hatten Anne schon zwei Mal in ihrer Gewalt, wie Jesus an dieses Metallgestänge gehängt. Beidemale hatte ich sie retten können. Zu einem Dritten wollte ich es nicht kommen lassen. Niemals!

»Ich will hier raus.« Ich flüsterte, weil ich Angst hatte, dass jemand mithörte, auf welche Weise auch immer.

»Wie meinstn das?«

»Ich muss hier weg. Ich schaffs einfach nicht. Wenn ich noch einen Tag länger hier bleibe, drehe ich durch. Und dann gäbe es wirklich einen Grund, dass ich in diesem Irrenhaus bin.«

»Und wo willst du hin?«

»Keine Ahnung«, sagte ich, obwohl ich ganz genau wusste, wohin. »Einfach weg hier. Hilfst du mir?«

Anne druckste herum. »Ich weiß nicht recht. Willst du es nicht noch einmal versuchen?«

Mann Anne!, ärgerte ich mich in Gedanken. Es geht hier auch um dich! Wenn ich die Teufel nicht endlich vernichte, dann holen sie dich!

»Nein«, zischte ich. »Ich will, dass wir immer zusammen sind. Und hier drin ist das so gut wie unmöglich, da wir immer damit rechnen müssen, dass sie dich rauswerfen.«

Anne war unschlüssig, das sah ich ihr an.

»Hör zu«, unternahm ich noch einen Versuch, sie zu überzeugen. »Ich weiß, wie wir die Teufel besiegen können!« Das war gelogen. »Und dann ist alles gut. Versprochen.«

Anne seufzte. Aber sie sagte ja, obwohl sie nicht völlig überzeugt schien.

Es war ungefähr Mitternacht, und die Klinik lag in tiefem Schlaf. Ich zog mir ein paar der dämlichen Klamotten an, die meine Mutter mir gebracht hatte: Ein blumiges Sommerkleid, eine Bluse drüber, sah scheiße aus, aber vielleicht war es ja kühl draußen, und noch eine noch blümeligere Leggins. Gott, seh ich beschissen aus.

Anne und ich wollten uns über die düsteren Gänge der Klinik schleichen. Doch die Tür war verschlossen. Wir kamen nicht raus. Ich fluchte stumm. Durchs Fenster. Auch wenn mein Zimmer im dritten Stock lag, egal. Irgendwie würden wir schon runterkommen. Verdammt, ich hatte die Gitter vor meinem Fenster vergessen. Ich stöhnte verzweifelt und verfluchte Uschasnik und die ganze Klinik. Da öffnete sich plötzlich meine Zimmertür. Ich sprang geistesgegenwärtig in mein Bett, schaltete im Flug noch das Licht aus, und Anne hastete hinter die sich öffnende Tür. Eine Schwester kam herein und schaute nach mir. Ich konnte gerade noch die Decke über mich ziehen, dass sie meine Klamotten nicht sah, und stellte mich schlafend. Mein Herz raste, und ich hielt den Atem an. Sie kaufte es mir ab. Als sie wieder draußen war, flüsterte ich Annes Namen in die Dunkelheit. Keine Antwort. Auch nach dem zweiten Mal nicht. Ich verstand nicht. Erst als sich die Tür abermals öffnete und ich Annes Stimme hörte, die mich flüsternd aufforderte, mit ihr zu kommen. Sie war, als die Schwester in mein Zimmer getreten war, durch den Türspalt auf den Flur gehuscht, hatte sich dort versteckt, bis die Schwester wieder in ihrem Büro verschwunden war, um dann meine Tür zu öffnen, was von außen problemlos möglich war. Raus auf den Flur, am Schwesternzimmer vorbei geschlichen, ins Treppenhaus, einen Stock tiefer. Ich hörte Schritte. Anne versteckte sich hinter einem Medikamentenwagen, für mich war es allerdings zu spät. Der Pfleger hatte mich schon entdeckt. Er musterte mich misstrauisch, und ich tat so, als wäre mir etwas unter das mit Plastikfolie abgedeckte Bett gefallen, unter dem ich mich verstecken wollte, und versuchte ein Gesicht zu machen, das ausdrückte, dass alles seine Richtigkeit hatte.

Entweder, der Pfleger glaubte mir, oder er hatte keine Lust auf Scherereien mitten in der Nacht. Er ging einfach wortlos an mir vorüber und verschwand in einer Tür.

Anne und ich huschten weiter die Stufen hinab und gelangten unentdeckt in die Empfangshalle. Wir schlichen geduckt am Rezeptionstresen vorbei zum Haupteingang. Keiner hielt uns auf, und wir enkamen in die finstere Nacht. Ich sog gierig die frische Luft ein, die ein wenig nach feuchtem Laub roch. Es war inzwischen Herbst geworden.

»Wohin nun?«, wollte Anne wissen. »Zu dir?«

»Nein«, sagte ich. »Dorthin geh ich nie wieder. Folg mir einfach, ich habe eine Idee.«

Doch wie wir dort hinkommen sollten, das wusste ich bislang noch nicht. Zu Fuß war es zu weit, und Busse fuhren um diese Uhrzeit hier draußen nicht mehr. Ich ging zum Fahrradständer und prüfte, ob irgendjemand leichtsinnig genug war, sein Fahrrad nicht anzuschließen. Gab es immer wieder. Heute Nacht hatte ich Glück. Ich fand allerdings nur ein einziges Fahrrad, das nicht abgeschlossen war, und das hatte schon einige Jahre auf dem Buckel, dem vielen Rost nach zu schließen. Einen Gepäckträger hatte es auch nicht, dafür aber eine Stange, auf der Anne Platz nehmen konnte.

Ohne Licht fuhren wir vom Gelände der Klinik, und ich schlug den direkten Weg zu meinem Ziel ein. Irgendwann dämmerte es Anne, wohin ich wollte. Und sie war davon nicht begeistert.

»Lass uns zu dir fahren, in dein warmes Bett!«, versuchte sie mich davon abzubringen.

»Vergiss es.« Ich war fest entschlossen und hörte nicht auf sie.

Auch wenn sie immer lautstarker von mir forderte, nicht dorthin zu fahren, mich irgendwann sogar anflehte, wieder zurück in die Klinik zu gehen.

»Weißt du nicht mehr, wie schwer es war, von den Steinchen wegzukommen?«, fragte sie.

»Doch, weiß ich«, sagte ich. »Ich will auch keine Steinchen, sondern Dope.«

Inzwischen waren wir an der Stelle angelangt, wo es immer etwas zu kaufen gab, auch mitten in der Nacht. Und dort an der Ecke stand auch schon ein Dealer; ein Schwarzer, der seine Rastalocken unter eine dicke Wollmütze gestopft hatte. Ich hielt an, ließ Anne absteigen, und lehnte das Fahrrad an eine Hauswand.

Ich ging zu dem Dealer und wollte ihn gerade ansprechen, als mir einfiel, dass ich kein Geld dabei hatte.

»Ich hab auch kein Geld«, sagte Anne. Es gelang ihr nicht, ihre Erleichterung darüber zu verbergen.

Ich erschlaffte. Das konnte doch nicht wahr sein! Ich schalt mich selbst einen Vollidioten und machte kehrt. Am Geldautomaten um die Ecke probierte ich mein Glück und wurde enttäuscht. Mein Konto war nach wie vor gesperrt. Wie kam ich jetzt an Geld? Ich brauchte nicht viel. Ein Joint würde genügen, davon war ich überzeugt.

»Du willst doch jetzt nicht betteln gehen!«, sagte Anne.

»Was sonst? Soll ich mich an die Straße stellen und auf einen Freier warten?«

»Nein. Aber ...«

»Hast du einen besseren Vorschlag?«

Anne stöhnte. »Lass es einfach sein und geh mit mir zu dir. Oder noch besser gleich zurück in die Klinik!«

»Nein. Ich brauch jetzt was zu Rauchen. Noch ein einziges Mal. Dann ist alles vorbei.«

Anne blickte mich an und machte dabei ein so ernstes und gleichzeitig trauriges Gesicht, wie ich es noch nie bei ihr gesehen hatte.

»Also gut«, sagte sie. »Ich mach das nicht gerne. Aber wenn nichts anderes hilft ...«

»Was denn bitte?« Ich war verwirrt.

»Du musst dich entscheiden«, seufzte Anne. »Entweder die Drogen oder ich.«

Ich schaute sie entgeistert an. »Das ist jetzt nicht dein Ernst!«

»Doch, ist es. Blutiger Ernst sogar. Wir gehen jetzt zurück in die Klinik.«

Ich war sprachlos und suchte nach Worten. Sie sagte noch etwas, aber ich hörte sie nicht, weil es in meinem Kopf laut rauschte. »Bist du blöde?«, schrie ich sie schließlich an. »Dort sterbe ich! Und du auch!«

»Nein, Jo. Dort helfen sie dir. An den Drogen stirbst du. An nichts sonst.«

Ich setzte mich kraftlos auf einen Betonpoller am Straßenrand.

»Ich wusste es.«

»Was wusstest du?«

»Dass du nicht hinter mir stehst.«

Anne verdrehte die Augen. »Jo!«, rief sie. »Sei vernünftig und geh mit mir zurück!«

»Vernünftig?« Ich sprang auf. »Vernünftig! Dass ich das aus deinem Mund höre! Haben wir uns nicht mal geschworen, niemals vernünftig zu sein? Niemals solche Spießer zu werden wie meine Eltern es sind?«

»Darum geht es jetzt nicht.«

»Worum dann?«

»Um dein Leben! Jo! Ich will, dass du weiterlebst! Weil ich dich nämlich liebe! Wie sonst nichts auf der Welt! Kapierst du das nicht? Ich liebe dich! Du dummes Stück, du.« Ihre Stimme wurde brüchig, und sie verbarg ihr Gesicht in ihren Händen.

Ihre versteckten Tränen brachen etwas in mir auf. *Mach jetzt nicht den gleichen Fehler noch einmal, Jo.* Ich tat einen zögerlichen Schritt auf Anne zu und fasste sie zaghaft am Arm.

»Lass mich.« Anne zog ihren Arm von meiner Hand weg.

»Anne. Bitte.« Ich atmete einmal tief durch. Sie zu verlieren wäre schlimmer als der Tod. Ich war hin und her gerissen. Ich wollte doch nur noch einmal high sein, um dann die Teufel vernichten zu können.

Und das tat ich auch für Anne. Denn die Teufel wollten sie, nicht mich! Nahm ich aber jetzt Drogen, war Anne auf jeden Fall weg. Wenn nicht, könnten die Teufel leichtes Spiel haben und sie holen. Aber, und das fiel mir in dem Moment wieder ein, seit Tagen hatte ich nicht mehr von der Aschenwelt geträumt, wenn Anne bei mir war. Vielleicht lag es ja an unserem Drogenkonsum, dass wir immer gemeinsam dort waren? Und Anne hatte mir erzählt, dass sie nicht mehr dort war, seit sie keine Drogen mehr nahm. Vielleicht war das doch die Lösung? Wäre ich erst einmal frei von all dem Gift, das ich in mich gepumpt hatte, würde dann auch die Aschenwelt bei mir verschwinden? Lag alles nur an den Drogen? Ich atmete noch einmal tief durch und sagte dann: »Ich geh mit dir. Zurück in die Klinik. Und ich werde keine Drogen mehr anrühren.«

»Beweise es mir«, verlangte sie.

»Ich verspreche es dir.«

Anne schwieg und musterte mich. Ich hielt ihrem misstrauischen Blick stand. Mir war es tatsächlich ernst und ich hoffte, dass sie es mir glaubte. »Komm, gehen wir zurück.« Ich reichte ihr meine Hand, die sie nach einigem Zögern ergriff.

Wir fuhren gemeinsam zurück. Als wir an der Klinik angekommen waren, fragte ich: »Versprichst du mir, ab jetzt die ganze Zeit bei mir zu bleiben, so lange, bis ich die Teufel vertrieben habe?«

»Ach Jo.« Sie nahm mich in den Arm und küsste mich. »Wir kriegen das hin. Du und ich.«

Am nächsten Morgen wachte ich mit Anne im Arm in meinem Bett auf, das Frühstück stand schon auf dem Tisch, und draußen war es heller Tag. Eine Schwester musste mir das Essen gebracht haben. Und dabei musste sie Anne gesehen haben. Entweder, sie erlaubten es mir nun, oder die Schwester verriet mich nicht. Anne und ich teilten uns das Frühstück schwesterlich, das erfreulicherweise wieder eine doppelte Portion war. Wollten die, dass ich dick und fett wurde? Egal, uns sollte es recht sein. Danach zappten wir gemeinsam durch die Fernsehprogramme, lachten uns schlapp und verloren kein Wort mehr über letzte Nacht. Kurz vor dem Mittagessen kam meine Mutter zu Besuch.

Sie spazierte freudestrahlend in mein Zimmer, sagte fröhlich Hallo, setzte sich an mein Bett und plapperte drauf los, als sei nie etwas geschehen, als hätte ich bei ihrem letzten Besuch nicht gesagt, dass sie sich verpissen solle. Sie redete ohne Punkt und Komma, so dass ich nicht zu Wort kam, bis ich sie unterbrach, indem ich laut »Stopp!« rief.

Sie hielt endlich inne, und nun war es an mir, ihr einige Dinge ohne Satzzeichen an den Kopf zu werfen.

»Es ist ja nett dass du mich besuchen kommst auch wenn ich das völlig unnötig finde aber wenn du schon unangemeldet hereinplatzt dann könntest du wenigstens die Güte haben auch Anne Hallo zu sagen auch wenn ich weiß dass du gegen unsere Beziehung bist weil es dir peinlich ist oder du den potentiellen Enkeln hinterhertrauerst die du nie haben wirst oder was weiß ich dann hättet ihr eben mehr als ein Kind zeugen sollen nur dafür hättet ihr auch öfter als einmal Sex haben sollen kapiert!?« Ich holte Luft.

Meine Mutter starrte mich mit offen stehendem Gebiss an.

»Mund zu, es zieht«, sagte ich. »Sagst du jetzt Hallo zu Anne?«

Anne, die schräg hinter mir saß, flüsterte mir ins Ohr, dass es doch egal sei.

»Nein, es ist nicht egal! Mutter?« Ich schaute sie auffordernd an.

Sie zuckte zusammen und presste ein Hallo hervor, ohne Anne eines Blickes zu würdigen.

»Wow«, sagte ich und entspannte mich wieder, auch wenn ich mich darüber ärgerte, dass sie es nicht schaffte, Anne dabei anzuschauen. Aber sie hatte gegrüßt, immerhin.

»Wenn du mich weiterhin als deine Tochter bezeichnen willst«, sagte ich, »dann wäre es an der Zeit, Anne als meine Freundin wenigstens zu akzeptieren. Du musst sie nicht lieben, das verlange ich gar nicht. Eines solltest du nämlich wissen: Ohne Anne wäre ich heute nicht hier, dann wäre ich schon längst abgehauen. Und ohne Anne wäre ich womöglich sowieso schon tot. Also, jetzt kannst du mir sagen, was du noch zu sagen hast. Schieß los.«

Meine Mutter versuchte sich zu sammeln und machte einige Male ihren Mund tonlos auf und zu, bis sie schließlich herausbrachte, dass sie eigentlich nur schauen wollte, wie es mir ginge, und dass sie mein Ladekabel dabei hätte. Ich nickte. Sie hob noch einmal an zu sprechen, entdeckte dabei aber mein Wandgemälde, was sie sichtlich durcheinander brachte.

»Oh«, sagte sie.

»Was, oh?«

»Papier. Ich hab dir auch noch ein wenig Papier eingepackt, aber …«

»Brauch ich nicht«, sagte ich.

Meine Mutter nickte langsam und sagte: »Wir sind ja zum Glück versichert.«

»Oh Gott! Das ist mal wieder typisch! Nur Geld im Kopf, sonst nichts!«

»Nein, so ist das nicht«, wehrte sie sich. »Ich habe heute, und darum bin ich eigentlich hier. Also, ich habe – um mich mehr um dich kümmern zu können – habe ich heute gekündigt.« Sie lächelte erwartungsvoll. Doch ich starrte sie nur entgeistert an.

»Du hast was?«

»Gekündigt.« Sie seufzte tief, als ob eine große Last von ihr abgefallen wäre.

Ich gebe zu, ich war beeindruckt und es berührte mich sogar ein wenig, dass sie wegen mir ihre Arbeit, ihre über alles geliebte Arbeit, aufgegeben hatte. Aber andererseits war es für diese Geste schon lange zu spät.

»Das ist ja mal der größte Schwachsinn, den du seit Langem getan hast«, sagte ich und blickte sie kalt an.

Das Lächeln auf dem Gesicht meiner Mutter erlosch innerhalb eines Atemzugs. Und zum ersten Mal seit langer Zeit tat sie mir ein bisschen leid. Hatte sie es wirklich verdient, eine so undankbare und garstige Tochter zu haben? Wahrscheinlich nicht. Aber ich konnte nicht aus meiner Haut. Sie war selbst schuld. Erstens hatte sie mich in die Welt geschissen und mich dann noch groß gefuttert. Hätte sie sich alles ersparen können. Und mir damit auch so manches.

Ich verzog keine Miene und unternahm nicht einmal einen halbherzigen Versuch, sie zu trösten. Aber sie weinte nicht, wie ich das erwartet hatte. Sie blickte mich nur stumm an, was mir unangenehm war. Ich fühlte mich dabei, als könne sie in mich hineinsehen. Ich wünschte mir, dass sie endlich wieder ging. Und tatsächlich stand sie bald auf, sagte noch, dass sie sich wünschte und darauf hoffte, dass sich unser Verhältnis irgendwann änderte. Und beim Hinausgehen meinte sie noch: »Kevin wartet draußen. Er will dich besuchen.«

»Ich will ihn nicht sehen«, sagte ich.

Kaum war sie aber draußen, betrat Kevin trotzdem mein Zimmer. Ich schnaubte genervt. Kevin schaute mich schüchtern lächelnd an, und bevor er auch nur einen Ton sagen konnte, sagte ich: »Wenn du hier schon uneingeladen hereinplatzt, mach nicht den gleichen Fehler wie meine Mutter und grüße gefälligst Anne.«

Kevin zuckte zusammen. »Hallo … Anne«, krächzte er und räusperte sich darauf.

Ich nickte zufrieden und fragte ihn dann ein wenig schroff, was er wolle, obwohl ich ihm zu verdanken hatte, dass ich nicht mehr in diesem dunklen Kellerloch festsaß. Aber ich war noch zu aufgebracht vom Besuch meiner Mutter, als dass ich ihm meine Dankbarkeit hätte zeigen können.

»Was willst du?«, fragte ich ihn.

»Schauen, wie's dir geht«, sagte Kevin.

»Gut«, sagte ich. »Und?«

Er schaute sich hilflos in meinem Zimmer um, wobei sein Blick auf meinem Gemälde hängen blieb.

»Hast du das gemalt?«, fragte er.

»Wer sonst?«

Er zuckte ein wenig zusammen. »Cool.« Er nickte anerkennend und schenkte mir wieder ein schüchternes Lächeln.

Ich runzelte genervt die Stirn.

Anne flüsterte mir ins Ohr, dass ich nicht so fies sein solle. Sie hatte recht, musste ich zugeben.

»Ach so, ja, Kevin«, begann ich und wollte mich bei ihm bedanken, dass er mich aus dem Kellerloch befreit hatte. Dabei fiel mir ein, dass

Anne von all dem überhaupt nichts wusste. Ich hatte ihr nicht erzählt, dass der Dealer mich verkauft hatte, nichts von dem Kellerloch, nichts von Kevins Heldentat. Ich hatte es einfach vergessen, verdrängt, vielleicht wollte ich sie auch nicht unnötig beunruhigen.

»Ja?«, sagte Kevin.

Ich seufzte. »Nichts. Habs vergessen.«

Kevin zog die Augenbrauen in die Stirn. Eine unangenehme Stille breitete sich aus, in der niemand wusste, was er sagen sollte. Ich wünschte mir, dass Kevin ging und mich und Anne endlich in Ruhe ließ. Aber er machte keine Anstalten dazu.

»Tja«, sagte ich.

Kevin schob seine Hände in seine Hosentaschen, als wüsste er nicht, was er sonst mit ihnen anfange sollte, blieb aber immer noch am gleichen Fleck stehen und lief mit jeder Sekunde, die in Stille verstrich, roter an.

»Wie läufts in der Schule?«, fragte ich.

»Gut, ganz gut«, sagte er und nickte dazu. »Du fehlst halt.«

»Und Anne auch?«, fragte ich. Und ganz hinten, im letzten Winkel meines Hirns, hatte ich einen kleinen Gedanken, oder sogar einen Wunsch, dass Kevin das auf meine Facebook-Pinwand hätte schreiben können, dass ich fehlte. Ich schalt mich für diesen hirnrissigen Gedanken.

»Ja, Anne auch«, bestätigte er.

»Na hoffentlich.«

Wieder Stille.

»Und sonst?«, fragte ich. »Alles chicko?«

»Ja, alles gut.« Er stieß ein unterdrücktes Lachen hervor, als ob er sich nicht traute, in meiner Gegenwart einfach laut zu lachen, worüber auch immer. »Wann kommst du hier raus?«, wollte er wissen.

Ich zuckte mit den Schultern. »Keine Ahnung.«

Wieder Stille.

»Also dann«, sagte ich.

»Ja«, sagte Kevin. »Dann geh ich wohl besser wieder. Tschüss, Jo. Und – tschüss Anne.« Er winkte linkisch und verließ mein Zimmer.

Ich atmete tief durch. Überstanden.

Kurz darauf kam mein Mittagessen, und die Schwester bat mich, danach in Dr. Uschasniks Behandlungszimmer zu kommen, ich hätte einen Termin bei ihm. Davon wusste ich nichts, und ich wollte auch nicht hin. Aber die Schwester ließ keine Widerrede gelten. Dazu, dass Anne nun offensichtlich rund um die Uhr bei mir war, sagte sie nichts.

Nach dem Essen musste ich mich wohl oder übel auf den Weg zu Uschasnik machen. Anne wollte solange auf mich warten, und ich versprach ihr, dass ich so schnell wie möglich wieder bei ihr wäre.

»Lass dir Zeit«, sagte sie.

Und ich verließ sie, trotz eines unguten Gefühls.

Die Schwester führte mich zu Uschasniks Behandlungszimmer, da ich keine Ahnung hatte, wo das war. Ich klopfte und betrat das enge Zimmer, in dem nur ein Schreibtisch an der Wand klebte, mit zwei Stühlen, einem davor, einem dahinter. Uschasnik erhob sich von einem der beiden Stühle, begrüßte mich per Handschlag und bat darum, mich zu setzen.

Er lächelte mich an, wie er das zu Beginn jedes Gesprächs zu tun pflegte. Dann meinte er, dass wir heute gemeinsam mit meiner Traumatherapie begännen.

»Traumatherapie?« Ich war verdutzt.

Uschasnik nickte mit ernster Miene. »Beginnen wir mit den Drogen.«

»Sie glauben jetzt doch nicht ernsthaft, dass ich durch die Drogen traumatisiert bin!«

»Nicht direkt. Aber sie sind einerseits ein Grund und andererseits eine Folge.«

»Hä?«

»Es wird dir klar werden, vielleicht manches schon heute.«

»Dann bin ich ja mal gespannt.«

»Das sind gute Voraussetzungen.« Er schenkte mir ein weiteres Lächeln. »Mich würde zuallererst interessieren, welche Drogen du konsumiert hast.«

»Das wissen Sie doch.«

»Ich weiß nur, dass du Marihuana geraucht hast. Aber ich denke, dass da noch manch anderes mit im Spiel war.«

Ich zuckte die Achseln. »Irgendwelche Pillen. Keine Ahnung, was das war.«

»Und?«

»Was und?«

»Da gab es noch etwas anderes.«

»Nein«, log ich.

»Johanna. Es ist sehr wichtig für den Therapieerfolg, dass wir ganz offen und ehrlich miteinander umgehen.«

»Am Arsch.«

»Bitte?«

»Wer sagt denn, dass ich therapiert werden will?«

»Niemand, da hast du recht. Aber ich bitte dich darum, dir wenigstens eine kleine Chance zu geben.«

»Und wenn ich nicht will?«

»Das wäre schade. Denn ich bin fest davon überzeugt, dass wir gemeinsam all die Probleme lösen können, die auf dir lasten.«

Er lächelte wieder milde. Und ich merkte, wie der Grad meiner Genervtheit einmal mehr in neue Dimensionen vorstieß.

»Na gut«, sagte ich, um das alles so schnell wie möglich hinter mich zu bringen. »Steinchen.«

»Was meinst du damit?«

»Steinchen eben. Ich hab Steinchen geraucht. Ziemlich viel sogar.«

»Hellgelb? Knacken beim Abbrennen?«

Ich nickte, und er machte sich eine Notiz in sein kleines Buch.

»Und woher hattest du diese – Steinchen?«

»Von einem Typ?«

»Hat der Typ einen Namen?«

Ich schüttelte den Kopf. »Kenn ich nicht, seinen Namen. Er war für mich einfach immer nur der Typ.«

»Und von ihm hast du die Droge bezogen und ihn auch bezahlt?«

»Ja.«

»Und wie war der so?«

»Anfangs recht nett. Bis eben …« Ich zögerte. Eine leichte Übelkeit stieg in mir auf.

»Bis?«

»Bis ich kein Geld mehr hatte. Da war er zwar auch noch nett, anfangs, und ich konnte bei ihm anschreiben. Aber dann, eines Tages, meinte er, dass …« Ich fing zu schwitzen an und rutschte unruhig auf meinem Stuhl umher.

»Hat er etwas von dir verlangt, was du nicht tun wolltest?«

»Nicht direkt«, sagte ich. »Ich glaube, er hat mich verkauft, oder so was.«

»Woran machst du das fest?«

»Na, er hat mich eben mitgenommen zu diesem reichen Kerl, und mir versprochen, dass der mir helfen könne. Aber er hat mir nicht geholfen, sondern mich eingesperrt.« Ich zuckte mit den Schultern, als sei das alles nicht weiter schlimm. Mir ging es aber immer schlechter, denn mit jedem Wort kamen neue Bilder zurück.

»Puh«, machte Uschasnik. »Und wie war das für dich?«

»Wie soll es gewesen sein!«, platzte es aus mir heraus. »Beschissene Oberscheiße war das! Ich dachte, ich würde in diesem Kellerloch verrotten!«

Uschasnik legte seine Finger aneinander und sagte: »Nun, bist du mit mir einig, dass so ein Erlebnis ein Trauma auslösen kann?«

Ich starrte ihn an. »Ja, und? Ich bin darüber hinweg. Scheiß drauf.« Ich machte eine wegwischende Handbewegung.

»Das glaube ich nicht. Ich sehe es daran, wie du sprichst und darauf reagierst.«

»Wie reagier ich denn?«

»Mit Unruhe und Aggression. Und ganz deutlichem Unwohlsein.« Ich blies durch meine geschlossenen Lippen.

»Wir sollten behutsam vorgehen«, sagte Uschasnik. »Denn es kann durchaus sein, dass wir eine weitere Traumatisierung heraufbeschwören, während du die vergangene noch einmal durchlebst.«

»Gut zu wissen.« Ich hoffte, er hörte meinen Spott heraus.

»Das ist ein wichtiges Element. Ich möchte, dass du über alles, was wir tun, genau Bescheid weißt.«

»Super.« Ich grinste ihn an. »Sind wir dann für heute fertig?«

»Noch nicht ganz. Ich würde heute gerne mit dir herausfinden, wie wir das Trauma deiner Gefangennahme auflösen können.«

»Wenn es ein Trauma gibt«, warf ich ein.

»Versuchen wir's einfach. In Ordnung?« Uschasnik nahm endlich seine Hände wieder auseinander. »Was würdest du diesem Mann, der dich in seinen Keller gesperrt hat, sagen wollen?«

»Ich will den nie wieder treffen.«

»Das brauchst du auch nicht. Nur als Gedankenspiel.«

»Ich würde ihm erst in die Eier treten, ihn dann aufs Übelste beschimpfen, seine beschissenen Scheißvitrinen zertrümmern, und ihm dann noch mal in die Eier treten. Und wenn er da schon am Boden liegt, umso besser.«

»Wie fühlst du dich, wenn du dir das vorstellst?«

»Geil.« Ich stellte zu meiner Verwunderung fest, dass sich meine Stimmung tatsächlich aufgehellt hatte. »Und mit dem Typ, der mich verkauft hat, werde ich dann das Gleiche machen. Obwohl, ich glaube, dem würde ich noch öfter in die Eier treten und ihm zusätzlich noch seine restlichen Zahnstumpen ausschlagen.« Ich musste beim Gedanken daran laut auflachen. Ich verstummte allerdings gleich wieder, da mir einfiel, dass mir ebenfalls einer meiner Schneidezähne fehlte.

Uschasnik lächelte. »Das ist ein Anfang.«

»Und jetzt?«

»Wir könnten die beiden anzeigen, wenn du willst. Denn das Eiertreten wird nicht funktionieren. Eine Anzeige wäre eine andere, eine legale Form davon.«

»Und was soll das bringen?«

»Was würde das Eiertreten bringen?«

»Mir Genugtuung, und denen Schmerzen.«

»Das Gleiche könnte eine Anzeige erreichen. Genugtuung für dich, und die beiden vielleicht ins Gefängnis, oder eine andere empfindliche Strafe. Was daraus wird, können wir natürlich nicht wissen. Aber ich denke, es wäre einen Versuch wert.«

»Aber ich hab weder Namen noch Adressen von den Beiden – außer die von dem Arschloch in der Glaswohnung.« Ich bekam etwas Herzklopfen, wenn ich daran dachte, die Beiden tatsächlich anzuzeigen.

»Aber du kannst sie beschreiben, oder nicht?«

»Muss ich als Zeugin gegen sie aussagen?«

»Schriftlich reicht vollkommen. Du musst ihnen nicht noch einmal gegenüber treten.«

Das beruhigte mich etwas.

»Kannst du sie beschreiben?«

»Ziemlich genau sogar.«

»Sehr gut. Am besten, du schreibst das alles auf und wir übergeben die Anzeige dann gemeinsam der Polizei. Ich helfe dir sehr gerne dabei. Und um das Ganze noch erfolgversprechender zu gestalten, habe ich noch eine Idee.«

»Die wäre?«

»Kevin hat sich bereit erklärt, als Zeuge aufzutreten. Natürlich nur, wenn du das willst.«

Ich zuckte und kniff meine Augen zusammen.

»Wie gesagt nur, wenn du willst.«

Ich überlegte eine Weile. Zweierlei sprach dagegen: Erstens wollte ich nicht, dass Kevin noch weiter in die Sache verstrickt wurde, und zweitens wollte ich zukünftig eigentlich so wenig wie möglich mit ihm zu tun haben. Andererseits war ein Zeuge womöglich unabdingbar. Und jemand anderes als Kevin kam dafür nicht in Frage. Außer vielleicht Anne. Aber allein der Gedanke daran, sie mit hineinzuziehen widerstrebte mir. Außerdem konnte sie, wenn überhaupt, nur gegen den Dealer aussagen, nicht jedoch gegen diesen schmierigen Kerl, der mich eingesperrt hatte, wovon sie sowieso nichts wusste, was auch so bleiben sollte.

»Es würde auch ohne seine Zeugenaussage gehen«, sagte Uschasnik. »Aber mit ihr werden wir mehr Chancen haben, dass die beiden zur Rechenschaft gezogen werden. Was meinst du?«

»Hat Kevin das selbst vorgeschlagen, oder haben Sie ihn dazu überredet?«

»Er kam mit der Idee zu mir.«

»Na dann«, sagte ich. »Ich habe nichts dagegen.«

»Sehr schön.« Uschasnik klatschte einmal in die Hände.

»Und jetzt? Wie geht's jetzt weiter?«

»Du machst die Personenbeschreibungen und notierst ganz genau, was sie dir angetan haben.«

»Jetzt?«

»Ja, jetzt. Ich will dabei sein. Ich will dich im Auge behalten, im Falle, dass dich das alles doch zu sehr aufregt.«

Er reichte mir einen Block und einen Kugelschreiber, und ich schrieb alles auf, jedes noch so kleine Detail, an das ich mich erinnern konnte. Danach war ich vollkommen erschöpft, als hätte ich einen anstrengenden Ferienjobtag hinter mir. Dr. Uschasnik meinte, dass wir heute genug gearbeitet hätten und gab mir für den restlichen Tag frei. Also konnte ich wieder zu Anne zurück.

Auf dem Weg zurück in mein Zimmer summte ich ein Lied vor mich hin. Erst nahm ich es gar nicht wahr, um dann darüber umso überraschter zu sein. So etwas tat ich normalerweise nie – ich hasste diese fröhlichen Menschen, die vergnügt vor sich hinsummten oder gar pfiffen. Ich stellte es sofort ein und befahl meinen Stimmbändern, bloß still zu sein. – Ich war tatsächlich glücklich, ein mir schon unbekanntes Gefühl. Unbeschwert schlenderte ich durch die Flure der Klinik, als wäre es eine Kunsthalle, wo es an jeder Ecke etwas Interessantes zu bestaunen gab. Ich betrachtete die Bilder, als wäre ich nur ein Besucher, ohne jegliche eigene Probleme. Die armen Wichte, die ich durch offene Türen in ihren Betten sehen konnte – bleich, zerzaust, stumm und abwesend, fast alle. Arme, arme Wahnsinnige. Woran merkt man eigentlich, dass man wahnsinnig ist?, fragte ich mich. Wenn es alle sagen? Oder wenn man es selbst glaubt? Ich wusste darauf keine Antwort. Dass alles nur ein Teilfrieden war, den ich mithilfe Uschasniks erreicht hatte, war nur ein Gedanke, der in mir versteckt lauerte.

Es gefiel mir, den Typ und den Jogginghosenkerl angezeigt zu haben. Und ich hatte meinen Spaß daran, mir vorzustellen, wie sie von den Bullen abgeholt und in enge Einzelzellen gesperrt wurden. Die Aschenwelt war allerdings immer noch da, und mit ihr die Teufel.

»Wie geht's wie steht's?«, fragte Anne, als ich in mein Zimmer zurückkehrte. Sie saß auf meinem Bett, und es sah so aus, als hätte sie dort die ganze Zeit nur auf mich gewartet, ohne irgendetwas anderes zu tun.

»Einerseits gut, andererseits nicht«, sagte ich.

»Was habt ihr gemacht?«

Ja, wie sagte ich ihr das nun. Keine Geheimnisse, das hatten wir uns mal geschworen.

»Ich muss dir etwas erzählen«, begann ich daher. »Von dem Tag, an dem ich hier gelandet bin.« Und ich fragte mich, warum ich das nicht schon längst getan hatte.

Also berichtete ich ihr, wie ich in dem Kellerverlies gelandet war, nachdem ich nahezu einen Tag damit verbracht hatte, nach ihr zu suchen. Ich erzählte ihr, wie der Typ mit den Zahnlücken mich verkauft hatte, was ich daraufhin durchmachen musste, und wie Kevin mich schließlich rettete. Anne hörte mir mit wachsendem Entsetzen zu.

»Und? Hast du dich bei Kevin bedankt?«

»Nö, noch nicht.«

»Das sollteste aber tun! Und zwar schleunigst. Das ist ja mal ein krasser Kerl.« Sie schien voller Bewunderung für Kevin zu sein. Ich wollte dieses Thema aber nicht weiter vertiefen.

»Uschasnik meinte, dass ich von diesem Erlebnis traumatisiert sei. Aber das haben wir heute aufgelöst – denke ich mal.«

»Cool.«

»Ja. Schon. So irgendwie. Aber die Teufel sind eben immer noch da. Daran hat sich nichts geändert.«

»Und was hat der Doktor dazu gesagt?«

»Nichts. Darüber haben wir heute nicht gesprochen.«

»Blöd.«

»Ich weiß sowieso nicht, ob er mir dabei helfen kann. Er kennt die

Aschenwelt ja gar nicht. Und die Teufel hat er auch noch nie gesehen. Die kennen nur wir beide.«

»Und was hast du jetzt vor?«

»Keine Ahnung.«

Ich richtete meinen Blick auf mein Wandgemälde, um in Ruhe nachdenken zu können. »Vielleicht sollte ich doch noch mal …«

»Kommt nicht in die Tüte!«, fiel mir Anne ins Wort. »Es muss einen anderen Weg geben. Ich lasse nicht zu, dass du noch mal Drogen nimmst. Und dann womöglich wieder in so einem Kellerloch landest, oder so n Scheiß.«

»Das hatte ja jetzt mit Drogen nehmen an sich nicht viel zu tun.«

»Mit was dann? Hätten wir nie damit angefangen, wärst du nie bei diesem Kerl gelandet. Und auch hier nicht.«

Ich musste ihr recht geben, tat es aber nicht. »Das ist echt ne Scheißlage.«

»Was jetzt?«

»Es ist nun mal so, dass ich ohne den Zauberrauch machtlos gegen die Teufel bin.«

»Hör auf, Jo! Das Thema ist durch. Aber tu, was du willst! Wenn du meinst, unbedingt nochmal den Scheiß nehmen zu müssen, dann tu es. Aber ich bin dann weg! Darauf kannst du einen lassen.«

»Das ist Erpressung.«

»Nenn es von mir aus so. Ich nenn es Liebe.«

»Pff«, machte ich. »Wenn du mich wirklich lieben würdest, dann stündest du hinter mir.«

»Boh, Jo! Manchmal kannst du echt ein Arschloch sein! Tu, was du tun musst. Aber ich bin da nicht für.«

Wir schwiegen uns eine Zeitlang an, währenddessen ich auf mein Wandgemälde stierte und hin und her überlegte. Auf eine Lösung kam ich allerdings nicht. Im Augenwinkel sah ich, dass Anne ihren Blick fortwährend auf mich gerichtet hielt. Ich seufzte, denn ich wusste, dass sie die Wahrheit sprach. Mein Weg war der falsche, und ich würde schlussendlich nur im Kreis laufen, ohne jemals herauszukommen. Doch welcher war der richtige Weg? Den konnte auch Anne mir nicht nennen. Ich musste weitersuchen. Alles andere war nutzlos. Ich musste es sowieso selbst machen. Keinesfalls ließ ich es zu, dass Anne mich noch einmal mit in die Aschenwelt begleitete. Diesen Gefallen würde ich den Teufeln nicht tun!

»Tut mir leid«, sagte ich schließlich. »Du hast recht.«

»Freut mich.« Annes Stimme klang erschreckend kalter.

»Ich will dich nicht verlieren, Anne.« Ich merkte, wie Tränen in meine Augen drängten. »Weißt du? Weil, weil … ich liebe dich. So sehr!«

Endlich erschien auf Annes Gesicht wieder ein Lächeln. Sie nahm mich in den Arm und küsste meine Tränen weg. Eng umschlungen lagen wir eine Ewigkeit da, bis ich irgendwann einschlief.

Hand in Hand stehen Anne und ich auf der weiten Linoleumbodenebene. Und das Erste, was mir durch den Kopf schießt, ist, dass Anne in großer Gefahr schwebt, weil die Teufel hinter ihr her sind. Ich soll sie zu ihnen bringen. Und obwohl ich es nicht will, hab ich es nun getan. Ich lausche und schaue mich um. Alles liegt still und starr da. Die Teufel sind nicht zu sehen und nicht zu hören.

»Wir sollten schleunigst wieder aufwachen«, sage ich.

»Warum denn?«, fragt Anne. »Das ist doch prima! Nun sind wir endlich wieder hier und können mit den Teufeln aufräumen!«

»Nein«, widerspreche ich ihr. »Wir haben nicht den Hauch einer Chance gegen sie.«

»Das werden wir sehen.«

»Du verstehst es nicht, Anne!«

»Was soll ich nicht verstehen! Wir ham doch Übung darin, die Dinger zu killen. Wir werden das auch ohne Zauberrauch schaffen!«

Ich wende mich mit wachsender Panik zu ihr und packe sie an den Schultern. »Wir müssen aufwachen, Anne! Sofort! Sie wollen nicht mich. Sie wollen dich!«

»Versteh ich nicht. Warum denn?«

»Weiß ich doch auch nicht! Aber ist auch völlig egal. Die Teufel verlangen von mir, dass ich dich zu ihnen bringe. Und genau das wollte ich verhindern. Und will es noch! Wir müssen aufwachen!«

»Dann sollen sie ruhig kommen. Wir werden's ihnen zeigen!«

Ich schüttle entschieden den Kopf. »Wir müssen aufwachen. Sofort! Schlag mich!«

»Was?«

»Du sollst mich schlagen!«

»Warum denn?«

Anstatt ihr zu antworten, gebe ich ihr eine schallende Ohrfeige. Anne schreit auf und hält sich die schmerzende Wange. »Für was war jetzt das?«

Ich fluche lautstark. »Wir müssen versuchen, aufzuwachen!«

»Und deswegen schlägst du mich?«

»Hat nicht geholfen!« Ich grüble. Wann erwacht man aus einem Traum? Fallen! Irgendwo runterstürzen! Dann wachte man für gewöhnlich immer auf, kurz, bevor man auf dem Boden aufschlug. Aber von wo sollen wir hier herunterstürzen? Hier ist alles topfeben! Mir kommt eine Idee und ich laufe mit Anne im Schlepptau los.

Aber wir kommen nicht weit. Mit einem Mal tauchen rings um uns herum die Teufel auf. Und ich muss hilflos mit ansehen, wie sie Anne packen und fortschleifen. Ich schreie und schlage um mich, aber es hilft nichts.

Ich weiß nicht mehr, was genau dann geschieht. Ich bin blind vor panischer Angst um Anne. Das nächste Traumbild, an das ich mich erinnere ist, dass wir beide mit Kabeln an das Metallgestänge gebunden hängen, von dem ich Anne schon zweimal befreien konnte. Doch dieses Mal ist das nicht möglich. Die Kabel um meine Arme und Beine sind so fest zugezogen, dass ich sie keinen Millimeter bewegen kann. Unter großen Mühen drehe ich meinen Kopf zu Anne. Sie ist bewusstlos, ihr Kinn liegt auf ihrer Brust. Ich rufe sie beim Namen, aber sie rührt sich nicht. Ein Teufel springt mir auf die Brust, krallt sich in mein Fleisch und grinst mich mit bleckenden Zähnen an.

»Schau genau zu.« Er zischt und springt wieder hinab zu seinen Artgenossen.

Sie springen Anne an, immer mehrere zugleich. Sie beißen, reißen und schlürfen, Blutfontänen schießen hervor, bespritzen die Teufel und mich. Ich schreie und zerre an den Kabeln. Aber die Teufel lachen nur und führen ihr entsetzliches Werk fort. Und ich bin machtlos und kann bald nur noch still vor mich hinwimmern. Ich wende meinen Blick ab. Es ist zu entsetzlich, ich kann es nicht ertragen.

Ich weiß nicht, wie lange es dauert, doch irgendwann haben sie genug und lassen von Anne ab.

Wieder springt einer der Teufel zu mir hinauf und zischt mir ins Ohr: »Nächstes Mal bist du an der Reihe.«

»Warum nicht gleich!«, schreie ich ihn mit tränenerstickter Stimme an.

Aber er springt wieder hinab und verschwindet mit den anderen. Niemand interessiert, was ich ihnen hinterherschreie.

Durch meinen Tränenschleier sehe ich Anne. Ihr einst weißes Kleid ist dunkel verfärbt von ihrem Blut. Sie hängt dort wie ein schlaffes, feuchtes Tuch, und sie gibt kein Lebenszeichen von sich. So oft und verzweifelt ich auch ihren Namen rufe. Die Teufel haben sie ausgetrunken, und in ihrer Grausamkeit lassen sie mich am Leben, um nun für Gott weiß wie lange neben ihrem Leichnam zu hängen. Ich spüre, wie etwas in mir zerbricht. Meine Seele. Alles zerbricht und erkaltet. Tage, Monate, Jahre ziehen wie im Zeitraffer an mir vorüber. Wenigstens kommt es mir so vor. Während der ganzen Zeit ändert sich nichts, das Licht gefriert, der Boden, der Himmel, der Horizont, alles bleibt so erstarrt wie zuvor. Nur Anne schwindet immer mehr, trocknet vollkommen aus, schrumpft, verbleicht, zerbricht wie eine Porzellanpuppe und löst sich schließlich in Staub auf. Ein leichter Wind weht ihn davon. Ihr blutverkrustetes Kleid sinkt zu Boden und bleibt dort liegen.

Ich lag in meinem Bett, starrte an die Decke und war unfähig, mich zu rühren.

Es war nur ein Traum, redete ich mir immer und immer wieder ein.

Ich flüsterte Annes Namen, aber sie antwortete mir nicht.

Nur ein Traum. Ein schrecklicher Traum. Mein Herz sprang gegen meine Rippen. Ich dachte an die Kabel, mit denen ich festgebunden war. Der Schreck fuhr mir in alle Glieder, dass sie mir die Gurte wieder angelegt hatten. Aber ich war nicht festgeschnallt.

»Anne, wach auf«, bat ich.

Keine Antwort.

Endlich fiel die Starre von mir ab und ich konnte mich bewegen. Ich drehte mich zu Anne, voller Angst, sie tot neben mir zu finden. Sie war nicht da. Keine Spur von ihr. Im ganzen Zimmer nicht. Der Schreck fuhr mir in alle Glieder.

Ich schnellte aus dem Bett und stürzte ins Bad. Aber auch dort war sie nicht. Ich schrie um Hilfe. Schrie, so laut und panisch, dass gleich drei Schwestern auf einmal in mein Zimmer gesprungen kamen und wissen wollten, was geschehen sei. Ich schrie nur Annes Namen und blickte in verständnislose Gesichter. Ich war so außer mir, dass ich, nur mit einem Nachthemd bekleidet, durch die Flure der Klinik rannte, um nach Anne zu suchen. Ich schrie fortwährend ihren Namen, aber ich bekam keine Antwort. Ich beruhigte mich erst wieder, als zwei Pfleger mich packten und ich einen Stich in meinem Oberarm spürte, worauf alles schwarz wurde.

Als wieder Licht in meine Augen strömte, lag ich in meinem Bett und Uschasnik saß bei mir.

»Geht es dir wieder besser?«

Ich schaute ihn nur stumm an.

»Du hattest einen Rückfall. Die Pfleger mussten dir eine Beruhigungsspritze geben.«

»Nein ... nein ...« Ich konnte nicht weitersprechen.

»Was meinst du?«

»Ich ... hatte ...« Meine Zunge war schwer und taub.

»Hier, etwas Wasser.« Uschasnik griff nach einem Glas und reichte es mir. Er half mir, mich aufzusetzen. Ich fühlte mich schlaff und ausgetrocknet und spürte, wie das kühle Wasser in jede einzelne meiner Zellen floss und mich langsam wieder mit Leben erfüllte. Mein Kopf hämmerte.

»Besser?«

»Kein Rückfall.«

Uschasnik blickte mich interessiert an.

» Albtraum. Ein schrecklicher Albtraum.«

»Willst du ihn mir erzählen?«

»Wo ist Anne?«

»Das weiß ich nicht, Johanna. Erzähl mir von deinem Traum, bitte.«

Ich trank noch einen Schluck Wasser und schaute Uschasnik dabei in die Augen.

»Haben Sie Anne heimgeschickt?«

»Nein.«

»Dann musste sie wohl wieder zu ihrer Mutter.«

»Dein Traum«, sagte Uschasnik.

Ich blickte ihm noch einmal lange in die Augen, bevor ich mich durchrang, ihm endlich die Wahrheit über die Aschenwelt zu sagen. Ich begann mit dem Traum der vergangenen Nacht und hängte all jene an, die ich davor hatte. Und ich erzählte ihm von meinen Tagträumen und all den Drogenreisen, die ich mit Anne zusammen und alleine in die Aschenwelt unternommen hatte. Dr. Uschasnik hörte still zu, unterbrach mich nicht und machte sich kleine Notizen. Als ich alles erzählt hatte, fragte er mich, wann ich zum ersten Mal in der Aschenwelt gewesen sei.

»Vor einigen Wochen oder Monaten. So genau weiß ich das nicht mehr. Mein Zeitgefühl ist völlig am Arsch. Sie war eines Tages einfach da. Ich glaube, es war ungefähr an dem Tag, als dieser irrsinnige Bilderbuchsommer begann.«

Uschasnik nickte nur.

»Ich verstehe es nicht«, sagte ich. »Warum ist die Aschenwelt da? Was bedeutet das alles?«

Uschasnik blickte mich stumm an.

»Jetzt sagen Sie doch auch mal was!«

»Was denkst du?«

Ich schnaubte entnervt. »Irgendetwas soll mir das zeigen. Die Teufel nehmen mir alles, was ich liebe.«

»Darf ich dir sagen, was ich glaube?«

Ich nickte.

»Ich glaube, nein, ich bin mir ziemlich sicher, dass die Aschenwelt deine Innenwelt ist. Sie lag in Trümmern und ist nun, bis auf wenige Reste, leergefegt. Jedes noch so kleine Detail in dieser Welt hat eine Bedeutung in deinem Leben und will dir etwas sagen, dir etwas zeigen.«

»Aber was!«

»Was denkst du?«

Ich überlegte eine Weile. »Die Teufel … Das bin ich!« Es fuhr wie ein Blitz in mich. »Ich bin das! Ich bin schuld daran, dass ich alles verliere, was ich liebe.«

»Nein, das glaube ich nicht. Die Teufel stehen in gewisser Weise für deine eigenen Dämonen in dir, aber auch für alle jene Dinge, die gewaltsam von außen auf dich einwirken.«

Ich verstand nicht, was er mir damit sagen wollte. Meine Gedanken kreisten nur noch darum, dass ich an allem die Schuld trug.

»Alles hat einen Grund,« fuhr Uschasnik fort, »einen Auslöser, dass es derzeit so in dir aussieht.«

»Und was soll das bitte sein?«

»Du hast keinerlei Erinnerungen?«

»An was denn bitte? Ich allein bin schuld daran. An allem!« Ich kämpfte die Tränen nieder und zitterte. Mir war kalt.

»Nein«, sagte Uschasnik. »Du bist nicht schuld. An nichts von alledem. Es liegt an einem ganz bestimmten Ereignis in deinem Leben.«

»Ich kann mich beim besten Willen an nichts erinnern, was so außerordentlich schlimm gewesen sein soll, dass nun lauter Teufel in mir ihr Unwesen treiben.«

»Dann ist die Zeit einfach noch nicht reif dafür«, sagte Uschasnik.

»Was soll es denn bitte sein! Wir könnten das alles abkürzen, indem Sie es mir einfach sagen!«

»Nein, Johanna. Das kann ich nicht. Wir müssen es gemeinsam aus deinen Erinnerungen herausarbeiten. Denn ich war nicht dabei. Nur du selbst weißt, was wirklich war, du hast es mit eigenen Augen gesehen. Aber diese Wahrheit ist noch tief in dir vergraben. Sehr wahrscheinlich auch zu deinem eigenen Schutz.«

»So so.« Mehr fiel mir dazu nicht ein.

»Aber ich könnte dir heute ein Werkzeug an die Hand geben, mit dem du in deiner Innenwelt, so lange wir sie noch nicht voll und ganz auflösen oder verändern können, nicht mehr so hilflos bist. Ich würde sagen, es wirkt wie die Drogen, nur bist du diesmal selbst die Droge und hast alles selbst unter Kontrolle. Was meinst du, sollen wir es mal probieren?«

»Und was soll das für ein – Werkzeug sein?«

»Eine Meditationsübung.«

Ich verdrehte die Augen. »Meditation ist was für Spinner. Solche wie meine Mutter.«

»Dann lass uns heute eben Spinner sein. Komm schon, lass es uns wenigstens versuchen. Wenn es dir nicht zusagt, können wir es gleich wieder beenden. Versprochen.«

»Also gut.«

»Schön!« Uschasnik lächelte und schlug sich auf die Schenkel, als wollte er aufstehen.

»Und was jetzt?«, fragte ich.

»Am besten setzt du dich aufrecht und bequem hin und schließt deine Augen.«

Ich tat wie befohlen und fragte dann: »Und jetzt?«

»Und jetzt bitte ich dich, dich zu konzentrieren und meinen Anweisungen zu folgen. Ich stelle dir immer wieder Fragen, die du mir dann bitte beantwortest, möglichst genau.«

»Ok.«

»Bereit?«

»Jaja.«

»Gut. Atme zuerst tief ein, bis keine Luft mehr in deinen Körper passt, und dann lässt du sie hinausströmen, bis zum letzten Bläschen. Und das wiederholst du zehn Mal.«

Ich tat wie geheißen und musste feststellen, dass es gar nicht so einfach war wie ich zuerst dachte.

»Wie fühlst du dich?«, fragte er.

»Gut. Entspannt.« So sollte es wohl sein, und das war anscheinend auch die Antwort, auf die Uschasnik gehofft hatte.

»Stell dir vor, du stehst mitten in der Aschenwelt.«

Ich riss die Augen auf. »Ich will da nicht mehr hin!«

»Dir wird nichts geschehen«, beruhigte er mich.

»Die haben dort Anne umgebracht!«

»Vertraue mir«, sagte Uschasnik. »Dir wird nichts passieren. Du wirst dich danach besser fühlen. Und deine Angst vor der Aschenwelt und den Teufeln wird sich immer weiter verflüchtigen. Habe Mut!«

Was er mir in Aussicht stellte, hörte sich verlockend an. Aber ich bezweifelte, dass mir dort tatsächlich nichts geschehen konnte, wie er es mir versprach. Trotzdem schloss ich wieder die Augen. Ich versuchte es eine Weile, während Uschasnik mir dafür Zeit ließ und schwieg.

»Was siehst du?«, fragte er, als es ihm wohl doch zu lange dauerte.

»Schwarz.«

»Das macht nichts. Atme einfach immer ruhig und gleichmäßig weiter. Denke an nichts. Nur an die Aschenwelt.«

Ich atmete. Und ich versuchte, an nichts zu denken, nur an Linoleumboden, Sackleinenhimmel …

»Nichts«, sagte ich, als immer noch alles schwarz blieb.

»Habe Geduld«, bat er mich.

Die hatte ich schon lange verloren. Ich verkrampfte und wollte gerade die Augen aufschlagen und aufgeben, als plötzlich eine Linie und vereinzelte Formen in der undurchdringlichen Schwärze hinter meinen Augenlidern auftauchten. Einen Atemzug später stand ich mitten in der Aschenwelt und teilte dies Uschasnik mit unsicherer Stimme mit.

»Beschreibe mir, was du siehst«, forderte er mich auf.

»Unter meinen Füßen ist dieser dunkelrote Linoleumboden. Über mir der graue Sackleinenhimmel. Alles wie immer.«

»Siehst du sonst noch etwas?«

Ich schaute mich um. Das funktionierte. Wie in einem Computerspiel. »Ja. Stühle und Tische. Sie liegen hier herum, Überbleibsel von den Gebäuden, die hier mal standen.«

»Geh doch bitte ein Stück umher. Und beschreibe mir, was du siehst, falls sich etwas verändern sollte.«

Das tat ich. Aber es veränderte sich nichts. Bis das Flüstern der Teufel wie ein Sturm über mich hereinbrach und ich daraufhin die Augen aufriss. Mein Herz raste und ich atmete wie nach einem Tausendmeterlauf.

»Was ist geschehen?«

»Die Teufel«, ächzte ich.

»Gut«, sagte Uschasnik. »Auf die haben wir gewartet. Für die sind wir heute hier.«

»Ich hab Angst.« Und das war nicht gelogen.

»Brauchst du nicht zu haben. Sie können dir nichts antun. Nur Angst einjagen. Aber das beenden wir heute!«

»Wie denn bitte!«

»Magst du nochmal die Augen schließen? Gemeinsam schaffen wir's!«

Ich bezweifelte es und schloss trotzdem zögerlich die Augen. Einige Atemzüge später stand ich wieder in der Aschenwelt, inmitten von unzähligen zischelnden Teufeln. Ich schrie auf. Uschasnik bat mich, ruhig stehen zu bleiben und weiterzuatmen. Ich versuchte es, zwang mich, aber meine Beine wollten weglaufen. Ich befahl ihnen, stehen zu bleiben. Die Teufel sammelten sich um mich und bildeten einen undurchdringlichen Ringwall. Sie fauchten und zischten, aber keiner von ihnen griff mich an.

»Und jetzt?« Ich fühlte mich unwohl und wollte einfach nur weg. Ich zitterte.

»Jetzt wünschst du dir eine Waffe herbei.«

»Das funktioniert nicht.«

»Versuche es. Stell dir vor, sie kommt vom Himmel zu dir herabgeschwebt. Von einem Engel, wenn du magst.«

Ich schaute zum Sackleinenhimmel hinauf und stellte mir ein brennendes Riesenschwert vor, wie ich es auf irgendeinem Engelbild einmal gesehen hatte. Ich glaube, mein Mund stand weit offen, als es tatsächlich kurz später erschien.

»Immer weiteratmen«, sagte Uschasnik.

Ich schloss meinen Mund und nahm das Schwert in Empfang, das in meine Hände schwebte.

»Also«, ich schluckte, »ich hätt jetzt ne Waffe.«

»Dann benutze sie.«

Ich betrachtete das Schwert in meiner Hand und bewunderte die in blauem Licht züngelnden Flammen, die aus der Schneide hervorschossen. Die Teufel hatten vor meinem Schwert Angst und wichen zurück. Ich tat so, als würde ich mit dem Schwert nach ihnen schlagen. Einige schrien auf, und allesamt wichen sie noch weiter zurück. Auf meinem Gesicht breitete sich ein Grinsen aus. Ich stürzte mich auf sie. Und dann gab es nur noch mich und das flammende Schwert, das reihenweise Teufelköpfe verschlang. Ich hieb und stach und stieß ein triumphierendes Freudengeheul hinaus. Viel zu schnell waren keine Teufel mehr da – entweder zu Staub zerfallen oder geflohen. Ich wollte ihnen nachsetzen, doch Uschasnik holte mich vorher zurück. Er bat mich, die Augen wieder aufzuschlagen.

»Das war gut, Johanna«, lobte er mich.

»Ja, total geil.«

»Du allein bist Herrin dieser Welt, niemand sonst. Ich hoffe, das ist dir nun klar?«

Ich nickte.

»Somit hätten wir einen weiteren großen Schritt getan.«

»Wohin?«

»Auf unserem Weg auf deine Entlassung hin.«

»Wann?«

»Wir stehen noch ganz am Anfang. Bis dahin wartet noch eine ganze Menge Arbeit auf uns beide. Bist du bereit, mit mir gemeinsam diesen Rest zu schaffen?«

Ich nickte abermals. Es war nun schon das zweite Mal, dass es mir nach einer Sitzung bei Dr. Uschasnik blendend ging. Fast schon unheimlich. Wie eine Droge.

Ich hatte Angst um Anne. Wo war sie nur? Sie hätte wenigstens eine kurze Nachricht hinterlassen können, wenn sie schon mitten in der Nacht abhauen musste. Ich wusste nicht, wo sie war und wann sie wiederkommen würde. Und so verging der restliche Tag in endlosem Warten auf Anne. Das Fernsehprogramm ertrug ich heute nicht, und auf Musik hatte ich keine Lust. Ich versuchte, mein Wandgemälde weiter auszubauen und wunderte mich ein wenig, dass mich noch niemand deswegen gerüffelt hatte. Auch Uschasnik verlor kein Wort darüber, obwohl er es gesehen haben musste. Mir war es gleich, ich hätte so oder so daran weitergemalt. Doch heute gelang mir nur das riesige Feuerschwert, mehr nicht. Ich konnte nicht einmal Anne malen. So zog der Tag wie zähe Ölfarbe an meinem Fenster vorüber, bis es allmählich dämmerte und die Nacht hereinbrach und ich immer noch alleine war, ohne einen Mucks von Anne.

Ich dachte daran, wieder ganz bewusst in die Aschenwelt zu gehen, um weiter mit den Teufeln aufzuräumen. Aber ich war mir nicht sicher, ob ich es ohne fremde Hilfe schaffen konnte. Das Risiko war mir dann doch zu groß. Und die Nacht stand bevor, mit den immergleichen Träumen. Die Aschenwelt kam früh genug zu mir.

Ich richtete mich auf eine Nacht ohne Anne ein. Ich dachte den ganzen Abend über an das Feuerschwert, sodass ich es später, wenn ich womöglich wieder träumen sollte, nicht vergaß. Ich hielt sein Bildnis an der Wand so lange im Blick, bis es zu dunkel war, etwas zu erkennen, doch auch dann war es für mich noch deutlich vor Augen. Das Schwert verschwand nicht, und als ich schließlich einschlief – geschah nichts.

Ich wachte wieder auf. Traumlos. Doch in meinem Bauch und in meinem Herzen hatte sich das Gefühl eingenistet, dass heute die Welt untergehen würde. Das Wetter draußen passte dazu – es regnete in Strömen aus einem düstergrauen Himmel. Ein Gefühl hatte von mir Besitz ergriffen, dass etwas Schlimmes geschehen würde, und es war so übermächtig, dass es mir nicht gelang, aufzustehen. Ich blieb wie gelähmt im Bett liegen und starrte an die Decke. Was war nur los! War doch alles gut! Ich hatte eine ruhige Nacht, der Kakao duftete. War heute vielleicht der Tag, an dem ich sterben sollte? Irgendwo hatte ich mal gehört, dass es Menschen gibt, die morgens wissen, dass an diesem Tag ihr Tod bevorsteht. Dieses Wissen sitzt ihnen wie ein zotteliges Ungeheuer auf der Brust, drückt sie ins Bett und raubt ihnen den Atem. Würde ich heute sterben? Irgendetwas saß auf meiner Brust. Aber was? Warum hatte ich das Gefühl, gleich losheulen zu müssen, warum fühlte ich mich so unglaublich niedergeschlagen?

Die Erkenntnis fuhr wie der Blitz in meine Glieder und ließ mich in meinem Bett hochfahren, trotz dem zotteligen Monster. Manche Menschen ahnen den Tod eines geliebten Menschen … Anne! Etwas stimmte nicht mit ihr. Sie war immer noch nicht zurückgekehrt und hatte sich noch nicht einmal bei mir gemeldet. So etwas würde sie nicht tun, nicht in meiner Lage. Sie würde mich nicht noch einmal so im Stich lassen.

Hatte sie unser gemeinsames Traumerlebnis so verstört, dass sie gegangen ist, ohne mir was zu sagen? Das musste es sein. Sie ist im Traum gestorben, auf grausamste Weise. Und da Anne seit einiger Zeit das gleiche träumte wie ich, hatte sie ihren Tod ganz bestimmt miterlebt. Aber wohin ist sie gegangen? Warum ist sie nicht bei mir geblieben? Ich musste etwas tun. Ich musste Anne finden. Und zwar so schnell wie möglich. In meiner Vorstellung saß sie einsam in einer dunklen Ecke, völlig verängstigt und orientierungslos. Vielleicht sogar irgendwo hier in der Klinik!

Ich zog mich an und klingelte nach der Schwester. Ob es mir gut gehe, wollte sie wissen.

»Ja ja, alles prima. Ich will mir nur mal kurz die Beine vertreten, ich brauche Bewegung, am besten an der frischen Luft, sonst werde ich tatsächlich noch verrückt.«

»Aber es regnet!«

»Grade gut, das liebe ich.«

Sie genehmigte mir eine Stunde und nahm mir das Versprechen ab, dann spätestens wieder hier zu sein, da ich dann einen Termin bei Uschasnik hätte. Ich sagte zu, obwohl ich nicht wusste, ob ich es einhalten konnte, was mir in diesem Moment allerdings unwichtig war. Ich musste Anne finden, nichts anderes zählte.

Unten in der Empfangshalle erschrak ich, als meine Eltern durch die gläserne Eingangstür traten. Ich konnte mich gerade noch verstecken. Dr. Uschasnik nahm sie in Empfang und bat sie, auf einer kleinen, von Kübelpflanzen umgebenen Sitzgruppe Platz zu nehmen. Ich schlich mich so nah wie möglich an sie heran, weil ich wissen wollte, was sie zu bereden hatten. Alle drei hatten äußerst ernste Gesichter, meine Eltern waren kreidebleich, und mein Vater hielt meine Mutter fest, als könnte sie ohne seine Hilfe nicht gehen. In meinem Magen wurde es abwechselnd heiß und kalt. Ich schlich mich näher an sie heran, konnte allerdings durch den Lärm, den die anderen Menschen in der Empfangshalle veranstalteten, nur Bruchstücke erhaschen. Aber diese Bruchstücke genügten, dass mein Blut in den Adern aufhörte zu fließen. Sie redeten über mich. Und über Anne.

Nun hatte ich die Gewissheit: Anne war etwas zugestoßen. Der Boden unter mir kippte weg, so wie die gesamte Empfangshalle. Ich konnte mich noch halbwegs an einer der Pflanzen festhalten, riss diese aber mitsamt dem überdimensionierten Topf unter lautem Getöse auf den Steinboden. Augenblicklich waren mehrere Leute bei mir. Auch meine Eltern und Dr. Uschasnik. Ich sah sie wie durch einen milchigen Schleier, ihre entsetzten Gesichter, panisch, erschrocken, hektisch. Ich wurde auf eine Trage gepackt, nachdem ich mich nach mehrmaliger Ansprache weder rührte noch etwas sagte. Ich war erstarrt, und alles war so unwirklich. Ich konnte sehen, wie sie redeten, hörte aber nur ein stumpfes Murmeln, als hätte mir jemand Stöpsel in die Ohren gesteckt. Sie trugen mich in den Aufzug, durch die Flure in mein Zimmer. Meine Mutter war die ganze Zeit neben mir und hielt meine schlaffe Hand.

Als sie mich schließlich in mein Bett gelegt hatten und außer meinen Eltern, der Schwester und Dr. Uschasnik niemand mehr in meinem Zimmer war, kam ich langsam wieder zu mir.

»Hörst du mich?«, fragte Dr. Uschasnik.

Ich nickte langsam.

»Wie geht es dir?«

»Wo ist Anne?«, stellte ich die einzige Frage, die mich interessierte.

»Sie ist nicht da«, antwortete Uschasnik, und meine Mutter seufzte tief, was meine Angst um Anne ins Unermessliche anschwellen ließ.

»Was ist mit ihr geschehen?«, rief ich etwas lauter. »Wo ist sie?!« Ich wurde immer panischer.

»Du solltest dich erst noch ein wenig ausruhen«, sagte Uschasnik.

»Ihr ist etwas zugestoßen! Habe ich recht? Heute?«

»Nein, ihr ist heute nichts zugestoßen«, sagte Uschasnik.

»Gestern?«

»Auch gestern nicht. Johanna, beruhige dich.«

Ich atmete aus und zwang mich, ruhig zu werden. »Also geht es ihr gut?«

»Das kann ich leider nicht sagen.«

Ich nickte stumm. Vielleicht ging es ihr ja tatsächlich gut und ihr war nichts passiert, und ich machte mir umsonst Sorgen. Vielleicht musste sie tatsächlich wieder ihrer Mutter etwas helfen. Doch über was hatten meine Eltern sich dann vorhin mit Dr. Uschasnik unterhalten? Ich war mir sicher, Annes Namen gehört zu haben. Ich konnte mich aber auch täuschen. Derzeit war ich alles andere als zurechnungsfähig.

Uschasnik schaute mich eine Weile schweigend an. Und er machte den Anschein, als wollte er mir etwas sagen, aber nicht wusste, wie er das tun sollte.

Er schwieg einfach weiter. Meine Eltern auch. Und mir war, als lauschten alle meinen Gedanken. So wie ich selbst.

An diesem Tag brach etwas auf in mir. Als ob eine dicke Mauer einen Riss bekommen hätte, durch den ich nun das sehen konnte, was sie bis bisher vor mir verborgen hatte. Auf der anderen Seite war etwas. Unübersehbar. Es zwängte sich durch den Mauerriss und griff nach mir. Und ich ließ mich greifen. Auch wenn es mir die Eingeweide herausreißen wollte. Ich ließ es zu. Weil es mir an diesem Tag, genau in jenem Augenblick, als richtig erschien.

»Ich will, dass es weg geht«, sagte ich.

»Was meinst du?«, fragte Uschasnik.

»Ich will, dass die Aschenwelt weg ist.«

Uschasnik nickte verständnisvoll und meine Mutter atmete hörbar aus.

»Bist du dir sicher?«

»Ganz sicher.«

»Ich kann dich dabei unterstützen. Aber das meiste musst du selbst machen.«

Ich nickte. »Aber nur wir beide. Meine Eltern sollen bitte gehen.«

Wortlos verließen sie mein Zimmer. Und ich war mit Uschasnik alleine.

»Bist du bereit?«

»Ja.«

»Egal, was passieren mag, egal, was du siehst. Erzähle es mir. Gemeinsam werden wir es auflösen.«

Ich nickte. Und bekam Angst.

»Wir machen das wie gestern, die gleiche Meditationstechnik. Sollte dir irgendetwas zuviel werden, dann sage einfach stopp, dann hole ich dich wieder zurück in die Realität.«

»Fangen wir an«, sagte ich. »Wenn wir noch länger warten, will ich es vielleicht doch nicht mehr.«

Es war wie am Tag zuvor. Ich musste aus und einatmen und befand mich dann wieder in der Aschenwelt. Ich musste Uschasnik wieder alles beschreiben, was ich sah: den Linoleumboden, den Sackleinenhimmel, die umgekippten Stühle und Tische.

»Kennst du irgendetwas von diesen Dingen?«, fragte er mich.

Ich schüttelte den Kopf. Obwohl mich die Möbel tatsächlich an etwas erinnerten.

»Ich bitte dich«, sagte Uschasnik, »den Boden einmal genau anzuschauen und auf dich wirken zu lassen.«

»Ein ganz normaler Linoleumboden. Nichts Besonderes.«

»Schau ihn dir genau an.«

Ich betrachtete ihn eingehend, wie Uschasnik es von mir verlangte, obwohl ich nicht wusste, wozu das gut sein sollte. Eine ganze Weile blieben wir still, bis es mir zu dumm wurde und ich ihm sagte, dass ich nun genug auf den Boden gestarrt hätte.

»Dann schau dir nun bitte die Stühle und Tische ganz genau an.«
Ich tat, wie von mir verlangt.

»Kannst du sie mir beschreiben?«

»Ja, kann ich.«

»Dann tu das bitte.«

»Also: Ganz normale Stühle. Lehne und Sitzfläche aus Holz, vier Beine aus Metall. Verrostet, verdreckt. Tischplatte auch aus Holz, verrostete Tischbeine. – Moment. Auf den Tischplatten sind überall Kritzeleien ... So wie auf den Tischen in meiner ...« Mir stockte der Atem. Der Riss in der Mauer brach schlagartig auf. Sie kippte um und gab preis, was hinter ihr lag. »Die Tische und Stühle sehen genau so aus wie in meinem Klassenzimmer!«

Uschasnik bat mich, ihm bitte noch einmal den Boden zu beschreiben. Und am besten auch dessen Geruch.

Ich kniete mich hin und hielt meine Nase knapp über dem Boden, wo mir das Bohnerwachs Tränen in die Augen trieb, so stechend roch es. Ich wollte Uschasnik gerade diesen Geruch beschreiben, als sich plötzlich alles um mich her veränderte.

Ich liege jetzt bäuchlings auf dem Boden in meinem Klassenzimmer. Das Linoleum ist nun grau, nicht mehr rot. Das Bohnerwachs sticht immer stärker. Etwas Verbranntes rieche ich, Rauch, riecht wie an Silvester, nach Schwefel und Schießpulver. Der Rauch hängt in dicken Schwaden in der Luft, unbeweglich, wie gemalt. Stühle und Tische sind umgekippt und liegen chaotisch herum. Ich höre nichts, nur ein hohes schrilles Piepsen in meinem Kopf, wie nach einem zu lauten Rockkonzert. Alles ist zäh, ich kann mich nur mühsam bewegen. Ich wende meinen Kopf, unter größter Anstrengung. Ich schaue über meine Schulter nach hinten und sehe Kevin, der ebenfalls auf dem Boden liegt, seine Kapuze hat er sich über den Kopf gezogen, sie ist staubig, seine Hände presst er auf sie. Er schaut mich mit großen, entsetzten Augen an. Er will etwas sagen, aber seine Lippen bewegen sich nur stumm. Ich drehe meinen Kopf in die andere Richtung, muss gegen einen Widerstand ankämpfen, als würde ein Gewicht an meine Schläfe drücken. Dabei sehe ich eine schwarze Gestalt, die gerade durch die Tür nach draußen auf den Flur verschwindet. Sie zieht etwas Schwarzes hinter sich her, sieht aus wie ein Schwanz, ein Teufelsschwanz. Alles läuft ab wie in diesem Dokufilm, wo ein Weißer Hai aus dem Wasser springt und eine Robbe fängt. In echt dauerte das nur eine Sekunde, im Film eine Minute. Und dann sehe ich Anne. Sie liegt seitlich auf dem Boden, nicht weit von mir entfernt. Ihre Augen hat sie geöffnet, aber sie blicken ins Leere. Aus ihrem leicht geöffneten Mund läuft ein kleines Rinnsal Blut. Ihre goldenen Haare sind um ihren Kopf gebreitet wie ein Kranz, wie ein Heiligenschein. Mein Blick wandert an ihrem Körper hinab. Ganz von alleine. Ich will es nicht, ich will bei ihren Augen bleiben, weil ich weiß, was ich zu sehen bekomme. Sie trägt ein weißes Kleid. Ihre Hände liegen auf ihrem Bauch, und um sie herum breitet sich ein roter, kreisförmiger Fleck aus. Er wächst unaufhaltsam, frisst sich durch die Fasern ihres Kleides. Unter ihrem Körper quillt Blut hervor und wandert auf dem Boden zu mir. Der graue Boden verfärbt sich dunkelrot. Ich rufe Annes Namen, höre mich selbst aber nicht. Das Piepsen in meinen Ohren übertönt alles. Ich schleppe mich zu meiner Freundin. Ich rüttle an ihren Schultern. Aber sie rührt sich nicht. Ihre Augen blicken weiter ins Leere. Dann werde ich von unbekannten Händen gepackt und weggezerrt. Ich schreie und stemme mich dagegen. Ich will bei Anne bleiben, sie aufwecken. Aber ich werde immer weiter von ihr weggezogen. Ich sehe noch, wie über Annes Körper ein Tuch gebreitet wird, etwas, das wie Sackleinen aussieht.

Und ab da verändert sich wieder alles.

Die Farben verschwinden, alles stürzt in sich zusammen, verfärbt sich schwarz, Asche weht von irgendwoher und deckt alles wie ein riesiges Totentuch zu. Ich rieche die Asche, sehe, wie alles zerfällt. Ich sitze alleine zwischen Ruinen und hohen Mauern in einer zugeaschten Welt.

Ich schrie stopp. So laut ich konnte. Uschasnik bat mich, tief ein und auszuatmen. Und erst dann die Augen zu öffnen. Aber ich riss sie sofort auf und musste meine Hand vor sie legen, weil das Deckenlicht mich blendete, als wäre es ein lang andauernder Blitz. Dann schrie ich Uschasnik an, dass er mich hypnotisiert und manipuliert hatte.

»Nein, Johanna. Du hast gerade eben die Wahrheit gesehen. Die echte, die schreckliche Wahrheit.«

»Anne ist nicht tot!« Meine Stimme schrillte in dem kleinen Zimmer.

»Doch, Johanna. Es ist grausam, ich weiß das. Aber deine Freundin Anne ist an jenem Tag in deinem Klassenzimmer vor deinen Augen schwer verletzt worden und gestorben.«

Ich schüttelte den Kopf, konnte gar nicht mehr aufhören damit.

»Dieses Erlebnis war so stark und überwältigend für dich, dass du es komplett ausgeblendet hast. Du hast es verdrängt. Als Selbstschutz, das ist nichts Ungewöhnliches. Und seitdem lebst du in mehreren parallelen Scheinwelten zugleich. Mitsamt der Vorstellung, dass Anne noch lebendig ist, obwohl das leider nicht stimmt.«

Ich starrte ihn mit offenem Mund und weit aufgerissenen Augen an.

»Es tut mir leid, Johanna. Sehr leid. Ich weiß, wie sehr du Anne geliebt hast, wie sehr du sie immer noch liebst. Und glaube mir, es wird noch lange wehtun. Weine. Lass deine Tränen laufen …«

»Aber Anne ist nicht tot!«, schrie ich. »Sie lebt! Sie war doch die ganze Zeit über hier in meinem Zimmer! Alle haben sie gesehen und Hallo zu ihr gesagt!«

Uschasnik schüttelte mit traurigem Gesicht den Kopf.

»Und wie hätte ich dann bitteschön vor ein paar Nächten von hier flüchten sollen?« Ein Gefühl der Sicherheit breitete sich in mir aus. Uschasnik belog mich. Er musste lügen. Ich hatte den Beweis.

»Wie sollte ich mitten in der Nacht meine Tür von innen aufbekommen, wenn Anne mir von außen nicht geholfen hätte?«

»Johanna. Ich spreche die Wahrheit.« Uschasnik blieb ruhig. »Ich kann es dir beweisen.«

»Wie denn, he?«

»Dazu musst du mit mir in mein Büro kommen«, bat er mich. Das tat ich nur zu gerne. Ich wollte sehen, welchen schwachsinnigen

Beweis er vorzubringen hatte, um diesen dann genüsslich vor seinen Augen in der Luft zu zerreißen.

Aber soweit musste es gar nicht kommen. Denn auf dem Flur kam mir mein Beweis in Fleisch und Blut entgegen. Endlich. Ich stürzte in Annes Arme, küsste sie, drückte sie und ließ sie nicht mehr los. Uschasnik stand die ganze Zeit neben uns, und ich präsentierte ihm Anne mit einem triumphierenden Lächeln.

Er verzog keine Miene und bat mich in sein Büro. In der hintersten Ecke stand ein Fernseher mit einem DVD-Laufwerk darunter. Beides war letztes Mal noch nicht dagewesen. Ich zog Anne mit mir in Uschasniks Büro hinein und wunderte mich über ihren Widerstand, den sie mir dabei leistete.

»Jetzt komm schon, bitte«, sagte ich. »Die wollen mich hier fertig machen, mich glauben machen, dass ich wahnsinnig bin. Du musst mir helfen!«

Annes Augen waren von Angst getränkt. Ich ignorierte es und zog sie mit mir in das Büro, wo Uschasnik gerade den Fernseher einschaltete.

»Schau bitte ganz genau zu«, forderte er mich auf.

Ich sah schwarzweiße grisselige Bilder von meinem Krankenzimmer, jedes mit Datum und Uhrzeit in der rechten unteren Ecke versehen. Es waren stumme Bilder, tonlos. Und ich konnte auf ihnen mich selbst beobachten.

»Sie haben mich gefilmt?« Ich war fassungslos.

»In deinem Zimmer war eine kleine Kamera installiert, ja«, sagte Uschasnik. »Hauptsächlich dafür, dass die Schwestern dich stets im Blick haben konnten.«

Ich schüttelte ungläubig den Kopf. Mit so etwas Abartigem hatte ich nicht gerechnet. Ich stellte mir vor, wie Uschasnik vor dem Fernseher saß und zuschaute, wie Anne und ich Sex hatten. Das perverse Schwein.

Uschasnik spulte immer wieder vor, zu ganz bestimmten Stellen. Und erst allmählich wurde mir klar, dass an diesen Bildern etwas nicht stimmte. Ich war darauf immer alleine. Auch an jenen Tagen und zu jenen Zeiten, wovon ich ganz genau wusste, dass Anne bei mir war. Aber auf den Bildern war nur ich zu sehen. Ich und die leere Luft, mit der ich redete.

»Sie haben die Bilder manipuliert«, beschuldigte ich Uschasnik und drückte Annes Hand fester. »Hier ist Anne! Sie können sie sehen! Sie können sie sogar anfassen!«

Er reagierte nicht, sondern sagte: »Ich kann keine Bilder manipulieren und so etwas liegt mir auch völlig fern.«

»Dann eben irgendjemand anderes!«

»Warum sollte ich oder auch jemand anderes so etwas tun, Johanna?«

»Was weiß ich!« Ich blitzte ihn böse an. »Sie wollen mich fertig machen, mich umerziehen. Irgendso einen Scheißdreck eben. Sie stecken mit meinen Eltern unter einer Decke und führen mit mir eine bösartige Gehirnwäsche durch. Keine Drogen mehr, und nicht mehr lesbisch sein!« Ich lächelte ihn siegessicher an. Ich hatte sie alle durchschaut.

»Deine Eltern haben Anne sehr gemocht.«

»Blödsinn! Sie haben sie gehasst!«

»Das stimmt nicht, Johanna. Sie mochten sie sehr. Vielleicht konnten sie es dir, und euch, nicht so zeigen. Verzeihe ihnen. Aber sie sind sehr traurig über Annes Tod. Aber noch mehr leiden sie mit dir.«

»Sie erzählen so einen Mist.«

»Wann, sagtest du, bist du aus der Klinik geflohen?«

Ich nannte ihm das Datum. Und er spulte an die entsprechende Stelle jener Nacht. Ich sah, wie ich das Licht anmache, wie ich an die Tür gehe, die verschlossen ist, es dann mit dem Fenster probiere. Dann springe ich ins Bett und schalte das Licht aus. Die Schwester kommt herein und verschwindet wieder. Ich schalte das Licht wieder an, stehe auf und bleibe einen Schritt vor der Tür stehen. Eigentlich sollte spätestens an dieser Stelle Anne hereinkommen. Aber die Tür bleibt verschlossen. Auf dem Fernsehbild bleibe ich unbeweglich, wie zur Säule erstarrt, vor der geschlossenen Tür stehen. Stundenlang, die Uhr unten rechts läuft mit. Uschasnik drückte auf Schnellvorlauf. Bis ich am frühen Morgen wieder zurück in mein Bett schlüpfe. Anne war die ganze Zeit nirgends zu sehen.

»Das ist ja wohl der Gipfel«, sagte ich.

»Was?«

»Ein Standbild von mir da hinzustellen. Das ist echt billig.«

»Ich versichere dir, Johanna, dass an diesen Bildern niemand etwas verändert hat.«

»Aber das ist doch Schwachsinn!«, schrie ich ihn an. »Hier! Sehen Sie? Hier steht Anne doch!« Ich wandte mich an Anne. »Jetzt sag doch endlich mal was!« Aber sie blickte mich nur stumm und traurig an. Ihr weißes Kleid hing an ihr hinab, jenes, das sie eigentlich immer trug. Jeden Tag ...

»In diesem Raum ist außer dir und mir niemand, Johanna«, sagte Uschasnik.

»Doch!«, rief ich und kämpfte die Panik nieder, die von aufkommenden Zweifeln an meinem Verstand aufkam. »Anne! Sag doch etwas!« Ich bettelte sie an, schüttelte sie. »Sag was! Du bist hier! Bei mir! Du bist nicht tot! Sag etwas, bitte!« Ich schluchzte und mein Hals verkrampfte. Anne stand immer noch stumm da. Ihr Kinn zitterte. Tränen liefen über ihre Wangen und tropften auf ihr Kleid. Sie waren rot. Wie Blut.

»Anne!«, rief ich noch einmal mit tränenerstickter Stimme. »Tu mir das nicht an!«

Ich schüttelte sie noch einmal. Aber meine Kraft schwand zunehmend. Annes Kleid war mit Blut getränkt und sie fing an, durchsichtig zu werden. Ich konnte durch ihren Körper hindurchsehen und erblickte das Regal hinter ihrem Rücken. Sie löste sich in Luft auf. Das Letzte, was ich von ihr sah, war ihr trauriges Lächeln.

Ich sank auf die Knie. Ich rang nach Atem. Alles in mir verkrampfte sich. Ich konnte nicht mehr atmen. Ich konnte nicht weinen, nicht schreien. Ich war auf den Knien, die Arme immer noch ausgestreckt, dort hin, wo bis gerade eben noch Anne gestanden hatte. Ich war kurz davor zu ersticken. Es fühlte sich an, als wäre ein tonnenschwerer Stahlblock auf meine Brust gefallen. Er zerquetschte mich erbarmungslos. Meine Augen wurden aus ihren Höhlen gepresst. Ich schnappte verzweifelt nach Luft, aber es gelangte nicht das kleinste bisschen hinein. Bis sich auf einen Schlag alles in mir löste und ich einen einzigen, endlosen Schrei voller Schmerz und Verzweiflung in die Welt hinausstieß.

Es fiel Jo schwer, die letzten Absätze vorzulesen. Immer wieder brach ihre Stimme und sie musste gegen die Tränen ankämpfen, die herausdrängten. Der Weinkrampf, der sie nach dem Schreiben gepackt hatte, war ähnlich heftig gewesen wie der damals.

Jo schlug das Buch zu, schaute in Nadeschdas Gesicht und erschrak. Nadeschda war kreidebleich und blickte vor sich aufs Bett. Sie war wie weggetreten und kaum ansprechbar.

»Deschda?«, fragte Jo. »Was ist mit dir?«

Es dauerte einige Zeit, bis sie aus ihrer Starre erwachte, ihren Kopf hob und Jo in die Augen schaute.

»Was?«, wisperte sie.

»Was mir dir ist, will ich wissen.«

»Es ist … ich bin«, stammelte Nadeschda, und jedes Wort strengte sie dabei an. »Es ist schrecklich. So schrecklich. Ich wusste nicht, dass Anne …, dass sie tot ist. Das wusste ich nicht.« Sie schüttelte mechanisch den Kopf, legte ihre Hand an ihre Stirn und schaute wieder auf die Bettdecke hinab.

Jo wusste nicht, was sie sagen sollte und nahm Nadeschdas Hand. Sie erschrak wie kalt sie war. Nadeschda wollte sie zurückziehen, aber Jo hielt sie fest. Mit ihrer anderen Hand stützte Nadeschda ihren Kopf, den sie immer noch schüttelte. Sie zuckte.

»Weinst du?« Jo beugte sich vor und versuchte, Nadeschdas Gesicht zu sehen. Sie rutschte noch näher an sie heran und nahm sie in den Arm, ganz so wie zuvor Nadeschda es bei ihr gemacht hatte. Sie war überrascht, dass Nadeschda fast genau so sehr weinte wie sie, obwohl sie Anne doch gar nicht gekannt hatte.

Nadeschda brauchte mehrere Minuten, bis sie sich wieder ein

wenig gefangen hatte. Aber sie war immer noch bleich wie eine frischgeweißte Wand, und ihre Hände waren kalt, als hätte sie gerade ihr vereistes Kühlfach gereinigt.

Nadeschda wischte sich die Tränen aus dem Gesicht und schaute Jo lange in die Augen, bis sie schließlich noch einmal sagte: »Ich wusste es nicht.«

»Woher auch«, erwiderte Jo. »Ich hatte es dir nicht gesagt. Kaum jemand weiß davon. Für mich ist es bis heute noch oft so, dass Anne nur gegangen ist, und nicht tot. Immer wieder hab ich mich dabei erwischt, wie ich hoffte, dass sie wieder zu mir zurück kommt.«

»Hast du sie noch einmal gesehen? So …«

»Ein einziges Mal noch, ja. Als ich schon wieder von der Klinik zuhause war. Dann nie wieder.« Jo erinnerte sich daran, als sei es gestern gewesen. Aber es war wie ein Traum, der nicht greifbar und nicht wahr war. Anne war tot. Und irgendwann hatte ihr Verstand es akzeptiert, ihr Herz bis heute nicht.

»Es tut mir leid«, sagte Nadeschda. »So leid.«

»Mir auch«, seufzte Jo. »Ich war danach noch eine Ewigkeit in der Klinik. Ich wollte nicht mehr leben, nicht ohne Anne. Ohne sie war alles nichts. Ich habe keinen Sinn mehr in meinem Leben gesehen.«

»Und wie hast du es trotzdem geschafft?«

»Nur dank Dr. Uschasnik, Kevin und meinen Eltern. Es war harte Arbeit, für alle Beteiligten.«

Nadeschda nickte wortlos. Irgendetwas stimmte nicht mit ihr. Ihre Gesichtsfarbe glich immer noch einem Winterhimmel und sie war immer noch eiszapfenkalt.

Jo machte sich Sorgen um sie. »Was hast du denn?«

»Es ist …« Nadeschda schüttelte den Kopf. »Ich wusste es nicht«, sagte sie, und noch einmal: »Ich wusste es nicht.« Dabei blickte sie zur Zimmerdecke hinauf.

Jo war verwirrt. Warum wiederholte Nadeschda das so oft?

»Hey, schon gut«, sagte sie.

»Ich kannte Anne nicht.« Nadeschda blickte Jo fest in die Augen. »Und ich kannte auch dich nicht. Ich war ja auf einer anderen Schule. Damals.«

»Wie meinst du das jetzt?« Jos Verwirrung wuchs.

Nadeschda atmete hörbar aus, blickte wieder an die Decke und machte den Anschein, als ringe sie mit etwas.

»Ich wusste es nicht.«

Jo wurde mulmig. Nadeschdas Verhalten machte ihr langsam Angst.

»Ich weiß, dass du Anne und mich nicht kanntest, eben weil du auf einer anderen Schule gewesen bist«, sagte Jo. »Aber ich verstehe nicht, was du hast. Ich mein, jeder kann froh sein, der damals nicht auf dieser Schule war. Anne ist nicht die einzige, die ihr Leben verlor.«

In Nadeschdas Augen standen jetzt wieder Tränen, ihre Mundwinkel zitterten. »Mein Bruder war auf dieser Schule.« Ihre Stimme klang brüchig und schwach.

Das fuhr wie ein Blitz in Jo. Plötzlich verstand sie, woher diese Traurigkeit in Nadeschdas Augen stammte. Auch Nadeschda hatte jemanden an diesem Tag verloren, den sie liebte.

»Oh Gott, Deschda!« Sie drückte sie ein wenig fester. »Das ist …« Sie wusste nicht, was sie sagen sollte.

Nadeschda schüttelte den Kopf, wischte sich die Tränen aus ihrem Gesicht und rang um Fassung. »Es ist … es muss … du trägst keine Schuld. Niemand trägt Schuld. Nur er!« Sie stieß einen lauten Schluchzer aus. »GOTT!« Sie weinte, ballte die Fäuste und verzerrte ihr Gesicht zu einer Grimasse. Zorn lag in ihrer Stimme.

»Hey, jetzt ist doch alles gut«, versuchte Jo sie zu beruhigen. »Wir haben uns, wir leben. Das ist das Wichtigste.«

Nadeschdas Mundwinkel zitterten immer noch, stärker als zuvor, genauso wie inzwischen ihr ganzer Körper. Und sie war noch kälter und noch bleicher.

»Mein Bruder«, sagte sie, um eine ruhigere Stimme bemüht, »ist an diesem Tag auch gestorben.«

»Das tut mir leid.«

»Die vielen Tote«, sagte Nadeschda. »Sie wurden aus ihrem Leben gerissen, von einer auf die andere Sekunde. Ihr Leben wurde ausgelöscht, wie eine Kerzenflamme. Zack. Einfach aus. So sinnlos, so endgültig. Sie hatten ihr ganzes Leben noch vor sich. Und dann kommt einer und macht das alles mit einem Schlag zunichte. Nur weil er selbst nicht mit sich klar kam – weil niemand mit ihm klar kam – unnahbar – aggressiv – verletzlich – eben alles zugleich und doch nichts.«

Jo hielt ihren Blick auf Nadeschda und versuchte, zu verstehen, was sie ihr mitteilen wollte.

»Niemand wusste, wie es in ihm wirklich aussah«, sagte Nadeschda. »Bis er alle getötet hat. Dann wollte man mit ihm reden. Aber da war es zu spät. Zu spät.«

Jo legte ihre Hand auf Nadeschdas Haare und strich darüber. Wie sie zitterte.

Nadeschda schaute Jo lange in die Augen, ohne etwas zu sagen. Bleich, rot geweinte Augen.

»Mein Bruder«, begann sie, »mein Bruder wurde nicht getötet.«

Jo kniff die Augen zusammen.

»Er hat sich selbst getötet, nachdem ...« Nadeschdas Stimme versagte.

Jo starrte Nadeschda an. Sie begriff nicht sofort, was Nadeschda ihr gerade gesagt hatte. Ein Teil von ihr konnte es nicht begreifen, weil es zu groß war, nicht fassbar. Ein anderer Teil verstand sehr wohl, was Nadeschda ihr soeben mitgeteilt hatte, wollte es aber nicht wahr haben.

»Mein Bruder«, sagte Nadeschda. »Er hat Anne getötet.« Darauf sank sie in sich zusammen.

Jo blieb starr. Sie hörte den letzten Satz und hörte ihn doch nicht. *Er hat Anne getötet.* Vier einfache Wörter und doch so schwer zu begreifen.

Nadeschda hielt ihren Kopf gesenkt, als wagte sie es nicht, Jo in die Augen zu sehen. Ihr Bruder der Mörder, das Monster, der so viele Leben auf dem Gewissen hatte, der sinnlos und wahllos jeden getötet hatte, der ihm an jenem Tag über den Weg gelaufen war. Elf Schülerinnen und vier Lehrerinnen und am Ende sich selbst. Was sollte sie sagen? Was denken? Es war zuviel. Ihr Gehirn fühlte sich an wie eingekochte Marmelade. Alle Gedanken blieben darin kleben und gelangten nicht mehr an ihr Ziel. Nicht einmal einfachste Bewegungen konnte sie mehr ausführen.

»Es tut mir so leid, so leid«, schluchzte Nadeschda, ihr Gesicht immer noch verborgen.

»Du bist ...« Jo schluckte einen Kloß hinunter. »Du bist nicht schuld. Es war dein Bruder. Nicht du.« Ihr Verstand sagte ihr das, ihr Herz sagte gar nichts.

»Ich weiß das.« Nadeschda hob ihren Kopf und warf Jo einen zaghaften Blick zu. »Ich weiß das, weil mir das seit Jahren immer und immer wieder gesagt wird. Aber ich weiß es besser. Wir alle tragen Mitschuld an dieser Katastrophe. Am meisten meine Eltern und ich. Es gab Hilferufe von ihm. Verstehst du? Er hat um Hilfe geschrien. Aber wir haben ihn nicht gehört. Wir waren taub, wir waren blind. Erst seinen letzten, großen Hilferuf – den haben wir gehört. Aber da war es bereits zu spät.« Sie machte eine Pause und schloss ihre Augen.

Jos Gehirn war immer noch eingedickt. Die Impulse flossen zäh hin und her. Nadeschdas Bruder Annes Mörder – bislang war das Begreifen, was das bedeutete, in weiter Ferne.

»Als ich gehört habe, was geschehen ist«, fuhr Nadeschda fort, »das war noch in der Schule. Wir hörten davon. Alle waren in Panik. Und dann wurde ich abgeholt. Ich weiß nicht mehr, wer das war. Vieles von dem Tag weiß ich nicht mehr, wie ausgelöscht, ein verblasster Albtraum. Sie brachten mich nach Hause, zu meinen Eltern. Dort war Polizei, viel Polizei. Und noch andere Menschen. Was wirklich geschehen war, sickerte erst nach und nach durch. Mit voller Wucht wurde es mir erst bewusst, als wir zu dritt am Grab meines Bruders standen. Ein Pfarrer war noch dabei, sonst nur wir – meine Eltern und ich. Und wir trauerten um ihn. Egal, was er getan hatte. Wir hatten ihn geliebt. Sehr sogar. Aber anscheinend nicht genug.«

Ich habe Anne auch geliebt, dachte Jo. So sehr, dass sie sogar noch bei mir war, als sie längst tot war. Wie wohl Annes Begräbnis war? Sie kannte es nur aus Erzählungen. Denn sie war nicht da. An jenem Tag war sie mit Anne auf dem Grünstreifen. Weit ab der Realität. Anne wurde zusammen mit all den anderen Opfern beigesetzt. Und die ganze Stadt nahm Anteil und trauerte mit den Hinterbliebenen. Ein Mensch allein hatte eine ganze Stadt verändert. Weil er nicht genug geliebt wurde?

»Wir schlossen uns in unserer Wohnung ein«, sagte Nadeschda. »Tagelang gingen wir nicht vor die Tür. Wir hatten Angst. Es gab Morddrohungen und alles. Ich ging auch nicht mehr zur Schule. Nie wieder ging ich in meine Klasse zurück, zu meinen Freundinnen. Man legte uns nahe, die Stadt zu verlassen, möglichst weit weg, am besten sollten wir uns einen neuen Namen zulegen, ein neues Leben beginnen. Also zogen wir nach Süddeutschland, in eine Kleinstadt irgendwo in der Pampa. Wir hießen ab sofort Müller. Bis heute. An manchen Tagen erinnere ich mich an meinen richtigen Namen nicht mehr. Wir begannen ein neues Leben, was keines war. Meine Eltern waren zu Zombies mutiert.« Nadeschda machte eine kleine Pause, bevor sie fortfuhr. »Ich ging zu diversen Psychologen. Und irgendwann habe ich meinen Lebenswillen wiedergefunden und manchmal, an guten Tagen, sogar meine Lebensfreude.«

Ihr erging es wie mir, dachte Jo. So ähnlich. Kann das sein? Nadeschda hatten einen geliebten Menschen verloren, wie sie. Am selben Tag, durch Gewalt. Verband sie das miteinander? War es Schicksal, dass gerade sie sich kennengelernt hatten?

Aber es war ihr Bruder!

»Die Monate zogen ins Land. Wir schrieben einen Brief an die Opferfamilien, versuchten zu beschreiben, wie leid uns tat, was mein Bruder ihnen angetan hat. Wir wussten, dass es nur Wörter sind, die nichts wieder gutmachen können. Aber uns ging es dadurch ein wenig besser. Die Zeit heilt alle Wunden, sagt man. Das stimmt nicht. Es gibt Wunden, die sind unheilbar. Man lernt, damit zu leben, aber sie sind immer da. Diese Wunde, die mein Bruder geschlagen hat, wird immer da sein. Und sie wuchs und breitete sich aus.«

Nadeschda nahm Jos Hand. Sie sagte nichts mehr, aber Jo meinte zu spüren, was sie ihr mitteilen wollte. Ja? Was denn?

Ihr Bruder! Mann!

Jo hörte Flüstern.

Weit hinten in ihrem Kopf.

»Ich war selbst dafür verantwortlich, was ich getan hab«, sagte Jo. »Klar war Annes Tod der Auslöser von allem. Aber ich hätte mich auch anders entscheiden können.«

Nadeschda lächelte traurig, Tränen standen auf ihren Augenlidern.

»Ich liebe dich«, sagte sie.

Jo nickte.

»Wirklich. So sehr.« Nadeschda atmete tief durch. »Und ich kann nicht mal erahnen, was du durchgemacht hast, durchmachen musstest. Bis heute. Vielleicht ist es Schicksal, dass wir uns getroffen haben.«

Schicksal? Dass ich nicht lache!

Ja, warum denn nicht? Vielleicht könnt ihr nur gemeinsam das alles durchstehen und verarbeiten.

Verarbeiten? Hast du nicht dafür das alles aufgeschrieben? Um alles noch einemal zu verarbeiten? Oder überhaupt? Und was ist jetzt!

»Warum bist du wieder zurückgekommen?«, wollte Jo wissen.

»Weil ich es nicht mehr ausgehalten habe«, erwiderte Nadeschda. »Ich musste zurück. Ich gehöre hier her und nirgends sonst.«

»Und was ist mit deinen Freundinnen von damals?«

»Ich habe mich bisher noch nicht getraut, mich mit ihnen zu treffen, nicht einmal mit meiner besten. Außer meiner Tante weiß niemand, dass ich wieder zurück bin. Und außer ihr und jetzt dir kennt niemand meine Geschichte.«

Jo musterte Nadeschda eine Zeitlang. Sie schien sich immer noch schuldig dafür zu fühlen, was ihr Bruder getan hatte.

Zurecht!

Sonst hätte sie doch längst ihre alten Freundinnen aufgesucht. Und wer litt jetzt gerade eigentlich mehr? Hatte nicht sie ihr gerade eben das Schrecklichste erzählt, was ihr in ihrem Leben widerfahren war?

Genau!

»Ich muss spazieren gehen.« Jo stand auf. »Frische Luft schnappen. – Alleine.«

Nadeschda nickte stumm.

Jo zog sich an, sagte »Bis später« und verließ die Wohnung. Sie ging die Treppenstufen hinab, öffnete die Haustür, schloss sie hinter sich und trat auf die Straße hinaus. Sie atmete tief durch. Und noch einmal. Ihr eingedicktes Gehirn verflüssigte sich. Schuld. Wer war schuld? An was? Wer fühlte sich schuldig? Warum?

Das Flüstern in ihrem Kopf wurde lauter. Sie stieß einen Schrei aus und haute sich mit flachen Händen auf den Kopf. Immer und immer wieder.

Jo musste weg, irgendwohin. Ihre Schritte wurden schneller, bis sie schließlich lief. Sie rannte durch die Straßen und hatte keine Augen für die Passanten, die ihr entgegenkamen. Sie stolperte in sie hinein, strauchelte einige Male und hörte die Beschimpfungen nicht, die man ihr hinterherschrie. Am Ende fand sie sich auf jenem Grünstreifen wieder, auf dem sie damals so viel Zeit verbracht hatte. Hier hatte sich nichts verändert. Die Autos rauschten immer noch zu beiden Seiten vorbei, das Gras war niedergetrampelt und voller Unrat. Sie blieb stehen und erst in diesem Moment wurde ihr in vollem Umfang bewusst, was eben geschehen war. Es traf sie wie eine Keule und schlug sie zu Boden. Sie fiel auf die Knie und schrie ihren Schmerz und ihren Zorn in die Baumkronen hinauf. Wenn es einen Gott gab, dann verhöhnte er sie. Die Teufel lachten.

»War mein Leben noch nicht schlimm genug?«, schrie sie. »Hast du mich denn noch nicht genug gequält?« Sie stand auf, Zornestränen liefen ihr übers Gesicht. Sie stieß einen Schrei aus und stampfte wütend auf den Boden ein. »Du Arschloch!«, schrie sie. »DU ARSCHLOCH!«

Sie rannte davon, der Grünstreifen bot ihr keinen Trost und keine Antworten. Sie irrte durch die Stadt und landete vor ihrer Wohnungstür. Wem sonst außer Kevin konnte sie ihre Wut ungefiltert um die Ohren hauen. Er kam gerade aus seinem Zimmer, als sie den Wohnungsflur betrat. Jo blieb stehen, blickte ihn an und ließ ihre Tasche auf den Boden fallen.

Kevin sagte nichts, kam ihr nur eilig entgegen und nahm sie gerade noch rechtzeitig in den Arm, bevor sie zusammenbrach. Er hielt sie fest und ertrug stumm ihr Schluchzen und das wilde Zucken ihres Körpers. Kevin wusste schon immer, was mit ihr los war, mehr als jeder andere Mensch. Bis auf Anne. Näher war nur sie Jo gewesen.

»Du hattest recht«, schluchzte sie in seine breite Brust. »Mal wieder. Und jetzt bin ich wieder ein Häuflein Elend, weil ich nicht auf dich gehört habe.«

»Mit was hatte ich recht?«, fragte er. »Nadeschda?«

Jo nickte und Kevin seufzte.

»Du hast mich vor ihr gewarnt«, sagte sie. »Warum? War es nur ein Gefühl?«

»Ich sagte doch, dass ich über sie recherchiert habe. Was hat sie dir denn erzählt?«

»Ihr Bruder«, mehr kam Jo nicht über die Lippen.

»Annes Mörder«, flüsterte Kevin. Nur das. Und in Jo regte sich plötzlich neuer Zorn. Dieses Mal richtete er sich gegen Kevin.

»Du hättest es mir sagen sollen!«

»Du wolltest mir nicht zuhören.«

»Du hättest es mir sagen müssen!« Sie stieß sich von ihm weg und wand sich aus seinen massigen Armen. Ihr Herz raste. Kevin hatte sie wissentlich in ihr Verderben rennen lassen.

»Warum hast du es mir nicht gesagt!«, schrie sie ihn an.

»Weil ...«

»Warum! Hab ich noch nicht genug Scheiß erleben müssen? Brauchte ich noch eine Lehre, dass ich besser auf dich hören sollte? Warum! Kevin!«

Kevin reagierte nicht.

»Warum!«, rief Jo noch einmal voller Verzweiflung.

»Okay«, sagte Kevin. »Jetzt hab ich allmählich genug. Ich hab noch ein eigenes Leben. Ich kann mich nicht die ganze Zeit um dich kümmern, schauen, dass dir nichts passiert, dass es dir gut geht et cetera pp. Wenn du nicht endlich lernst, auf dich selbst aufzupassen, selbst dein Leben in die Hand zu nehmen, selbst dafür verantwortlich zu sein – dann tuts mir leid – dann kann und will ich dir nicht mehr helfen. Hörst du? Ich will nicht mehr! Ich bin es leid, mich dafür auch noch ständig beschimpfen zu lassen. So leid!« Sein Gesicht war zornverzerrt. Er ließ Jo einfach stehen, ging in sein Zimmer und knallte die Tür hinter sich zu.

Jo stand bestürzt und sprachlos im Flur. Sie riss sich aus ihrer Erstarrung, stieß einen wütenden Schrei hervor, stürzte zur Wohnung hinaus, schlug die Tür hinter sich zu und rannte auf die Straße hinaus.

Die Teufel schrien vor Glück.

Auf dem Asphalt drehte sich mit einem Mal alles um sie herum. Ziellos lief sie durch die Straßen und kam sich dabei vor, als säße sie in einem Kettenkarussel, das umzukippen drohte. Der Boden unter ihren Füßen schwankte, ihr Gesichtsfeld verschwamm, und die Gesichter der Passanten verwandelten sich in hässliche Teufelfratzen. Sie grinsten sie mit spitzen Zähnen an, lachten und tanzten ausgelassen um sie herum. Sie waren wieder da. So lange hatte sie gegen sie gekämpft und gedacht, sie wären vernichtet. Aber hier waren sie wieder, diesmal waren sie ihr bis in die reale Welt gefolgt. Sie grinsten, sie lachten, Jo rempelte sie weg, hörte nicht auf ihre Schreie und kämpfte sich weiter durch die Menschenkörper mit Teufelfratzen. Ich will das nicht mehr. Ich kann nicht mehr. Sie kämpfte sich durch die Teufel und hielt ihre Hände seitlich an ihre Augen, damit sie die Fratzen nicht sehen musste. Sie steuerte geradewegs jenes Haus an, in dem ihre Mutter in den letzten Jahren gearbeitet hatte, um jenen zu helfen, die darin wohnten, oder besser dahinvegetierten und starben. Sterben. Dort konnte sie sterben. In dem Crackhaus wäre sie sicher. An der Tür drehte sie sich noch einmal um. Die Teufel sammelten sich um sie und hefteten ihre gelben Blicke auf sie. Sie lachten und sie flüsterten »geh hinein, geh hinein.«

»Ich werde hineingehen!«, schrie sie ihnen entgegen. »Aber ohne euch! Ihr werdet mich nicht kriegen! Ihr nicht!«

Sie klopfte panisch an die Tür, so lange, bis ihr endlich jemand öffnete. Sie zwängte sich an einem heruntergekommenen Kerl vorbei, der sie gar nicht richtig wahrzunehmen schien. Der Kerl blickte sich mit hängender Unterlippe auf der Straße um, als suche er jenen, der geklopft hatte. Nachdem er niemanden fand, schloss er die Tür wieder, Jo war schon lange drin.

Sie trat in eine dunkle und stickige Höhle. Fetzen alter Poster hingen an die Wänden, leere Flaschen und Dosen lagen auf dem Boden, Urin und Fäkalien in den Ecken, die atemberaubend stanken. Kein Licht brannte hier drin, die Fenster waren vernagelt oder mit dicken Stoffen verhängt. Jo ging weiter in die Eingeweide des Hauses. Aus manchen Zimmern drang qualvolles Stöhnen oder Brabbeln, oder zusammenhangloses Geschwafel ohne Sinn und Verstand. Der Wahnsinn, der Schmutz, die Verzweiflung, all das war hier zu Hause. Der Vorhof des Todes.

In einem Zimmer lagen verdreckte Matratzen herum, darauf saßen eine handvoll abgerissene Gestalten. In ihrer Mitte brannte in einem alten Einmachglas eine Kerze. Einer klampfte auf einer verstimmten Gitarre herum, die schrägen Sägeklänge schwirrten im Raum umher, niemanden schien das schreckliche Konzert zu stören. Ein anderer reichte gerade seinem Sitznachbarn eine silberne Pfeife. Willenlos steuerte Jo auf diese Gruppe zu und ließ sich auf eine der Matratzen fallen. Hier sollte sie also sterben. Warum nicht, vor Jahren wusste sie ohnehin, dass sie einmal an genau solch einem Ort sterben würde. Heute war es soweit. Endlich.

Niemand der Leute beachtete sie. Alle waren viel zu sehr mit sich selbst und vor allem mit der Pfeife beschäftigt. Und als wäre Jo schon immer hier, als gehörte sie zum Kreis, bekam sie die Pfeife gereicht und ein klebriges Feuerzeug dazu. Sie nahm beides entgegen und hielt es in der Hand. Auf dem Sieb im Pfeifenkopf lagen einzelne gelbe Bröckchen. Sie rochen nach verbranntem Gummi, sie rochen nach Trost, nach Vergessen, nach Erlösung. Jo setzte die Pfeife an ihren Mund und zog daran, während sie die Steinchen mit ihrem Feuerzeug anzündete. Der Rauch kroch heiß und scharf ihren Hals hinunter in ihre Lunge, bohrte sich in jedes Lungenbläschen, drang in die Blutkörperchen ein und raste hinauf in ihr Hirn. Nur ein Augenblinzeln später war Jo ein anderer Mensch. Alles war vergessen. Sie fühlte sich gut. Sie fühlte sich stark. Sie war glücklich und voller Vorfreude. Bald würde sie Anne wiedersehen. Sie zog noch einmal an der Pfeife. Die Gefühle wallten in ihr auf, sie wuchs, wurde zur Riesin und schlug die Hand weg, die ihr die Pfeife entreißen wollte. Sie nahm noch einen tiefen Zug aus der Pfeife. Der Rauch war Labsal für ihre Seele. Er füllte sie ganz aus, heilte jede Zelle noch im verstecktesten Eckchen ihres Körpers. Sie schlug zwei Hände weg, setzte die Pfeife und das Feuerzeug noch einmal an und sank dann hintenüber auf die Matratze. Sie schwebt mitten im Raum, blinzelt zur Decke hoch. Dort schwebt noch jemand, blickt auf sie herab. Das Gesicht ist eine kleine Sonne, im goldenen Strahlenkranz.

»Steh auf«, sagt die Sonne.

»Nein«, sagt Jo. »Anne, ich komm jetzt zu dir.«

»Nein!«, sagt Anne. »Du musst aufstehen! Jetzt sofort!«

»Nein. Ich komm zu dir. Ich fliege zu dir. Siehst du? Mir geht's gut! So gut! Anne. Ich komme, ich komme zu dir.«

Das Licht schwindet, Annes Sonne verblasst. »Bleib bei mir!«, ruft Jo. Aber das Licht erlischt, bis alles schwarz ist. »Ich komm zu dir.«

Fünf

Bilderblitze. Gesichter, die über ihr schweben, große Augen, jemand redet, aufgeregt, laut, unverständlich. Das Gesicht ihrer Mutter. Sie ist hier und beugt sich zu ihr hinab. Sie fasst Jo am Arm und will sie hochheben, aber Jo wehrt sich.

»Lass mich hier«, sagt sie. »Mir geht's gut! Ich warte auf Anne. Sie holt mich ab.«

Aber ihre Mutter ließ nicht locker. Noch jemand war bei ihr. Nadeschda. Mit traurigen Augen, aus denen Angst sprach. Und dann noch zwei kräftig wirkende Männer. Sie hoben Jo von der stinkenden Matratze hoch und brachten sie hinaus ins grelle Licht und an die frische Luft. Jo strampelte, wehrte sich, aber die Männer ließen nicht locker. Die Welt drehte sich im Kreis, alles wackelte und vibrierte, als wäre ein Erdbeben im Gange. Sie unternahm noch einen Versuch, sich aus den Eisenhänden zu befreien, sie wollte zurück ins Haus, wo es ihr gut ging, wo der Tod immer noch auf sie wartete. Aber die Männer hielten sie unbarmherzig fest. Jo schrie und schimpfte und schlug um sich. Erfolglos.

Sie brachten sie zu einem Auto. Bevor sie es erreichten, übergab sich Jo. Ihre Mutter und Nadeschda waren bei ihr und stützten sie. Schwall um Schwall stieß aus Jo heraus, und sie würgte noch, als schon lange kein Tropfen mehr kam. Sie war schwach, konnte sich nicht alleine auf den Beinen halten und kriegte gerade noch mit, wie man sie ins Auto setzte, dann wurde wieder alles schwarz.

Als Jo erwachte, flutete helles Sonnenlicht durch ein großes, mit durchsichtig weißen Gardinen verhängtes Fenster. Die Sonnenstrahlen waren warm und fraßen ihre noch als Nebelschwaden umherfliegenden letzten Traumbilder auf. Das Licht tat ihren Augen weh. Sie schloss sie, gewöhnte sich allmählich an das warme Rot hinter ihren Lidern, öffnete sie wieder und blickte geradewegs ins Gesicht ihrer Mutter. Es war, als ob sie aus einem ewig währenden, todesähnlichen Schlaf erwachte, an den sie sich aber nicht erinnern konnte.

Sie lag auf dem Sofa in der Wohnhalle ihres Elternhauses, wusste aber nicht, wie und wann sie hierhergekommen war. Sie war auf der Straße, suchte Ablenkung, Trost, Vergessen. Irgendetwas wollte sie vergessen, etwas Schreckliches, Unerträgliches. Sie war bei Kevin. Hatte ihr Kevin das angetan, was sie zu vergessen suchte? Sie forschte in den Nebeln ihrer Erinnerung. Nein, nicht Kevin. Nadeschda. Etwas war mit ihr.

»Wo ist Nadeschda?«

»Sie besorgt etwas.«

»Warum hast du mich hierher gebracht?«

»Weil du leben sollst und endlich aufhören, davonzulaufen.«

»Ich bin nicht davongelaufen.«

»Nein?«

»Nein. Was meinst du?«

»Kannst du dich nicht erinnern?«

Jo schüttelte den Kopf. Nadeschda, Kevin, nichts.

Ihre Mutter betrachtete sie eine Weile schweigend und hielt dabei ihre Hand. Dann sagte sie: »Du brauchst nicht in die Klinik, wir können es auch hier schaffen.«

Jo erschrak. »Warum Klinik?«

»Du warst im Steinhaus.«

Jo schüttelte ungläubig den Kopf. Dumpfe Erinnerungen stiegen in ihr hoch. Aber das waren nur Träume! Nicht real. Sie hatte keinerlei Erinnerung daran, dass sie im Steinhaus gewesen war. Aber jetzt bemerkte sie den leichten Geschmack nach verbranntem Gummi in ihrem Mund und in ihrer Nase. Er war kaum wahrzunehmen, aber er war da. Sie konnte ihn nicht verleugnen.

Jo erschlaffte und blickte an die Decke. In die Augen ihrer Mutter wagte sie nicht mehr zu schauen, sie schämte sich. Sie hatte es wieder getan, die teuflischen Steinchen geraucht. Nach so langer Zeit, da sie nicht einmal mehr an sie gedacht hatte. Sie bekam Angst, dass sie von nun an wieder ihr Leben bestimmen würden wie einst. Noch einen Entzug in der Klinik würde sie nicht überleben.

»Du musst nicht in die Klinik, wenn du nicht willst«, sagte ihre Mutter, als könnte sie ihre Gedanken lesen. »Ich bin bei dir und stehe das gemeinsam mit dir durch. Aber du musst mir versprechen, dass du nie wieder solch eine Dummheit machst.«

Jo hielt ihren Blick weiter auf die Zimmerdecke gerichtet. Sie dachte an Anne. Sie wurde so plötzlich aus ihrem Leben gerissen, dass es nicht einmal ein Augenblinzeln Zeit gab, sich darauf einzustellen, oder sich von ihr zu verabschieden. Anders als damals bei ihrem Pferd oder bei ihrer Großmutter, und anders als bei ihrem Vater. Sein Tod kam schnell und war grausam, doch lange nicht so schnell wie bei Anne. Aber genauso unbarmherzig. Der Krebs fraß ihren Vater von innen her auf. Innerhalb von wenigen Wochen wurde sein rosiger und wohlgenährter Körper von einer Macht aufgesogen, die stärker war als er und stärker als alle Ärzte dieser Welt. Unbarmherzig. Der Krebs raubt das Leben, um am Ende selbst zu sterben. Wie Nadeschdas Bruder. Jo hielt den Atem an. Nun fiel ihr alles wieder ein. Nadeschdas Geheimnis. Davor war sie weggerannt. Geradeswegs in die offenen Arme der Teufel.

»Ich kann es nicht versprechen.« Jo fühlte sich leer und ausgebrannt, sie konnte nicht einmal weinen. Sie fühlte nichts. Nur Leere. Unendliche Leere wie damals in der leergefegten Aschenwelt. All ihre Gefühle waren von einem kalten Wind hinter die endlosen Horizonte geweht, unerreichbar für sie.

»Ich habe keine Kraft mehr für dieses Leben«, fuhr sie fort. »Keine Kraft mehr.«

Ihre Mutter hielt weiter ihre Hand. Jo spürte ihre Wärme, nahm sie aber gar nicht richtig wahr. Die Angst vor der Klinik und vor den Steinchen war verschwunden. Nichts konnte ihr mehr irgendetwas anhaben, denn sie würde ohnehin sterben. Hier auf dem Sofa, auf dem auch ihr Vater gestorben war, genauso wie ihre Großmutter. Ein schöner Ort zum Sterben. Schöner konnte keiner sein. Sie würde ihnen allen folgen, auch Anne. Sie wartete schon viel zu lange auf sie.

Jo drehte ihren Kopf und schaute in die besorgten Augen ihrer Mutter. Sie waren blau wie der Himmel. Und voller Liebe. Und voller Hoffnung und Zuversicht. Ihre Mutter gab niemals auf, sie verlor nie die Hoffnung. Auch wenn es vielleicht niemals ganz gut werden wird, sagte sie einmal, als Jo wie so oft mit ihrer Verzweiflung rang, so wird es doch immer ein bisschen besser. Jeden Tag ein paar kleine Schrittchen, nicht zurückschauen und nicht zu weit voraus, immer nur auf den nächsten Schritt. Irgendwann wird es soweit sein, irgendwann hat man sein Ziel erreicht, ob groß oder klein. Erst dann darf man zurückschauen und stolz sein auf all die Schritte, die man gemeistert hat.

Jos Herz wurde schwer. Die Kälte in ihr schwand, die Wärme ihrer Mutter strömte in sie. Egal, was das Leben für sie bereit hielt, sie machte ihre kleinen Schritte, Tag für Tag. Meisterte sie. Und ganz nebenbei brachte sie noch die Kraft auf, anderen auf ihrem Weg beizustehen, all den Junkies in der Drogenberatung, und vor allem ihrer Tochter. Eine Träne tropfte aus Jos Augenwinkel und wanderte langsam und heiß über ihre Wange. Sie drückte die Hand ihrer Mutter fester.

»Ich weiß nicht mehr weiter.« Jo schluckte ein Schluchzen hinunter. »Es ist mir einfach alles zu viel. Anne, dann Papa und nun das. Nadeschdas Bruder, der Mörder von Anne. Das ist doch alles nicht wahr!«

»Nadeschda hat es nicht gewusst«, sagte ihre Mutter.

»Was? Dass ihr Bruder Anne getötet hat?«

Ihre Mutter nickte. »Sie wusste nicht, dass ihr Bruder schuld ist, dass Anne nicht mehr bei uns ist. Ich hab lange mit ihr gesprochen.«

Jo schwieg und versuchte, Ordnung in ihre verhedderten Gedanken zu bringen, was ihr nicht recht gelingen wollte.

Ihr war kalt und sie hatte Durst, als wäre sie tagelang durch die Wüste geirrt und hätte dabei nur Sand geschluckt. Sie zitterte am ganzen Körper.

»Hier.« Ihre Mutter reichte ihr ein Glas Wasser, das Jo in einem Zug leerte, um sich gleich danach zu übergeben. Es brach aus ihr heraus, unvorhergesehen und unkontrollierbar.

Ihre Mutter wischte alles weg und fand dabei auch noch tröstende Worte. Jo weinte und war wütend auf sich selbst.

»So viele Jahre hab ich's geschafft!«, rief sie. »So viele! Und jetzt ist alles wieder zunichte. Die verfluchten Teufel!«

»Es ist nicht alles zunichte«, sagte ihre Mutter. »Wir kriegen das hin. Gemeinsam.«

Es klingelte an der Tür. Jo zuckte zusammen, als wäre ein Flugzeug ins Wohnzimmer gestürzt.

»Wer kommt da?«

»Das wird Nadeschda sein.« Ihre Mutter stand auf. »Hoffentlich hat sie alles bekommen.« Sie verließ das Zimmer und ließ Jo alleine mit ihrem Gedankenchaos und ihren Zitterattacken.

Ich will sie nicht!

Warum nicht?

Sie hat mich verraten, mich benutzt. Weil sie sich schuldig fühlt!

Das ist absurd, das weißt du.

Ich weiß gar nichts.

Jo schloss die Augen. Aber es drehte sich alles. Sie fixierte einen Punkt an der Decke. Es half nichts. Sie stemmte sich hoch und traf gerade noch den Eimer, den ihre Mutter bereitgestellt hatte. Nicht ganz, ein bisschen ging daneben und klebte nun auf dem Teppich.

Nadeschda stand in der Tür. Hat sie mich beobachtet? Jo warf sich zurück auf ihr Kissen, zog die Decke über ihren Kopf und versuchte krampfhaft, das Schwindelgefühl wegzuatmen.

Sie hörte, wie Nadeschda den Eimer wegbrachte und den Teppich säuberte. Sie sagte kein Wort, auch nicht, als sie den Eimer wieder neben Jos Bett stellte. Danach war Stille. War Nadeschda wieder gegangen oder noch hier?

Jo hörte Geschirrklappern aus der Küche und gedämpfte Stimmen. Vorsichtig zog sie die Decke von ihrem Gesicht. Sie war alleine. Sie war erleichtert.

Was soll ich mit ihr reden?

Du traust dich nicht einmal, ihr in die Augen zu schauen.

Ich bin nicht feige! Damit hat das nichts zu tun! Ich hab nichts getan, wofür ich mich schämen müsste. Im Gegensatz zu ihr!

Sie hat auch nichts getan.

Sei still, ich hab Kopfschmerzen. Und mir ist schlecht. Sei einfach still.

»Alles in Ordnung, Johanna?« Ihre Mutter schaute zur Tür herein.

»Ja ja«, antwortete Jo.

»Hast du Hunger? Nadeschda und ich haben etwas gekocht.«

»Nein.«

Ich hab Hunger!

Sei still.

»Wenn du etwas magst, meldest du dich?«

»Mal sehn.«

Sei nicht so schlecht gelaunt!

Lass mich in Ruhe.

Warum? Niemand hat dir etwas getan. Ist dir das schon einmal aufgefallen?

Sei still.

Sei still, sei still – kennst du auch noch etwas anderes?

SEI STILL!

Nadeschda leerte auch den nächsten Eimer. Sie legte Jo ein kühles Tuch auf die Stirn und hielt ihre Hand. Jo ließ es geschehen, obwohl die eine Stimme in ihr fortwährend schrie und zeterte. Nadeschdas Hand tat gut. Und ihre Nähe.

Wie geht es ihr eigentlich?

Wie soll es ihr gehen! Gut natürlich! Sie ist ja kein Junkie so wie du.

Jo seufzte tief. Nadeschda hielt ihre Hand fester. Darüber schlief Jo ein.

Als sie wieder die Augen aufschlug, saß ihre Mutter an ihrem Bett. Sie lächelte.

»Du siehst glücklich aus«, bemerkte Jo.

»Das bin ich«, sagte ihre Mutter.

Jo gähnte. Ihr Kopf hämmerte.

»Schau mal«, sagte ihre Mutter.

»Was?«

»Schau einfach her, was ich hier habe.«

Jo schaute. Und ihr Herz machte einen Paukenschlag, der sie augenblicklich hellwach sein ließ.

»Wo … wo hast du ihn her?«

»Gefunden«, sagte ihre Mutter. »Als Nadeschda und ich den Dachboden aufgeräumt haben. Das war dringend nötig. Nach hundert Jahren oder so.« Ihre Mutter lachte und warf dabei ihren Kopf in den Nacken. »Aber jetzt nimm ihn. Ist doch deiner. Und so lange, wie er einsam da oben in einer Ecke gelegen hat …«

Jo nahm ihren Stoffhasen, zögerlich und sachte, als sei er aus dünnem Glas.

»Hermann«, sagte sie. »Wo hast du bloß gesteckt?«

Und dann stürzte, ohne Vorwarnung, ein Tränenmeer aus ihr heraus. All ihre angesammelte Trauer erschien mit einem Mal und brach sich Bahn. Sie erinnerte sich, allein beim Anblick ihres Stoffhasen, an alle Schmerzen ihres Lebens gleichzeitig. Sie sah ihr Pferd an dem Tag, an dem sie es bekam, sah es, wie es ich freute, wenn sie zu ihm in den Stall kam, mit ihm ausritt. Sie sah ihre Oma, wie sie bei einem Glas Wein Geschichten erzählte und dabei lachte, als gäbe es nur Fröhlichkeit und Schönheit im Leben. Sie sah ihren Vater. Er saß an ihrem Kinderbett und las ihr eine Geschichte vor. Und sie lauschte ihm gebannt. Und dann lag er, nur noch ein Schatten seiner selbst, in seinem Krankenbett und versank in seinem Kissen, verblasste, schwand dahin. – Anne. Ein Sonnenstrahl, der auf die Erde traf und zum Mensch wurde. Sie tanzte am Strand, ihr Kleid wehte um sie, ihr Lachen vermischte sich mit dem Rauschen der Wellen und schwebte in Jos Ohr. Anne rannte an der Brandung entlang und lachte, wenn die Gischt ihr ins Gesicht sprühte. Jo versuchte, mit ihr Schritt zu halten, sie einzuholen. Aber sie schaffte es nicht. Ein Schatten legte sich über sie. Anne verschwand. Dafür tauchte in der Ferne Nadeschda auf. Sie wartete auf sie.

Jos Mutter setzte sich zu ihr aufs Bett und hielt ihren Kopf in ihrem Schoß. Jo weinte. Sie weinte so lange, bis ihre Tränen irgendwann versiegten. Ihre Mutter reichte ihr ein Taschentuch nach dem anderen. Danach ging es ihr besser. Und mit ihrem tränennassen Stoffhasen im Arm schlief sie wieder ein.

Es war wohl der nächste Morgen, oder auch der übernächste oder noch einer später. Beschwören wollte Jo nichts, die Drogen raubten einem oftmals mehrere Tage. Die Bäume draußen rauschten im Wind. Es regnete. Jo zog ihre Decke enger um sich. Es war wie früher. Draußen Wind und Regen, drinnen ihr warmes Bett, mit Hermann unter der Decke.

Es klopfte. Sie antwortete nicht. Es klopfte abermals. Etwas drängender.

»Ja?«

Die Tür öffnete sich. Zaghaft und langsam.

»Hey, Kevin«, sagte Jo.

»Hey«, sagte Kevin. »Wie geht's?«

»Keine Ahnung.«

»Darf ich reinkommen?«

»Klar.«

Kevin zog einen Stuhl an ihr Bett und setzte sich. Sein Mund lächelte, seine Augen nicht.

»Tut mir leid«, sagte er.

»Dir muss nichts leid tun«, sagte Jo. »Gar nichts. Du hast alles richtig gemacht.«

Kevin nickte und schwieg.

»Was machst du die Tage?«, fragte Jo.

»Ich war hier. Tag und Nacht«, sagte Kevin.

Jo schaute ihn verblüfft an. »Und warum kommst du erst jetzt zu mir?«

»Ich hab deiner Mutter und Nadeschda den Rücken freigehalten, während sie dich versorgt haben.«

»Aha«, sagte Jo.

»Geht's dir gut?«

»Irgendwie ja – keine Ahnung.«

Kevin lächelte und tätschelte ihr kurz den Arm. »Dann ist gut.« Er stand auf. »Ich muss wieder. So viel Arbeit. Einfach zu groß dieses Haus.« Er lachte kurz und ließ sie wieder alleine.

Jo lag eine ganze Weile im Bett, stierte an die Decke und dachte an gar nichts. Bis sie das Bedürfnis verspürte, aufzustehen. Und zwar richtig aufzustehen, nicht nur, um auf die Toilette zu gehen.

Sie wickelte sich in ihren Morgenmantel und steckte Hermann in das Gürtelband. Wie früher.

Aus der Küche drangen Geräusche. Es duftete nach Kaffee. Himmlisch. – In der Küche war nur eine Person. Nadeschda. Jo zögerte kurz unter dem Türrahmen und ging dann doch hinein.

Nadeschda lächelte ihr zu. »Kaffee?«

Jo nickte.

»Setz dich, ist gleich fertig.«

Jo setzte sich an den Küchentisch und beobachtete Nadeschda, wie sie Kaffee machte und gleichzeitig noch an anderen Sachen herumwerkelte.

Der Kaffee war bald fertig. Nadeschda servierte Jo ihren und setzte sich mit einer eigenen, dampfenden Tasse ihr gegenüber.

Schweigend tranken sie. Und von Zeit zu Zeit begegneten sich ihre Blicke. Bei jedem Blickkontakt floss ein warmer Strom durch

Jos Brust, der sogleich wieder erlosch, wenn Nadeschdas Augen weiterwanderten.

Jo trank Schluck um Schluck ihre Tasse leer. Sie saßen sich noch eine Weile gegenüber.

»Ich brauch noch Zeit«, sagte Jo schließlich.

Nadeschda nickte und schaute in ihre Tasse.

Jo ging wieder ins Wohnzimmer zurück.

Zeit wofür?

Du weißt es.

Nein, weiß ich nicht.

Sei still.

Jo setzte sich in den Sessel ihres Vaters und schaute dem Regen zu, wie er in dünnen Schnüren auf die bunten Blätter der Bäume fiel und die Erde durchnässte. Einige Tropfen waren stark genug, um die verwelkten Blätter von ihren Ästen zu lösen. Sie segelten zu Boden und bedeckten das Gras, deckten es warm zu, damit bald der Schnee kommen konnte, wenn er wollte. Und die Äste waren befreit von ihrer Last und bereit, im nächsten Frühling erneut auszuschlagen und das Leben in die Welt zurückzubringen. Alles hatte seinen Sinn, alles seinen Zweck, überall verging etwas und entstand etwas Neues, fortwährend und immerzu, ohne Anfang, ohne Ende.

Nur du zerstörst alles. Hörst du? Du erschaffst nichts. Du machst nur kaputt. – Antworte mir gefälligst! Du lässt für dich arbeiten. Die ganze Welt dreht sich nur um dich. Alle kümmern sich um dich. Alle müssen sich um dich kümmern! Sie geben ihr Leben auf, nur damit es dir gut geht. Und was tust du? Für sie? Du beschimpfst sie. Du verachtest sie. Du benutzt sie.

Jo erhob sich aus dem Sessel und ging zu ihrem Bett. Dort, auf einem kleinen Tischchen, lag ihr Füller und ihr Buch.

Tagelang, vielleicht waren es sogar Wochen, lag ich in meinem Bett und stand nur auf, um auf die Toilette zu gehen. Ich aß nichts, ich sprach nichts und ich malte nichts. Ich versuchte, all das zu verstehen, was über mich hereingebrochen war, auch wenn es da gar nichts zu verstehen gab. Die stillen Phasen, in denen mein Gehirn wie leergefegt war und ich nur die weiße Decke über mir sah, wechselten sich mit jenen ab, in denen mich Weinkrämpfe wie Tsunamis durchwühlten. Warum Anne? Warum nicht ich! Warum. Warum. Warum! Immer wieder sah ich das Bild von Anne vor mir, wie sich ihr Blut auf ihrem weißen Kleid ausbreitete und wie es dick und unaufhaltsam über den Boden zu mir kroch. Und ich sah ihre leblosen Augen, die in die Unendlichkeit blickten und für immer diesen ungläubigen Ausdruck behalten würden; überrascht von dem, was mit ihr geschehen war. Diese Bilder gingen mir nicht mehr aus dem Kopf.

Immer wieder stellte ich mir vor, wie ich zu ihr ging, sie küsste und sie daraufhin wieder zum Leben erwachte, als wäre alles nur ein Spiel gewesen oder ein böser Traum. Aber das war es nicht. Es war die kalte und brutale Wirklichkeit.

Ich hätte es verhindern können. Diese Überzeugung wuchs von Tag zu Tag. Ich hätte mich vor sie werfen können. Ich hätte sie einfach bei mir im Bett festhalten können, die Schule schwänzen. Ich hätte mit ihr in die Stadt gehen können. Aber wir gingen in die Schule. Wie jeden Tag. Nur dass jener Tag nicht wie jeder werden sollte. Doch niemand konnte das wissen. Das war der Tag, an dem das Grauen nicht nur in meine Welt platzte, sondern auch meine Stadt bis ins Tiefste erschütterte. Und es sollte sie nie wieder ganz verlassen. Dieser Tag war für immer in das Gedächtnis der Stadt eingebrannt.

Während dieser Zeit bekam ich regelmäßig Besuch. Jeden Tag kamen abwechselnd mein Vater, meine Mutter und Kevin vorbei. Aber ich nahm sie, wenn überhaupt, nur am Rande wahr. Mein Blick war an die Decke geheftet, und meine Gedanken kreisten immer um das Gleiche. Ich versuchte, während der Besuch da war, nicht zu weinen, um es hinterher umso heftiger zu tun.

Mein Vater schaute stets nur kurz herein, sagte Hallo, organisierte ständig irgendetwas, dass ich genug zu trinken hatte, dass ausreichend gelüftet wurde, kommandierte die Pfleger und Schwestern herum. Eine Last schien von ihm abgefallen zu sein. So stocksteif und still er bisher gewesen war, so lebendig und arbeitsam präsentierte er sich jetzt. Kevin erzählte von der umgebauten Schule, wie endlich alles wieder seinen normalen Gang ging, von allen interessanten Ereignissen in der Stadt. Und meine Mutter saß nur stumm an meinem Bett und hielt meine Hand. Stundenlang. Und ich ließ es zu. Sie schien die Einzige zu sein, die wusste, was ich wirklich brauchte. Nämlich nur Ruhe, und ganz vielleicht mal jemanden, mit dem ich sprechen konnte, aber nur, wenn ich das wollte. Und in diesen Tagen war es auch, dass sich etwas zwischen meiner Mutter und mir veränderte. Auch wenn es noch lange dauern sollte, bis wir endlich so etwas wie ein normales Mutter-Tochter-Verhältnis entwickelten.

Uschasnik besuchte mich ebenfalls jeden Tag und stellte mir Fragen. Ich gab ihm jedoch keine Antwort, und er schien sich jeden Tag größere Sorgen um mich zu machen. Ich hatte mir vorgenommen, nie wieder ein Wort mit ihm zu wechseln. Er hatte mir versprochen, dass die Aschenwelt und die Teufel weg seien, sobald es mir gelungen wäre, an die vergrabene Erinnerung heranzukommen. Und nun war Anne tot und für alle Zeiten verschwunden. Aber die Aschenwelt und die Teufel waren immer noch da. Jede Nacht. Und ich war so schwach, dass es mir nicht mehr gelang, das Flammenschwert herbeizuwünschen. Jede Nacht fingen die Teufel mich, ohne dass ich auch nur den Versuch unternahm, mich zu wehren. Sie hängten mich an das Metallgestänge, lachten mich aus und tranken mein Blut. Und jeden Morgen wachte ich leer und ermattet auf, und nach jedem Albtraum verfluchte ich Uschasnik, mein Schicksal und das Leben. Mein Leben war zerstört, ich lag am Boden und wusste nicht, wie ich jemals wieder aufstehen sollte, wie ich jemals wieder ein normales Leben führen sollte – ohne Anne. Es ergab keinen Sinn ohne sie. Ich konnte nicht mehr Fernsehen, ich konnte keine Musik mehr hören, kein einziges Bild mehr malen. Nur daliegen und an die Decke starren. Ich verweigerte jedes Essen, ich hatte auch keine Kraft dazu, und magerte so sehr ab, dass sie mir schließlich einen Arm festbanden und eine Infusion legten, die ich nicht entfernen konnte. Zwangsernährung. Sie hatten Angst um mich. Ich nicht. Ich wollte nicht mehr leben. Nicht so. Nicht ohne Anne. Und nicht mit der Aschenwelt und den Teufeln, die mich jede Nacht heimsuchten.

Ich dachte immer häufiger daran, mich umzubringen, dachte mir die verschiedensten Methoden aus. Ich könnte mich aus dem einzigen Fenster auf diesem Stock, das nicht vergittert war, stürzen. Das war draußen auf dem Flur. Im Schwesternzimmer gab es genug Tabletten, die mein Herz zum Stillstand bringen konnten, nahm ich nur genug davon. Ich könnte mich mit dem Gürtel meines Bademantels im Badezimmer erhängen, oder mir einfach die Pulsadern aufschneiden. Alles brächte mich zu Anne. Aber keine Methode erschien mir sicher genug. Und für keine einzige brachte ich den Mut auf. Mir blieb nur eines: Ich musste abhauen, Zauberrauch kaufen, Teufel killen, zuviel Zauberrauch nehmen, viel zu viel, um endlich irgendwann, möglichst bald, dorthin zu gelangen, wo Anne auf mich wartete.

Doch eines Tages geschah ein Wunder. Genau als solches bezeichne ich es heute noch, als hätte eine verborgene Macht mich geleitet und auf den richtigen Weg geschickt. Vielleicht war es Annes Geist. Vielleicht war es Gott. Vielleicht war es etwas in mir, das weiterleben wollte.

Ich wachte eines Morgens auf, noch die grausigen Bilder meines letzten Traumes vor meinem inneren Auge. Draußen war es Winter geworden, grau, kalt, nass und dunkel. Und an jenem Morgen fehlte mir plötzlich die Sonne. Ihr Licht, ihre Wärme. Sie fehlte mir so sehr wie nie zuvor. Doch sie hatte sich für einige Monate verabschiedet. Und in meiner Aschenwelt hinderte sie der Sackleinenhimmel daran, auf meine Welt zu scheinen. Das Sackleinen musste weg, Annes Leichentuch musste weg. Und an jenem Morgen fiel mir endlich wieder ein, wie ich mit Uschasnik in meiner ersten Meditation allein durch meine Gedankenkraft das Flammenschwert herbeigezaubert hatte. Es war überhaupt das erste Mal seit Langem, dass ich mich wieder daran erinnerte, dass ich all dem nicht machtlos ausgeliefert war.

Ich setzte mich in meinem Bett auf, schloss die Augen, entspannte mich, wie Uschasnik es mir beigebracht hatte, und reiste freiwillig in die Aschenwelt.

Doch was nun? Alles ist möglich, ich bin die Herrscherin. Das hatte mir Uschasnik immer wieder eingebläut. Das Feuerschwert erscheint sofort, als ich mir das Bild von ihm vorstelle. Doch was brauche ich wirklich? Das Feuerschwert taugt nur dazu, die Teufel zu töten. Aber ich will die Sonne sehen. Sie soll endlich wieder scheinen. Ich brauche ein Bild, so wie damals beim Flammenschwert. Ich gehe in Gedanken meine Lieblingskünstler und deren Bilder durch. In wahnsinniger Geschwindigkeit ziehen dutzende von Bildern vor meinem inneren Auge vorüber. Aber nichts davon erscheint mir sinnvoll oder für irgendetwas zu gebrauchen, bis eines hängen bleibt. Es ist das Bild eines völlig durchgedrehten Fluggeräts, das aussieht wie eine Mischung aus einem Zeppelin, einem Schiff aus der Zeit von Columbus, einem Flugzeug und einem Raumschiff. Unter dem Zeppelin hängt an einem Gewirr von Tauen der hölzerne Rumpf eines Segelschiffes, am Bug blähen sich drei Segel übereinander, und unter dem Rumpf sind metallische Raketendüsen angebracht. Außerdem hat es noch Flügel, an denen je zwei Propeller rotieren. Das Ungetüm dampft und speit Feuer. Abgefahrenes Teil. Das brauche ich. Ich konzentriere mich und stelle mir jedes kleinste Detail vor. Staunend schaue ich zu, wie es vor meinen Augen entsteht. Als es fertig ist, wird eine Gangway heruntergelassen, über die ich in das Flugschiff steigen kann. Ich sehe niemanden, keine Besatzung. Und als ich mich frage, wie ich das Ding denn fliegen soll, hebt es unter lautem Getöse vom Boden ab und fliegt zum Sackleinenhimmel hinauf. Ich weiß ganz genau, was ich vorhabe. Und zu diesem Zweck baue ich mein Flugschiff während der Fahrt zu einem Kampfgerät um.

Der Boden unter mir ist von einem Augenblick auf den nächsten mit Teufeln übersät. Sie schauen zu mir hinauf und schreien wie Schweine, die zur Schlachtbank geführt werden. Manche springen hoch, als wollen sie mich erreichen. Ich lache sie aus.

Der Umbau meines Schiffes ist inzwischen fertig. Vorne am Bug, über dem Zeppelin und an den Enden der Flügel drehen sich nun riesige Kreissägeblätter. Das Schiff steigt immer höher, bis es schließlich das Sackleinen erreicht und die Sägen ihren Dienst verrichten können. Ich muss nur zuschauen, das Schiff und die Sägen tun genau das, was ich mir vorstelle.

Die Sägeblätter schneiden in das Sackleinen und zerreißen es zu kleinen Fetzen. Sie fliegen umher und fallen zum Boden hinab. Das Sackleinen schwindet immer mehr und die Sonne flutet in meine Welt wie Wasser in ein ausgetrocknetes Flussbett. Die Sägen schneiden und zerfetzen, so lange, bis von Annes Leichentuch nichts mehr übrig bleibt. Über mir wölbt sich nun ein Himmel, wie er meinen Vorstellungen entspricht. Er ist nicht makellos blau. Auf ihm entstehen immer neue Wolkengebilde, eine große blaue Spielwiese für alle Arten von Wolken, durch die ich wie durch eine Zauberlandschaft aus Watte hindurchfliege. Die Sonne blitzt zwischen ihnen hindurch und schickt ihre Strahlen hinab auf meine Welt. Das Schreien der Teufel schwillt an und übertönt sogar das Getöse der Maschinen meines Schiffes. Ich beuge mich über die Rehling und schaue hinab. Die Teufel laufen wild durcheinander. Unter ihnen herrscht Chaos. Kurz versichere ich mich, dass der Sackleinenhimmel ganz verschwunden ist. Dann fliege ich das Schiff hinab zu den Teufeln. Ich will das Spektakel, das die Sonne mit ihnen anrichtet, aus der Nähe betrachten.

Die Sonnenstrahlen fressen jeden einzelnen der Teufel. Sie müssen große Qualen erleiden, so wie sie schreien, und so verzerrt wie ihre Fratzen sind. Flammen züngeln aus ihren Körpern. Sie verbrennen von innen heraus und lösen sich in Rauch auf, der davongeweht wird, hin zu einem Ort in meiner Welt, an dem sie für alle Zeiten ein verfluchtes Leben als Rauchwölkchen fristen müssen.

Als auch der letzte Rauch fortgeweht ist, lande ich meinen Flugapparat, schalte die Motoren ab und steige aus. Es ist still. Und leer. Nun bin ich alleine hier.

Mit wehem Herzen denke ich an Anne. Wie sehr ihr dieser Flugapparat gefallen hätte, und noch mehr, dass ich so leicht die Teufel besiegen kann. Ganz ohne Zauberrauch, und ganz alleine, ohne jegliche Hilfe. Ich stelle mir Anne als Engel vor, wie sie vom Himmel herabschaut, nur auf mich. Sie ist bestimmt genauso stolz auf mich wie ich auf mich selbst.

Aber es ist noch lange nicht genug. Ich muss meine Welt mit neuem Leben füllen. So wie sie jetzt ist, fühle ich mich nicht wohl. Den blutroten Linoleumboden will ich lassen, als Zeichen für Annes Leiden. Er soll der Grundstock werden für eine neue Welt, die ich auch für Anne erschaffen will.

Für ihren Mittelpunkt habe ich bereits eine Idee. In ihrer Mitte muss ein Windrad stehen. Ein Windrad, wie Kinder es gerne haben, mit dem sie gerne spielen, so bunt wie möglich, das summend im Wind Kreise in allen Farben zeichnet. So wie Anne es liebt. Aber es darf natürlich nicht so klein wie ein Kinderspielzeug sein, sondern so groß wie möglich, als wolle es in den Himmel hineinreichen. Es muss noch von der entferntesten Ecke meiner neuen Welt zu sehen sein, als Orientierung für jede verlorene Seele. Dort ist Annes Windrad, dort bin ich in Sicherheit.

Und um Annes Windrad herum baue ich eine Stadt. Die perfekte Stadt, so wie Anne und ich sie uns vorgestellt haben. Es gibt dort keine Schulen, keine Bankhäuser oder Regierungsgebäude, keine hässlichen Architektursünden. Hier gibt es nur die abgefahrensten Gebäude aus der Welt, die wir kennen, diese aber noch besser, noch bunter, noch verrückter. Ein Gebäude nach dem anderen lasse ich entstehen, Farben fließen in meine Welt, wo zuvor nur rot, grau und schwarz zu finden war. Statt Autos stelle ich vor jedes Gebäude Fluggeräte in den verschiedensten Formen und Arten. Keines so groß wie meines, denn ich bin schließlich die Herrscherin.

Ich besteige mein Flugschiff und überfliege meine Stadt. Unterwegs pflanze ich noch Alleen, Parks und, natürlich, einen Grünstreifen auf jede Straße. Denn jede Straße braucht einen Grünstreifen. Grünstreifen kann es nicht genug geben.

Und dann werde ich Zeuge von etwas ganz Erstaunlichem. Aus einem der Gebäude tritt eine Lumpengestalt ganz langsam und zögerlich auf die Straße hinaus. Sie schaut sich um, schaut anschließend zu mir hinauf, hebt die Hand, als grüße sie mich. Ich winke. Die Lumpengestalt wirft ihre Kapuze zurück und die Lumpenkleidung ab. Darunter kommt ein Mensch zum Vorschein. Vielleicht kenne ich ihn, vielleicht auch nicht. Es ist gleichgültig. Ich werde ihn bald kennenlernen. So wie all die anderen, die nun aus allen möglichen Gebäuden in die Sonne treten, ihre Lumpen abwerfen und meine Stadt mit Leben füllen. Viele besteigen die für sie bereitgestellten Fluggeräte und fliegen damit umher und spielen mit ihnen wie kleine Kinder.

Ich bin bereit für die letzte große Arbeit, die ich noch zu tun habe. Ich brauche jemanden an meiner Seite. Und dieser Jemand kann nur Anne sein. Aber so sehr ich sie mir auch vorstelle und sie mir herbeiwünsche – sie kommt nicht.

Und erst jetzt wird mir in vollem Umfang bewusst, was ich verloren habe. Anne war ein Teil meines Lebens, ein Teil von mir. Jemand hat sie aus mir herausgerissen. Und es wird ewig dauern, bis die Wunde heilt. Vielleicht tut sie das nie. Ich umfliege das Windrad und betrachte es von allen Seiten. Oh ja. Es würde Anne gefallen. Sehr sogar. Vielleicht sieht sie es? Von dort, wo sie nun ist? Gibt es einen Himmel? Ich lehnte diese Vorstellung immer ab. Kindisch und albern. Doch nun ertappe ich mich dabei, wie ich mir doch wünsche, Anne würde in so etwas wie einem Himmel, einem Paradies sitzen, wo es ihr gut geht, von wo sie mich beobachten und auf mich aufpassen kann. Ich lege meine Hand auf mein Herz. Dort drin wird sie ewig weiterleben.

Ich parke mein Fluggerät auf einem besonders großen Grünstreifen, der vor dem schönsten Haus liegt, das ich für mich auserkoren habe. Ich werde dich wiedersehen, sage ich zum Himmel hinauf. Ich verspreche es dir.

Es ist Zeit, zurückzukehren. Zurück in die Realität.

Ich schlug die Augen auf und blickte direkt in das lächelnde Gesicht Uschasniks.

»Du hast sie gefunden«, sagte er.

Ich zog eine verständnislose Grimasse.

»Ich hab es deinem Gesicht angesehen. Während du meditiert hast. Du hast deine neue Welt gefunden, deinen neuen sicheren Ort. Habe ich recht?«

Ich zuckte mit den Schultern und erhob mich. Ich wollte nicht mit ihm reden. Es war mir ziemlich unangenehm, dass er mich Gott weiß wie lange beobachtet hatte, während ich in meiner Welt war.

Ich ging zur Tür, die inzwischen immer offen war, zu jeder Zeit. Der Hausmeister hatte vor einigen Tagen auch von innen eine Türklinke angebracht. Ich war nicht mehr eingesperrt. Aber immer noch nicht entlassen.

»Johanna, bitte warte einen Moment«, sagte Uschasnik in meinem Rücken.

Ich drehte mich zu ihm um, schwieg aber weiterhin.

»Diese neue Welt ist ein großer Fortschritt, aber noch nicht das eigentliche Ziel. Trotzdem glaube ich, dass du bald soweit bist, diese Klinik zu verlassen.«

»Mhm«, machte ich.

»Aber ich hätte noch gerne ein vorläufiges Abschlussgespräch mit dir geführt.«

»Schießen Sie los, damit wir's hinter uns bringen«, sagte ich kurz angebunden.

Uschasnik seufzte auf. »Ich wollte dieses Gespräch heute nur ankündigen. Vielleicht morgen? Würde dir das passen?«

»Nein. Wenn, dann jetzt sofort.« Ich setzte mich zurück auf mein Bett und wartete, bis er mit seinem Vortrag durch war.

Er erzählte mir etwas von einem neuen Lebenskonzept, das ich nun entwickeln sollte. Gerne mit seiner Hilfe.

»Ich schaffe das alleine«, sagte ich. »Danke fürs Angebot.«

»Du weißt, dass du nie wieder irgendwelche Drogen, welcher Art auch immer, anrühren solltest. Dein ganzes Leben lang nicht.«

Ich nickte.

»Die Gefahr ist zu groß, dass du wieder rückfällig wirst.«

Ich nickte abermals und verlegte mich darauf, dies auch fortan nach jedem seiner Sätze zu tun. Umso schneller kämen wir zum Schluss.

»Aus was schöpfst du nun Kraft?«

Hier konnte ich nicht nicken. »Aus meiner Kunst.«

»Das ist gut. Das ist gut.« Er schenkte mir ein Lächeln und fuhr fort: »Kraft schöpfst du auch aus deiner neuen Innenwelt. Wenn du willst, kannst du diese neue Welt immer weiter ausbauen. Sie ist der sichere Ort, in den du dich immer zurückziehen kannst, wenn es dir schlecht geht. Oder wenn dich zum Beispiel die Trauer um Anne wieder einmal übermannt. Allerdings würde ich mich freuen, wenn du sie immer weniger brauchst. Ich meine damit, dass du mit der Zeit immer besser mit der Realität zurecht kommst. Und genau dabei würde ich dir gerne helfen.«

»Mal sehen«, sagte ich.

»Gib nie auf, Johanna. Du bist nun eine starke Frau und kein hilfloses Mädchen mehr. Ich wünsche mir, dass du das nie vergisst.«

Hier genügte endlich wieder ein Nicken.

»Bist du bereit, nach Hause zu gehen?«

Ich nickte noch einmal. Ich hoffte, dass es das letzte Mal sein würde. Und meine Hoffnung schien sich zu erfüllen. Uschasnik erhob sich und streckte mir seine Hand hin. Ich ergriff sie. Das war nun endlich der Abschied.

»Es war nicht immer leicht mit dir«, sagte er. »Aber ich muss sagen, dass es eine Ehre für mich ist, dich zu kennen und mit dir arbeiten zu dürfen.«

Ich nickte ein letztes Mal und sagte: »Tschüss.«

Eine Nacht musste ich noch bleiben. Meine letzte. Am nächsten Morgen holte mich mein Vater ab. Er drückte mich, was er noch nie zuvor getan hatte. Uschasnik meinte zum Abschied, dass wir uns bald wiedersehen würden, da die Therapie noch nicht zuende sei. Realität und so. Nächste Woche wieder in seiner Praxis in der Stadt. Ich erwiderte nichts darauf.

Die ganze Fahrt nach Hause über redeten mein Vater und ich kein Wort, und ich war ihm dafür dankbar. Die Welt war laut und hektisch genug, nach all den eingesperrten Wochen in der Klinik.

Draußen erwachte gerade die Natur zu neuem Leben. Überall spross das Grün und die ersten Blüten bemühten sich, wieder Farbe in die Welt hinauszuschicken. Fast ein halbes Jahr hatte ich in der Klinik verbracht. Länger als es mir im Nachhinein vorkam.

Ich gebe zu, dass ich mich über den Anblick unserer Villa richtig freute, als mein Vater sein Auto auf die Einfahrt lenkte. Ich hatte nie gedacht, dass ich jemals ein auch nur ähnliches Gefühl in Verbindung mit diesem Haus haben könnte.

Mein Vater parkte, sprang aus dem Auto und lief an meine Tür, um sie mir zu öffnen, als wäre ich eine wichtige Dame, die zu Gast war. Ich stieg aus und lächelte meinen Vater an. Kaum merklich. Aber es war das erste Lächeln für ihn, das ich nicht spielte, seit langer Zeit. Vater lächelte scheu zurück. Er wusste, wie zerbrechlich alles war. Er ging zum Kofferraum und holte mein Gepäck. Ich stieg derweil die Stufen zur Haustür hinauf. Ich hatte noch zwei vor mir, als sich die Tür öffnete und meine Mutter unter dem Rahmen erschien.

Sie nahm mich stumm in den Arm und drückte mich. Ich erwiderte ihre Umarmung.

Sie flüsterte mir ins Ohr. »Willkommen zu Hause.«

»Danke.« Ich merkte, wie mir die Stimme versagte.

Ich bezog mein Zimmer. Es sah genauso aus wie ich es verlassen hatte. Genauso unordentlich. Meine Mutter hatte meine Sachen nicht angerührt. Ich warf mich erst einmal auf mein Bett, schlief bald darauf ein und trieb mich die ganze Nacht in meiner Windradwelt herum.

Am nächsten Morgen wachte ich frisch und erholt auf. Ich war wie von einem neuen Lebensgeist beseelt. Und als Allererstes nahm ich die Umgestaltung meines Zimmers in Angriff. Ich holte Wandfarbe, Pinsel und Rolle aus dem Keller, wo mein Vater stets für alle Eventualitäten gerüstet war, obwohl er handwerklich eher minderbemittelt war. Ich strich meine Wände weiß, bis auf einige Stellen. Alle Bildnisse von Anne ließ ich wie sie waren. Sie sollten ewig an diesen Wänden bleiben. So lange, bis ich eines Tages selbst starb. Doch um sie herum malte ich unsere Windradwelt mitsamt den Fluggeräten. So war Anne wenigstens in gewisser Weise dort und ich konnte sie sehen.

Einige Tage später organisierten meine Eltern eine Überraschungsparty für mich. Eine Willkommen-Zuhause-Party. Das war tatsächlich überraschend für mich. Und wäre es nach mir gegangen, hätte es das auch nicht gebraucht. Aber ich wollte mich nicht schon wieder auflehnen. Nicht sofort. Auch meine Eltern hatten ein wenig Ruhe vor mir verdient.

Das Fest fand in unserem Garten statt. Dort warteten einige Gäste auf mich. Meine Eltern, meine Patentante und ihr Mann und Kevin. Kurz, die wichtigsten Menschen in meinem Leben. Ich hatte damit gerechnet, dass es mehr sein würden, und war nun froh drum, dass dem nicht so war.

Es gab nur alkoholfreie Getränke, aus Rücksicht auf den armen Ex-Junkie, und mein Vater stand am Grill und verteilte Fleischstücke und Würste. Auch hier stand ich erst ungläubig daneben. Früher hatte er für solche Anlässe einen Koch engagiert. Er blickte mich an und ich lächelte ihm zu, was ihn dazu anspornte, noch freudiger mit der Zange auf dem Grill herumzufuchteln.

Und dann war es soweit. Ich konnte endlich das nachholen, was ich schon längst hätte tun sollen. Kevin stand mit einem Mal vor mir, lächelte mir unsicher entgegen und verbeugte sich vor mir.

»Was soll denn das?«, fragte ich.

Er lief rot an. »Ähm, ich wollte ausdrücken, dass ich ganz voller Hochachtung für dich bin. Du bist die Größte … für mich.« Er tänzelte dabei von einem Bein auf das andere.

Dann tat ich etwas, was ich mir bis zu diesem Zeitpunkt nicht einmal im Traum hätte vorstellen können. Ich umarmte ihn. Gott, war er groß und breit! Seine ganzen Ausmaße wurden mir erst jetzt so richtig bewusst, als ich ihn kaum umfassen konnte. Er zuckte und wich ein Stück von mir zurück. Ich stellte mich auf die Zehenspitzen und drückte ihm einen Kuss auf die Wange.

»Danke«, sagte ich. »Für alles.«

Kevin wischte sich eine Träne aus dem Augenwinkel und nickte dabei, während ihm noch mehr Tränen in die Augen stiegen. Er versuchte zu lachen, aber es hörte sich eher wie Schluchzen an.

»Und es tut mir leid, dass ich so gemein zu dir war. Du hast das nicht verdient.«

Kevin schniefte und schüttelte den Kopf. »Du konntest nichts dafür.« Er schob wieder seine Hände in die Hosentaschen und wippte vor und zurück. »Also dann«, sagte er. »Du hast so viele Gäste heute. Ist ja auch dein Fest. Ich will dich nicht länger aufhalten.«

»Hast du schon was gegessen?«, fragte ich ihn.

Er schüttelte den Kopf. »Ich war zu aufgeregt.«

»Hast du jetzt Hunger?«

Er nickte.

»Na, dann ab zu meinem Vater, bevor er auf seinem Rost noch mehr Grillkohle produziert!«

Er nickte noch ein paar Mal schnell hintereinander und eilte dann zu meinem Vater und den Freuden auf dem Grill.

Ich ging ein wenig spazieren. Unser Garten reicht bis hinab zum Fluss, und dorthin zog es mich. Es war schon Monate her, als ich zum letzten Mal dort unten war, im Sand saß und aufs Wasser hinausblickte.

Ich trat aus dem Schatten der Bäume heraus auf den gelben Sand. Über mir wölbte sich der makellose blaue Himmel. Überall im Sand steckten kleine, bunte Windräder, die im lauen Frühlingswind surrten. Ganz vorne am leise blubbernden Wasser saß ein Mädchen im Sand. Sie schaute auf das Wasser hinaus. Ihr weißes Kleid und ihre goldblonden Locken leuchteten wie die Sonne selbst. Ich ging zu ihr und setzte mich an ihre Seite.

Liebste Anne!

Ich habe sie bis zum Ende aufgeschrieben, meine Geschichte. Wenigstens bis zu dem Ende, von dem ich dachte, dass es das ist. Und es war gut, dass ich es getan habe! Denn mir ist dabei etwas klar geworden, das ich über all die Jahre nicht gesehen habe, oder nicht sehen wollte.

Die Windräder am Strand und dieses blonde Mädchen, das im Sand saß und aufs Wasser hinausblickte. Ich wünschte damals, es wärst Du gewesen. Und dann war ich, oder wenigstens ein Teil von mir, doch froh, dass Du es nicht warst.

Ich setzte mich zu diesem Mädchen, wir lächelten uns an, und in mir kämpften zwei Stimmen gegeneinander, was nun besser wäre. Diese Stimmen habe ich bis zum heutigen Tag in mir. Und sie machen mich fertig. Ich will sie nicht mehr!

Ich weiß, wie ich sie vielleicht los werde. Ich muss mich entscheiden.

Nicht für die eine oder andere Stimme. Sie haben beide Recht und Unrecht zugleich. Nicht für oder gegen Dich. Sondern für das wahre Leben!

Und mich für das wahre Leben zu entscheiden bedeutet auch, mich für die Menschen zu entscheiden, denen ich wichtig bin. Und die auch mir wichtig sind. Und das sind meine Mutter, und Kevin, und, ja, auch Nadeschda.

Ich liebe sie, Anne. Egal, was ihr Bruder getan hat. Ich liebe sie. Und es fühlt sich so an wie mit Dir damals. Es ist echt, es ist richtig.

Was soll ich sagen. Es ist einfach so. Ich höre wieder diese Stimme in mir, die mich anschreit, ich sei verrückt, mit der Schwester Deines Mörders etwas zu tun zu haben. Aber ich höre nicht mehr auf sie. Nie wieder.

Die wahre Welt. Die Realität. Wenn ich mich darauf einlasse, brauche ich die Windradwelt nicht mehr.

Anne, ich vermisse Dich. Ich werde Dich immer vermissen. Aber ich werde Dich wiedersehen. Ich bin mir sicher. Ich hoffe es wenigstens. Aber zuerst muss ich mein Leben leben. Zusammen mit den Menschen, die mich lieben und die ich liebe.

Anne, lebe wohl. Bis dereinst wir uns wiedersehen.

Deine Dich liebende Jo.

Sie faltete den Brief, steckte ihn in einen Umschlag und legte ihn auf das Tischchen neben ihrem Bett. Sie ging zu einer kleinen Kiste, in der all die Briefe waren, die sie über die Jahre an Anne geschrieben hatte. Kevin war so nett, ihr die Briefe zu bringen. Und er tat es, ohne Fragen zu stellen.

Jo schob ihre Hand zwischen die Briefe und befühlte das Papier, hob sie hoch und ließ sie wieder zurückfallen.

Nadeschda trat ins Wohnzimmer. »Magst du etwas trinken? – Oh, entschuldige bitte.« Sie wandte sich zum Gehen.

»Ich brauche dich«, sagte Jo.

Nadeschda blieb stehen und schaute sie an, als wüsste sie nicht, was sie mit dieser Aussage anfangen sollte. »Wie – wie meinst du das?«

»Ich liebe dich, Deschda.«

Nadeschdas Mundwinkel zuckten. Mit ein paar schnellen Schritten war sie bei Jo, ließ sich neben ihr auf die Knie fallen und schlang ihre Arme um Jos Hals. Nadeschdas Tränen tropften in Jos Nacken. Eng umschlungen blieben sie so, bis Jos Knie allzusehr schmerzten.

Sie räusperte sich und fragte: »Kannst du mir bei etwas helfen?«

»Bei was immer du willst.«

»Einfach mit mir runter an den Strand gehen.«

»Sehr gerne.«

Jo nahm die Kiste mit den Briefen und legte den letzten mit hinein. Sie zogen sich an und traten hinaus in den Regen. Hand in Hand gingen sie durch das nasse Gras zum Ufer des großen Flusses hinunter. Nadeschda fragte nicht, was Jo mit der Kiste vorhatte. Sie fragte auch nicht, was darin für Briefe lagen und an wen die waren.

Unten am Ufer ließ der Regen etwas nach, und als Jo schließlich den richtigen Platz für ihre Briefekiste gefunden hatte, hörte er ganz auf.

»Ich bin bereit«, sagte sie.

»Für?«, fragte Nadeschda.

»Das wahre Leben.«

Jo zündete die Briefe an.

Danke

Schriftsteller sind einsame Menschen, sagt man. Das stimmt nicht. Natürlich ist man alleine, wenn man schreibt. Währenddessen aber sind die Figuren der Geschichte immer da und buhlen um Aufmerksamkeit. Ein gutes Buch entsteht aber nicht nur alleine zu Hause im stillen Kämmerlein. Ohne all die Menschen, die geknechtet werden, hanebüchene Erstfassungen zu lesen und zu kommentieren; jene, die einem Mut machen, weiterzumachen, auch wenn es nicht weiterzugehen scheint und jene, die einfach immer da sind, wäre es nicht möglich, einen Roman zu Ende zu schreiben, geschweige denn zu vollenden.

All den Menschen, die mich auf dem steinigen Weg zur Aschenwelt begleitet haben, möchte ich hiermit Danke sagen. Danke, dass es euch gibt, danke, dass ihr dabei wart und seid!

Ich danke euch, die ihr mir eure Gedanken geschenkt habt und teilweise schlimme Rohfassungen ertragen musstet: Kim Brändle, Lisa Brändle, Theres Eisentraudt, Aušra Engel, Yvonne Jäger, Stephanie Klein, Stefan Kuhsiek, Christian Stamp, Lutzi Lutz und allen, die ich schändlich vergessen habe. Ich danke all den Menschen, die mich auf Lesungen immer wieder drängten, die Aschenwelt doch einfach zu veröffentlichen, ohne an Agenturen und Verlage zu denken.

Ich danke euch, meiner Literatengruppe centralefünf, für eure klugen Ratschläge und immer hilfreiche Kritik: Alexander Häusser, Andreas Kollender und Angelika Wollermann. Und ich danke dir, liebe Julia Kaufhold für deine freundschaftliche und professionelle Hilfe.

Ich danke dir, Katharina Schlichting: für den Hermann, für deine große Kunst und ganz speziell dafür, dass du Jo ein Gesicht gegeben hast.

Ich danke meiner Familie nah und fern. Danke, dass es euch gibt. Ich liebe euch.

Und ich danke dir, liebe Auks˙e. Ohne dich, ohne deine Hilfe und ohne dein unermüdliches Mutzusprechen, wäre dieses Buch niemals zu dem geworden, was es heute ist. Wahrscheinlich läge es jetzt noch als Rohfassung herum.

TIMON
SCHLICHEN
MAIER
AUTOR

mail@timonschlichenmaier.de

www.timonschlichenmaier.de

twitter @timonschl

fb.com/t.schlichenmaier